烽火丹心

林思翔 ★著

海峡出版发行集团 | 海峡文艺出版社

图书在版编目(CIP)数据

烽火丹心/林思翔著. —福州:海峡文艺出版社,
2019.11(2024.3 重印)
ISBN 978-7-5550-1985-5

Ⅰ.①烽… Ⅱ.①林… Ⅲ.①中国文学—当
代文学—作品综合集 Ⅳ.①I217.2

中国版本图书馆 CIP 数据核字(2019)第 176291 号

烽火丹心

林思翔 著

出 版 人	林 滨
责任编辑	何 莉
出版发行	海峡文艺出版社
经 销	福建新华发行(集团)有限责任公司
社 址	福州市东水路 76 号 14 层
发 行 部	0591—87536797
印 刷	三河市兴博印务有限公司
厂 址	河北省廊坊市三河市杨庄镇大窝头村西
开 本	787 毫米×1092 毫米 1/16
字 数	300 千字
印 张	19.5
版 次	2019 年 11 月第 1 版
印 次	2024 年 3 月第 2 次印刷
书 号	ISBN 978-7-5550-1985-5
定 价	88.00 元

如发现印装质量问题,请寄承印厂调换

序

许怀中

我关系密切的文友林思翔，交往多年，早在他在宁德地区当副专员时，我出差该地，他就接待过我。后他调任福建省科协党组书记，和文艺界接触机会多了，我得知他是勤奋创作的散文家，在他出版散文集《海潮在这里涨落》《水巷深深》之后，请我为他的散文集《莲叶何田田》写序，时值20世纪末，后来我又为他的散文集《椰风轻轻地吹》和《山水骋怀》作序。连续几年，他出版了新文集3本，可谓笔耕之勤勉。我总觉得，他的散文一本比一本好，题材广泛，文化底蕴厚重，生活气息浓郁，文采斐然。这些年我和他在福建省炎黄文化研究会共事，一起参加福建省炎黄文化研究会和福建省作协联合组织的采风活动。他把近年来所写的红色题材散文和在报刊上发表的此类作品结集出版，书名《烽火丹心》，再次约我写序，我欣然命笔。

正值盛夏，我认真阅读了全书50篇作品，书中展现了八闽大地的闽东、闽西、闽南、闽北、闽中许多县、市、区的中国共产党领导下的革命斗争情景，众多的共产党员、革命者在革命烽火中展示的赤胆丹心，都可以作为革命乡土教材。

《烽火丹心》虽也有地方景物的描绘，但它有别于旅游散文或一般的抒情散文，而是突出了革命烽火的燃烧和许许多多的共产党员及普通革命者的英雄气概和革命事迹，其中有毛泽东、彭德怀、邓子恢、陶铸、叶飞等领导的事迹，尤其是许多共产党员和革命者，从中窥见了八闽大地中国共产党领导下轰轰烈烈的奋斗风云，树立了一座座革命丰碑。这本书让人了解了福建省革命的丰富历史，原来在这块土地上，出现了多少可歌可泣的光荣历史，他（她）们所表现的赤胆丹心教育着当代和后代的人们。

这些篇章，采取写实手法，记叙八闽大地的革命斗争历史和人物、事件，如福州的晋安台江、连江透堡、永泰官烈、罗源城关等；闽东的屏南、蕉城、福安等；闽西的武平、新罗、漳平等；闽南的厦门思明、泉港、永春、崇武、芗城、云霄、诏安、华安、龙海等；闽北的延平、政和、松溪、顺昌、邵武等；闽中的明溪、大田、尤溪、将乐、梅列、三元等。这么广阔的土地上燃烧的革命烽火，都经历了第一次和第二次国内革命战争时期、抗日战争时期、解放战争时期，反映了中国共产党成立后直到新中国成立前的革命斗争全过程。

本书开篇《透堡的故事》，写了作者故乡连江的革命历史，读来特别亲切。我曾到透堡做客，写了访问老红军的散文。记得小时候，故乡仙游的老房天井，有盆兰花，叫吊兰，花开在空中，不着地。听说有个古代画家，专画吊兰，因改朝换代，国土沦丧，他怀念故土，故以吊兰自喻，寄以丧失土地之痛。我到透堡，才知道这位画家是此处的南宋爱国诗人郑思肖。读了本文，原来透堡是块有着爱国主义传统的宝地。南宋高宗、孝宗年间，透堡出了一个状元叫郑鉴，他爱憎分明、刚直不阿，可惜英年早逝。他的曾孙郑起，人称"道学君子"，"常教诲儿子思肖修身养德，注重文学，热爱祖国"，使思肖成为了不起的爱国诗人，一生著作十多种，"他精画墨兰，宋亡后画兰不画土"，这正是我小时听到的故事传说。透堡的爱国主义传统在发扬光大。辛亥革命，"黄花岗七十二烈士"，连江占了十位，其中黄忠炳、王灿登为透堡人。在辛亥革命不久的1929年，更有共产党员杨而菖在透堡成立连江县第一个党支部，之后开展了惊天动地的革命斗争，流传着多少动人的故事。

文集中有些人物特写，如《伟大的女性 英雄的村庄——"九家堡"英烈祭》，描写闽东党的领导人先后在南溪村开展革命活动，村里有位年轻妇女施脓禄，早年入党，她家便成了一个地下活动点。有一天，叶飞等在她家召开一个重要会议，突然被闯入的匪徒逮捕了叶飞等6位党的领导人。施设计营救，叶飞等被释放。后敌人发现其中有党的领导人，便将施拘捕，要她供出领导人。施不顾敌人严刑拷打，宁死不屈，视死如归，献出了年轻的生命，保存了闽东地下党的领导人。"施脓禄，这位年轻、干练、机智的闽东女儿，她和英勇的南溪人民一起，用自己血肉之躯保护了闽东党的领导人，使闽东的革命事业免受一场灭顶之灾。"读之感人肺腑，催人泪下。

思翔所写的红色题材散文，史料翔实，又有文采，体现了他的"四勤"

精神，即心勤、足勤、眼勤、手勤。业精于勤，心勤即用心思考；足勤是到实地考察、调查；眼勤便是仔细观察，亲身体会；手勤就是认真查阅当地史料，记录所见所闻。这也是他一贯的写作态度。

这些散文，多是近年所作，有些较早的文章未收入。如我和他曾到我故乡仙游采风，他写了《麦斜岩·天马山》。麦斜岩是旅游胜地，又是革命老区，他在文中提道："1930年秋，在邓子恢领导下，中共仙游临时县委在麦斜岩成立了'工农红军108团'，这是仙游县党组织领导下的第一支工农武装队伍，谱写了一段光荣历史。"

《烽火丹心》以散文体裁抒写了重大题材，不同于空灵的散文，它的教育意义值得肯定，特表示衷心祝贺。是为序。

2019年7月19日写于榕城

（作者为厦大中文系教授，曾任福建省委宣传部副部长兼福建省文化厅厅长、福建省文联主席、福建省炎黄文化研究会副会长等，现为中国作协名誉委员等）

目 录

透堡的故事

透堡与我老家马鼻紧挨着，过去两地曾经同属一个乡镇，因此，我对透堡并不陌生。我们那里人管它叫"透街"，不叫透堡。小时候不知是怎么回事，长大后才知道原来这里面有个故事。

事情还得从透堡古时候的一个状元说起。这个状元公叫郑鉴，生活在南宋高宗、孝宗年间（1145—1182 年），至今已 800 多年。郑鉴生性聪明，会写一手好诗文。透堡背靠炉山，大家都觉得这座山很平常，可在郑鉴看来却不一般，他写了一首《题炉山》的诗，曰："峙立苍茫紫翠间，疏帘半卷镇长闲。神仙自有祈年术，一缕青烟起博山。"他把高大雄伟、云雾缥缈的炉山香炉峰描述得活灵活现。内行的人说他的诗清新明丽，有温（庭筠）李（商隐）遗风。果不其然，聪明的郑鉴，于淳熙元年（1174 年）高中两优释褐。那年他才 30 岁。释褐就是脱去布衣换上官服去做官。古书上说："旧制太学上舍生，积校已优，而舍试又入优等者，就化原堂释褐，号'释褐状元'。"郑鉴是连江县历史上第一位状元，也是连江县空前绝后登上封建社会最高龙虎榜者。四邻八乡高兴自不待说，皇帝也非常器重。皇帝下旨在郑鉴家乡铺设石板大街，街道为南北走向，长达数百米，人称"状元街"。如今尚存的南街、北街，看起来并不怎么样，可在当年却是一条车马穿行的通衢大道。因了这透天的"状元街"，就有了"透街"的地名。

满腹诗书的状元公郑鉴曾任台州知州。他生活在南宋王朝衰落时期，内忧外患，国运岌岌可危，使他短暂的一生无法施展政治抱负。然而，郑鉴爱憎分明、敢于直言的性格一直为人称道。"忠尽极谏，斥骂奸邪，不顾一身，唯为天下虑。当时晦庵、南轩、东莱、文轩诸公，极深敬之。"郑鉴逝世时，理学家朱熹曾写祭文致哀，祭文写道："伟哉，自明（郑鉴字自明）之为人，信哉，听谓喧啾百鸟之群，忽见秋天之一鹗也。盖其自布衣，而已有忧天下之心，其楫让人主之前，则直欲排妄之朋，而折其角。其言明白切至，磊磊落落，愤怒峻厉，峣峣岳岳。明主则为虚心而嘉叹，群公所为变容而骇愕，善类所为喜幸而心开，邪党所戚嗟而气索。伟哉！自明之为人，凛乎其有诤臣之风，求之近世，则措之邹、陈之间，而无怍者也。"这位状元公于淳熙九年（1182年）驾鹤西去，年仅38岁。如今在透堡除"状元街"外，还有"状元坊""状元井"、东里桥等遗迹，都是纪念这位800多年前状元公的。

与郑鉴同时代的朱熹，不仅与郑鉴是好友，而且与郑鉴家乡透堡还有一段渊源。当年朱熹理学被当政者韩侂胄视为"伪学"，在庆元党禁中遭到排斥。南宋庆元四年（1198年），朱熹来到连江丹阳，隐居宝林寺讲学。有一天，官府派兵到丹阳要抓朱熹。得知消息后，朱熹就急匆匆地往东经长龙沿透堡岭逃命，岭又长朱熹心又急，心越急越跑不动，朱熹边赶路边哭泣，好不容易才到了透堡住下来，后来这段岭被叫作"朱哭岭"。据说朱熹过透堡凤溪时远远地听到对面乌山境村传来琅琅读书声，朱熹从这里学子"寓读于馆"的情景中断言该村必定大有作为，遂改村名为"馆读"，并在此传授学问。数百年来馆读村一直沿用这个散发着书卷气的名字，延续着书礼传家的风气。因朱熹耳闻读书声而改村名的故事也传为美谈。

状元故里荣耀的激励与朱熹遗风的熏陶，使透堡读书之风日盛。据史料记载，宋代透堡就出了30多位进士。这些文化人知书达理，爱国忧民，其中状元公郑鉴的后裔郑起、郑思肖父子最为突出。

郑起为郑鉴曾孙，年轻时曾考功名，不第，遂弃举潜心穷理尽性之学，束躬修行。南宋嘉定十三年（1220年）出游临安（今杭州），朝中辅政大臣慕其名，荐其为官，郑起婉辞不就。淳祐四年（1244年）因愤然登门历数复任宰相的奸臣郑清之罪状，被执入狱。后获释。中年迁居西湖长桥，题"水南半隐"于庐额。后又迁吴门（苏州），学行日著，淮左浙右名门争相延请，先后在诸暨、萧山主持教学，又主"和静""安定"两个书院，曾被平江府尹聘为三高堂长，还被请到无锡县学讲课，人称"道学君子"。郑起常教诲儿子思肖修正养德，注重文学，热爱祖国。他为人方直严毅，与人交往言不及利，语不阿媚。居家不蓄银器、古董。唯世藏古今书数千卷。对《易经》研究造诣甚深。著述有《易注》《深衣书》《倦游稿》《菊山清隽集》（郑起号菊山）《易六十卦》等。这位以讲学为生的学者，人赞："人物昂然，气节挺然，议古喻今，无不的当"，深受尊敬。

郑起之子郑思肖更是一位了不起的爱国诗人。郭沫若称他为"民族意识最强烈的人"。思肖生于杭州，后徙居苏州。自幼随侍父侧攻读，14岁以太学上舍生应博学鸿词试。他生活在宋亡元兴之际。宋亡后，他即将原名少因改为思肖，即思赵；字忆翁，号所南，皆寄意。终身不娶，题其室匾额曰"本穴世家"（以"本"之"十"置于"穴"下即"大宋"）。常向南哭泣，坐卧不向北，闻北语辄掩耳疾走。"宁可枝头抱香死，何曾吹落北风中。御寒不藉水为命，去国自同金铸心。"浩然正气，堪与日月同辉。他精画墨兰，宋亡后画兰不画土，根无所凭借，意为"地被人夺去矣"。亲友有仕元朝者，均视为不齿，拒绝往来。他一生著作10多种，其力作《大宋铁函经》（亦称《心史》《铁函心史》），用铁、锡、灰等多重封固后，于元至元二十年（1283年）沉入苏州承天寺一古井里，直到明崇祯十一年（1638年）因旱淘井始发现，成为历史上一部奇书。温家宝2008年3月在全国"两会"后中外记者见面会上引用的"一心中国梦，万古下泉诗"，就是郑思肖一首诗中的两句。郑思肖对矿物学也很有研究，他提出的矿床成因于地下水岩裂隙中循环而成的观点，比"现代矿物学之父"的阿格里科拉的同样观点，早两个世纪多。为纪念这位爱国诗人，20世纪40年代透堡与马鼻合并后的马鼻乡曾一度改称"所南乡"。

郑思肖身上闪烁的爱国精神在明代透堡抗倭斗争中化为众志成城的强大力量。明嘉靖三十九年（1560年），倭寇登岸入境，大肆残杀、抢掠，透堡被杀俘者达500多人。倭乱还引发了大饥荒。为抵御倭寇，透堡人民团结一心，修筑城堡，建起了周长约93米、高近5米、宽3米多的城堡，设东、西、南、北四门，"透街"有了城堡的护卫，成了"透堡"。透堡之名由此而来。后来，当倭寇大举侵扰马鼻、透堡时，戚继光率领大军采纳陈第用"泥橇"平倭策，在两乡人民大力支援下，歼寇400多，平息了寇乱。透堡人在戚家军安营扎寨的地方建起"保民堂"，感念戚家军保境安民的丰功伟绩。历经400多年风雨，如今城堡、城门遗迹尚存，保民堂香火依然兴旺，当年传递抗倭信息的烽火台仍在山顶上默默地讲述抗倭往事，这些都成了进行爱国主义教育的活教材。

透堡的爱国主义传统，随着时间推移，愈益发扬光大。时序越过明朝到了清末。此时的清政府极为腐败，民不聊生，国将不国。光绪三十二年（1906年），透堡人黄忠炳与好友郑瑞声、黄克安等在透堡的一座叫棋盘堂的祠堂式的建筑物里，歃血盟誓，秘密组织"广福会"，并请拳师曾守辉教练武术，定期聚会，切磋武艺，商议反清大计。光绪三十四年（1908年），孙中山领导的同盟会成员吴适参加广福会，并被推为"大哥"（会长），改会名为"光复会"，会员发展到300多人。宣统三年（1911年）春，孙中山决定在广州起义，派林觉民回闽招募爱国志士，"光复会"积极响应，遂由吴适带领光复会成员20多人，从透堡棋盘堂出发，到马尾乘船，经香港抵广州，编入黄兴领导的第一路"先锋队"，冲入总督署，与清军血战，72位会员英勇就义。在这史称"黄花岗七十二烈士"当中连江人士占了10位，其中黄忠炳、王灿登为透堡人。孙中山先生在讲到黄花岗起义烈士时，赞誉"粤有花县，闽有连江"。这是连江的光荣，也是透堡的光荣。这是清末透堡载入史册的一件大事，是透堡人民为"推翻帝制，建立共和"做出的一份贡献。

清末辛亥革命的烈士鲜血，教育了透堡人。他们开始明白革命的道理。就在辛亥革命后不久的1929年9月，杨而菖在透堡小学任教期间办起了农民夜校，秘密发展共产党员，成立党支部，并任支部书记，这是连江县第一个党支部。接着透堡又秘密成立了农夫会（农民协会），也是连江县最早的农会。杨而菖率领农民自卫队及农夫会举行了威震八闽的透堡暴动，透堡成了闽东和闽中革命的重要策源地之一。这史称"二三革命"（1934年）点燃的革命火种以迅猛之势燎原，迎来了革命高潮：1934年1月透堡召开了连罗苏区工农兵代表大会，成立了连江历史上第一个红色政权——连江县苏维埃政府；连江、罗源等143个乡村开展了轰轰烈烈的土地改革，10万多农民第一次分到了土地。后来惨遭国民党当局的血腥摧残，全镇为革命牺牲，后来被追认为烈士的就有58人。透堡人民的优秀儿女杨而菖也为革命献出了年仅21岁的生命。如今尚保存的透堡西门街2号的一座二层小阁楼，就是当年杨而菖与邓子恢、叶飞等领导人议事和住宿的地点。小阁楼已残破，楼梯晃动，楼板吱吱作响，不大的楼坪被分隔成五个隐秘的小房间（房中房）。这座不起眼的普通小楼，当年曾是闽东革命的指挥中枢。小阁楼见证了透堡人在民族独立和解放的历史上曾经拥有的光荣，唤起人们对70多年前那段风云激荡岁月的回忆。

特别值得一提的是杨而菖的母亲王水莲（人称杨母），这位家道贫寒、早年丧夫的农村妇女，强忍悲痛料理完儿子丧事后，继续投入革命工作。王水莲是党的秘密交通员，她的家就是革命联络点。她三个儿子都加入了中国共产党。二子杨而菖牺牲后不久，当她得知红军北上抗日先遣队在贵安与国民党交火中有300多名战士受伤时，便发动50多名妇女组成救护队，为伤病员换药、喂饭，精心照顾。她还送三子杨与福参加游击队，跟随叶飞打游击，北上抗日，后在解放战争中牺牲。当年在透堡遭受反动派"清剿"时，其长子杨与可被捕，壮烈牺牲。王水莲也被捕入狱，受尽折磨，坚贞不屈，营救出来后又立即投入工作，参与组建游击队，打击敌人。这位传奇式的农村妇女，新中国成立后曾三次晋京，受到毛主席等中央领导人的接见。"红心铁骨的革命老妈妈"杨母的故事传遍四邻八乡，小时候的我有幸聆听了杨母讲述的革命故事。

古老的透堡故事很多。仅从以上几个片段，我们就可以感受到，民族优秀文化犹如一股涌动的泉流，一直在滋润着这片沃土，使透堡充满活力，催生出一拨又一拨优秀人才；我们还能感受到，爱国传统、担当精神就像注入透堡体内的基因，世世相传，代代沿袭。"一心中国梦，万古下泉诗"，透堡人不懈追求的就是圆祖国统一和民族复兴的梦。而这，正是当今全国各族人民为之努力奋斗的伟大目标。

2013．2

这是一块红色的土地

——龙海革命岁月纪事

奔腾不息的九龙江北溪与西溪从不同方向包抄过来，在龙海汇合入海，两溪挟沙卷土的长年冲袭和积淀，铺展出宽坦的龙海平原，这"九龙入海"之地因此得名"龙海"。而"九龙"入水潜身的海湾如同月亮般静静地闪射出柔和的亮光，"月明倒映江如月"，这便是今天人们看到的月港。月港一头牵着九龙江，一头挽起厦门港，与大担、二担等金门诸岛紧紧相连，一起护送着"九龙"游入东海。金门涌波，厦门鼓浪，月港便泛起轻轻的波澜。是九龙江，也是东海，数万年来坚持不懈地合力鼓荡，造就了龙海这片闽南金三角的美丽福地。

我们走进九龙江畔、东海之滨的龙海时，正值春暖花开时节，十里花廊姹紫嫣红。水仙花故乡的龙海在凌波仙子的引领下，成了花的王国，无处不飘香。而延绵不绝、一望无际的荔枝林，犹如绿色的海洋，让人感到龙海大地无处不飞春。龙海的同志告诉我，龙海生态优良，物产丰富，素有"鱼米花果之乡"的美称。不仅如此，龙海众多的人文景观也令人陶醉。建于南宋的江东桥如今依然屹立九龙江上，桥下水面波纹若锦，美其名锦江。如登上江边晏海楼远眺，可见"缥缈仙人吹玉笛，潇湘渔艇度清秋"的如画景色；有着600多年历史的镇海卫古城，故垒雄风，至今犹存，如一位沧桑老人在诉说着过眼云烟；巍巍南太武山独傲群峰，与金门北太武山遥相呼应，"姐妹"相称；悠悠隆教湾，风清、水蓝、沙黄，是一处可与夏威夷媲美的海湾浴场；牛头山古火山喷发的玄武岩，其磅礴气势如千万整装待发的勇士，这旷世奇观被人称为"海上兵马俑"；浯屿岛水天一色的旖旎风光让人流连忘返，与金门一衣带水的亲密地缘和郑成功岛上练兵的历历往事更令人思绪放飞，遐想无穷……龙海不仅是块富庶之地，也是一块美丽的地方。

这块富庶、美丽的地方，自然成了帝国列强的觊觎之地。自鸦片战争以来，龙海饱受帝国主义和封建势力的蹂躏和压迫，龙海人民一次又一次地奋起抗争，不畏艰苦，守卫乡土，为民族的独立和解放做出了贡献，付出了牺牲。在共和国近代史上写下了可歌可泣的不朽篇章。

早在19世纪中叶，龙溪、海澄两县（1960年合并为龙海县）农民就组织起秘密的小刀会，开展反帝反封建活动，会员发展至一万多人，成了一股使清朝廷大为震惊的革命洪流。后来，由于朝廷的重兵镇压，小刀会起义军失败了，但他们的斗争为太平军攻克漳州创造了条件，打下了基础，在闽南近代反帝反封建斗争史册上留下浓重的一笔。

19世纪末，在香港的海澄海沧霞阳村人杨衢云（现属厦门海沧镇）为了进行反清活动，联络进步青年组织辅仁文化社，杨任社长，社纲规定"从事爱国活动"和"消除祖国所蒙受的耻辱"等内容，这是中国近代史上第一个由新型知识分子组成的、有民族革命性质的资产阶级政治团体。后来杨衢云结识孙中山，两人志同道合，在孙、杨两股力量联合的基础上，1895年2月21日，在香港建立了兴中会总部，杨衢云为兴中会香港总会首任会长。兴中会的誓词"驱除鞑虏，恢复中国，创立合众政府"，成为中国资产阶级民主革命第一纲领。1900年10月6日，兴中会600余人于惠州起义，因饷弹两尽以失败告终。清朝廷查知杨衢云为主谋，悬赏三万金取杨衢云首级，在此危急关头，杨衢云毫不畏惧，仍在香港以授教英文为生。1901年1月10日，正在讲课的杨衢云，遭清廷官吏派遣的暴徒暗杀，不幸身亡，这位海澄人民的优秀儿女、杰出的民主革命志士离世时年仅40岁。

龙溪、海澄籍许多华侨受杨衢云的影响，踊跃投身革命，有的还成为同盟会的骨干，涌现出了一批不惧风险、热心革命、倾资支持同盟会的华侨代表人物。据不完全统计，龙溪、海澄籍在海外华侨华裔约15万人，他们同海外广大侨胞一起积极参与支持辛亥革命运动，甚至献出了宝贵生命。孙中山先生曾多次高度评价华侨这一贡献，称之为"华侨为革命之母"。

外国列强为了征服中国，还以传教名义对中国进行文化侵略，在石码、海澄等地设立教堂。1903年，古县庵前村（今颜厝镇政府所在地）一些天主教徒，在外国传教士的支持下，不听劝阻，强行挖井，引起公愤，遭到正在举行迎神赛会乡民的痛打，这场反洋教斗争的"古县教案"虽然遭到官府镇压，却使人民看到清政府统治的反动腐朽，促进了人民的觉醒，为辛亥革命时期龙海的光复奠定了思想基础。

1911年，在武昌起义伟大胜利的鼓舞下，海澄同盟会人员许秀峰与甘黄涛等革命志士组成的领导核心，带领海澄革命群众包围海澄县衙门，迫使县令交出印鉴，海澄宣告光复。从此龙溪、海澄结束了2000多年的封建帝制统治。1918年，龙溪、海澄两县开始了孙中山指导下为期两年的"闽南护法区"建设，福建省第一条公路——漳州至石码20公里公路就是这时修起来的。

五四运动爆发后，龙溪、海澄进步学生积极响应，组织游行，开展抵制日货运动。"五卅"惨案后龙溪、海澄学生、工人和店员积极投入反帝爱国运动，进步知识分子积极宣传新思想、新文化，传播马列主义。

1926年7月，漳属地区的第一个党支部——中共石码支部成立。1926年11月，中共海澄支部成立。是年冬，在福建省第二师范读书的王占春，回乡以办夜校为名，组织附近乡村办农会，开展革命斗争，有36个乡村相继成立了农会，会员达5000多人，开展了轰轰烈烈的"五抗"（抗捐、抗税、抗租、抗粮、抗债）斗争。

1927年春，龙溪、石码在中共闽南部委领导下纷纷成立工人协会，进行了以反对资本家对工人剥削"二五加薪"为主要内容的经济斗争。与此同时还开展了声势浩大的打击当地反动头目的"倒蓝反廖"斗争，在大革命失败后的严峻形势下，在广阔的龙溪、海澄农村点燃起土地革命的星星之火，建立地下交通线，开展游击战争。

1932年4月，毛泽东率领红四军进驻石码，打击顽抗的反动武装，建立工农革命委员会，开展抗日宣传和扩军筹款。据不完全统计，在红军驻漳的短短39天中，漳州地区应征参加红军的就达1500多人，其中石码、海澄就有四五百人。王占春领导的闽南工农游击队和澄浦工农游击队三四百人也转入了红军队伍。筹集的百万巨款和药品、粮食、食盐等一批物资如数运往中央苏区。之后，由漳属各县赤卫队、游击队组建的中国工农红军闽南独立第三团（简称红三团）转战南北乡，发展革命力量，坚持游击战争，为配合中央红军长征做出了应有贡献。抗日战争全面爆发后，在日军侵占厦门、不断骚扰闽南沿海的严峻形势下，龙溪、海澄人民高举抗日旗帜，积极开展抗日救亡斗争，屿仔尾南炮台打响了闽南抗日第一炮，港尾、浯屿的伪军反正，有效打击了日军的侵略势力。1945年8月石码成了侵厦日军的请降地。

抗战胜利后，在国民党反动派掀起全面内战的严峻形势下，龙溪、海

烽火丹心

澄进步人士在中共组织领导下，建立秘密交通线，开展游击战和爱国民主运动，开展反"三征"斗争，开展支前和统战策反等工作，积极配合解放大军解放全境。

龙海是一块有着光荣革命传统的红色土地，这块红色土地是龙海人民百年来前仆后继、浴血奋斗铸造的。革命老区遍布龙海 15 个乡镇（场），106 个村（居）；数以百计的龙海人民优秀儿女参加了红军游击队、八路军、新四军或人民解放军；有近百名龙海籍海外华侨回到祖国参加革命；数百名龙海籍烈士为革命牺牲，涌现了王占春、李金发、王却车、柯联魁、林和尚、李林、苏精诚、高捷成等一批为革命牺牲的优秀共产党员。百年奋斗，英雄辈出。献身革命的每一位仁人志士都有一段可歌可泣的故事。这里选取龙海籍的两位代表人物，扼要讲一下他们的故事。故事的主人翁一位是王占春，一位是苏静。

先说王占春。

与繁花似锦的九湖百花村紧紧相连的邹塘村，长年百花盛开，花团锦簇，一座红瓦燕尾的典型闽南民居就坐落在这花村的中央，这便是王占春烈士的故居，如今被辟为王占春纪念馆。门前的花圃鲜花绽放，阵阵花香把烈士英名飘向四方。

王占春的族亲王上海老人热情地向我们讲述了王占春的故事。那是 1930 年 5 月。年仅 25 岁的王占春参加了中共福建省委组织的厦门破狱特务队。在队长陶铸（时任省委军委秘书）的带领下，到厦门鼓浪屿接受两星期严格的军事训练，强化政治教育。训练开始时，省委书记罗明用铿锵有力的声音做了动员："我们向党宣誓：不怕牺牲，英勇战斗，坚决完成破狱任务！"王占春和十几位队友举手握拳斩钉截铁地向党宣誓。5 月 25 日 9 时 40 分，破狱枪声打响了，王占春与队长陶铸一道迅速拔枪压住监狱警备队，确保劫狱成功。仅用了 10 分钟时间，就打破了戒备森严的厦门思明监狱，救出了原厦门市委书记刘端生、团省委书记陈柏生及闽西苏区干部等 40 多名共产党员与革命群众。王占春在战斗中增长了才干，增添了革命必胜的信心。

王上海老人说，王占春在漳州省立第二师范学习时就积极参加反帝、反封建革命活动，与校学生会主席王德一道联合其他学校，成立了"漳州学生联合会筹备处"，领导漳州城区学生与反动势力展开针锋相对的斗争，掀起了轰轰烈烈的学生运动。1927 年 2 月，王占春进入漳州工农运动讲习所学习，并转为中共党员。他在漳州、石码一带领导开展如火如荼的工农运动，沉重打击了反动势力的气焰，成为闽南一带著名的农民运动领袖。当时在百姓中流传道："程溪臭税丁、张贞饭桶兵，专门欺侮老百姓，就怕王占春！"

厦门破狱斗争胜利后不久，龙海境内南北乡两支游击队召开会议。陶铸代表闽南特委宣布，成立闽南红军游击队第一支队，王占春任支队长，李金发任政委。游击支队活跃在漳属各县，开展灵活的游击战争，后来一支队改称"闽南红军游击司令部"，王占春任司令员，李金发任政委。灵活机动的游击战争，沉重打击了军阀张贞的统治，有力地配合了中央苏区粉碎蒋介石发动的第三次反革命"围剿"。1932年4月中央红军东路军入漳后，成立了闽南工农革命委员会，王占春被推选为主席。王占春夜以继日地处理大量日常工作，积极完成中央红军进漳"筹款、扩军、抗日宣传"等项任务。中央红军撤离漳州后，反动派进行猖狂反扑。红三团转移到漳浦县崎溪寨村时，遭到敌人重兵包围，王占春不幸腹部中弹受伤，他把极少的药品让给其他伤员，自己却因病情恶化，献出了年仅27岁的生命。

再说苏静。

我们走进海澄镇内溪村碑头自然村苏静将军的故居，聆听苏明德老人讲述苏静将军的故事。老人领我们参观了故居里陈列的介绍将军生平事迹的照片后，深情地说，将军的一生可以概括为两句话："让激情燃烧出壮丽的青春，用奋斗谱写出岁月的诗篇！"

出生于1910年的苏静，在漳州省立第八中学读书时，就经常阅读革命书籍，接受革命道理。参加了中共外围组织——反帝大同盟后，苏静认识了漳州地区领导学生运动的王占春等人，还见到了当时在福建开展工作的邓子恢等中共地下组织领导人，聆听他们的演讲。后来到了漳州第二师范学校学习，苏静积极组织革命活动，成了学生中同反动势力斗争的带头人。1932年4月毛泽东率领中央红军东路军入漳，苏静就加入了中国工农红军。红一军团政治部主任罗荣桓将苏静这位文化人分到政治部工作。从此苏静告别家乡，随部队踏上转战征途，在战火中点燃壮丽的青春。

从红军团司令部通信科科员到后来的总参谋部军务部部长，从普通战士到开国中将，苏静倥偬一生，功勋卓著。这里仅讲述将军的几个小故事。

1934年10月，在第五次反"围剿"失利的形势下，中央红军被迫撤出中央苏区，实施战略转移，开始了伟大的二万五千里长征。红一、红三军团走在前面，担任开路先锋的重任。此时苏静是红一军团司令部侦察科参谋，他的任务就是为本军团侦察探路和绘制红军路线图。这项工作不仅艰苦危险，而且责任重大。因此，长征每到一个地方，大部队宿营休息了，苏静就带着几名侦察员到前方找路，做好次日行军路线和下一站宿营点方案，绘制行军路线的略图，经军团首长审阅后油印下发各部队。这一切工作完成后已经是下半夜了，没睡上几个小时又要随部队出发。整个长征过程苏静几乎每天都是这样度过的。地形复杂、气候恶劣、条件艰苦、无路可寻，这其中的艰险可想而知，但他都能很好完成任务。在长征途中苏静绘制的行军路线图达数百张，幸存的几张如今珍藏在中国历史博物馆，成为历史的见证。长征中的探路与绘制行军地图的工作，使苏静赢得了道路专家的美誉。军团政治委员聂荣臻在回忆录中对苏静作了这样的评价："离开毛儿盖北行40里就进入草地。草地可以说根本没有路，当时由侦察科苏静同志带了一个指北针，找到了一个藏族老太太当向导，在前边为部队开路。那位老太太有病，我们派人抬着她走。红军过草地，苏静同志在前边开路是有功的。"

苏静当年活用"老马识途"的故事，一时传为佳话。1935年12月上旬，苏静随军团长林彪、参谋长左权在瓦窑堡以北察看地形。这里是一片荒漠。在进入沙漠深入勘察时迷失了方向。来时的脚印早被风沙所淹没。面对一望无际的沙漠，左权问苏静怎么走？苏静同样也辨不清方向。情急之中，苏静想起"老马识途"这句成语，便把随行的马的缰绳撒开，让放松缰绳的马在前面带路。果然这匹识途之马终于将他们带出了沙漠。

抗日战争全面爆发后，苏静被任命为八路军第115师司令部侦察科科长。1937年9月下旬，115师组织发动了平型关战役，这是八路军第一次对日军作战。战前林彪、聂荣臻特别点名指派苏静前往平型关外乔沟南侧的阎锡山部队进行联络。苏静向友军通报了我军作战意图等有关情况后，阎锡山部队以没接到上级命令为由不同意配合作战。苏静迅速返回汇报这一情况，我军据此重新部署，战斗打响后，痛歼日军，震惊中外。为了记录下历史的瞬间，战斗中苏静还发挥摄影的擅长，冒着枪林弹雨，拍下了很多珍贵镜头。一次在广阳地区设伏时，我八路军首次抓获了3名日军俘虏，苏静利用随身带的相机拍下了"第一名日军俘虏"的照片，在报纸上公开发表，向国人宣示八路军英勇善战，极为振奋人心。

　　1938年3月2日，林彪率115师机关在向隰县、大宁方向作敌后运动时，于隰县以北千家庄附近被国民党哨兵枪击负伤。此时苏静带着侦察排正跟随其后。事情来得十分突然。林彪负伤后翻身下马，苏静赶快将其扶至路边沟坎下，命警卫员火速赶往后续部队去找医生，很快医生赶到，就对林彪伤情进行救治。事情发生后，部队停止行军，就近驻进村子。第二天政治部主任罗荣桓送走林彪后，派苏静前往国民党驻防部队调查此事。苏静率参谋人员进行了认真仔细地了解。经调查，此事件为误击，肇事者是阎锡山部队的一个警戒分队。苏静实事求是的调查结果，排除了国民党军方面的政治因素。次日，阎锡山部队一个师长专程来到第115师师部，表示歉意，当场下令撤走了附近的部队，并送来不少给养，表示慰问。

　　抗战胜利后，苏静转进东北，任东北人民自治军的情报处长。

　　在苏静精心组织领导下，情报处准确掌握大量情报，破译了国民党的密电码，为东北人民自治军从辽西及时向东北腹地撤退和为"前总"首长捕捉战机，适时定下作战决心提供了有力保障。东北全境解放后，苏静随野战军首长和指挥机关人员入关。此时，国民党华北"剿总"傅作义集团50余万人已被解放军分割包围于北平、天津和张家口等地，陷入困境。傅作义派出代表要求与解放军进行和平谈判。林、罗指派苏静负责接待傅方代表，与其接触，摸清意图。后来苏静又前往北京东交民巷傅作义总部联谊处，参与傅作义全权代表邓宝珊及周北峰和谈的全过程。根据谈判结果，双方草拟了《关于北平和平解决问题的协议书》。苏静将文稿电告平津前线指挥员，后经中央军委、毛主席修改后定稿。1949年1月21日，苏静代表中国人民解放军平津前线司令部和傅作义方面代表王克俊、崔载之在协议书上签字。翌日起，傅作义部队开始开出城外，在指定地点接受解放军的和平改编。北平和平解放。

　　"长征、抗日、祖国解放。曾经多少沧桑，终成历史回响。"虽然我们只读了苏静人生故事的几个章节，但已感受到将军青春的壮丽与岁月诗篇之华美。"功勋卓著多谋善断的苏静将军永远活在我们心中。"在纪念苏静将军100周年诞辰时，时任中央军委副主席的迟浩田将军如是称赞苏静将军。这，也表达了人民的心声！

血染红旗分外艳

——尤溪烽火岁月纪事

尤溪地处福建中部，幅员广阔，面积为福建省县级第二位。福建山多林茂空气好的特点，在尤溪体现得特别明显。走进尤溪，视线所及尽是延绵的山峰和蓊郁的林木，加上水系发达，全县流域面积 10 平方千米以上的河流达 81 条，使尤溪大地山清水秀，俨然一座大自然的氧吧。880 多年前朱熹就诞生在这片绿色的土地上，一代理学大师就是从这里走出去，走向天南地北，其理学思想光辉普照神州，流芳百世。

这片绿色的土地，不仅是一方文化的沃土，也是一块具有反压迫、反剥削、爱国爱乡光荣传统的红色区域。自唐开元二十九年（公元 741 年）建县以来，尤溪一直是福建农业大县之一，并拥有金、银、铅、锌、铜、铁等矿产资源，土地、矿产是农民赖以生存的资本。洪武元年（1368 年），尤溪爆发了农民起义，反抗地主对农民土地的剥削和官僚对矿产的掠夺。明正统十三年（1448 年）尤溪又爆发了福建历史上最大的农民军与矿工联合的反抗运动，万余人的起义大军攻破尤溪县城，反对政府索勒巨额矿冶税，并与沙县邓茂七部汇合，攻占延平府，北上破顺昌、邵武，攻光泽，据杉关。短短几个月，就攻占了福建 20 多座县城，并涉及粤赣两省。虽然起义军在明军围剿下失败了，但如此大规模的农民公然向封建制度挑战，具有不同凡响的历史意义。后来在明嘉靖和清顺治年间又爆发了多次农民起义。

鸦片战争后，帝国列强的侵略，更激起了人民的反抗。1853 年，农民领袖林俊聚众揭竿起义，率数百人攻入尤溪县城，焚烧县署敬事堂，知县金琳失印自杀。1857 年太平军入闽，林俊部下潘宗达率千余众再次攻打尤溪县城，虽攻城未果，但仍然沉重打击了尤溪的反动势力。

辛亥革命后，尤溪人民处于地主、豪绅、官吏组织的新政权统治之下，仍旧生活在水深火热之中。清末民初，以贫苦农民蒋肇开为首组织的"无钱会"，聚众上千人与官府展开斗争，曾攻下延平城，终因不敌官府部队遭剿灭，但对统治阶级发挥了极大的震慑作用。

众所周知，这期间尤溪还出了个被毛泽东同志称之为福建"陈卢两部均土匪军"之一的卢兴邦土著军阀，他与北洋军阀争夺地盘，争夺势力，双方展开多次较量。他们是一丘之貉，他们之间的混战，给尤溪百姓带来深重的灾难。

封建军阀、官僚、地主三位一体构成的统治阶级，像三座大山压在尤溪人民身上，被压迫的劳苦大众备受煎熬，渴望翻身解放。当中央红军来到时，他们便跟着红军积极投身革命洪流中去。

今天，我们走进尤溪乡村，还可以看到许多当年留下的革命遗迹，特别是写在墙壁上的革命标语，80多年过去了，字迹依然清晰可辨，据有关部门统计，1933至1935年红军在尤溪活动期间共留下标语2000多条，其中保留比较完整的还有360多条，其内容有"苏维埃万岁""只有共产党才能救中国""打倒土豪劣绅""驱逐日本及一切帝国主义滚出中国去""打倒不准士兵抗日的国民党军阀""农民起来实行土地革命""打倒军阀卢兴邦"等，这些珍贵的文字，从一个角度，真实记录了当年尤溪苏区点燃的革命火种。走进这些墙壁上写着不太工整字迹的古民居，我们仍能感受到当年如火如荼的革命斗争氛围。

从对革命遗址、遗迹的考察和翻阅党史资料中，我们了解到，20世纪30年代尤溪大地红旗漫卷，风雷激荡，革命活动十分活跃。这期间发生在尤溪的革命斗争事件，不仅对尤溪，而且对福建乃至整个中央苏区都有着举足轻重的影响。

第一件事是划为"筹款区域"，筹款筹粮。

尤溪东临闽清，西接沙县，南连大田，北毗延平，闽江穿境而过，是福州连接闽西、闽北苏区的重要战略交通要道，是当年福州往中央根据地瑞金、闽西北苏区运送军用物资的必经之地，战略地位十分重要。

早在第二次反围剿胜利后的1931年6月，红一方面军前委书记毛泽东同志在给周以栗、谭震林的信中就指出："四军应以归化、清流、连城为工作区域，以沙县、永安、尤溪为筹款区域，即在三县筹款自给。"之后，红四军在宋裕和同志带领下进入尤溪，发动群众，开展筹款。尤溪人民积极响应毛泽东同志的号召，配合红四军，开展筹款筹粮活动，为红军筹集了大量的钱款和食盐、大米等军需物资，单大洋就达30多万元。筹集的款项、物资全部交往中央革命根据地瑞金，补充军队之给养。

"从奴隶到将军"的罗炳辉率众冒险为苏区送军需物资经历，为他军事生涯增添了光辉一笔。1933年，蒋介石调集50万大军对苏区红军进行第五次"围剿"。连续9个月的封锁，使中央苏区和红军吃不上盐，兵工厂没有黑色火药，面临弹尽粮绝的危险境地。这时，红军在尤溪缴获了4000箱炸药和一批食盐。军委急令罗炳辉率领红九军团一部火速将这批物资运到苏区。罗炳辉临危受命，亲自挑担上路，途中遇上敌军就打，敌军一败，挑上担子就走，半个月时间，红军将士每人挑着六七十斤重的担子，走了300多公里山路，终于将军需物资安全运到中央苏区。

第二件事是东方军两次进尤，开辟新苏区。

1933年7月，按照中共临时中央关于中央革命根据地红军主力分离作战的部署，以红军第三军团和红军第十九师为基干组成的东方军共一万多人，由彭德怀兼司令员、滕代远兼政委、袁国平兼政治部主任、邓萍兼参谋长的率领下，为执行"筹款百万，赤化千里""把红旗插到福建去，开辟新的根据地"的东征任务，于7月2日从江西广昌出发挺进。

当时国民党军在福建兵力有七个师另一个旅，其中新编第二师卢兴邦部驻在尤溪、清流、宁化、归化一带。东方军入闽后给了卢兴邦部队以沉重打击，重创其兵力，并缴获了一批军需物资及大量粮食、食盐和其他物资。

紧接着，8月31日，东方军围攻延平城，实施"围点打援"战略，延平守敌刘和鼎部大为震惊，急电福州国民党十九路军总部求援。当日，蔡廷锴亲率补充师谭启秀部由福州沿闽江而上，至水口、尤溪口，实施救援延平守军。东方军红三军团第四师的第十团和第五师的第十三团沿闽江而下，于9月2日在尤溪口截堵十九路军援敌并展开激战，击退和歼灭了十九路军谭启秀部，取得了尤溪口阻击战的胜利，一举攻下和解放了尤溪。

东方军在尤溪攻打国民党十九路军的胜利，一方面在军事上震慑了十九路军，迫使十九路军在南平王台与东方军谈判，达成"王台协议"，从而在军事上减轻中央苏区来自东面的压力，使中央红军能集中优势兵力，应对国民党的第五次"围剿"；另一方面，东方军攻下尤溪后，帮助尤溪在靠近延平、闽江的西滨、梅仙两个区分别建立苏维埃政府，并在这两个区的大部分区域先后建立了乡村苏维埃政府。同时还培养革命新生力量，组织发动群众，开展土地革命。毛泽东主席、项英副主席高度赞扬东方军的胜利，指出："又从福建的龙岩、新泉交界，经过连城、清流、归化一直到闽北的延平附近（尤溪），这一大块区域都变成为苏维埃版图。"

1934年1月，东方军为了开辟新苏区，筹建"福建临时革命政府"，再次入闽作战，在攻打沙县城未克的情况下，彭德怀命令东方军"红七军团十九师（除五十五团监视沙县外）主力向尤溪前进。"又命令红三军团第四师挺进尤溪，协助红十九师攻打尤溪县城。1月15日红十九师和红四师在彭德怀亲自指挥下，包围了尤溪县城，经过三天三夜激战，摧毁了国民党五十二师卢兴邦兵工厂，一举攻下并解放了尤溪城，并将缴获的食盐、煤油、机器、枪械弹药以及印刷设备等战利品运往瑞金。

两年时间，东方军两度入尤，尤溪两次解放。这在尤溪革命史上写下浓墨重彩的一笔。如今尚存尤溪乡村斑驳墙壁上那《出征军歌》《出征歌》《小燕歌》《十八省》《扬子江》曲谱，其铿锵有力的旋律，似在向我们叙说在这片土地上的战斗故事和军民鱼水情。东方军二进尤溪，帮助尤溪人民在管前、西城、城关和坂面成立了4个区苏维埃政权，加上第一次入尤成立的2个区，至1934年3月底，尤溪有6个区、100多个乡村苏维埃政权。那时的尤溪大地，"风展红旗如画"，"分田分地真忙"。

第三件事是中央红军北上抗日先遣队途经尤溪，帮助拓展红色区域。

1934年7月，由红七军团组成的6000多人北上抗日先遣队（军团长寻淮洲、政治委员乐少华、参谋长粟裕、政治部主任刘英、中央代表曾洪易），在红九军团（军团长罗炳辉、政治委员柴树藩、参谋长郭天民、政治部主任黄火青）一万多人护送下，于7月7日从瑞金出发，经连城、永安、大田分两路进入尤溪，于7月24日在尤溪县坂面镇蒋坑会师。而后，红七、九军团在尤溪境内相互策应行军前进，于7月29日，红七军团在尤溪口渡过闽江，北上抗日。红九军团完成护送任务后原路返回至连城姑田。

从红军北上抗日先遣队进入尤溪，到红九军团返回离开尤溪，中央红军在尤溪境内活动时间长达50多天，经过10个乡镇、100多个村庄，活动区域广、影响范围大。其时，正值尤溪各地建立苏维埃政权革命红火之时，红军抗日先遣队的宣传发动与帮助影响，使尤溪红色政权进一步巩固发展，人民武装力量也得到加强和提高。

为保证红军抗日先遣队安全过境，尤溪人民冒着生命危险从各方面支援部队。据统计，三万多红军出入尤溪，沿途群众为红军提供了 10 万多间房屋。在梅仙坪寨村，我们看到一座多达 300 多房间的古民居，青砖黛瓦环环相拥，回廊通道纵横交错，走进去就像进入迷宫一样不知所向。这座被称之"大福圳"的房子就是当年抗日先遣队的住地之一，墙上许多标语如今依然完好。

尤溪群众还为红军提供粮食 16000 多担，食盐 20 多万斤，为红军护送伤病员 170 多人，当向导和挑夫 1800 多人，提供木船 850 多艘次，架桥、摆渡 1200 多人次，随军入伍当红军或游击队的 4580 多人，其中 1300 多人牺牲，被毁村庄 56 个，被杀害群众 4600 多人，被捕 2100 多人，被烧毁房屋 180 多座 1500 多间。烽火岁月，燃烧激情，在血与火的洗礼中，尤溪人民不屈不挠，砥砺前行。

第四件事是中央苏区闽赣省苏维埃政府入驻尤溪，领导革命斗争。

在群山环抱的坂面京口村，有一座典型的闽中古民居，二进二厅，厢房环绕，回廊相连，地面青砖苔迹斑斑。看得出来，这在 80 年前是座比较像样的房子。中华苏维埃共和国闽赣省苏维埃政府机关当年就驻在这里，办公间兼领导人的卧室，依然是当年的模样，一张小床、一张小桌、一盏油灯，摆设极其简单。如今在每间房壁上挂了张说明。解读这些说明文字，我们了解了当年发生在这里的革命故事。

1933 年 2 月苏区中央局决定成立闽赣省委，隶属苏区中央局。1934 年 5 月，中共宁化中心县委及所属各县委由福建省划归闽赣省领导。1935 年春，红军主力长征后，闽赣省面临强敌的围攻，各苏维埃区域全部丢失，武装斗争转入游击战争。根据中央"关于在中央苏区及其邻近苏区坚持游击战争的基本原则"，为了从组织和斗争方式上适应游击战争的环境，闽赣省委、省苏维埃政府、闽赣军区机关共 600 多人从宁化迁移到尤溪京口，编为闽赣省新编第一团，继续开展工作，并直接领导尤溪人民开展革命斗争。整顿作风，健全编制，整训部队，发动农民打土豪、分田地，使尤溪革命形势有了很大好转。

当时国民党军队不断"清剿"，环境恶劣。1935 年 4 月下旬，闽赣军区大部队在京口遭到国民党五十二师袭击，为了避免与强敌正面作战，红军撤到京口的草洋山，不料又遇到敌五十二师特务营，双方展开激烈战斗，由于敌我力量悬殊，战斗失利，许多红军战士英勇牺牲，闽赣省委委员方志纯受伤被捕（一年后被尤溪地下党组织营救出狱）。

5月初，闽赣省委、省苏、闽赣军区在戴云山麓活动，当来到位于尤溪、德化、永泰、仙游四县交界的紫山时，由于行踪泄露，被敌人重重包围。此时闽赣军区领导宋清泉等人叛变投敌，环境更加恶化。省委书记钟循仁、省苏维埃主席杨道明和侦察处长陈长青等拼死突围，返回京口，但部队已损失殆尽。钟、杨便隐居永泰、尤溪交界的闇亭寺继续坚持斗争。他们在寺中撰写的《闇山文献》，记述了当年风雷激荡的革命斗争史实。

闽赣省苏维埃政府在尤溪虽只有短短几个月，但其艰苦卓绝的斗争，不仅有效地牵制了国民党军事力量，在战略上配合主力红军的战略大转移，同时紧紧依靠人民群众，度过了最为艰难困苦的时期，保存了革命种子。

抗日战争爆发后，尤溪党组织积极宣传抗日救国道理，揭露日寇侵华和地主剥削罪行，激发群众斗争热情。从1941年到1946年，党组织在尤溪开辟了一条从南平土堡经尤溪十二都、尤溪五十都至大田汤泉的"游击走廊"，建立了一条从闽江到闽中的秘密交通线，联络起周围的游击据点，使沿线的村落成了我党进行武装活动的主要基地，从而使南沙尤地区成为闽西北革命活动的重要根据地。

1947年3月，中共闽浙赣区委城工部派尤溪籍党员廖怀玉回尤溪开展革命活动，组建尤（溪）德（化）永（泰）工委。4月中旬廖怀玉在中仙竹峰村召开党员会议，宣布成立尤德永工委，隶属于闽浙赣区党委城工部，廖怀玉为工委书记。工委成立后立足本地，开展斗争。建立革命活动据点，办夜校开展宣传，深入造纸作坊开展工人运动，智斗国民党中统特务洪钟元，拔掉反共钉子傅荣等，做了许多工作。恼羞成怒的国民党尤溪当局几次派人抓捕廖怀玉，均因革命同志的掩护得以逃脱。廖怀玉在尤溪工委的出色工作受到中共闽浙赣区委领导的肯定，后奉调回福州工作。1947年8月后，受党组织委派，廖怀玉又到尤溪开展工作，筹备组建中共尤溪县委，廖怀玉任县委书记。尤溪县委在廖怀玉带领下做了大量卓有成效的工作。1948年3月14日，廖怀玉到闽清麟洞开会，由于叛徒出卖，廖怀玉等7人被捕，发生了震惊闽永尤三县的"麟洞事件"，致使闽永尤中心县委遭到严重破坏。廖怀玉被国民党当局投入监狱，在狱中她受尽酷刑，但始终坚持革命气节，同敌人斗智斗勇。她还做通女看守和狱管的工作，使他们同情革命。1949年4月廖怀玉出狱后又投入革命工作。福州解放后，廖怀玉因

"城工部"事件受审查，平反后一直在市教育部门工作直至离休（享受副厅级待遇）。尤溪人民忘不了这位出生入死、屡遭挫折、对党赤胆忠心的优秀儿女。

1949年5月中国人民解放军解放南平，极大地震慑了国民党尤溪当局。福建省第二军分区司令员林志群、南平城防司令王根培，分析尤溪形势后，派人策反国民党尤溪军政负责人卢兴荣、罗骏，经过艰苦细致工作，7月5日尤溪和平解放，成为福建省第一个和平解放县。尤溪解放为中国人民解放军第三野战军进攻福州，切断福厦公路，堵击南逃亡敌扫清了道路障碍。解放福州战役打响后，三野二十九军从尤溪、永泰翻越大山，切断福州之敌南逃的陆上道路，为解放福州立了功劳。

血染红旗分外艳。胜利果实来之不易，尤溪人民倍加珍惜。如今朱子诞生地、原中央苏区范围，成了这个闽中大县两张金光闪闪的名片。文化滋养智慧，斗争孕育精神。"生面别开新境界，儒乡已改老容颜。今朝放眼风流处，山外尤溪依旧山。"尤溪人民正大力弘扬革命精神，传承优秀传统，让千年古县焕发青春，迎接新的辉煌！

2014．3

鸳鸯溪畔红旗漫卷

——屏南革命烽火纪事

鸳鸯溪潜行于屏南东面的深山腹地间，它像一条巨龙穿山越壑破崖冲涧，于混沌初开的莽荒之地雕琢出一幅幅秀色可餐的自然生态景观，绿潭、峡谷、顽石、峭崖，还有硕大的谷底平洋。由是，就有了奇异的山峰、悠长的流水，和被人称之"天下绝景，宇宙之谜"的白水洋。这原始静谧的深谷，于是招来了珍稀动物鸳鸯栖息。鸳鸯溪、白水洋如今成了5A级旅游景区，其名声远播神州，成了屏南这个山区县的代名词。

成千上万的游人涌向鸳鸯溪、白水洋，融入青山白水间，接受大自然的洗礼，感受原生态的恩赐。人们感到这里山水纯、风景美，乐而不倦，流连忘返。可很少有人知道，这荒山野岭莽莽绿野之地，在20世纪的三四十年代曾经血与火的洗礼，革命的火种曾经在这里的崇山峻岭间点燃，形成燎原之势。嘹亮的军歌也曾在这里寂静的山野间回荡，这里曾是对敌斗争的战场。地处闽东北的鸳鸯溪如同一条绿色的纽带，把闽东与闽北两块革命根据地紧紧地搂系在一起。溪畔两岸的村庄成为重要的交通枢纽，使屏南成了福建通向省外的一条绿色通道。历经数十年"红旗不倒"，为共和国的建立立下了不朽功勋。

一

鸳鸯溪畔的屏南，层峦叠嶂，群峰林立。虽山川阻隔，信息闭塞，但鸳鸯溪山水哺育起来的山里人，其性格如同清纯山水一样淳朴、坦荡，爱憎分明，爱国主义的革命传统一直在这块土地上传承着。

早在1926年，在福州求学的屏南籍学生共产党员黄德信等人，就奉命回屏南创办平民夜校，传播革命道理，组织农民协会，开展反对北洋军阀的斗争。1930年冬，黄德信等人又发动群众开展抗税、抗租、抗债斗争。

1932 年 4 月，时任中共福州市委书记陶铸派员来屏组织中共屏南县特别支部，从此，屏南人民在特别支部的领导下，从"三抗"斗争逐步转向武装暴动。

1933 年，闽东党组织先后派颜阿兰、范铁民等人来屏开展革命活动，组织贫农团，发展党员，组建党支部和游击队，先后创建了宁屏四区和宁屏五区革命根据地。

1934 年，中共闽东特委领导人叶飞率领闽东独立师向宁屏古边挺进，粉碎国民党 87 师的"清剿"，横扫反动民团，开辟了宁屏古边新苏区，组建了中共宁屏古县委和宁屏古苏维埃政府。宁屏四区和宁屏五区苏维埃政府也于 9 月成立。

中央红军长征后，闽东北各地转入艰苦卓绝的 3 年游击战争。闽东、闽北两独立师先后挺进屏南，创建游击根据地；1935 年 7 月，组建了中共政屏中心区委，翌年 6 月成立中共政屏县委和政屏县革命委员会。

星星之火，可以燎原。由于屏南地理位置的特殊，福州、闽东、闽北党组织都在这里播下革命火种，上级领导的一次次到来，革命种子的一遍遍播撒，使这块"兵家要地"的红色底蕴不断增厚，这里的红色区域不断扩大，成为连接闽东、闽北革命活动的一个桥梁地带，也为我党我军大规模军事行动和革命活动奠定了较为坚实的群众基础。

二

大战终于来临。这场近 80 年前发生在屏南上楼的战斗是福建游击战历史上以少胜多的著名战例，在我军历史上也占有一席之地。那是在 1934 年底，时任闽北分区党委书记黄道接到长征途中革央军委领导周恩来、朱德拍来的电报："闽北红军队伍要注意和闽东叶飞同志的游击队伍取得联系……"黄道当即决定：改变斗争方式，不死守大安（闽北根据地首府），向东发展，并派独立师师长黄立贵带一个团兵力挺进建松政地区，伺机与叶飞的闽东红军会师。

黄立贵队伍从崇安出发后，经过浦城、松溪、政和，准备穿过寿宁，前往闽东根据地福安。可当队伍行进到寿宁境内时，遭遇敌人重兵阻击，不得不折回进入屏南。

1935 年 11 月 11 日，黄立贵队伍百余人抵达屏南西北侧的上楼村。上楼四周高山环抱，屏南最高峰东峰尖（海拔 1627 米），耸立在村的东面，西与建瓯毗邻，是个极为偏僻的高寒村落。

大概是两县交界的军事要地，这个"山高皇帝远"的小村庄却驻扎着国民党屏南县第八区壮丁队。发现红军队伍后，壮丁队立即退到高墙大院内进行顽抗。听到枪声响，老百姓纷纷关起门来。于是，红军进行喊话宣传，在劝降无效后发起强攻，打垮了壮丁队，活捉了壮丁队长。同时做群众工作，并把没收来的"浮财"分给农民，群众纷纷开门欢迎红军。

13 日清晨，天刚破晓，正当红军打点行李准备转移时，从建瓯方向尾追而来的敌 56 师第 3 营数百人从西北方向包抄过来，企图一举消灭红军队伍。接到敌情报告后，黄立贵组织战士以土豪大屋炮楼为中心，联结周围火力网，与敌战斗。

这时，在屏南"清剿"红军游击队的国民党新 11 师 5 团 4 营打探到红军围攻上楼的消息后，连夜赶来增援。他们听到枪声，以为红军被壮丁队阻截在村外，于是向村后梯田猛烈开火。而国民党 56 师第 3 营却以为是红军的增援部队到来，不问青红皂白，组织火力还击。两支敌军的火拼，死伤不少。误会消除后，两支敌军 1000 多人联合起来，把上楼村团团围住，并发起猛烈进攻，一场敌我力量悬殊的战斗开始了。人多势众、装备精良的敌军，在村庄周围架起了机枪向村内红军疯狂扫射。

红军战士集中在碉堡式的土豪屋高墙大院内，依托高墙居高临下，严防死守。敌人把所有火力都往这大院集中，院子的土墙被子弹打得一层层剥落，尘土漫天飞扬，屋顶也被手榴弹炸得瓦片横飞。黄立贵冷静指挥，沉着应战。红军战士一次次地奋起反击，一个上午击退敌人 6 次冲锋。敌人始终未能靠近大院，炮楼前遍布敌人尸体。

此时，红军发现弹药所剩无几，十分着急。黄立贵略加思索，从战士手中接过机枪装上子弹，随手又拿了几颗手榴弹插在腰间，带上几个战士冲出门去，对准敌人一阵扫射，又扔去几个手榴弹，打得敌人措手不及，争先逃跑。战士们趁机飞跑过去，搬回几箱子弹。等敌军回过神来，红军战士已返回大院关上大门。

黔驴技穷的敌人向四周民房泼上煤油并点燃，熊熊烈火直冲云天，敌人以为这下能把红军烧死。可庄院土墙高，火烧不进来，红军正好可以抓紧时

峰火丹心

间休息。敌人见火攻不行，就挖地洞，想通过地洞消灭红军，可刚挖一小段就被红军炸了，还炸死了几个挖地洞的敌兵。此时天已黑，枪声也稀疏了，打了一天仗的敌人已筋疲力尽，纷纷撤退至几十米外的古庙烤火吃饭。

黄立贵师长觉得此时正是突围最佳时机，于是果断下令突围，他端起机枪一阵猛射，敌人哨兵连滚带爬地逃走了，来不及逃跑的，只好做了枪下鬼。一时间，"冲啊！杀啊！"的喊叫声响成一片，敌人倒下一片，一些残敌见势不妙四散逃命。

突围的红军战士冲过田地蹚过小溪，以溪岸为掩护朝对面茂密的松林中奔去。走在最后的黄立贵，趁敌军慌乱之际，迅速摆脱敌人，融入茫茫的夜色中。上楼战斗，敌人伤亡近 400 人，红军牺牲了 9 位战士，成为我军土地革命史上一个有名的以少胜多战役。

红军指战员从上楼突围后，转移到屏瓯交界的岩溪坑一带，利用那里的有利地形，对尾随红军的保安第五团两个连设下埋伏圈，打了一个出其不意的伏击战，全歼敌人两个连，缴获了不少枪支弹药。

上楼战斗的突围成功和岩溪坑伏击战的胜利，对屏瓯边革命根据地的开辟和牵制"清剿"闽北根据地的敌人，起到重要作用，使闽北和闽东的革命形势出现新的转机。

16 日，黄立贵师长率领的闽北独立师一团与阮英平、陈挺率领的闽东独立师第一纵队在屏南柯坑村胜利会师，为闽北分区党委书记黄道和闽东特委书记叶飞参加的洞宫山会议创造了条件。

与此同时，南面也传来喜讯。闽北独立师在饶守坤、王助、左丰美指挥下，活跃在屏南西南面的九仙山、山峰、水竹洋、法竹坑和下马溪一带，创建了屏南游击根据地。这块根据地成为闽东北游击根据地的中心，从而把屏南革命斗争推向新的高潮。1936 年 4 月，中共闽东北特委和军分区在屏南山峰村成立，王助任特委书记兼军分区政治委员，饶守坤任军分区司令员，左丰美任团特委书记兼军分区政治部主任。从此，中共闽东北特委和军分区长驻屏南，领导闽东北军民粉碎了敌人多次"围剿"，赢得了三年游击战争的伟大胜利。

三

历经多年的战火洗礼和艰苦环境的考验，事实表明屏南有着较好的群众基础，加之屏南地理位置的特殊，于是又一个重大任务落到了屏南这块土地上。这个任务虽然繁重，然却让屏南这片红土地增辉添色，给这块沃土带来历史性的光荣：新四军六团在这里集结、整训，从这里出发，开往北上抗日战场。

1937年"七七事变"后，抗日战争全面爆发。事变第二天，中国共产党发表抗日宣言，号召全国人民团结抗日。在中国共产党的诚心努力下，实现国共第二次合作，抗日民族统一战线形成。中共闽东特委与国民党福建当局也于1937年12月31日达成了停战共赴国难的协议，其中有一条："划屏南县为闽东红军驻区。"《福建民报》发表了《中国共产党闽东特委共赴国难宣言》。

新四军军部顾玉良奉周恩来之命来福建寻找闽东红军和特委领导人叶飞、阮英平、范式人等同志，传达党中央关于把南方八省红军游击队编为新四军并北上抗日的指示。接着叶飞与顾玉良一起奔赴南昌新四军军部接受任务，由许威从省政府主席陈仪手上领到700套军服和数千元经费回到红军集训地宁德石堂。随后闽东特委下令，闽东独立师和各县红军游击队汇集屏南县棠口村，整编北上抗日。1938年1月27日，这是一个令人难忘的日子，新四军政治部组织部长李子芳在棠口圣公教堂操场宣布闽东红军独立师改编为国民革命军陆军新编第四军第三支队第六团，团长叶飞，副团长阮英平。团部驻屏南县城双溪，大部分部队驻在棠口。

棠口距县城双溪很近，虽说地处山沟僻地，却是一个很洋气的村庄。19世纪末和20世纪初，西方国家就在这里创办教堂、学校和医院，盖起了供洋人居住的"姑娘厝"、牧师楼等建筑物，这些水泥构件的建筑，在100多年前山村土屋群里如"鹤立鸡群"，特别引人注目，被称之为西洋建筑群。如今尚存的这些洋楼虽墙体斑驳、楼板嘎嘎作响，然西洋风格的外观依然清晰可见。当年部分红军就居住在这些建筑物里。团部则设在双溪镇的陆氏祠堂，陆氏是双溪大姓，祠堂比较宽敞，叶飞、阮英平等团领导就住在祠堂楼上神龛边上小隔间里。

1300 多人集训 20 多天，这后勤保障对屏南来说是个艰巨任务。那时"一切为了抗日"成了屏南人民的统一行动。全县上下掀起了拥军支前热潮，棠口村成立了支军董事会，下设筹粮、备柴、收菜、集资和杂勤 5 个小组，共 185 人，专门为六团提供后勤服务。部队集训期间正值岁末，天寒地冻，为了部队官兵御寒，驻地附近的章岭、石牛头、倚岗头、山岭、龙源、贵溪等地村民冒着严寒上山砍柴、烧炭。青壮年劳力每天要砍一担柴送到部队驻地。碰到下雨天不能上山，就将自家的柴先送给部队。

屏南地处高山，新鲜蔬菜很少，为了让部队官兵吃好，农民就把自己贮藏的冬瓜、南瓜、马铃薯、大豆等农产品献出来，宁愿自己吃咸菜。豆腐是那时最好的营养品，双溪、棠口的十来家豆腐坊所制豆腐基本上都只供应部队。屏南大豆种得少，供不应求，县里就派人到浦城、建瓯、古田等地采购。棠口西村叶姓家族还抬了两头肥猪到团部与叶飞团长会亲，慰劳新四军。部队官兵多是打地铺睡觉，为使他们不挨冻，老百姓就把自家床上两件草苫拆下一件送给部队。许多家庭还把准备给老人做棉袄的棉花献出来制作棉军衣，甚至有的还把娶媳妇用的棉花也献了出来。棠口村周荣刘、双溪村彭理斯等裁缝师傅发动家人和有裁缝技术的人为新四军赶制军服。部队在驻地过春节，家家户户都争先恐后把糍粿、花生、豆子、粉干等农产品往部队送。部队也组织指战员到穷苦农民家里拜年慰问。民拥军，军爱民，军民一家，其乐融融。

据不完全统计，集训期间，屏南人民共为部队供应大米 2.8 万公斤、木炭 1 万公斤，制作军服 600 套、草苫 700 床。还帮助部队搭建营房，加工大米，运送物资以及挑水、送信等。国民党屏南县政府为新四军六团北上筹集军饷 3 万多元，商界富户也捐资 3 万元，为抗战出了力。如今虽然 70 多年过去了，当地健在的一些老人，对这段"一切为了抗战"的历史记忆犹新，都能说出几段当年拥军支前的感人故事。

1938 年 2 月 14 日，新四军六团 1380 多人结束集训后，由叶飞、阮英平率领，从棠口出发，奔赴北上抗日战场。棠口群众和各界人士千余人夹道欢送，依依惜别。许多民众还拿出平时舍不得吃的鸡蛋、花生、柿丸和地瓜干等，送给战士，以备路上充饥。这支队伍里屏南籍的战士有 160 多人。

六团经政和、松溪、浦城，越过仙霞岭进入浙江，于 3 月下旬到达安徽省歙县岩寺地区集中，进行战前训练。而后进入苏南茅山地区，以夜袭、奔袭、奇袭、伏游等战术，多次与日寇交手，打败日本鬼子。1939年5月，六团挥师东进，进入宁沪铁路两侧长江三角地带的东路地区，与江阴、无锡的抗日武装合编为江南抗日义勇军，他们夜袭浒墅关车站，炸毁铁路桥，随后进入常熟境内，建立了以阳澄湖东塘寺为中心的苏（州）常（熟）太（仓）和澄（江阴）锡（无锡）虞（常熟）抗日根据地。6团神出鬼没，纵横驰骋，袭据点，反扫荡，打得日伪魂飞魄散，黄土塘一仗歼敌百余人后进逼上海近郊，在青浦附近击溃数百名日伪军的"扫荡"，又乘胜追击，火烧上海虹桥机场，烧毁敌机4架。以后撤离东路地区，留下30多名伤病员在阳澄湖坚持斗争，《芦荡火种》《沙家浜》等影剧反映的就是这段史实。

1939年底，六团奉命北渡长江，与兄弟部队一起打退国民党反共高潮。此后，又取得了吴家桥战斗、郭村保卫战和黄桥决战等重大胜利，打开了苏北地区抗战局面。电影《东进序曲》就是根据郭村保卫战素材编拍的。后来六团又在苏北战场与日寇作战，屡获胜利。1944年3月参加车桥战役，担负打援任务，在芦家滩血刃日寇，歼敌600余人。

抗战胜利后，六团又南征北战，先后参加了泰安、宿北、鲁南、莱芜、孟良崮、豫东、渡江等战役，直到上海解放，而后又南下解放闽浙赣地区。新中国成立初期又奉命赴朝参战，保家卫国。陈毅元帅曾对叶飞说："你那个六团不简单，土地革命时期锻炼出来的，是党的精华啊！这些老战士九死一生，斗争经验丰富，一个人将来可带一个连或一个营。"

与六团开拔同时，屏瓯独立营等部还有100多屏南籍战士奉命到江西沿山县石塘镇集中，编入新四军第三支队第五团，由饶守坤团长、曾昭铭副团长率领，挥戈北上，投入硝烟弥漫的抗日战场。

从闽东这块红土地走出来的指战员，不怕牺牲，英勇善战。1380余名新四军六团官兵到新中国成立时幸存者只有百余人，指战员们用自己的血肉筑起抗击外侮的新的长城，为民族独立和人民解放献出宝贵生命。1941年1月皖南事变伤亡尤烈，担任军部警卫任务的六团3营战士，为保卫军部大部壮烈牺牲。

留守屏南的共产党员和游击队，继续开展抗日反顽斗争。解放战争时期，在中共闽浙赣区党委领导下，屏南根据地人民从隐蔽斗争转入公开反对国民党武装斗争，直至解放。据不完全统计，在革命斗争的年代里，屏南全县被毁灭了73个村庄、民房15170多间，被敌杀害618人，被敌抓走4051人，被迫外出3252人，被敌灭绝户数1124户。为革命牺牲烈士320多名，为革命做出贡献的农村"五老"有 955 名，还不包括无法查到姓名的无名英雄。

<h1 style="text-align:center">四</h1>

历史不会忘记，人民不会忘记。不会忘记浴血奋战的英雄，不会忘记英雄铁军的伟大精神。2011 年 7 月 1 日，中国共产党 90 周年诞辰，宁德市和屏南县及闽东红土地文化发展促进会在棠口重建新四军六团北上抗日纪念碑，并举行了隆重的奠基仪式。重建后的纪念碑，碑体为长幅横卧型，长 36 米，最高点 5.8 米，正面为 8 幅大型浮雕，再现了六团经历的棠口整编和抗日战争、解放战争、抗美援朝等战场英勇奋战的场景。中间镌刻着迟浩田将军书写的"新四军六团北上抗日纪念碑"金色大字。背面为碑文和六团指战员芳名录。纪念碑前方的基座上安放着六团指战员后代代表从莱芜战役、孟良崮战役、淮海战役、车桥战役、郭村保卫战、黄桥决战、皖南事变战场、渡江战役、沙家浜以及屏南棠口等 10 个地方，采集来的浸染着烈士鲜血的红色热土，以追寻革命先辈的战斗足迹，也让血洒战场的烈士魂归故土。多年来，闽东党和政府一直在寻找为国捐躯新四军战士的下落，但因当年环境复杂，虽经多方努力，仍有数百名闽东籍战士无姓名可查，"你的名字无人知晓，你的功绩永世长存。"这一抔来自他们战斗过的 10 个地方的热土也意味着这些无名英雄的魂灵安息闽东大地。

巍巍纪念碑，漫漫革命路。站在纪念碑前，我思绪澎湃。鸳鸯溪青山依旧，白水洋绿水长流，然天翻地覆，时代巨变。喜看今日屏山之南，处处莺歌燕舞，一派欣欣向荣。"县强民富生态美"的新屏南呼之欲出。可如若没有 70 多年前的红军北上，没有全民族的团结抗战，今天的美好与幸福又何从谈起？"忘记过去就意味着背叛。"列宁的话在耳畔回响，是教诲，更是警示。面对纪念碑，对先烈景仰之情油然而生，对闽东、对屏南这片红色土地的感佩之情也涌荡心间。

"让不变的红色记忆与时代同行，感受先辈生命热血的延续沸腾；让不朽的英烈精神激励我们前行，凝聚团结奋斗的伟大力量；让不懈的奋斗艰辛孕育丰硕的成果，告慰先烈的英灵忠魂。"这是立碑的初衷，也深深地镌刻在人们的心中。

2014. 6

回望鹭岛红色足迹

厦门，拥山临水，绿树掩映，有着"海上花园"之美称；厦门，面对台海，港口优良，被称之"东海明珠"。

因白鹭栖息而称"鹭岛"的这座海岛城市，如今的思明区是其核心区域，它见证了这座岛城的发展变化和烽火岁月的历程。最近，在思明区采风期间，通过与有关同志座谈和查阅党史资料，回望厦门时空留下的红色足迹，虽然只是其中的几个节点，已令我们深深感到，厦门不仅是座美丽的城市，也是一座英雄的城市。

囊萤楼点燃革命火种

自然风光秀丽和地理位置特殊的厦门早为帝国列强所觊觎。1840年6月，英国发动了侵略中国的鸦片战争，而后英国侵略者威逼清政府签订了中国近代史上第一个不平等条约——《中英南京条约》，厦门被辟为五口通商口岸之一。随后各国殖民主义势力纷纷进入厦门，厦门沦为我国最早的半殖民地城市之一。

厦门在历史上具有光荣的革命传统。1661年，民族英雄郑成功率军从厦门跨海东征，于次年从荷兰殖民者手中收复了我国领土台湾（当时为表示抗清复明，还把厦门改称"思明州"），在中国人民反抗外来侵略的斗争史上写下了光辉的篇章。鸦片战争期间，以及太平天国革命、义和团运动、辛亥革命时期，厦门民众都积极响应，冲锋陷阵，打击反动势力，在中国反帝反封建的革命史上留下闪光的一页。

1919年五四运动在北京爆发后，厦门人民首先是青年学生积极响应，掀起了波澜壮阔的反帝爱国斗争。1921年7月中国共产党成立后，马克思主义在鹭岛进一步传播开来。1924年9月，厦门大学学生施乃铸（1922年在上海由李达、邵力子介绍入党，是目前所知在厦活动的最早中共党员）

在校内组织了一个共青团支部。1925 年上海发生五卅惨案，厦门人民同仇敌忾，掀起了一场轰轰烈烈的反帝爱国运动。厦门大学学生会召开总委员会会议，通电全国文化团体声讨帝国主义罪行。并成立厦门大学学生外交后援会，领导学生运动，反帝爱国斗争的浪潮一浪高过一浪。

从五四运动到五卅运动，随着反帝爱国斗争的日益发展，共青团组织作用的显现，马克思主义也日益为厦门进步青年所接受。1926 年 2 月，经中共广东区委批准，罗扬才、李觉民、李秋天三人在厦门大学囊萤楼正式成立了厦门地区（也是福建地区）第一个党支部——中共厦大支部。罗扬才为支部书记。囊萤楼，这座红瓦石墙南洋风格的建筑物，成了福建的"南湖小船"，如今依然屹立厦大校园，成了爱国主义教育的一个基地。

支部建立不久，根据上级指示，成立中共厦门特别支部。特别支部从左派分子和进步青年中选送了九名学生进广州第六届农民运动讲习所，他们是：平和县的朱积垒，龙岩县的郭滴人和陈庆隆（陈子彬）、朱文昭、李联星，永安县胡永东，诏安县黄昭明，上杭县温加福和王奎福。这些同志后来都成为闽西南地区工农革命运动的领导人和骨干分子。此后，厦门地区乃至闽西南地区的革命斗争进入了一个新的历史阶段。学生运动、工人运动及各阶层人民的反帝斗争互相配合，互相推动，不断向前发展。厦大囊萤楼点燃的星星之火，已然成了燎原之势。

土堆巷升起工运红旗

厦门党组织的建立推动了工人组织的发展。到 1926 年 4 月，厦门建立了四个工友联欢会，人数达三百多人。共产党员罗扬才亲自组织创建了厦门电器工会电灯厂分会。党领导的加薪运动就是从电灯厂开始的。斗争的胜利，给厦门工人阶级树立了榜样，鼓舞了各行各业工人群众的斗志。到了 1926 年底，厦门基层工会已经发展到十五六个。

蓬勃发展的厦门工人运动，为成立全市性工会创造了条件。中共厦门市委正式成立后，即研究厦门总工会筹备委员会成立事宜。1927 年 1 月 24日晚，厦门总工会（筹备会，实则总工会）在市区大同路土堆巷红砖大楼宣告成立。

如今走进土堆巷，粉刷一新的这座三层大楼，在阳光下闪着金辉。门前立着一块厦门市文保单位的石碑，室内展览着当年工运斗争史实照片和文字资料。从展览中，我们了解到，当年的成立大会会场设在二楼中厅。那天楼内楼外人山人海，工友们喜气洋洋相互祝贺。所属基层工会共派出两百多名代表与会。大会由吴世华主持，罗扬才、杨世宁先后讲了话。

成立大会上，通过了总工会章程，选出了总工会委员长罗扬才、副委员长杨世宁、秘书长吴世华、组织部长粘文华、宣传部长柯子鸿、财政部长陈维椿和颜泗等三十余名委员，共有 23 个基层工会，会员达一万余人，其中共产党员九十多人。到同年 4 月初，基层工会增至三十多个工会，人员增至两万余人。还建立了一支 300 人组成的工人纠察队。

此后，在以共产党员为领导核心的厦门总工会的坚强领导下，被工人们称为"罢山罢海"的加薪运动规模空前，声势浩大，绝大多数罢工斗争取得了不同程度的胜利。

正当革命斗争如火如荼迅猛进展时，蒋介石背叛革命，发动"四一二"大屠杀，镇压革命运动。在福建，国民党右派还提前下手，逮捕共产党员和国民党左派及工农会领导人。1927 年 4 月 9 日上午，厦门反动势力包围土堆巷厦门总工会，逮捕了委员长罗扬才、副委员长杨世宁和厦门学联负责人黄埔树，还逮捕了几位共产党员和国民党左派人士。从而爆发的要求释放的请愿游行，人数多达三千多人。

罗扬才、杨世宁被捕后，坚贞不屈。1927 年 6 月 2 日凌晨，在福州鸡角弄刑场英勇就义。罗扬才就义前，在狱中写信给党组织和战友，其中写道："为革命而死，我觉得很快乐"，"各位不要为我悲伤，应该踏着我们的血迹前进"！年仅 23 岁的罗扬才，这位把壮丽青春和满腔热血献给党和人民的英雄，值得我们永远景仰！

鼓浪屿鼓涌斗争浪潮

厦门"四九"反革命事变后，国民党右派把白色恐怖统治推向全省，大规模围剿共产党，在厦门开展的"清党"运动，使厦门不少共产党人和革命者、爱国者惨遭屠杀。

1930 年 2 月 15 日至 20 日，中共福建省第二次党代会在中共中央特派员恽代英的指导下，于厦门鼓浪屿内厝沃 449 号曾家园召开。中共六大代

烽
火丹心

表、福建省委书记罗明在会上传达了在莫斯科召开的中共六大精神，总结了过去工作，分析了当时形势，确定了福建的政治路线和工作方针。会议选举产生了新一届省委领导班子。会议指出，当前福建党的主要任务是"正确地领导群众斗争，准备全省总暴动"。蔡协民和曾志夫妇就是在这时从闽西来到厦门省委机关工作的。

省委机关设在鼓浪屿虎巷 8 号。曾志后来在回忆录中写道："房子是由蔡协民以西药店老板的名义租下的，作为省委的机关驻地。我们称罗明为堂兄，称省委秘书处处长黄剑津为弟弟。除我和蔡协民是正式夫妻之外，组织上分别从漳州石码一带调了个叫谢小梅的女同志，从闽西调了个小学女教师郭香玉，安排给罗明和黄剑津同志作假夫妻。她们就住在机关里，谢小梅负责刻蜡版，油印材料。郭香玉负责抄抄写写。我们还在当地请了一个五十多岁立志终身不嫁的'自梳女'，帮助料理家务。我在机关里的任务是抄写密件，与交通站联系，接送文件，与外界联络，同一些地下党员保持单线联系，其中有厦门大学教授、中小学教师等。"

随着厦门白区革命工作的恢复，到 1930 年 6 月底，厦门城区党组织已经有了较大的发展。厦门的学生运动和工人运动也掀起了新高潮。3 月 18 日厦门学生 2000 人举行纪念"三一八"惨案大会。并通过了"反对军阀混战""反对国民党捕人""拥护自由运动大同盟"等决议。4 月 9 日，厦门工代会组织工人、学生三百多人，召开"四九"纪念大会，会场悬挂红旗和罗扬才遗像，散发传单四万多份。

思明狱爆出惊雷巨响

这期间，厦门发生的破狱斗争，震动全国，成了中外革命史上绝无仅有的光辉杰作。华侨作家高云览以厦门破狱为题材，撰写的《小城春秋》长篇小说，畅销海内外。

当年破狱的地点发生在思明南路 453 号的思明监狱。这座始建于乾隆三十年（1765 年）的监狱，紧挨当年县政府，主体建筑为清末民国时期陆续所建。监狱依山就势，梯度建筑，自南向北分为三区，每区各建牢房一幢，以高墙分隔。共有大小不一牢房 24 间，建筑布列有序，结构严谨。监狱旧址如今已被公布为全国重点文物保护单位。

思明监狱的破狱斗争轰动全国，举世闻名。不妨多花些笔墨披露其惊心动魄而又极富传奇色彩的行动细节。

85 年前的 1930 年春天，正当厦门革命浪潮逐浪高涨之时，反动当局进行了疯狂反扑。3 月 18 日，国民党驻厦门海军司令部派部队包围了厦门民众"三一八"惨案纪念大会现场，逮捕了大会主席张耕陶（厦大学生，争取自由大同盟代表）和陈汉宗（厦大学生）等四人。张耕陶、张汉宗被关押在思明监狱。在此前后，一批党组织领导骨干和在武装斗争中被捕后押解到厦门的红军和游击队骨干等计四十余人，也被关在思明监狱。

中共福建省委和厦门党组织经过慎重研究之后，决定武装破狱，营救被关押在思明监狱中的同志。为此，省委成立了破狱委员会（又称"特别委员会"），由罗明（时任省委书记）、王德（时任共青团省委书记）、王海萍（时任省委执委兼军委书记）、谢景德（时任省委常委兼组织部部长）、陶铸（时任省委军委秘书）组成。互济会主任黄剑津任秘书长。并组织特别队和接应队。特别队由陶铸负责，共 13 人，进行了严格的政治、军事和纪律训练；接应队由谢景德负责，有十来人，大多是进步学生难友和家属亲朋，任务是引导出狱难友到指定地点，以防散失。

在做好狱外准备的同时，破狱委员会还通过与狱中同志接触，进行商讨，狱中成立了临时党支部，负责做好被捕人员的思想准备与行动准备。

为了确保破狱成功，破狱委员会进行了一系列调查研究，五位领导成员都分别深入"虎穴"调查，掌握第一手材料，还搞到了一张厦门敌人兵力和看守所布防图，并进一步了解到敌人布防的详情。破狱委员会对掌握的情况做具体分析后，制定了切实可行的行动计划。

破狱时间原定 5 月 1 日，后因准备不充分推迟至 5 月 25 日上午。这天是星期天，国民党军警和看守人员比较松懈。这一天是农历四月二十七日，上午潮汛是退潮时间，船只可以顺潮比较快驶出厦门岛。5 月 24 日晚上，破狱委员会五位成员又在厦门罗克咖啡厅对破狱准备工作作最后一次检查，在听取各方面汇报后，罗明宣布："一切准备就绪，明天按计划进行！"

破狱队伍兵分三路，均按事先布置各就各位：第一路由王德带领十位同志扮作游客，活动于监狱附近街巷间，任务是见机行事，监视敌人行动。一旦发现敌人军警增援监狱，即制造交通事故，堵塞道路，以为冲出牢房的战友赢得疏散时间。

烽火丹心

第二路，由谢景德带领十几位接应队队员，他们扮作品茶游客、购货市民等在各自方位"品茶""选货"。破狱行动打响后，即与冲出牢房的"犯人"联系上，并以闪电般动作，按既定疏散路线和潜遁方式将战友带离险区登上接应船。

第三路由陶铸带领十几位特务队队员，携带手枪，分成外队（五人）和内队（六人）有程序地进入战斗岗位。内队负责潜入监牢，剪断铁锁，打开牢门；外队则在县衙外佯装买卖杨梅，配合行动。

一切按计划布置停当，正欲行动时，事出意外：敌副看守长卢永忠对以探监为名进入牢内第二道门岗名叫古客的队员产生怀疑，准备动手对其搜身，在这情况突变的危急时刻，配合古客的那个队员当机立断，迅即拔出手枪，一发子弹撂倒副看守长卢永忠，与卢一起的那个看守妄图抵抗，也被一枪击毙。听到牢内两声枪响，在大门外卖杨梅的队员，迅速拔出手枪，只两颗子弹就结束了那两个岗警的性命。

几乎是同时，陶铸和王占春率领的外队队员，以迅雷不及掩耳之势冲入大门，以台阶为掩蔽体，镇住正在餐厅吃饭的警卫队。警卫队长吴广成还没反应过来，就连同另一个警卫队员一起被陶铸一梭子弹所撂倒。其余的警备队员被这些突如其来的"天兵天将"吓得魂不附体，抱头鼠窜，他们有的往餐桌下爬，有的往灶台间钻，各自逃命。

内队的六位同志各负其责，争分夺秒，剪铁锁，砸牢门，指挥牢中战友冲出去，仅仅十分钟时间，四十多位"政治犯"全部冲出牢笼。而十几位破狱英雄却毫发无损。

冲出牢门的战友，出了县政府大门，就被在此等候的接应队接走，送到打石字码头，乘坐事先停泊这里的两艘同安壳灰船，穿过高崎、集美海峡，开往同安珩厝和彭厝村隐蔽、休整，而后分批送到闽西革命根据地工作。

思明监狱"五二五"破狱斗争的胜利，如惊雷巨响，沉重打击了国民党反动派的血腥统治和反动气焰，解救了一批党的骨干，极大地鼓舞了革命者和革命群众的斗志。

武当巷再燃革命烽火

厦门城市工人运动的复兴，特别是震惊中外的思明"五二五"破狱成功，使福建的国民党反动势力惊慌失措，狗急跳墙。白色恐怖与敌人进攻日益加剧，省委机关亦遭破坏。有鉴于此，1931年7月27日，在中共中央指派的巡视员姚仲云指导下，在厦门武当巷（草仔巷）21号，成立厦门中心市委，并在碧山路设联络站。中共福建省委代理书记王海萍任厦门中心市委书记兼军事部长、罗春雪任组织部长、许依华任宣传部长、曾志任秘书长。1932年初增补董云阁为常委。市委委员还有陶铸、李金发、王永治、吕金泉、邓子恢等。

这时期，厦门党组织曾遭到三次大的破坏，而且一次比一次严重，王海萍和董云阁先后被捕，英勇牺牲。在极其困难的环境中，厦门中心市委带领闽南各地党组织，坚持艰苦的斗争。

"九一八"事变后，厦门中心市委（后改中共厦门工作委员会）不失时机地领导人民开展抗日救亡运动，组织创办了不少宣传刊物和开展"三罢"（罢工、罢课、罢市）活动。这期间，厦大师生的抗日救亡斗争成了厦门乃至闽南地区抗日救亡运动的主力军。在地下党领导下，以厦大进步学生为主体的厦门"一二·九"运动冲破了国民党在厦门制造的白色恐怖，把厦门地区的抗日救亡运动推向了新的阶段。

1937年10月26日凌晨，日军攻占金门县城。"金门失陷，开始了华南的卢沟桥事变。"唇亡齿寒，厦门面临更加严峻的形势。

1938年5月10日凌晨3时左右，日军发动侵略厦门战役。日第十四舰队12艘军舰在海军少将宫田指挥下，从金门向厦门进发，并从航空母舰上起飞18架飞机向中国军队的阵地狂轰滥炸，掩护着日本海军陆战队向厦门海岸进逼。中国守军奋起反击，伤亡甚重。12日中午，厦门市区沦于敌手，日军一千五百余众相继占领全市，并以27艘军舰载兵继续向厦门增援。13日全岛宣告陷落。

厦门保卫战持续几个昼夜，我军民浴血奋战，日军死伤五百人左右，厦门军民也付出重大牺牲。守军445团团长负伤，三位营长或阵亡或负伤，副营长以下军官非死即伤，全团原有1500人阵亡八百余人。厦门民众在战

烽火丹心

火中死伤亦多达三四千人。

日寇横行，鹭岛成了人间地狱。日本侵略军进行"三光"洗劫，遍地尸体，惨不忍睹，据统计，厦门沦陷当天，仅壮丁无辜被杀者就达7000人，无数厦门人在刹那间妻离子散，家破人亡。

日本侵略者的恶劣罪行，激起了厦门人民的强烈反抗。在共产党员的直接领导或间接影响下，厦门人民纷纷组织起来抗击日本侵略者。厦门群众抗日团体还与周围游击队联合行动，"不时予敌以重大袭击"。

从1938年厦门沦陷到1945年10月厦门光复，在长达七年的日伪法西斯统治时期，厦门人民不甘受辱，奋起反抗，涌现了许多可歌可泣的英雄人物和英雄事迹。他们的反抗，打击了日伪的气焰，动摇了日本侵略者在厦门推行殖民统治的基础。厦门民众抗日斗争，在一定程度上牵制了日本侵略华中、华南及太平洋地区的力量，意义十分重大。

妙法林激荡鹭岛风云

抗战胜利后，中共福建省委下属的中共泉州中心县委、中共闽江工作委员会和中共闽粤边区委员会下辖的中共闽南地委先后向厦门派出党员，建立了三个地下党组织。

泉州中心县委组织的一支挺进队于1945年9月从海澄率先进入厦门，这是自1938年5月厦门沦陷、中共党组织被迫撤出孤岛之后最早进入厦门的中共地下党组织。1946年4月，经中共闽中地委批准，成立了中共厦门工委，挺进队队长许集美任工委书记，队员郑种植、施能鹤等任工委委员。工委机关就设在厦门励志路1号妙法林斋堂。从此这座平日里菜姑们念经礼佛的僻静之地就成了厦门共产党活动的秘密据点。

暮春的一天，我慕名来到妙法林。这座建在市区闹中取静地段的小庵堂，如今作为市级文保单位已修葺一新。斋堂主持释法净女士热情地领我们参观了斋堂的里里外外。这座始建于1933年的斋堂为一座二层石砌小楼。楼下为佛堂，楼上为卧室。整座面积仅280平方米。佛堂后厅有几个小间。据法净介绍，当年地下党议事和住宿都在后厅。那时的妙法林，斋堂上晨钟暮鼓，油灯长明，时有悦耳念经之声；斋堂后的卧室里，地下党活动繁忙，常有"善男信女"来此开会或汇报工作。苏碧芬、胡水仙等菜姑，就在斋堂内外放哨观风，保护地下党同志的安全。菜姑们省吃俭用，锄地种菜，供应地下党同志食宿，甚至不惜卖棉被与家具，维持革命同志的生活。"性静不嫌茅屋小，心清自觉菜根香。"这小小的斋堂激荡着鹭岛风云变幻。可以说，厦门工委开展的一系列革命活动，都同妙法林有直接或间接的关系。

法净说，当年工委和地下党同志在这里忘我工作、不怕牺牲的革命精神深深打动了菜姑、清姑的心，使她们由同情拥护革命，到不避风险支持革命。正是有了她们的支持，厦门工委机关才能在这里立足三年多。这期间工委先后建立了厦大、集美、侨师、小学等四个总支，并在一些单位和农村建立党支部。还在这里举办短训班，发展了三百名左右党员。坚贞不屈的刘惜芬烈士就是这时发展入党的。林云涛、林松龄、洪雪立、谢怀丹、吴学诚、刘双恩、郑秀宝等都在妙法林参与革命活动，为抗日救亡和人民解放事业做出了贡献。

1949年10月17日，妙法林的菜姑们满怀胜利喜悦，迎接厦门解放，欢庆厦门新生。这座寂静的斋堂作为一个可靠的地下革命据点也载入史册，千秋留芳！

在思明区采风的最后半天，我走进虎园路1号厦门烈士陵园，瞻仰革命烈士纪念碑。碑前"光辉永驻"的浮雕长廊里，镌刻着众多近代革命英雄人物，可谓群星璀璨，光耀人间；"永志铭心"群雕中，以多组的雕塑展现了在解放厦门岛的战役中我28军、29军和31军指战员与厦门人民不怕牺牲、英勇善战的情景。浮雕和雕塑让我们回望了这座英雄城市的光辉足迹。"先烈雄风永镇海疆，英雄伟绩永志铭心。"英雄气激荡正能量，鼓舞着人们，踏着先烈足迹，不畏艰难，砥砺前行！

2015.3

红军精神　光耀千秋

—— 漳平革命史迹回望

漳平地处福建中南部，为龙岩、漳州、泉州、三明四市结合部，地理位置特殊。境内山岭耸峙，河道密布，水量充沛，林木蓊郁。方圆近3000平方公里的土地，仅县城一带地势稍为平缓，"邑居漳水上流，千山之中，此地独平"，古代官员大概仅在城里转了一下，便取此县名。其实漳平是"九山半水半分田"，广袤的丘陵山地，不仅盛产山货，资源丰富，也是打游击的好地方，为开创和发展革命根据地提供了极为宽阔的战略回旋余地。早在土地革命时期，漳平就是闽西中央苏区的重要组成部分。从20世纪20年代到新中国成立，漳平人民在党的领导下，前仆后继，不怕牺牲，坚持斗争，浴血奋战，留下了一路闪光的红色足迹。

红色沃土 孕育火种

漳平是闽西南最早发展共产党员的地区之一。1919年，漳平人郑超麟赴法国勤工俭学，追求马列真理。1922年，郑超麟与周恩来、赵世炎等留法学生共同发起成立"旅欧中国少年共产党"。1924年，郑超麟在莫斯科加入中国共产党组织，成为闽西南最早的共产党员之一。1924年9月，郑超麟回国后，历任中共中央宣传部秘书、中共湖北省委宣传部部长等职，出席中共五大和八七会议，翻译《共产主义ABC》，与瞿秋白等人一起编辑中央机关刊物《布尔什维克》，为马克思主义在中国的传播发挥重要作用。

漳平本土孕育的革命火种也在点燃。1924年至1927年第一次国共合作期间，漳平籍共产党员陈国华、林仲堪、陈文成、陈天枢、陈尚益、陈福庆等人积极开展工农运动，并促成漳平县实现第一次国共合作。1925年10月，永福中学进步教员林仲堪、陈文成发起成立漳平县农民运动委员会。同时成立农民夜校，组织农协会员学文化、学武术、学革命道理，培养了一批农民骨干分子。随着会员的扩展，1926年春，正式召开漳平县农民协会成立大会，与会者达2000多人。同月，漳平县工会、县妇女部也相继成立。这些群众组织因势利导，有效地开展"二五"减租、反对苛捐杂税的斗争，在民众中播撒革命火种。工农运动出现方兴未艾势头。

当然，革命不可能一帆风顺，有斗争就会有牺牲。陈国华就是这一时期涌现出来的为革命视死如归的优秀共产党员。1904年出生于漳平中甲上郭畲村的陈国华，在龙岩省立九中读书期间，参加了同学邓子恢创办的"奇山书社"，为进步刊物《岩声》撰稿。后考入集美师范部，与进步学生一道，出版刊物，宣传国民革命，揭露军阀的黑暗统治，并加入国民党左派组织。1925年秋，国民革命军东征时，陈国华毅然走出校门，投身到火热的革命斗争中去。

陈国华的革命活动引起了反动县长的不满，曾遭逮捕。后因各界公愤，示威游行，方被释放。1927年1月，经郭滴人等介绍，陈国华加入中国共产党，成为中共龙岩总支的一名党员，根据党组织安排，他回到漳平担任国民党县党部（左派）秘书。

1927年4月12日后，白色恐怖笼罩大地，陈国华在漳平再次被捕。在狱中，国民党右派对他威胁利诱，"劝导"他放弃马克思主义，遭到陈国华严词拒绝，后因组织营救出狱。出狱那天，一千多工农群众夹道欢呼，陈国华感动得热泪盈眶。随后他又与邓子恢、郭滴人等一起深入各地，开展党的工作。1928年3月，龙岩爆发后田暴动后，敌人派暗探盯梢陈国华，他第三次被捕。敌人用金钱美女诱惑不成，就抽出指挥刀，用刀尖直逼国华心窝，以剖腹挖心相威胁，陈国华面不改色，痛骂军阀祸国殃民。敌人无计可施，便对他施以酷刑。在狱中，他和谢宝萱一起领导50多位难友进行绝食斗争，并准备越狱。敌人知道后，便密令处决。殉难时，年仅24岁。陈国华牺牲后，漳平大地传唱着《漳平出了个陈国华》的歌谣："深坑砍竹好做笋，漳平出个陈国华；领导工农闹革命，推翻地主和军阀。山上羊角开红花，铮铮铁骨陈国华；为咱穷人谋幸福，工农暴动保伊出。"邓子恢同志称陈国华是"贫贱不能移，富贵不能淫，威武不能屈的人民英雄！"

革命不会因挫折和牺牲而停步。从1927年冬至1929年8月，漳平境内共产党员在上级党组织的领导下，实现了完全抛弃"左派国民党"的旗帜，坚决亮出苏维埃红旗的重大转折。1928年2月，三县交界的岩漳龙赤卫队成立，成为漳平境内第一支地方工农武装。与此同时，邓子恢、郭滴人来到永福，在龙车村头溪坂林游氏宗祠直接领导建立了漳平第一个地方党组织——中共郎（龙）车支部，游祖辉任书记，隶属中共闽西临时特委直接领导。同时，中共龙车支部组建龙车赤卫队（漳平第三中队），陈世鉴任队长，队员 63 人。这支由农会人员组成的武装，参加了闽西红军和各县赤卫队联合攻打龙岩城的战斗。1929 年，永福相继建立永福总区苏与东河区、南河区、北河区等各区苏维埃政府和赤卫队，漳平第一块红色区域雏形初步形成。5 月，永福总区苏组织 3000 民众的盛大游行，成为酝酿革命暴动的大胆尝试。至此，革命火种已然点燃，漳平的革命斗争开始了基层红色政权建设道路的艰难探索。

出击闽中 星火燎原

红四军二次入闽、三打龙岩的节节胜利，震动了远近。国民党当局调集闽粤赣三省二万多兵力，对闽西苏区和红四军实行"会剿"。1929 年 6 月 29 日，蒋介石下令委托赣军金汉鼎为三省"会剿"总指挥，以赣省为主力，闽粤为堵截。七月中旬以后，参与三省"会剿"的国民党军队相继向闽西推进。

7 月 29 日，红四军前委决定兵分两路，一路留在闽西与敌周旋；一路由军长朱德率第二、第三纵队和军部出击闽中，从外线打破敌三省"会剿"。8 月 4 日，朱德指挥红四军第二、第三纵队，攻占宁洋县城（今漳平双洋镇），在城内住了三天，做了三件事：张贴标语和布告，召开群众大会，宣讲红军的宗旨和工农革命的道理。朱德在大会上演讲，号召广大工农群众起来闹革命；打击当地三个土豪，没收了他们的粮食和其他财物，分给贫苦群众；烧毁国民党宁洋县的衙门，处决了从连城押来的两个土豪劣绅。

8 月 7 日，朱德率第二、第三纵队离开宁洋县城，沿双溪南下。在过罗溪渡口时，朱德亲临前沿阵地，指挥部队一举击溃守敌，乘胜追击，于第二天进入漳平，消灭了当地民团和张贞的一个营。

朱德在漳平召开了群众大会，号召工农群众起来跟着共产党闹革命，打土豪分田地。他还召集手工业工人和农民代表，分别座谈，进行调查研究。然后，组织了漳平县工会和农民协会，红军前委朱德、刘安恭主持成立的中共漳平支部（书记郭日辉）积极吸收城关及附近乡村的工农群众加入党组织，进一步壮大党组织力量。8月中旬，红四军战士、赤卫队员和贫苦群众500多人在西园乡钟秀村"彰福堂"召开漳平县城防第一赤卫队成立大会。朱德亲临会场，为与会者分析形势，宣传革命思想。在漳平开展革命活动12天后，红四军前委决定跳出外线，出击闽中。8月17至19日，红四军分两批离开漳平，奔赴闽中。

闽中，是福建土著军阀卢兴邦的地盘。他依仗人多枪多，霸占闽中、闽北和闽西二十多个县，同国民党福建省政府主席杨树庄分庭抗礼。当红四军入闽时，他的部队据守在各个县城里，以逸待劳。红四军决定暂时不与卢兴邦匪部交战，在大田城附近，朱德派信使到卢兴邦司令部，称"借道过境"，老奸巨猾的卢兴邦怕红军"暗度陈仓"，借口"本乡地僻土瘠"，没有答应。8月20日，朱德率红四军第二、第三纵队围攻大田县城不克，遂转入永春福鼎一带。

这时，闽中、闽西的形势对红军都不利，加上盛暑高温，病员急增。国民党当局调兵向红军进攻，闽西特委也要求红军前委"调四军回闽西，在漳平一带工作"。8月28日，红军回师到漳平境内，在象湖镇杨美、半华等村驻宿。次日拂晓，红四军以当地农民为向导，从打鼓岭突袭溪南圩，全歼尾随其后的张贞部张汝劻旅一个团，击毙敌团副1名，歼敌200余人，缴获大批枪支弹药，史称溪南突袭战，成为红四军入闽后著名的七大战斗之一。"风声所据，遐迩震惊"。红军乘胜前进，第二次攻占漳平城，又消灭张汝劻一个团，俘战一百多人，缴获一部分军用物资。

9月1日，朱德率红四军追击残敌，攻占永福。永福地势高峻、重峦叠嶂，是西进龙岩，南下华安、漳州，北上漳平的交通要冲。进入永福后，朱德召开工农群众大会，亲自领导重建永福总区苏维埃政府，选举陈锡容为主席，并统筹部署龙车暴动事宜。9月2日，龙车村600多名暴动队员手执大刀、长矛、鸟铳等冲向国民党乡公所。龙岩红军武装排、黄坑、适中赤卫队等200多人火速赶到，与暴动队员夹攻乡公所反动民团。龙车暴动一举成功，揭开了漳平工农武装暴动的帷幕。随即建立乡苏维埃政府。100多名永福青壮年参加红军。红四军在永福驻营5天后，朱德率部重占龙岩，形成了"张贞已败，赣军不来，陈惟远只得回去"的大好局面，从而打破了闽粤赣国民党军队的三省"会剿"。

朱德率领红四军第二、第三纵队和军部出击闽中,在漳平一带活动28天,足迹遍及十三个乡镇一百余个村庄。红军既是战斗队,又是宣传队。红军的到来,极大地促进了漳平各乡村土地革命斗争的掀起,为漳平革命根据地的形成起了积极的推动作用。在红四军节节胜利的鼓舞下,许多乡村举行武装暴动,建立苏维埃政权。1929年9月,红四军留派干部邓克明、胡阿泗带领120余名龙车赤卫队队员击退官田、永福两股反动团匪200余人的联合反扑,巩固了苏维埃政权。随后龙车赤卫队122人整编,成立了以邓克明为书记的中共永福区委和以陈春芳为主席的龙车区苏维埃政府。赤水等地赤卫队也相继成立。至此,漳平境内北部、中部、南部三大红色区域日臻巩固,并相互影响,相互渗透,形成燎原之势,漳平革命根据地初步形成。

革命烽火 延绵不绝

漳平革命根据地的形成和发展,不仅动摇了国民党在闽西东南部的统治,而且引起了闽中、闽南邻近诸县反动势力的极度恐慌。1930年7月,闽南悍匪詹方珍部侵占永福,威胁龙岩。红二十一军军长胡少海率部2000多人分二路夹击詹方珍匪部,扫清永福圩外围据点。胡少海军长不幸腹部中弹,壮烈牺牲,年仅32岁。

面对国民党反动势力的疯狂反扑,中共闽西特委决定集中力量,建立和健全漳平一带党组织和群众组织。1930年8月成立的中共漳平特区委,在城关和邻近乡村坚持分散隐蔽的革命活动,领导开展游击战争。1932年4月,毛泽东、聂荣臻、罗荣桓等率领红军东路军2万余人从龙岩南下挺进漳州。漳平党组织和苏维埃政府,紧急动员,掀起拥军支前热潮。漳平第一支"红色娘子军"——南福区妇女游击队在永福元沙村万善庵成立,张瑞娘为队长,林金銮为副队长,成为漳平反"围剿"武装斗争的一支生力军。

1932年夏,国民党发动对中央苏区第四次"围剿",向漳平重兵推进,南福区游击队采取突袭战术,牵制打击敌人。翌年春,随着游击队的壮大,在永福与南靖之间建立了一条地下交通线,联系起沿线50多个自然村的游击队和交通站(点),共同牵制敌人,使闽西东南边沿根据地斗争出现新的局面。

1934年春，在中央主力红军第五次反"围剿"的关键时刻，中国工农红军独立第八团、第九团，挺进中央苏区东线，开展远殖游击战争。红八团的具体任务是挺进到漳（州）龙（岩）公路两侧，破坏敌人的交通运输。红九团则挺进到（龙）岩连（城）宁（洋）地区，破坏漳（平）宁（洋）敌人的筑路计划。两团相互呼应，共同牵制东线敌军向中央苏区核心地域进犯。在漳平地方党组织和游击队伍的配合下，红八团、红九团采取灵活机智的游击战术，在漳平境内与敌激战，阻击前来"围剿"的国民党军队，分别扼守控制从福建东边通往中央苏区的交通要道。漳平实际上成了闽西苏区第五次反"围剿"的前沿阵地之一，红八团、红九团不仅出色地完成了任务，而且开辟了大片游击根据地，客观上有力配合了中央主力红军的战略大转移，并为坚持闽西南三年游击战争夯实坚固的基础。

1934年10月，中央苏区主力红军长征后，岩连宁和岩南漳这两块地区全面开展反"清剿"游击战争。漳平境内以永福、双洋为中心，南北呼应，同数十倍于我的国民党军队和地方反动团匪展开殊死搏斗，有效地粉碎了敌五期"清剿"，漳平成为坚持闽西南三年游击战争的中心游击区域之一。这期间漳平游击武装在谭震林、邓子恢、魏金水等领导下，曾经历了铁鸡岭战斗、官田梅营激战、过坑伏击战、朝天岭伏击战、安坑伏击战和石寮包围战等，有效地打击了敌人，缴获了一批军用物资，还创办了石寮红军医院。在对敌斗争中，我方也付出了惨重代价。红八团政委邱织云在战斗中壮烈牺牲。1937年4月，为保卫岩南漳县军政委员会留守处和中共南福区委领导，南福区妇女游击队30多名指战员顽强抵抗前来包围的敌人，从队长、指导员到队员绝大多数光荣牺牲。龙车区被杀害的苏区干部达10余人，被抓去服苦役的群众有100多人，下落不明40多人，被毁坏房屋520多间，被抢走耕牛100余头。四旺村有20多户人家因拒绝"移民并村"被敌灭绝。水尾村40多人因所谓"通匪连坐"被敌杀害，连未满月的婴儿也未能幸免于难。敌人的血腥暴行，并没有使漳平人民屈服。1938年3月，坚持游击战的80余名漳平籍红军战士，整编加入新四军第二支队，奔赴苏皖抗日前线。

抗日战争时期，漳平地方党组织和武装力量，根据党中央抗日民族统一战线的方针，在坚持开展独立自主的抗日反顽运动中，不断壮大和成熟。

抗战时期，奔赴苏皖抗日前线的漳平籍红军英勇顽强，斗志昂扬。绝大部分在 1941 年 1 月的皖南事变中为国捐躯，涌现出了刘新志、陈三婴等一批抗日英雄。老红军陈开路亲历平型关大捷、百团大战等著名战役，历任八路军 115 师独立团营长、平西六团参谋长、晋察冀四分区三十六团团长等职，立下赫赫战功。在国民党军队服役的俞福全、廖光春等十多名漳平籍爱国官兵也共赴国难，在抗日前线阵亡。

抗战胜利后，漳平地方党组织根据党中央七大精神，开展武装解放和统战工作，争取国民党军政人员起义，配合南下大军解放漳平全境。1949 年夏秋，漳平、宁洋（后并入漳平）解放，标志着漳平新民主主义革命取得了重大胜利。从土地革命到新中国成立前夕，漳平的革命烽火延绵不绝，赢得了"红旗不倒"的赞誉。

红军精神　长留斯地

漳平是块孕育革命火种的地方，也是一片红军活动活跃的地方，特别是朱德率部来漳，极大地推动了漳平的革命形势向前发展。红军在这里不仅打击敌人，保护人民，创立革命根据地，还留下了极为可贵的红军精神。

漳平人民敬重的陈国华、张瑞娘、林金銮等英勇奋战、不怕牺牲的英雄人物影响几代人。同样的，看来并不起眼的一些"小事"也会给社会带来深远的影响。在象湖镇杨美村上埔山"荣福堂"的一堵灰旧墙壁上，我们看到了这样几行褪色的墨写字样："老板你不在家你的米我买了廿六斤大米二元大洋在观泗老板手礼红军"。这是 1929 年 8 至 9 月，朱德率红四军军部和第二、三纵队出击闽中时在住地留下的。带我去的镇党委宣传委员李新中为我们讲解了这"留款信"背后的故事：朱德率部向大田进军时，进驻杨美村休整。那时，老百姓"谈兵色变"，红军还未进村，乡亲们就纷纷逃避村外。为了购买粮食，战士们跑遍全村，在一间阴暗的屋里仅寻到一位身残体弱的老汉苏观泗。一位红军战士和气询问是否有米卖，老人吓得只是摇摇头，什么话也不说。这时，朱德军长微笑着走进来，耐心地向老人家解释红军是专门打土豪劣绅的队伍，宣传红军买卖公平的纪律，并请老人帮忙购粮。老人这才松了一口气，高兴地带着红军战士来到他的堂弟苏和家中购米。红军战士秤购了 26 斤大米，并请苏观泗老人转交米款二元大洋，但老人说什么也不肯收。"老人家，收下吧，红军是穷人的队伍，不拿群众一针一线。"老人这才收下。队伍临行前，红军战士在苏和存放大米房间的墙上写下了这珍贵的"红军留款信"。

这"留款信"短短的几行字，道出了红军的性质，展示了红军的形象，体现了红军严明的纪律，感人至深，影响至大，产生了巨大的凝聚力。这"留款信"也是留给漳平人民的一笔精神财富。如今在杨美村建起了红军出击闽中纪念馆和红四军前敌委员会旧址（达道堂），高高耸立的朱德元帅塑像和古老的"荣福堂"，共同讲述着这发生在86年前那动人的故事。这故事就像村前的感化溪一样，轻轻地流淌，浸润着这片土地，荡漾在人们的心头。

2015. 8

人间正道是沧桑

——泉港革命烽火回眸

全国著名石化基地泉港，历史上属惠安管辖，由惠安北部析出4乡一盐场组成。泉港区虽面积不大，然背山面海，山地纵深，海域宽阔，有着得天独厚的生态优势和港口优势，是一片山水交融的丰腴之地，且位于闽中，北上南下，水陆通达，交通较为便捷。

这么好的一块地方，一百年前与全国各地一样，饱受苦难。泉港人民不甘凌辱，奋起反抗，前仆后继，英勇斗争，终于迎来了解放，获得了新生。如今，泉港正向全面建成小康社会决胜目标奋进，一座充满活力的绿色石化港口新城正崛起在闽中大地上。

抚今追昔，感慨万千。让我们回望历史足迹，走进当年的"峥嵘岁月"，看看这片土地上风云变幻的往昔。

官逼民反　惨案惊天

20世纪20年代初，闽南军阀在各地成立所谓"田亩捐局"，征收所谓"田亩捐"，其实就是勒逼老百姓种植罂粟，勒征谓之"国税"的鸦片捐等苛捐杂税。惠北地区多为沙土地，土层瘠瘦，且盐碱多，本不宜种植罂粟。可反动军阀不以实种面积计算，而是采取"预征"，硬性派征。加上其他苛捐杂税，税收就像一把刀架在百姓脖子上，叫人欲活不能，欲哭无泪。人民对黑暗世道的不满情绪与日俱增。

1923年11月，在北京燕京大学求学的惠北山腰人庄竹秋受李大钊指派，回家乡惠安。他发动山腰、郭厝、峰尾等地农民、盐工、渔民联合抗纳捐税，歼灭反动军阀"杨团"（驻福建反动军阀的一支，团长杨增团，人称"杨团"）一百余人。遭受重挫的杨增团气急败坏，亲率兵力并纠集"民军"（土匪军）进剿山腰等地，许多房屋被夷为平地，连兴德堂等佛门圣地也难逃浩劫，杀戮包括妇孺在内手无寸铁的无辜群众数百人，造成数以千计的农民无家可归。

"山腰惨案"震惊省内外。1924 年 1 月 20 日，中国共产党机关刊物《向导》周刊撰文揭露封建军阀的反动暴行，声援惠安人民的武装抗捐斗争。社会各界也开展赈济活动，救援难民。这惠安有史以来的大惨案，也让人民警醒：只有拿起武器，敢于斗争，才能消灭反动军阀，改变这黑暗的世道。

曙光初现　火种点燃

北京爆发的五四运动，如同一声惊雷，震动全中国。马克思主义开始在中国传播。革命思想如一缕春风，吹进了东南一隅的惠安。当时在惠安时化学校读书的涂岭人陈平山经常阅读《共产党宣言》等革命书籍，深受进步思想熏陶。1925 年秋，为声援上海"五卅"运动，他联络县城学生进行罢课游行，声讨军阀买办和帝国主义罪行。随后到广州考入黄埔军校，先后加入共产主义青年团和中国共产党。

1926 年 11 月，在厦门集美读书的共产党员王德彰、吴国珍等接受党组织指派，带领一支惠安籍进步学生组成"集美同学回乡宣传队"回到惠安。与此同时，上海共青团负责人施存统指派上海大学惠安籍学生庄昭宗、庄玉辉、林大年、柳增元（均由恽代英、萧楚女介绍入党）也来惠安与王德彰等会合，迎接北伐军，开展革命活动。12 月中旬建立惠安第一个党组织——中共惠安支部。1927 年 1 月，中共惠安临时县委成立，党员有吴国珍、吴敦仁、陈玉聪等 8 位，书记王德彰。柯联定等 3 人成立了共青团惠安支部。

1927 年 4 月，蒋介石发动反革命政变，中共惠安县临委转移到农村坚持斗争。5 月，施岑侬、许彩英和吴敦仁在涂岭组织"互助团"，7 月成立惠安涂岭农民协会和 500 多人枪的农民自卫军。朱汉膺与惠安县城、涂岭、前黄等地学生及农会会员一起武装查封反动会道门"同善社"，讨回匪首汪连所把持的惠（安）洛（阳）公路权。农民协会和农民自卫军在党组织领导下，开展禁赌、抗捐、剿匪斗争，不断取得胜利。

1927 年 8 月，中共惠安特别支部委员会在涂岭成立。随后农民自卫军扩大到近千人枪，正式改编为 13 个连队，并更名为惠安工农革命军，方圆 30 多里成为"赤色区"。1928 年 1 月 16 日，吴敦仁、吴国珍等指挥工农革命军与进犯的敌海军陆战队杨献秋营 300 余人于泗州溪谷展开激战，毙敌 30 余人，俘敌 70 余人，缴获枪械 200 多支，大获胜利。在此期间，党组织还领导开展学运、工运、农运、兵运工作和"五抗斗争"（抗捐、抗税、抗租、抗债、抗粮），有力打击了反动势力的嚣张气焰。

惠安暴动　惊雷巨响

　　1930 年 7 月下旬，省委书记罗明到泉州、惠安检查工作，决定成立中共泉州特委，领导惠安暴动。特委书记许依华、军委书记陈平山、组织（负责人）蓝飞鹤、宣传（负责人）蓝飞凤，委员洪雪立，妇女委员王纯菲。同时在泉州建立区委，协助特委开展工作。此间，朱汉膺协助开辟惠东与惠北的秘密交通线，并在家中建立地下交通站。

　　9 月 15 日凌晨，陈平山率领惠安红一团 500 多人，从涂岭长箱村恒德堂出发，主攻惠枫汽车站，逮捕地主恶霸陈速生，惠安暴动拉开帷幕。翌日凌晨，蓝飞鹤、陈琨率领惠安红二团 200 多人，从后洋村出发，向山柄村民团发起攻击，击毙反动民团团总陈鸣周及恶霸陈奕昭，逮捕山腰村民团团总杨瑞庵，收缴安固村民团枪械，迫使前黄村民团投降。暴动队伍张贴《福建红军惠安总指挥部布告》，散发告民众宣言等传单，并宣布成立泉属地区第一个红色政权——王陈乡苏维埃政府。19 日红二团在屿头山遭 1000 余敌人围剿，经激战突围，政委陈琨、营长曾颊弼等在战斗中牺牲，团长蓝飞鹤在转移途中被捕后遭杀害。林权民、陈平山、吴敦仁等也先后遇害。惠安暴动失败。林权民被捕后，敌人用烧红的铁丝穿串他耳朵和鼻子，用剪刀剪下皮肤再撒上盐，但他宁死不屈。

　　暴动虽然受挫，但革命火种并未熄灭。朱汉膺转移到泉州鹦山小学，先后任中共泉州特支组织委员和中共晋南特支组织委员，领导地下党活动和武装斗争。6 月后，泉州特支先后派沈玉泉和李文瑞接任惠安县委书记。在新组建县委的领导下，涂岭、普安、山腰、三朱等地党组织都先后恢复活动。

惠北抗捐　捷报频传

惠安暴动失败后离开家乡的党的干部、革命群众和家属，不久也都回来，他们揩干身上的血迹，掩埋好同伴尸体，又踊跃投入战斗。1931年11月，许多党组织都得到恢复，群众团体也有了发展，农会会员达300多人。此时，中共福建省委致中共惠安县委指示信中指出：应把抗捐斗争与反对蒋介石"剿共公债"、反对白色恐怖、反对国民党投降的斗争联系起来。

1931年间，匪首陈国辉率部盘踞惠安，勒征鸦片捐等苛捐杂税，搜刮民脂民膏，甚至绑架富商和华侨子弟、诈取钱财，还将一位交不起鸦片捐的农民吊打致死，并将尸体垂挂树上，不让家属收埋，妄言"以儆效尤"。无恶不作，民怨沸腾。

1932年2月，厦门中心市委派蔡协民来惠安巡视并领导抗捐斗争。蔡协民、李文瑞、唐言福及曾志等在三朱、普安、曾炉寺、大圣岩等地相继召开多次会议，发动群众，开展抗捐斗争，并在三朱昆山寺成立"惠北抗捐同盟"。县委还组织了福建工农红军惠安游击支队，作为抗捐的基本队伍。

恰在这时，陈国辉部匪帮制造了"三朱事件"。他们谎称群众在饭中下毒，蓄意捆绑关押了乡绅朱丁元及厨师等四人，更激化了矛盾。为适应斗争形势，县委决定成立抗捐指挥部，蔡协民为总指挥，朱汉膺负责联络，抗捐领导人还有李文瑞、唐言福等。他们在三朱都巡村樟树脚（圆通寺）召开誓师大会，三四千人到会，同仇敌忾。会后抗捐队伍兵分几路直捣匪巢，救出了被捕的朱丁元等四人，还击毙击伤敌人30多人，后来又四处出击，节节胜利。两个多月的大规模抗捐斗争，免除了陈国辉妄图在惠北苛征的50万银元的鸦片捐，消灭匪军50多人，俘敌连排长3名，缴枪40多支，给敌人以沉重的打击。

惠北大抗捐之后，惠安的革命斗争进入了一段艰难岁月。根据时局变化，革命活动由大规模、集中、公开，转入隐蔽、分散的地下斗争，并且利用工会、学校开展合法斗争。一些革命同志遭到国民党顽固派的迫害，中共惠安特支书记曹海因叛徒出卖被捕入狱，农会负责人王雨水被捕后惨死狱中。坚持在惠北一带进行地下斗争的闽中特委蔡先镳、林蛤被敌人活埋，壮烈牺牲。在白色恐怖环境下，中共惠安特支负责人曾炉等仍在领导群众坚持革命斗争，惩治为非作歹的土豪劣绅。朱汉膺前往晋江塔头小学教书，从事地下革命活动。

抗日救亡　共赴国难

1937 年 7 月 7 日，中华民族全面抗战爆发。惠安先后有 22 艘商船、渔船在海上被日军劫掠炸毁，峰尾等地多次遭日本飞机轰炸和军舰炮击。峰尾船员被炸死 20 多人。

中共惠安特支书记曾炉按照闽中工委指示，在晋、惠、仙交界的三坪山区发动群众，组织农民协会、学生会、互助会，并在三台垅林兜家中建立闽中工委交通站。在晋南工委书记李刚指导下，以学校为阵地，组织"民族抗日先锋队"，进行抗日宣传，募捐慰劳抗日军队以及开展减租减息斗争。山腰锦山小学师生组织"抗日话剧团"深入城乡演出，激发群众抗日爱国热情，募集捐款 2 万多元支援抗日。峰尾圭峰小学组织"儿童抗日宣传队"，用歌谣揭露日寇罪行，动员人民抗日。

1940 年 2 月，朱汉膺从晋江塔头回到惠安，在三朱后宅村建立闽中地下交通站，惠安党组织领导人许运伙以及朱伦炎、刘祖丕、陈纯元、林平凡、王经贤、张海天、王福庆等先后在交通站隐蔽和活动。特支积极贯彻党中央"发展进步势力，争取中间势力，孤立顽固势力"的指示，一方面以公开职业、合法身份为掩护，进行抗日宣传；另一方面，利用地方封建势力之间的争权夺利矛盾，争取中间，打击和孤立反动分子。1945 年后，陈纯元任惠安特派员，以田里、土坑、三川、三朱、坝头和城关刘厝、崇武、东岭等地为据点，开展抗日救亡活动。

坚持斗争　凯歌高奏

1946 年 6 月，中共闽中特委恢复惠安党组织，成立以林平凡为书记、张海天、王福庆为委员，朱汉膺协助林工作的中共惠安工作委员会，工委机关设在三朱交通站。工委开辟新区域，发展党组织，建立武装队伍，并开辟了一条沟通闽中、闽南的海上交通线，使来往闽中、晋江地区的党员都能安全地在港垵、三朱隐蔽和转移。

1947年10月，中共闽中地委书记黄国璋来惠安，在三朱交通站召开干部（扩大）会议，传达省委会议精神，部署闽中地区党的工作，会议决定恢复朱汉膺党籍，决定粘文华任惠安工委书记。会议还决定放手发动群众，开展"挖蒋根打地霸"斗争，迎接惠安解放。

1948年2月，继中共三朱区工委成立后，山腰、涂岭等多地也相继成立区工委，并组建武装队伍。1949年2月，闽浙赣游击队闽中支队惠安人民游击大队成立，积极投入反"三征"（征粮、征兵、征税）斗争。中共城工部党员，以补习文化知识为掩护，积极开展革命活动。惠安中学学生走上街头示威游行，深入农村开展宣传，学生运动与群众斗争的浪潮相汇合。对此，国民党当局在惶恐震惊之余，进行疯狂报复，先后对三朱、港墘革命据点进行"围剿"。他们出动重兵包围后宅村，纵火焚烧朱汉膺、朱春材等同志房屋，还将长期掩护地下党同志的昆山寺住持朱金成杀害，港墘村也有多位革命群众被害。工委领导武装力量反"围剿"，保护了群众，减少了损失。

1949年8月17日，福州解放。惠安县工委积极宣传党的政策，并做好"策反"工作，致使国民党"975"团40多名官兵弃暗投明，警察局长陈寿松为首的干警100多名和国民党惠安县党部秘书长张得阳投诚。8月19日，山腰盐警151名官兵起义。8月20日，国民党县长覃斌见末日来临，企图逃跑，被阻投诚。8月23日，中国人民解放军闽浙赣游击纵队闽中支队惠安人民游击大队由大队长兼政委朱汉膺、副大队长张海天、副政委林平凡等率领，兵分三路入城，解放惠安县城，接管了惠安县政府、县警察局。惠安城红旗飘扬，凯歌高奏。

20多年的风雨兼程，四分之一世纪的艰苦奋斗，惠安人民终于扫除了世道阴霾，迎来了阳光普照。这胜利果实是革命先烈和人民群众用鲜血和生命换来的，得之不易。

不久前，我们怀着崇敬的心情来到泉港籍早期中共党员陈平山、吴敦仁、朱汉膺故里，瞻谒他们的故居和立于村口的革命烈士纪念碑。他们的革命事迹和牺牲精神感人至深。故特将其小传附后，以让我们永远记住他们。是无数革命者用生命和鲜血，英勇奋斗，不怕牺牲，才造就了今日泉港这块红色的土地。

陈平山烈士小传

陈平山，学名震寰，乳名目阿，1904年出生于涂岭樟脚村犁壁岭一户穷苦的基督教徒家庭。因家境困窘，直到10多岁才随父到时化学校读书。1925年"五卅"惨案的消息传到惠安，平山怒不可遏，带领一批进步同学，越出校门，联络其他学校的学生举行罢课、罢考，组织宣传队愤怒揭露军阀、买办、帝国主义的罪行，声援上海工人的正义斗争。

1926年1月9日，平山考入黄埔军校，逐步成长为一个自觉的革命战士。不久，加入了中国共产主义青年团，翌年春转为中国共产党党员。

1927年4月12日，蒋介石在上海发动反革命政变。15日，平山和200多名左派学生被捕入狱。12月11日，广州起义枪响，平山即与狱中同学一道破狱而出参加暴动，在激烈的战斗中，他头部负伤，仍然冲锋在前，英勇杀敌。

1928年2月，党组织派陈平山回福建工作，省委指派他到漳州、厦门等地进行革命活动。他深入城乡、码头，宣传发动劳苦大众投身革命。6月，由于叛徒出卖，平山被反动军阀逮捕入狱。在狱中，他受尽严刑拷打，全身血肉模糊。但临危不惧，毫不屈服。后经组织营救出狱。出狱后，福建省委派平山参与领导晋（江）、南（安）、惠（安）一带工作。他发动群众开展农运、兵运，深入民团进行策反，组织学运、推动"五抗"斗争。并先后介绍蓝飞鹤、林权民、蓝飞凤、朱汉膺等加入中国共产党。

1929年9月7日，中共惠安县委成立，陈平山任委员。后接任县委书记，并担任领导惠安暴动的军委书记和"福建红军惠安总指挥部""福建红军独立第一师"总指挥。暴动失败后，陈平山留下坚持斗争，开辟惠安、仙游、晋江交界的三坪游击区。使北起枫亭、南至驿坂纵贯30华里地带，一度出现武装游击"赤色区"的局面，当地国民党的党、政机关逃撤一空。

陈平山杰出的革命活动能力，引起反动派恐慌和嫉恨。国民党悬赏1000银元通缉他。1931年1月7日，他为迎接莆田特委和红军教导队进驻三坪山区，由仙游园庄赶回涂岭。当他途经寨后村的苦鸟笼湾处，突遇埋伏于此的土匪袭击，身负数弹，壮烈牺牲，时年27岁。

吴敦仁烈士小传

吴敦仁，原名有土，1906 年 2 月 16 日出生于涂岭林角村。1913 年秋，入涂岭街鼎新小学读书。1921 年秋，吴敦仁考入集美学校师范部，积极参加地下党组织领导的校内外学生运动。1926 年 2 月，吴敦仁参加共产党员王德彰、吴国珍领导的由多位进步学生组成的"集美同学回乡宣传队"回到惠安，以惠安公学为据点，向教师、学生宣传革命思想，发动群众减租减债。同年 10 月，吴敦仁随王德彰等人筹备迎接国民革命军光复惠安。12 月初，加入中国共产党。1927 年 1 月，中共惠安县临委成立，他担任学生党支部负责人，成为惠安县党组织早期的 8 名党员之一。

1927 年 1 月中旬，吴敦仁奉命到惠安北部涂岭农村坚持斗争。他以小学教员为掩护，开展农民运动。4 月下旬，他同施岑侬、许彩英一起，在涂岭组织发展"互助团"，组织农民协会，发展壮大并训练农民自卫军，与国民党反动军队展开斗争。1930 年 6 月，他同中共惠安县委书记陈平山和蓝飞鹤、陈兴桂在路口村组织"青年俱乐部"，开办夜校，发展农会组织，把广大群众团结在党组织的周围。他和蓝飞鹤等人一起，发动路口、涂岭、菱溪和"十八乡"的三朱、前烧等村近千名农民，联合开展武装反抗股匪汪汉民征收烟苗捐的"抗捐拒压"斗争，取得了胜利。

1930 年 9 月，他率领一支部队参与惠安暴动。暴动失败后，惠东、惠北白色恐怖笼罩，他仍坚持党的工作。12 月 26 日晚，他正躺在楼下卧室床上看书，受到潜伏在窗外匪徒的突然枪击，胸部和肩胛多处中弹，为革命献出了年轻的生命，时年仅 24 岁。

朱汉膺同志小传

朱汉膺，1908 年生，三朱后宅村人，少时他边读书、边帮助母亲种田，养成勤劳习惯。

1925 年"五卅惨案"的消息传到惠安，他积极参加学生运动，声援上海工人运动。1926 年 11 月北伐军攻克惠安，朱汉膺毅然投身反帝、反封建、反军阀的宣传活动，并与黄兆虞等人到前黄、山腰一带组织农民协会。

次年 2 月 16 日，他与惠北农会会员一道来到县城，参与讨回民军所把持的惠洛公路权，将其收归县农民协会。他参与"惠安暴动"的准备工作，着力协助省委职委书记苏阿德和陈平山、蓝飞凤开辟惠东与惠北的交通线，沿途组织秘密交通站（点）。1930 年 7 月，朱汉膺加入中国共产党。

"惠安暴动"失败后，朱汉膺疏散到泉州鹦山小学任校长，以学校为基点，进行地下活动。1932 年 2 月，蔡协民以厦门中心市委巡视员的身份来惠安领导抗捐斗争。抗捐运动指挥部设在朱汉膺家中，朱汉膺配合蔡协民和县委指挥惠北农民武装抗捐。1936 年 2 月，朱汉膺前往晋江塔头以教员为掩护，从事地下革命活动。

"卢沟桥事变"后，朱汉膺致力协助晋南工委书记李刚恢复旧关系，开拓新区，发展党组织，建立游击活动区。1939 年，朱汉膺奉命转回惠安，在三朱家中重建地下交通站。1942 年 6 月，与泉州临时工委朱伦炎等人在三朱建立闽南（闽中）特委与泉州临时工委联系的主要交通站，并把三朱开辟为惠安党的活动中心。1945 年 6 月，他陪同粘文华，经过一个多月的工作，为闽浙赣省委开辟两条海上交通线。

1946 年 6 月初，闽中特委决定成立中共惠安县工作委员会，林平凡任书记，朱汉膺协助。机关设在三朱闽中特委交通站。他协助县工委开展统战工作，抵制国民党"三征"，减轻民众负担。1948 年 2 月，朱汉膺任惠安县工委书记。1949 年 2 月，朱汉膺任闽浙赣游击纵队闽中支队惠安人民游击大队大队长兼政委，率领游击队，转战惠安、仙游交界山区，摧毁敌部分乡村政权。

1949 年 8 月 23 日，朱汉膺和张海天、林平凡率游击队 300 余人枪与许昭明、何家沛率领的惠安武工队紧密配合，解放惠安县城，朱汉膺任惠安县人民政府县长，后又兼任惠安县支前民工总队长，率千余干部、民工、船工参加解放厦门的战役。新中国成立后，朱汉膺历任中共晋江地委副秘书长、晋江专署农委副书记、省农民协会筹委会泉州办事处主任、晋江专区农场场长、地委合作部副部长等职。1983 年 4 月病逝，享年 75 岁。

2016. 1

战地黄花分外香

——蕉城革命烽火纪事

蕉城（旧称宁德县）依山面海，山水交融。明永乐皇帝亲赐"天下第一山"的支提山和郭沫若先生赞为"水深湾阔似天湖"的东方大港三都澳，一西一东雄踞境内。有着"百里画廊"和"小桂林"之誉的霍童溪贯穿南北，两岸植被丰厚，稻果飘香。千年古县的历史积淀，使这片土地成为一方文化沃土，陆游的仕途从这里起步，戚继光横屿岛抗倭大捷，伟人的足迹已然深嵌山野村间。这里还走出了陈普、林聪、余复、阮登炳等一批历史文化名人。

这块有着区位、生态优势和天然良港的富庶之地，早令外国侵略者垂涎三尺。1898年3月，清政府屈从帝国主义的淫威，被迫开放三都澳为对外通商口岸。1899年5月，清政府在三都澳设立福海关，成为当时福建的三大海关之一，但海关的税署大权却掌握在英国人手里。福海关的设立，打开了帝国主义经济入侵的大门，为西方列强掠夺宁德人民和闽东的资源与财富，披上了公开合法的外衣。与此同时，外籍传教士也大量涌入宁德和闽东各地，"洋教"的进入，带来西方医疗、教育的同时，也给宁德造成新的社会矛盾。

宁德因其地理位置的重要，成了福建军阀争相抢占的地盘。军阀占领三都澳后，为了扩充势力，设立了名目繁多的苛捐杂税，盘剥人民。土豪劣绅依附军阀旗下，鱼肉百姓，为非作歹。贪官污吏、粮胥税棍等更是趋炎附势，横行乡里。反动统治把宁德人民推进了苦难的深渊。

火种点燃

如同在夜晚的人们盼望黎明一样，在黑暗中生活的人民渴望能找到一条光明的出路。

1919 年北京爆发的反帝反封建的五四运动，像一声春雷响彻中华大地，其闪电火光划破沉沉夜空，让黑暗中的人民看到了光明的熹微。五四运动消息传来，激发了宁德人民反帝反封建的热情，城内教员、学生、店员及社会各界民众纷纷走上街头游行示威，有的学校还罢课集会，声援北京学生的爱国行动，一批有志青年奔赴外地求学，寻求革命真理。

1926 年底，宁德城关的孔庙明伦堂，来了一位风度翩翩的英俊青年，他正忙碌着在这里筹备成立国民党县党部。他就是郑长璋，是北大哲学系学生，一名共产党员。受中共党组织的派遣回家乡福建开展革命活动。到福州地委报到时，地委考虑到当时闽东地区党组织尚未建立，便决定以国民党省党部名义，派他回宁德筹建县党部，开展革命活动。此时，在上海惠灵英语专科学校求学的共产党员蔡泽鏛也由上海党组织指派，回到家乡宁德工作。经过郑长璋、蔡泽鏛等人积极筹备，国民党宁德县党部筹备处于 1927 年 1 月在明伦堂（现蕉城第一实验小学内）成立，郑长璋任筹备处主任，蔡泽鏛为筹备员，内设组织、宣传、商人、工人、农民、妇女六部及秘书处。

国民党县党部筹备处成立后，共产党员发挥了主心骨作用。在他们的领导下，很快在宁川大地掀起了一场反帝反封建反土豪劣绅的国民革命运动，还发动渔民同欺压他们的"海霸天"展开斗争，并以县党部筹备处名义宣布：渔民可以自由捕鱼、自由买卖，任何人不得干涉。这一举动，深得人心，渔民无不欢欣鼓舞。

革命火种刚刚点燃，就遭遇狂风暴雨。1927 年 4 月 3 日，福州的国民党右派分子黄展云等人发动反革命政变。一时间，白色恐怖笼罩全省。宁德县党部筹备处的蔡泽鏛、林国璋和郑长璋先后被捕。在狱中，郑长璋受尽严刑拷打，始终坚贞不屈，表现了共产党员视死如归的英雄气概。不久，26 岁的郑长璋与中共福州地委宣传部部长方尔灏等人一起，被国民党右派枪杀于福州西门外鸡角弄。蔡泽鏛因身份没有暴露，被家人保释后，转赴外地，找到党组织，改名蔡威，一边在同济大学求学，一边继续开展地下革命活动，后成长为红军总司令部二局局长，为红四方面军无线电通信和技术侦查工作的创始人之一，被徐向前元帅称为"无名英雄"。

郑长璋、蔡泽鏛等人领导的轰轰烈烈的革命斗争虽然仅五个多月便被扼杀，但他们播撒的革命种子已星星点点地扎入宁德人民的心田。

在宁德北部的霍童镇，有个青年叫颜阿兰，他出身贫寒，对军阀统治的黑暗社会极为痛恨，在霍童夜校接触了《新青年》等进步书刊后，萌生了革命的念头，只身前往福州寻求救国救民真理，在福州团市委宣传部部长叶飞等的领导下积极参与革命活动，于1929年加入中国共产党。1931年3月，党组织派他回霍童创办平民学校，开展革命活动。不久颜阿兰先后发展了四位党员，于4月中旬，成立了宁德县第一个中国共产党组织——中共霍童小组（五人党小组），隶属中共福州中心市委。霍童党小组的成立，揭开了宁德人民在中国共产党领导下进行反帝反封建的序幕。

为了加快宁德革命斗争步伐，1933年4月，福安中心县委派郭秀山到宁德工作，郭到宁德后成立了中共宁德特支，下辖霍童党小组（支部）、明伦堂小学支部、城关支部。以"锄强扶弱、劫富济贫"闻名乡里的"十八帮"，其为首人物谢大大也加入了党组织，他入党后协助组织把店员和农民组织起来，成立了城关职工会、农民协会和互济会。宁德特支成立后，除开展秘密活动外，还加强了对农村"五抗"斗争的领导，推进"五抗"斗争。

党员——党小组——特支，革命火种在宁川大地点燃。

星火燎原

正当革命火种在宁德点燃之时，中共福州中心市委书记陶铸和共青团福州市委书记叶飞先后来到闽东北巡视指导工作。叶飞来到霍童，与颜阿兰一起领导当地的革命斗争。1933年3月，颜阿兰将其领导的工农自卫队与归顺的大刀会合并，在霍童半岭村成立了宁德县游击队，这是宁德第一支由共产党领导的革命武装。它的诞生，揭开了党领导宁德工农武装斗争的序幕。

工农武装建立后发动了震惊闽东的"霍童暴动"。

1933年5月28日（端午节）晚12点多，叶飞、颜阿兰率领游击队和工农自卫队五十多人带着十余枝土枪，悄悄包围了民团团部宏街宫。团兵大都回家过节，仅留十来人也喝得酩酊大醉，鼾声如雷。游击队与被我策反的团兵里应外合，冲进团部，团兵举手投降，还缴获了民团26支枪和一些弹药。"霍童暴动"打响了宁德县工农武装斗争第一枪，震慑了反动势力，鼓舞了游击队斗志。

接着，颜阿兰又率部乘胜袭击了赤溪地主和民团，缴获了一批武器，各地的工农自卫队发展到一千多人。6月底，在霍童半岭村合编成立闽东北工农游击队第三支队。颜阿兰任支队长，黄尚灼任政委。第三支队的成立，标志着宁德工农武装割据的斗争进入了新的阶段。

与"霍童暴动"遥相呼应的还有南埕盐工的反霸斗争。

南埕是宁德城东海边的一个村落，40%人口从事制盐业，是宁德城乡食盐的主要产地。宁德特支成立后，党组织领导人谢大大曾到这里组建了南埕盐民协会，团结盐工向盐商刘细弟展开要求提高食盐收购价的斗争。受中共福安中心县委指派，中心县委委员曾志到南埕住了五天，与盐民协会领导人一起探讨斗争策略，还将盐民协会改为"盐工协会"。协会带领六百多名盐工进城请愿，迫使县长承诺：今后不再提高盐税，不压低食盐收购价，取消晒盐禁令，不再破坏盐田。斗争的胜利，使盐工们认识到了团结起来的巨大力量。此后，盐工协会在党组织领导下，开展了一系列有理、有利、有节的斗争，打击了反动势力的嚣张气焰，推动了武装斗争的开展。

浴火重生

革命斗争的节节推进，引起敌人恐慌，斗争形势也越来越残酷。1933年7月，游击队领导人颜阿兰在从福安返回宁德的路上，遭敌埋伏被捕，次日即被杀害，年仅23岁。在被押往刑场路上，颜阿兰昂首挺胸，慷慨陈词，表现了共产党员的凛然正气。

颜阿兰牺牲，游击队三支队战斗失利，县委书记叶觉登叛变，城关支部发动暴动未成，加上城关支部书记谢大大遇害等这期间发生的一系列事件，使宁德的革命活动一度转入低潮。

在这严峻的形势下，中共闽东临时特委派福寿县委书记范铁民到宁德工作。1934年7月，在霍童坑头村恢复成立了宁德临时县委，所属党的组织也得到了恢复与加强。临时县委所在地的梅坑、桃花溪一带山区，成了宁德革命的中心区域。10月，中共宁德县委在坑头正式成立，书记范铁民。至当年冬，全县共建立了五个区委、102个支部，有467个党员，成为领导宁德革命的核心力量。与此同时，还有周边县份跨界的党组织安德边委、安德县委等在领导革命活动。

于是革命活动又蓬勃开展，这期间有几件事可圈可点。

一是地下交通站建立。为沟通闽东北各地党组织与福州中心市委水陆联系，建起了三都斗帽岛、飞鸾等地的地下交通站。三都岛的百克医院和航行于三都澳的"宁安号"客轮及城关的红叶酒家等都是当年的秘密联络站。通过这些联络站，不仅护送革命同志，传递情报，还运送武器和医药、日用品等。

二是丁立三救叶飞。三都岛百克医院联络站是共产党员丁立山隐蔽工作的场所。1934年5月上旬的一天，叶飞接到临时省委书记陈之枢的开会通知，从赛岐乘轮船到三都，准备在三都岛上百克医院住一晚，第二天再乘船去福州。见叶飞突然到来，丁立三迅即将他带进密室。得知叶飞是应陈之枢通知上省开会，丁告诉叶飞一个惊人的消息：陈之枢叛变了！情况危急。叶飞连夜赶回福安，派出几个交通员火速通知闽东各县党组织，立即切断与临时省委的联系。

三是苏维埃政府成立。1934年10月24日，宁德县苏维埃政府在坑头村成立，选举池陈旺为主席。与此同时，与福安交界的安德县苏维埃政府也在福安甘棠湄洋龙井成立。各级苏维埃政权也相继成立。苏区范围迅速扩大，苏区人口近六万。畲族乡村在建立苏维埃政权的同时，还建立了红带会（赤卫队），开展抗租、分粮斗争。宁德的土地革命迎来了鼎盛时期。

四是歼击民团大刀会。安德县委为开辟新的红色区域，派出队伍到官岭、龟山一带开展活动，不料遭民团大刀会包围，36名游击队员在官岭遇害，73名游击队员在龟山遭杀。为打击"官岭事件"和"龟山事件"暴露出来的反动民团大刀会的嚣张气焰，福安中心县委派出范式人、阮英平率领红军和赤卫队、贫农团共六七百人，杀向龟山、官岭，毙敌两百多人，缴枪二十余支，缴获大刀无数，为死难烈士报了仇，重新打开了安德地区的革命局面，巩固了地方苏维埃政权。

五是与北上抗日先遣队会面。1934年夏，寻淮州、粟裕等率领的六千余名中央红军北上抗日先遣队，从瑞金出发，取道福建，向国民党后方挺进，于8月中旬进入宁德境内。在赤溪的阳谷宫，先遣队领导与闽东党组织领导叶飞等人会面。叶飞汇报了闽东革命斗争情况，先遣队领导寻淮州等人向中共闽东临时特委传达了党中央关于目前的形势和党的任务等指示，还留下了一封指示信，对闽东地区党组织建设、政权建设和根据地建设等，提出了指导意见，特别强调要加强红军武装建设，认为"力量要集中，要有红军主力"。并留下了一批伤病员，他们康复后成了后来闽东红军的骨干。

六是闽东独立师成立。1934年9月，在支提寺成立了闽东工农红军独立师，人数达一千六百多人，师长冯品泰、副师长赖金标、政委叶飞。这支队伍在后来三年游击战争中发挥了重要作用。1937年冬移师虎贝、屏南，正式改编为国民革命军陆军新编第四军第三支队第六团，由叶飞团长率领开赴抗日前线，成了抗日战场上的一支劲旅。

艰苦坚持

1935年春，在国民党重兵"围剿"下，闽东大片苏区沦陷，红军游击队大量减员，党政群团组织破坏严重。原来已连成一个整体的苏区，被敌人分割得支离破碎，只剩下几片互不相连的小块根据地，由一批幸存者在那里艰苦坚持，各自为战。这其中就包括宁德霍童梅溪、坑头到周宁溪边交界地区。

为粉碎敌人的"清剿"阴谋，是年7月，闽东临时特委在宁德召开军事会议，把独立师六百多人加上一些地方游击队整编为三个纵队，调整任命了纵队领导人。与此同时，闽东特委还在宁德梅坑建立了特委宁德办事处，负责领导宁德、安德、周墩、古田、屏南等地的革命斗争。革命力量的重新积聚，使形势开始好转。

然斗争是曲折的。县委书记范铁民被捕牺牲，闽东北工农游击队第三支队长黄钦润叛变，新任县委书记郭秀山失踪等一系列事件，使宁德县委工作受到严重影响。

为适应变化了的形势，闽东党组织总结经验，吸取教训，改变策略，摸索采取灵活多变的方法和对策。如派党员积极分子当保甲长，实行"白皮红心"政策，掩护党的地下活动，变"白色保甲"为"红色联防"，出现了洪口谢赞聚、巫家山钟连国等一批临危不惧的"红色保甲长"。党组织还在梅坑、桃花溪等地建立了一批休整、治病和补给的红军游击队重要依托地。

一波未平一波又起。闽浙临时省委布置的"肃清AB团"运动也在闽东苏区展开。1936年春到秋的半年中，包括县委书记、游击支队长在内的干部群众三百七十多人被疑为"AB团"无辜遭杀，严重削弱了宁德党组织和红军游击队力量，损害了党的形象和党群关系。

就在这年秋天，阮英平率闽东独立师三纵队一百二十多人从连罗一带转战宁德虎贝东源村时，被敌人重兵包围，由于三面受敌，我军只好且战且退，撤向百米石崖百丈岩方向。第二支队队长阮吴润率部冲向岩顶，与敌人短兵相接展开恶战，有的战士与敌人抱在一起滚下悬崖。阮吴润等九名指战员被敌人逼到了百丈岩边沿，敌人蜂拥而上，大喊"抓活的"！此时，阮吴润等九人砸毁枪支，纵身跳下悬崖。这被誉为"闽东狼牙山壮士"的，除阮吴润外，还有冯廷育、余深德、高细瑶、谢兆量、何帮灿，另有三名姓名不详。如今百丈岩边上竖起了一座纪念碑，让人们永远记住这些为国捐躯的壮士！

"七七"事变后，迫使国民党当局不得不将驻福建的一部分部队调往上海，暂时减缓了对闽东游击区的"清剿"。利用这有利时机，宁德及毗邻地区的革命斗争再次得到恢复与发展。

曲折前进

全面抗战爆发后，为了解党的方针政策和时局发展情况，闽东红军决定攻打水陆交通枢纽并设有邮局的八都镇。8月中旬，叶飞率闽东独立师主力第一纵队一举拿下八都镇，获取了许多报刊，从中了解了不少情况。

占领八都后，红军暴露了目标，国民党当局加紧"追剿"。叶飞、阮英平决定在洋中、九都交界群山起伏的亲母岭设伏，歼击敌人。果然敌人中计，进入埋伏圈，经过三个小时的激战，全歼来敌，其中击毙四十多人，生擒七十多人，还缴获了一批武器弹药。

亲母岭战役的胜利，迫使国民党当局不得不开始回应闽东特委早就提出的合作抗日的主张，经过多次谈判，国共双方终于达成了停止内战、共赴国难的协议并发表宣言。随后，闽东独立师经集训、整编后北上抗日。

与此同时，福建抗战后援会宁德分会成立，县委派党员参与活动，动员民力、物力、财力、智力支援抗日前线。可在抗战初期，国民党福建当局仍秉承上头"限期消灭中共闽东党组织领导的游击武装"的旨意，以种种借口制造摩擦，打压共产党。他们抓捕新四军六团宁德留守处工作人员，镇压七都农会，制造了震惊省内外的"霍童惨案"，短短三天，我游击队领导和游击队员85人被国民党顽固派杀害于霍童。"霍童惨案"的发生和随后县委书记吴南启遇害，使宁德的革命斗争一度处于停滞状态。

日军多次入侵闽东门户三都岛，抗战期间三都等地遭日机轰炸48架次，炸毁房屋357间，炸死炸伤无辜群众55人。1945年5月，日军四千余人由福州溃退途经宁德北撤，败兵过境仅三天，平民被杀73人，被抓612人，民房被烧158座，直接财产损失达一亿多元（法币）。宁德人民同仇敌忾，英勇抗击日军。县国民抗战自卫团成立时，城乡民众踊跃参加，人数很快就达数千之众。

抗战胜利后，省委任命在闽东活动的游击队负责人黄垂明为闽东特派员，负责打通闽东北交通线，筹集经费，恢复闽东老根据地和游击区。经过两个多月努力，宁德的根据地和游击区得到初步恢复。

为加强福建工作，1946年12月，中央派阮英平回闽，任中共闽浙赣区党委常委兼军事部长。阮英平来闽东后即赶到宁德与黄垂明、阮泊淇的队伍会合，并以桃花溪为立足点，进一步发展壮大地方党组织和人民武装力量，开展游击战争。1947年9月在宁德洋中九斗丘村正式成立中共闽东地委，阮英平兼任书记，同时恢复了宁德县委。地县委的恢复成立，标志着"霍童惨案"之后遭受严重破坏的闽东和宁德革命斗争又走上了正轨。1948年3月，城工部宁德工委成立，孙子清任书记。城工部积极在工农群众和青年学生中传播革命思想，发展党员，壮大组织。

走向胜利

1949年春，解放战争取得了决定性胜利。从国民党溃退途经时的垂死挣扎中，宁德人民看到了胜利的曙光就在前头。

从1949年4月到6月中旬，宁德地方党组织和游击队，在黎明前这段日子，团结民主党派，卓有成效地开展了统战策反、武力夺枪、策动起义投诚等方面工作，从而削弱了敌人的力量，壮大了自己的声势，鼓舞了民心，为宁德的解放打下了良好基础。

6月下旬，根据闽浙赣省委指示，陈帮兴、黄垂明、刘捷生率领一百多名闽东北游击队员从闽北到达宁德，与闽浙赣人民游击纵队所属的部分队伍合编为拥有一千一百多人的闽东人民游击队，担负筹粮支前、解放闽东各地和拖住守敌以待大军消灭的使命。

8月14日凌晨，解放军攻打交通要地三都岛，一举拿下后进驻飞鸾。国民党宁德县长刘德馨闻讯率员弃城出逃。8月15日凌晨，解放军188团列队进城，宁德全境宣告解放。下午宁德游击队领导人叶伯安率队从城北入城，与解放军会师。翌日，宁德县人民民主政府筹备委员会成立，188团政治处主任胡方渡任主任委员，叶伯安任副主任委员。随后，南下的长江支队和服务团均到达闽东，在赛岐召开干部大会，大队党委根据省委决定，宣布各县县委和政府成立。从此，宁德的历史翻开了崭新的一页。

从1926年冬到1949年秋，23年来，宁德人民在中国共产党领导下，风风雨雨，情怀不改，英勇顽强，前仆后继，用生命和鲜血赢来了新民主主义革命的胜利。这期间为国捐躯有名有姓的烈士就达七百多名，为革命做过贡献的老苏区基点村有190个、老苏区村有423个，被敌烧毁房屋和财物等不计其数。

雨后彩虹特别美，战地黄花分外香。今天，当我们翻阅地方党史、走访战斗故地、瞻仰英烈故居时，心中油然而生对革命先烈、对老区人民的敬意，也倍感今天的幸福生活来之不易。让我们永远记住这段不平凡的岁月，记住为革命牺牲和所有为革命成功做出贡献的人们！

2016. 3

英雄的乌山

乌山，位于福建南部的云霄、诏安、平和三县的交界，主峰海拔 1051米，自北而南，绵延百里，是闽南的一座名山。我上乌山那天，不巧碰上雨天，雨一阵一阵地下，我们打着雨伞一边爬山，一边欣赏着山上的景物。经雨水冲洗，山野格外清新。乌山是一座石头山，环山皆石。石头形成各种各样的景观，粗大的石头如"仙人脱靴""鲸鱼抬头""雄鹰伫立"等，你想它像什么它就像什么。山顶上最大的一块横卧巨石，人称"龙床石"，可容纳 2000 多人站立。乌山除了这些有名堂的巨石外，更多的是由石头交叠而成的"笋石"，这些笋石如雨后春笋般伸长，簇拥着山体，护卫着主峰。

外表看乌山的山体蓬蓬松松的，许多石头叠交形成的洞眼、石隙，甚至人可进入的洞口。我们顺着洞口进入石洞，还找到一条地道，地道只有石隙透进丝丝光线勉强照明，有些地段因石缝严密简直一片漆黑。好在同行的当地干部吴建伟、黄晓新两位都是年轻人，一前一后地用手机照明，才摸着走出了数百米长的天然石隧道。据他们介绍，乌山还有深邃的石井。石面、石洞、石井，外秀腹空的乌山神秘莫测。

这座因遍布黑石头的山体被称之"乌山"。周遭方圆数百里皆郁郁葱葱的山地何以唯此峰独"乌"？有一个传说故事。说是有一天，仙人吕洞宾驾着云朵欲往东海巡游，途中踢到这座山的石笋，险些从云头跌落。盛怒之下，吕洞宾上奏玉皇大帝，说："如不加以'镇压'，天庭将被石笋刺穿。"玉皇大帝大惊失色，即责五雷太君施法制服。五雷太君画了一个圈，忽然霹雳一声惊天动地，发出万丈火光，只见这山飞沙走石，石笋奇峰折断，所有的石头都变成乌黑色。人们便称这座山为"乌山"。

乌山虽地处偏僻，因其巍峨与神奇，早就引人注目。宋末元初民族义士陈吊眼领导乌山人民抗击元军入侵，长达两年多。明末清初，以万礼为首的"万姓集团"聚义乌山，随后汇入郑成功反清复明队伍，屡建奇功。天地会在云霄高溪庙创会后，遭到清政府的残酷镇压，其分支三合会、三点会、小刀会都曾在乌山地区坚持斗争。咸丰年间，小刀会揭竿而起，攻占漳州、漳浦、云霄、平和等十几座县城。这些义举虽然都没有成功，没能改变乌山的"颜色"，但却给乌山留下了敢于斗争的秉性。

乌山由"乌"变"红"，自20世纪30年代开始。那时红军队伍开上乌山，建立革命根据地，革命的红旗插上乌山之巅，乌山成了闽南的井冈山，一座屹立闽粤边界的英雄之山！我们走在乌山的山地石洞，徜徉乌山脚下的村落古屋，阅览乌山革命纪念馆的图片实物，处处都能感受到那烽火岁月的艰苦与悲壮，感受那回荡在乌山上下的那股磅礴英雄气。

1934年10月，中央主力红军长征后，国民党反动派调集中央军、地方保安团和地主民团，向闽粤边苏区发动疯狂进攻，企图彻底摧毁革命根据地，消灭人民武装力量。这年年底，根据闽粤边特委的决定，红三团二连指导员卢胜率领一支40多人的队伍，冲破敌人封锁线，挺进乌山，开辟新的游击地。随着武装力量的发展壮大，1935年11月，成立了中国工农红军闽粤边区独立营，达200多人，使云和诏与靖和浦游击区域连成一片。与此同时，还在乌山召开会议，成立云和诏县委，由蔡亚民任书记。

县委成立后，派出大批工作人员配合红军游击队，深入各地，组织农民开展抗捐、抗税、抗租、抗债斗争，打击反动势力，云霄人民的革命斗争出现了新的局面。国民党反动当局侦知红军在乌山开辟根据地，派出重兵进行"围剿"。敌八十师在粤军一五八师配合下，动员了云和诏三县壮丁队、保安队1000多人，向乌山根据地发动"围剿"。敌人费尽心机，不仅用"清晨看露水，白天看火烟，晚上看火光，岩石看青苔，密林看树杈"等办法，追寻红军游击队的身踪，而且时常诡秘地转移驻地，上午来，下午走，晚上又突然返回，企图以此迷惑红军游击队。经常派出小分队打埋伏，或指使地方反动分子搜捕游击队交通员。并在根据地周围开山造路，架设桥梁，拉电线，互通情报，一处有军情，四面包围合击。还强迫移民，实行保甲制度，将被移民的村庄焚毁，使许多群众死于饥饿与疾病。即使这样，敌人仍无法从群众中得知红军游击队和地方工作人员的线索，敌人"围剿"14天，最后以失败告终。

此后，游击队与敌人进行了不少战斗，袭击敌人。其中奇袭云霄城，是最漂亮的一仗。云霄县党史研究室方志南同志向我们谈起此战时，还赞叹不已。1936年七八月间，敌人出动两个保安团共2000多人"围剿"平和的厄仔石山游击根据地。鉴于敌人倾巢出动，后方兵力空虚，闽粤边特委决定趁机袭击云霄城，以挽回红军此前攻打白泉失利的政治影响，并筹集经费，解决部队的冬衣，解救被关押在监狱的地下人员和革命群众，同时也是用"围魏救赵"的战略调动敌人，牵制其对游击根据地的进攻。

为了确保袭击成功，必须事先周密部署。正在家乡养病的陈元宰抱病上乌山寻找党组织，并与闽粤边特委常委红抗第三支队政委何鸣取得联系，提供了云霄城区图和突袭白区中心城市的经验；红抗第一支队支队长卢胜带领地下工作人员陈文叶化妆潜入云霄城区实地进行侦察，选定城外闹区的洪利钱庄和豫通钱庄作为攻击目标。通过各种渠道，基本摸清了县城敌兵布防情况：七十五师1个连约70余人，控制着县城西北面制高点望安山炮楼，战斗力较强；云霄县保安队约80多人，分驻享堂、县府、武庙等地；警察20多人，负责维持治安。驻防力量相对空虚。1936年9月3日（农历七月十八日）拂晓时分，何鸣带领红抗第一、三支队主力悄悄从宜谷径来到将军山麓，埋伏在县城西门外约两里之遥的甘蔗林里；红抗第三支队中队长陈高顺带领一个中队从梁山出发，埋伏在县城北门附近的鹅江后；从红抗第一、第三支队抽调了40多名班排干部和老战士组成突击队，由卢胜亲自指挥，实施突击任务。

卢胜将突击队分为三组，于天亮后装扮成赶集农民，陆续从西门进入县城。这天恰好是"中元十八福"，进城贩卖农产品和土特产的农民特别多。突击队员把长枪藏在柴草里，短枪别在裤腰上，从从容容经过西门岗哨。进城后，兵分三路各就各位。早7时左右，进城赶集的农民越来越多，与上街采购过节物品的居民互相混杂，突击队员混迹于人群之中，并不起眼。离预定行动时间还有一个多钟头时，一位红军战士在弯腰拾物时，不慎露出了裤腰上别着的驳壳枪，被敌警察发现。于是行动只好提前，正在成利号周围活动的那一组突击队员，在陈松带领下，迅速冲上二楼，洪利钱庄的职员们尚未弄清是怎么一回事时，一支支枪口已经对准了他们的脑袋，红军战士喝令他们把钱交出来，一个职员哆哆嗦嗦地把柜台上的钱扫进袋子里交给红军战士。而后保险柜又被打开，红军战士把柜里的银圆和钞票全部囊括，把钱庄里的枪支弹药也一起收缴。整个过程不足10分钟。突击队员带着战利品，押着三个俘虏，快速撤出钱庄。

城内的敌人听到枪声，也闻风而动，县保安大队紧急集合人马，倾巢而出，直扑事发地点。当袭击洪利钱庄和豫通钱庄的两路突击小组相继返回时，县保安大队、警察和各路民团也相继云集到与西河街隔街相望的河闸头小城门一带，双方展开激烈的枪战，隔街对峙。卢胜命令两路突击小组先走，自己带领掩护小组打掩护。战斗中，卢胜左臂挂了彩，鲜血直流，他仍强忍着剧痛继续指挥战斗。约莫一刻钟后，卢胜指挥掩护小组边战边撤，从西河街到经堂口再到后汤村，红军战士且战且退，敌兵则是步步紧跟，双方拉锯了个把钟头。卢胜一行刚出后汤村，进入前埔村地界，就碰上了前来接应的何鸣，双方合兵一处，击溃了紧追不舍的县保安大队，取道演武亭返回宜谷径。

游击队突袭成功，敌人以优势兵力到处寻找红军游击队，把"清剿""搜剿""堵剿"的"战术"一并用上，并以奔袭、夜袭等手段对付红军游击队。面对敌人的疯狂进攻，红军游击队和党的地方工作人员依靠群众，采取灵活战术，化整为零，隐蔽在深山密林和山洞中。即使这样，还有一批红军和革命群众惨遭逮捕和杀害。云和诏县委委员曾益效，因敌探密报被敌围困，他面对险境，毫不畏缩，隐蔽在石洞内，与敌人死拼，打死了前来搜索的几个敌人后，最后留一颗子弹自尽，时年 27 岁，实现了他生前说的"敌人残暴成性，我宁死也不当俘虏受辱"的誓言。世吉区区委书记文阿业被捕后，敌人残忍地割断其脚筋而后处死。据不完全统计，这期间，乌山一带党的地下工作人员、接头户、交通员、义勇军战士、红军游击队及无辜群众等被敌杀害达 100 多人。在敌人残酷摧残下，云霄县各区革命工作受到破坏，有些地区被迫中断。英雄的红军游击队没有被吓倒，他们抓住有利时机给敌人以狠狠的打击。红军依靠根据地的有利地形进行反击，渡过困境，使国民党反动派"限期剿灭闽南红军"的计划破产。

全面抗战爆发后，"停止内战，一致抗日"的呼声遍及城乡，国民党闽南当局不得不与共产党和红军游击队谈判，而后签订了合作抗日的"六二六政治协定"。然而国民党顽固派阳奉阴违，背信弃义，制造了震惊全国的"漳浦事件"和"月港事件"，800 多名红军被缴械，特委、县委和区委 12 名领导人被害，给抗战初期闽粤边党领导的武装力量造成了极大的挫伤。

幸好，"漳浦事件"发生的当天深夜，卢胜、王胜带领一批红军潜出城关来到梁山下布清泉岩。随后，陆续冲出来的 100 多名战士也来到清泉岩。于是重新整编，仍称红三团。不久卢胜率领一路红军进入仙石、梅林、水晶坪等乌山根据地。龙透村的群众协助筹款、筹粮、筹药，还挖出一批埋藏的枪支。乌山伤兵站负责人李梨英精心照料的 20 多名伤病员，在根据地群众的帮助下，安然隐蔽在乌山，保存了革命有生力量。谭震林也率领一个加强排 40 余人过来。这样红三团就恢复和发展到 200 多人，并收复了大片土地。为进一步唤起民众抗日，红三团改为"闽南人民抗日义勇军第三支队"，打击破坏抗日的国民党顽固派，鼓舞人民群众的抗日热情。1938 年初，这支部队奉命改编为"新四军第二支队第四团第一营"，在卢胜率领下开赴皖南抗日前线。

特别值得一提的是，乌山伤兵站负责人李梨英这位"红军阿姆"。李梨英是广东潮安人，丈夫早逝，丢下 6 个子女由她抚养。1932 年党派人到她家乡组织农会、建立赤卫队，李梨英第一个送子参军，荣获"革命母亲"称号，翌年她加入中国共产党，几个子女也都积极参加革命工作。后来粤东革命形势恶化，李梨英大女婿被捕杀害，大女儿被捕入狱，外孙流离失所，大儿子和三子，也在保卫根据地战斗中相继牺牲。这一个接一个不幸都没有动摇李梨英的革命意志，她对同志们说："不流血牺牲，革命是不能成功的。"化悲痛为力量，更加忘我地为党和红军工作。后来，李梨英随部队上了凤凰山，又辗转到了乌山，分配到伤兵站工作。伤兵站设在乌山深处的石洞里，她和几个青年女战士照顾着几十个伤病员。不仅缺粮缺药，还经常遭遇敌人搜捕，由于她的机智勇敢和群众协助，每次都化险为夷。战士们亲切地称她"红军阿姆"。在"漳浦事件"和"月港事件"后，她又向伤病员做工作，使他们坚定信心，保存了一批革命力量。后来她小儿子也牺牲了，她强忍悲痛坚持工作，照料伤病员。她的事迹正如当年中共南委书记、后为中侨委党组书记的方方同志在她逝世时挽联上所述："十年游击战，十年地下工，匪特、汉奸、日寇，哪在你眼里，堪称智勇；为党献一生，为国献三子，挫折、伤亡、失败，信心不动摇，无愧忠贞。"

大部队北上抗日后，闽粤边特委派卢叨、莫丁贵到乌山地区恢复因"月港事件"而停顿的云和诏地方工作。1938 年 3 月，重新建立云和诏县委，卢叨任书记，莫丁贵任副书记。

抗战期间，云和诏县委根据中共中央在国统区实行"隐蔽精干，长期潜伏，积蓄力量，以待时机"的十六字方针，有计划地将党的干部和武装骨干转入地下，或进入边远山区的革命基点村，开展生产自救。乌山人民特别是散落在乌山上182个革命老根据地村落的人民，把隐藏在当地的共产党人当作亲人，千方百计加以保护和供养，宁愿牺牲自己甚至家人也要保护革命同志，宁愿忍饥挨饿甚至借高利贷也要供养同志们的生活。

这期间，云和诏县委书记吴永禄、世吉区委书记罗理、地下工作人员谢世杰等一批共产党人惨遭国民党顽固派的杀害。血的事实说明：共产党人如不武装自己，就有被消灭的危险。1943年初，闽南特委在乌山腹地成立了3个武装班，根据"有理有利有节"的原则开展反顽自卫斗争，又打了两次伏击，斗争形势才有了好转。随后"闽南抗日挺进队"司令员刘永生也带领王涛支队挺进乌山。与此同时，乌山根据地的许多乡村群众在党组织带领下，坚持与顽固派做斗争。龙透党支部在敌人整天搜山围捕的恶劣环境里，带领群众冒着随时都有被捕、遭受酷刑或杀头的危险，前赴后继，英勇斗争，经受了血与火的严峻考验。这个仅有300多人的山村，就有200多人坐过牢，有的连坐三四次，连8岁小孩和60多岁老太太也被捕过。电刑、火烫、灌水、吊打、枪杆刺戮，直到砍头，都征服不了龙透人民不屈不挠的革命意志。

1946年夏，国民党当局调集重兵大举进攻乌山根据地，采取军事"围剿"、政治瓦解、经济封锁等手段围困乌山。留守乌山的陈文平、李仲先等人，用自制的土炸炮，在北蔗雷公陂地段摆下长约一华里的地雷阵。1947年元旦，游击队引诱驻云霄吉坂的保安中队进入雷区，然后引爆地雷，把保安队炸得魂飞魄散，四处奔逃。从此保安队再也不敢进入乌山腹地。云和诏县委还组建了乌山民兵和游击大队，四处出击，分散敌人对乌山根据地进攻的压力。1947年7月，闽南地委机关从南靖树海迁回乌山，卢叨也回到乌山，任闽南地委书记，陈文平任副书记。8月1日，在乌山葱仔寨成立了中国人民解放军闽粤赣边区总队闽南支队，支队长李仲先，政委卢叨。乌山再次成为闽南革命的中心。

1948年1月8日，闽南支队在水晶坪坪坑路段设下伏击圈，伏击从水晶坪调往公田的国民党省保安二团一部，活捉少校大队副郑汝勤以下官兵27名，毙敌7名，缴获三挺捷克式轻机枪。坪坑大捷后，闽南武装力量转入战略反攻。1月31日，闽南支队乘胜出击，一举端掉车仔圩炮楼，活捉云霄县保安队中尉分队长熊蔚林以下官兵12人。面对日益壮大的人民武装力量，国民党当局惊恐万状，急调部队，对乌山革命根据地实施重点进攻。

强敌面前，闽南地委领导闽南支队跳出外线作战，在乌山腹地与保安团打转转，拖得保安团晕头转向，疲惫不堪。

1949 年初，驻在乌山的闽南支队改编为中国人民解放军闽粤赣边区纵队第八支队，支队长李仲先、政委卢叨，驰骋闽南大地，痛歼残敌。9 月 19 日，闽南支队配合三野十兵团解放了漳州城，卢叨、王汉杰与南下地委成员李伟、丁乃光、李承尧等组成漳州市军事管制委员会。龙溪地委成立，卢叨任书记。

为了人民解放的这一天到来，乌山根据地长期坚持艰苦斗争，"十四年红旗不倒"。乌山地区为革命牺牲的干部战士达 900 多人，死难群众 3100 多人。人们用鲜血和生命捍卫了乌山红旗，铸就了一座历史丰碑。

我们在乌山的石群山间行走，还看到了写有财务处、炊事房、看守所等字样的石洞，洞口很窄，需俯身弯腰才能进去，内部则别有洞天，巷道弯来绕去，可藏十几人乃至数十上百人。就连赫然写着"中共闽南地委机关"字样的地方，也是几块巨石交叠的石洞。乌石、幽洞是乌山的特色，也是乌山的优势，当年革命者就是在这样环境里隐蔽、办公，指挥作战。连抓来的坏人也关在这样的山洞中。

与地委机关相邻的一处两块平行巨石相对的几平方米的石弄，也是山上唯一的一块平地，就是当年闽南地委书记卢叨搭草寮的地方。这位"乌山的儿子"就葬在他当年居住草寮的上方，旁边的石壁上镌刻着他生前写的一首诗，诗曰："大地神州处处花，疮痍满目旧中华。燎原星火铿锵志，石洞茅寮是吾家。"抒发了一个革命者理想坚定、乐观豪迈的献身精神。卢叨长期战斗在乌山，乌山人民也忘不了他。卢叨逝世后按照他生前遗愿，骨灰迁葬乌山共头里。当卢叨灵车缓缓驶向乌山时，从半岭至共头里沿途群众扶老携幼，哭喊着"阿叨，阿叨，您回来了！"万人跪接，恸声震天！可见人民群众与共产党人之骨肉深情。

天下英雄气，千秋尚凛然。如今，千米乌山之巅红旗高高飘扬！她昭示着：乌山是一座铮铮铁骨构筑的红色之山，一座永远令人景仰与神往的英雄之山！她涵养的正义、坚强、敢于斗争、敢于胜利的秉性永远激励人们奋发向前！

九峰山水碧空碑

——延平革命烽火纪事

建溪、沙溪和富屯溪三股巨流分别从东面、西面包抄而至，在九峰山下冲撞聚合，汇成宽阔的闽江。闽江奔腾不息，一路东去，滋润了两岸土地，哺育了省会福州，闽江因此有福建母亲河之称。这母亲河干流的源头就在这三江汇合处九峰山下的延平。延平水亲山也爱。鹫峰山、戴云山和武夷山这福建三大山脉也在这里纵横交集，深情拱卫。山水的眷顾，使延平峰峦叠嶂，林木蓊郁，成了福建一个绿色金库；同时，江河交汇，水运通达，又是连接省会与闽北的一条黄金水道。其地理位置与战略地位之重要不言而喻。

山高水长的地理形势，正是我党我军早期活动的有利地形。因此，20世纪30年代起，延平就是我党组织和游击队活动的重要地域，在这块土地上留下了许多红色的足迹和可歌可泣的革命故事。我谨从当地同志介绍的革命往事中，撷取数段记述于后。

东方军两次入延

20世纪30年代初，中国工农红军东方军在延平的王台镇与国民党地方军队的谈判，不仅在延平革命史上留下光辉一笔，也是我军历史上的重要事件，载入史册，千秋永记。

1933年6月，中共临时中央要求中央苏区红一方面军分成两部分，一部分在中央苏区北部的抚河、赣江之间积极活动，破坏国民党军"围剿"中共苏区的作战计划；另一部分组成东方军入闽作战，打击驻福建的国民党军。7月1日，中革军委命令以第三军团（欠第六师）和第十九师组成东方军，彭德怀兼司令员，滕代远兼政治委员，邓萍任参谋长，袁国平任政治部主任。东方军以"筹款百万，赤化千里""创造百万铁的红军""把红旗插到福建去，开辟新的根据地"为主要任务，入闽东征，7月2日从广昌县头坡地区出发，分两路入闽作战。

8月25日，东方军到达延平王台地界，迅速占领并解放了王台镇，并进攻顺昌洋口和延平峡阳。随后东方军将顺昌、南平隔断，围攻两城，采用"围城打援"的战略方针，诱出国民党援敌消灭之。东方军围困南平城期间，曾多次组织精锐部队，以机枪为掩护，对守城敌军发起强攻，双方发生激烈战斗，各有伤亡。东方军一面坚持围城，并不时发起佯攻，一面分派主力，在夏道、水口、西芹等地截击敌援军，坚持了一个月后奉命撤离。1934年1月3日，在司令员彭德怀、政治委员杨尚昆率领下，东方军再次入闽，在延平等地与敌作战，2月中旬离闽返赣，第二次东征结束。

东方军两次入闽，在延平的革命活动持续了两个多月，仅在延平各地就与敌人展开大大小小战斗30多场，歼灭了大量敌人，缴获了敌人的大批武器弹药和食盐、煤油等物资。同时，东方军驻扎在延平各乡村的红军派出工作队，广泛开展政治宣传，帮助延平各地建立政权，组建农会，组织游击队、赤卫队、贫农团等，为当地党组织的组建奠定了坚实的政治基础。在东方军的宣传发动下，广大苏区群众积极投身革命。其中东方军司令部所在的王台镇就有173人参加红军。当年中央苏区《红星报》曾发表社论盛赞东方军的出色工作，其中写道："东方军争取新区赤化与扩大红军方面，写成了政治工作最光荣的一页，是中央苏区红军的光辉模范，我们应广泛地运用东方军在顺、延、将、沙地方工作的宝贵经验，为巩固扩大与联合苏区而战。"从1933年8月下旬至1934年10月中旬，延平苏区成立了20多支游击队组织，2000多人参加了游击队、赤卫队、工会、贫农团、妇女会等团体或组织，790多名延平优秀儿女加入红军队伍。

王台八角楼谈判

东方军入闽作战连战连捷，国民党十九路军连遭惨败，这使得有"抗日铁军"声望的十九路军将领大为震惊，这支并非蒋介石嫡系的部队，屡受重创，情绪低落。十九路军将领蒋光鼐、蔡廷锴明白蒋介石意图：或借红军之手消灭十九路军，或借十九路军之手消灭红军。据国民党行政院原副院长陈铭枢回忆："其时十九路军处境困难，蒋、蔡要求一致合作抗日反蒋，早具决心……催我迅速同中共谈判，以免夜长梦多，发生意外。"于是十九路军决定，在福建延平前线与东方军谋取联系。

陈铭枢请陈公培赴前线代表十九路军与红军磋商停战事宜。陈公培曾是中共早期党员，为黄埔军校二期生，与中共领导人周恩来等人都是熟人。1933年9月中旬，陈公培到达王台东方军司令部。彭德怀、滕代远即将陈公培到王台一事电告项英、朱德和周恩来，接着又将与蒋光鼐、蔡廷锴谈判条件及所用之名电告项、朱、周。

9月23日凌晨1时，苏区中央局致电周恩来、朱德、彭德怀、滕代远，提出与十九路军谈判的三点先决条件和谈判应遵循的原则：一、制止军事进攻与经济封锁，沙县仍可维持其统治，谭师应作后退；二、释放在福建牢狱中关押的所有政治犯，保证反帝运动及反帝组织的自由；三、发表反帝反蒋之政治宣言。十九路军如果接受这些条件，双方可以订定协定，并磋商今后作战协定及其他问题的具体步骤。是日上午，项英又致电彭德怀和滕代远，说明谈判除以中央局指示电为基础进行外，还提出必要时可派袁国平先往西芹，与陈公培一谈，以探知对方更多内容。当日，东方军领导人彭德怀、滕代远、袁国平在东方军司令部隔壁的王台八角楼内与陈公培举行谈判。

王台，因西汉时闽越王无诸在此筑有行台，故名越王台，后简称王台。历经二千多年，越王台屡毁屡修，如今仍屹立江边，成了该镇悠久历史的标志。八角楼就在与之相邻不远处。楼建地势稍高的台地上，拾级数步即达，楼旁绿树掩映，古朴中透露出勃勃生机。楼为三层三檐八角攒尖顶。立于楼窗前，葱绿青山与清溪流水尽收眼底。始建于清光绪十八年（1892年）的八角楼原名魁星阁，奉祀着杨时等理学大家，为莘莘学子求学问贤之地。不意却成了一次我军重要政治活动的会所，真乃楼之有幸。

落座后，双方开始了推心置腹的恳谈。陈公培首先表明了自己代表十九路军来谈判的三点理由：一、共产党有联合抗日声明；二、十九路军有和中央苏区联系的要求；三、他个人想到中央苏区取得联系。并说此次来与红军谈判系陈铭枢所主持，蒋（光鼐）、蔡（廷锴）同意，并召集高级军官师旅长征求意见，因畏红军之英勇，都同意。隐居香港的李济深同病相怜，也赞同。

彭德怀司令员把中共《八一宣言》的三条团结抗日内容向对方宣讲一

遍，并说，只有抗日才能停止内战，停止内战才能有效抗日，可是蒋介石推行的是"攘外必先安内"的卖国政策，因此，抗日必须反蒋，反蒋才能抗日。接着彭总按照苏区中央局指示，提出双方谈判的三项先决条件，并表示红军愿与十九路军在抗日反蒋基础上订立共同作战协定，保证红军在确悉十九路军完全接受以上提议后，当即停止进攻。

双方初步达成了临时停战协议。东方军当日下午即致电项英、朱德、周恩来汇报谈判经过。彭还给蒋光鼐、蔡廷锴写了一封言辞恳切的回信，交陈公培转交。9月28日，彭德怀派人护送陈公培到西芹。至此，东方军与十九路军在东线达成休战。不久双方各自撤兵，东方军撤回瑞金苏区，所部各自归队。

10月6日，十九路军派徐鸣鸿为全权代表，由陈公培陪同赴瑞金，与我党进一步商讨共同合作抗日反蒋问题。26日，中华苏维埃共和国临时中央政府，中国工农红军与十九路军代表正式签订了《反日反蒋的初步协定》。这一"初步协定"的签订，初步促进了中国共产党与十九路军反蒋抗日民族统一战线的形成。对十九路军来说，则加速了反蒋步伐，客观上促进了是年11月20日"福建事变"（福建人民政府成立）的发生。

如今的八角楼还原了当年会谈时的模样：一张四方桌、两把木椅、一个大嘴茶壶、一盏马灯……墙壁上那墨写的"欢迎十九路军士兵过来当红军"等数条标语依然清晰。历史从这里走过，岁月在这里留下痕迹。"彭总当年驻此亭，威震八闽建奇功。十九路军遣来使，统战功高永不泯。"原十九路军团政治部主任、后在上海任大学教授的朱伯康老先生如是说。

"闽江地下航线"建立

20世纪60年代，电影《地下航线》风靡大江南北。故事说的是1947年闽江轮船公司"福州号"司机、共产党员林森官，接受党的指示，以帮助船长运私货为掩护，与地下党员江财弟等船工进行地下活动，把武器、电台运往我游击队根据地，开辟了地下航线。故事惊险生动，机智勇敢的地下工作者令人敬佩。

故事的生活原型就发生在福州至延平的闽江水道上。不久前，我来到闽江边的南山镇吉溪村，这里耸立着一座"闽江地下航线"纪念碑，还建有地下航线纪念馆。读了碑文，参观了纪念馆后方知，吉溪村和沿江的葫芦山、岳溪、茶洋等地均是当年地下航线的停靠点，为革命做出了重要贡献。

抗战胜利后，随着福建省委指挥机关逐步北移南平后，南古瓯根据地与各游击根据地之间的人员、信息往来日趋频繁，各种武器、弹药、食品、药品等军事物资和生活物资需要量和运输量也越来越大。党的地下交通运输联络任务更加繁重。这些人员、信息和物资的运送主要是通过闽江水运进行的。而这条水运大动脉为当时国民党反动当局所控制，他们扬言不让一粒米、一颗盐、一只鸟、一片纸进入红色区域。

为粉碎敌人的封锁，省委决定在闽轮公司和福州运输船队（亦称粪船队）等闽江航道企业中，建立党组织，开辟闽江水上地下秘密交通线。1946年4月，成立了中共闽轮公司支部，由梁宝通任书记。党支部在斗争中不断发展壮大，到福州解放前夕共发展了18名党员，还教育团结了一支拥有200多人的可靠的外围工人队伍，奠定了水运交通联络的群众基础。同时，省委还派人到福州运输船队开展党的活动，于1946年5月建立了中共福州运输船队支部，由林森官任支部书记。还在闽江两岸设立了十几处交通接应点或小渡船流动点，以便接应。

闽轮公司的党员，大多在航行于福州至南平区间的客、货轮上担任司机、副司机、助机或水手等职务，他们对党忠诚，与敌人斗智斗勇，出色完成了水上秘密交通运输任务。

他们护送来往的革命同志和革命群众，保护他们的安全。曾在"开封号"和"青岛号"客轮上工作的共产党员伊立惠就先后掩护省委诸多领导同志，乘船来往于福州、南平等地。

他们运送武器装备等军用物资，支持武装斗争。解放战争时期，各种通信器材和武器弹药源源不断地进入南古瓯根据地，大多数是通过地下航线运送的。

在完成地下航线交通运输任务中，南平凤山地区特别是吉溪村和东门村的地下党、贫农团和革命群众起了极为重要的配合接转作用。闽江上游的吉溪村，是地下航线的终点站。船运的人、货到后，这些村地下党员就组织人员及时护送或转运至当时的省委机关驻地和革命据点东门、芹山、岩溪等地。吉溪村党组织还从贫农团内抽调水性好的人员组成夜间运输队负责转运。由于沿线地下党员和革命群众的相互配合。才使闽江地下航线从船上到船下，从水上到陆上形成一条秘密可靠的安全线。

省委北迁南平

中央华东局于 1947 年 12 月 14 日致电闽浙赣省委，指出在过去一年里福建的游击战争，群众基础不广是最大的缺点，并指出蒋介石集团败局已定，新的一年是转折的一年，在新时期里，在军事、土地改革、经济和统一战线等一系列问题上应有新的方针和政策。号召全国人民把革命斗争进行到底。

1948 年 1 月，省委机关从闽侯县尚干一带迁到南平县凤山镇（今延平南山镇）东门村。为更好领导游击战争，省委于 1 月 19 日做出《为展开广泛群众性游击战争恢复与建立民主根据地的决议草案》，宣告：结束从"民主根据地到合法与武装结合斗争的退却阶段，开始了发动游击组织到恢复民主根据地的进攻阶段。"今后要以分田废债、抗丁抗粮，消灭地主阶级压迫、摧毁反动政权，建立民主政权与民主根据地的任务，代替减租、减息、抗丁抗粮的任务；以坚决彻底消灭地主阶级的政策，代替利用地主矛盾的政策；以武装斗争形式为主，代替以合法斗争形式为主。规定了消灭地主阶级的具体步骤、方法和政策界限。

为保证《草案》的贯彻执行，省委要求县委以上干部必须学习毛泽东《目前形势与我们的任务》、县委以下干部学习党章和《土地法大纲》等文件，并在省委机关开展以四查（查阶级、查思想、查立场、查作风）为中心的整风整编试点。

2 月初，中共闽浙赣省委机关从东门迁到凤山镇下明洋村，并在那里成立了中共南古瓯县委（后为中心县委），中共南平县委也在凤山镇芹山成立，使南古瓯游击区有了一个坚强的基础组织领导机构。为便于发动、领导，还划分了游击区，任命了各区区长。

1948 年 4 月，中共闽浙赣省委机关转移到上明洋村对面的岩溪村，在水尾山搭棚驻扎，以岩溪为中心据点，开展恢复和建立民主根据地的试点工作。省委书记曾镜冰一边领导机关党员、干部和游击队指战员的整风学习，一边加强对农民运动的指导，亲自部署"除恶分粮"斗争，派出精干的武装工作队，深入乡村调查，秘密访贫问苦。左丰美、王一平、苏华、黄扆禹、夏润珍、刘捷生、杨兰珍等省委、地委和县委领导，分别在南平农村开展"除恶分粮"试点工作，镇压了群众最痛恨的江口村保队副朱白豹和桐梓园村原国民党凤山镇长童荣长。把反动分子囤积的粮食分给苦大仇深的农民，并当众烧毁了被霸占的田契、债券。这两起"除恶分粮"的成功，极大地鼓舞了农民的斗志，巩固和发展了"除恶分粮"的胜利成果。

1948年4月下旬，省委在凤山镇杜嵩岭李家祠堂召开扩党练干会议，通过了《为坚决发动农民扩党练干的决议》，提出群众性游击战争的两大任务：一是坚决发动农民起来做斗争，主要打击恶霸地主；二是扩党练干。由下而上建立各级党组织，在对敌斗争中吸收更多积极分子入党；训练贫雇农中的积极分子，组织区乡政权。此后南古瓯游击区以贫农团运动为主要内容的农民斗争不断深入发展。在闽东北地委辖区内设立南平、古田、建瓯、屏南四个县委，并分别成立县游击大队和区游击队。

进入解放战争时期后，南尤沙地区的党组织、革命武装和贫农团组织，以及革命统一战线工作都得到了快速发展。至1946年下半年，南尤沙游击区扩展至数百里范围。1948年4月，省委决定将闽赣边地委改称闽西北地委，并将闽赣边游击纵队改称闽西北游击纵队，由林志群兼任纵队司令员、政委。纵队首先攻占了沙县富口乡公所，首战告捷，拉开了闽西北游击纵队由隐蔽斗争转向与敌人进行公开作战的序幕。纵队越战越强，到1949年春扩大至1500多人，打开了闽西北群众性游击战争的新局面。

中共地下党领导的游击战争蓬勃发展，令国民党福建当局大为恐慌，他们调集军队向各游击区发动全面进攻。中共闽浙赣省委机关驻地南古瓯地区和闽粤边区是重点进攻区域。1948年7月下旬，国民党军队600多人大举进攻，妄图一举摧毁省委机关。他们实行"三光"政策，仅凤山一地就有18个村500多户群众和30余名中共党员、干部和游击队员被害；在遵福乡（今洋后）田丹村一次就被活埋20多名革命群众。游击队四面出击，打击敌人嚣张气焰，巩固了根据地，保卫了省委机关安全。

中共闽浙赣省委还注意调动外围力量，开辟了隐蔽农村据点。派江作宇等人到南平大洋、茂地一带，开辟了南（平）顺（昌）建瓯根据地，建立起中共南顺瓯工委，并发展武装队伍。南顺瓯工委一直坚持到延平解放，江作宇带领游击队进城接管政权。

"高山列列千峰碧，秀水清清一镜天……王台谈判名垂史，旗插苏区茫荡巅。"发生在延平大地上的革命往事，已铸成历史丰碑耸立在青山碧水间，成为鼓舞和激励延平人民阔步前进的强大动力。如今，延平人民正发扬光荣传统，继承红色基因，为打造"山水宜居之城，活力创业之城"而奋发努力！

2016. 10

巍巍北岭　红旗漫卷

——晋安革命烽火纪事

位于福州市东北部的晋安区，面积达 550 多平方公里，比市中心四个区总和的一半还多。不仅幅员辽阔，而且有城区，有山野腹地。城区高楼林立，人气兴旺，成了市区新兴的繁华商圈；山区则青山绿水，生态优美，被誉为省会城市的"后花园"。革命战争年代，这片山水灵秀的地域，烽火迭起，人才辈出，为民族的独立与解放谱写了一曲又一曲雄浑壮美的赞歌。

革命火种　悄然点燃

鸦片战争后，英国等外国人一进到福州，一眼就看上了晋安这块土地。外国侵略者根据不平等条约的各种特权，侵占了大量土地。1886 年，他们在晋安鼓岭宜夏侵地建起了第一座避暑别墅，此后几十年，侵略者在鼓岭接连不断地占地兴建休养所、教堂、教会医院、俱乐部、游泳池、运动场等一百多处，建造别墅达 300 多幢，占地几十万平方米，每年都有数百成千外国人到鼓岭避暑享乐。西方列强在入侵中国过程中还带来了不少传教士，向我民众渗透洋教。

对此，在福州，在晋安，激起了民众极大的义愤，一场抗击外国侵略者、反洋教、抵制洋货的爱国运动此起彼伏，一浪高过一浪，延续不断。晋安东门乡人（今岳峰镇东门村）魏瀚，时为福州船政"总司制造"（总工程师）。在中法马江海战前夕，曾向福建当局最高领导报告情况，请求加强战略措施。当局不予采纳。海战水师惨败后，他痛感唯有自强，"以报仇雪愤之心，寄于监作考工之事"，试制了新式双机钢甲兵船。其一生参与设计并监造 10 余艘舰船。对中国造船业和巩固中国海防做出了重大贡献。

1898 年，参与戊戌变法惨遭杀害的"六君子"之一的林旭，就是从晋安这片土地走出去的。

1905 年 8 月，中国同盟会在日本东京成立，晋安竹屿乡（今岳峰竹屿村）青年邓萃英在日本加入同盟会，曾担任东京同盟会福建支部长，积极联络各个社团、会堂，传播革命思想。西园乡（今新店西园村）人吴胥魂早年参加同盟会，担任福州井、北、汤门地区负责人，参加广州起义后继续坚持斗争。

1911 年 10 月 10 日，震惊中外的武昌起义爆发。西园乡（今新店西园村）人吴怀冰参加起义，担任学生军敢死队队长。武昌起义后，晋安境内的革命党人积极参与全市的光复福州行动，11 月 9 日福州光复，福州革命军政府随即宣告成立。

五四运动后，马克思主义开始在福州传播。具有进步思想萌芽的陈应中（今象园街道雁塔人）与同学们争相传阅《新青年》《每周评论》等进步书刊，他带领同学们捣毁了东门外的"泰山神像"，用朴素行动表达反对为专制政治服务的封建伦理道德的决心。竹屿乡人邓拓（1923 年）在三牧坊福州初级中学以"左海"笔名发表文章，1926 年在福建省第一高级中学读书时，阅读了《新青年》《新潮》等进步刊物，并参加时事演讲比赛。鼓山镇后屿村青年郭寿山 1916 年考入烟台海军学校，五四运动后，期间参加北京大学马克思主义学说研究会，1921 年 10 月，由邓中夏、王荷波介绍参加中国社会主义青年团，1923 年夏转为中共党员，为烟台党小组负责人。

以陈任民、方尔灏为首的一批福州最早接受马克思主义的进步青年，在党、团中央的指导下，筹组进步社团，创办进步刊物。1926 年底中共鼓山支部成立，这是中国共产党在晋安境内成立的第一个党组织。从此晋安人民在党的直接领导下，迎来了反帝反封建的第一次大革命高潮。

大革命失败后，晋安一批革命青年不畏艰险，追求进步，积极投身革命。鼓山后屿村青年叶凯，1927 年底，在城里鞋店当学徒时，认识了中共福州市委执行委员黄孝敏，在经常接触中接受教育，积极投身革命洪流中，于 1929 年初加入中国共产党，在家乡进行秘密活动，传播马克思主义。在他的影响下，先后有王则炎等五位青年农民加入党组织，并建立了党支部，使后屿乡成为党的秘密联络点。

在数十年的茫茫长夜里，这星星点点悄然点燃的革命火种犹如盏盏明灯，照亮前路，让人们看到希望的曙光。她唤醒了民众，凝聚了人心，鼓舞人们团结起来向反动势力，向黑暗社会开展斗争。

北峰激战　英烈不朽

80 多年前,在大北岭的宦溪降虎村周围山地,中央红军与国民党军发生了一场激烈的战斗。如今烟消雾散,战地青山依旧,只有一座红军烈士墓见证了那场战争的激烈与残酷。

那是在 1934 年 7 月,在红军被迫进行战略大转移前夕,中共中央、中革军委决定以寻淮洲为团长、乐少华为政治委员、粟裕为参谋长的红七军团 6000 多人,组成中国工农红军北上抗日先遣队,挺进闽、浙、皖、赣四省国民党统治区,宣传党的抗日主张,推动抗日运动的发展,在国民党心腹地区发展游击战争,建立苏维埃政权和革命根据地。进而配合中央主力红军即将举行的战略转移。

先遣队于 7 月 6 日晚从瑞金出发,先后经过长汀、连城、永安县境,20 日晚攻下大田县城,挺进闽中,29 日攻下樟湖坂,渡过闽江。8 月 1 日先遣队进占水口,召开纪念"八一"大会,并遵照中革军委指示,对北上行动和攻打福州进行战斗动员。

先遣队突然出现在闽中地区,引起了国民党当局的极大震动,当水口被先遣队攻占后,为加强对福州的防备,国民党下令部署在闽东宁德、福安、霞浦和闽南泉州等地的国民党 87 师集中到福州,并向闽江上游堵截红军。

水口至福州沿江的交通干道被国民党军控制。为避开沿江国民党阻击和飞机轰炸骚扰,先遣队绕道闽侯北部山区,从雪峰、大湖、江洋向福州西北部挺进。8 月 7 日,先遣队主力进抵北峰岭头、前洋、叶洋地区。当夜 23 时即从里洋、笔架山一线向福州发起进攻。由于战前对敌情、地形侦察了解不够,突击方向选在守军重点防御阵地上,先遣队从午夜至次日凌晨 3 时,几次猛烈冲击均未突破,被阻于隐士山坡之前。国民党军不断出动飞机轰炸先遣队阵地,使先遣队再次攻击受挫。先遣队见已不可能攻进福州,便放弃攻城计划,将部队撤回小北岭,准备向闽东转进。

时任先遣队政委的乐少华后来说:"……事实上敌人有了准备,全城电灯点的比平时多,敌人 87 师全部固守福州城。这时我们得到福州地下党组织的报告,城内有一部分党员准备响应,因力量太弱遭到敌人屠杀。离开福州后，我们得知闽东游击队在这一带活动，离潘渡游击区才20多里，便前往桃源宿营。"

8月9日，先遣队护送一二百名伤病员，由岭头经江南竹向连江桃源、潘渡转移。当天下午国民党87师522团从宦溪向桃源进行侧面追击，企图封锁桃源通往潘渡的道路。10日上午，522团前卫第三营窜到宦溪降虎村与桃源之间的梧桐山，与先遣队的侦察警戒部队发生遭遇战，参谋长粟裕当即率领第二师予以迎头痛击。国民党522团主力随后赶到投入战斗。先遣队又以第二师攻击其左翼第一营，令第一师迂回敌侧后，断其后路。

国民党522团在先遣队的猛烈攻击下，频向福州求援。国民党87师师长王敬久急令259旅旅长沈发藻率领直属部队和517团一部，携带10门火炮，驰往增援，并派飞机前往轰炸助战。先遣队乘敌援兵未到，以密集部队向522团中央阵地猛攻，一部突入守军阵地，与敌肉搏。双方混战时，先遣队旗手冲上山头，将红旗插上山顶。国民党飞机误以为是先遣队阵地，进行狂轰滥炸，炸死不少国民党军，先遣队也有伤亡。与此同时，迂回敌后的先遣队第一师也遭敌机轰炸扫射，损失较大，师长、政委都受伤。

国民党军522团得知援兵将到，又有飞机助战，便占守几个山头抵抗，双方遂成对峙状态。先遣队政委乐少华后来回忆说："我军第2师和第3师最后向敌人阵地（天元顶主阵地）发起多次进攻没有成功，敌人飞机不断地向我军轰炸、扫射，我军一直打到天黑都没有解决战斗。这时敌人援兵到来，我们决定连夜撤退转移。这次战斗，我军虽然缴获9架轻机枪和一二百支步枪，但我军也伤亡七八百人（注：应为福州、降虎两役合计），师团干部遭到重大损失，伤亡的多是老战士"。这次战斗歼敌二百人。当晚先遣队撤出战斗，向连（江）罗（源）苏区转移。11日国民党军援兵和522团扑空后分路尾追，但先遣队已在连罗中共组织、游击队和群众的接应下，安抵罗源凤坂、百丈一带。

先遣队提出"不丢弃一个伤病员给敌人"的口号，发动全体工作人员和降虎、汤岭一带群众抢救伤病员，在降虎至汤岭古道上设置二三个临时救助安置点，一站一站地往下运送伤病员。把降虎战斗伤病员和攻打福州的伤病员共700多人交给闽东地方党组织和红军游击队统一救治。

先遣队在北峰一带活动，日溪井后朱鸿、宦溪桂湖张荫明、张荫海等人积极向导引路。先遣队在降虎村一带伤亡将士600多人，因死亡人数多，来不及挖坟，当地群众就将烈士遗体就地掩埋在战壕里，后来又把找到的部分遗骸收集起来，在当年战斗过的山头坪岗顶修建了红军烈士墓，以寄托缅怀之情。

"二三"革命　风起云涌

从福州市中心区向北眺望，一座状似莲花盛开的山峰，便是莲花峰。莲花峰巍峨高耸，如一道屏障，挡住了北来的寒风，使福州城冬季也有了暖意。莲花峰山麓星星点点散布着宦溪镇的十来个村落，统称桂湖地区。80多年前一场革命风暴席卷这里的广袤山地，爆发出来的巨大力量令八闽大地为之震惊。不久前，我们来到这里寻访革命遗迹，当地同志为我们讲述了发生在这里的"二三"革命的来龙去脉。

1934年8月，中央红军先遣队在向连江转移途中，队伍经宦溪桂湖地区时军纪严明，百姓深受感动。先遣队在山岭上与敌人展开殊死战斗，红军战士英勇顽强的革命精神给当地农民群众留下不可磨灭的印象。桂湖垄头张荫明、张荫海兄弟俩给先遣队当向导，一直带到连江。先遣队领导见他俩倾向革命，便向他们进行革命教育，赠送革命书刊。张氏兄弟回乡后，积极向农友宣传革命道理。不久，中共连罗县委派来几个工作组同志到桂湖一带开展工作，又派游击队十多人到桂湖一带发动群众。

先遣队播下的革命种子，加上闽东苏区革命形势的影响，经过张荫明、林犬妹等人的发动，当年9月桂湖地区十三个乡建立起了苏维埃政权并发展武装力量。

各乡苏维埃政府成立后，立即组织农民展开减租抗债斗争。对敢违抗的土豪恶霸，苏维埃政府即派出武装力量予以镇压，刹住了他们的嚣张气焰，鼓舞了农民群众斗志。红色政权还趁热打铁，烧毁了部分土豪恶霸的田契、账簿，着手土地分配工作。

这被称之"二三"革命的红色狂飙席卷北岭地区，风起云涌，越来越猛烈。各乡苏维埃政府组织农民自卫队，以大刀、锄头、鸟枪、九节枪为武器，并从坏分子手中收缴武器，来装备自卫队，还组织游击队和肃反队等与反动势力展开斗争。

在桂湖西面不远的九峰乡（现寿山九峰村），有一支盘踞已久的反动民团,威逼农民缴款,增购枪弹,对付桂湖革命武装力量。桂湖游击队与连江武装队伍配合,夜袭九峰民团,捣毁了匪窟,缴获步枪18支,子弹300多发。游击队又转战连江,配合连江武装力量,攻克了仁山乡反动民团,之后又攻陈田乡反动民团。当得知国民党海军陆战队一个营兵力正向松岭苏区进犯时,游击队即掉头直奔松岭,配合连江游击队击溃敌军。胜利返乡后又投入了艰苦卓绝的反"清剿"斗争。

红色政权的节节胜利,令国民党当局恼羞成怒。1934年10月以后,国民党调兵遣将,对闽东苏区实行残酷的轮番"清剿",土豪、恶霸也卷土重来,趁势向苏区群众反攻倒算。桂湖湖中乡苏维埃主席汤成木及文书陈德银、游击队员陈佺佺、山坑乡苏维埃干部林天志、林宝志等均被捕。溪湾乡苏维埃交通员陈伍弟、芙蓉乡苏维埃交通员熊元榕、芹草洋乡苏维埃主席阮三弟等被杀害。峨眉乡苏维埃主席何海仁、大洋乡苏维埃文书池喜官、交通员池伙官等七人相继被投入福州国民党特种监狱,七位同志在敌人严刑拷打面前,宁死不屈,先后就义于福州西门外鸡角弄刑场。1935年4月,国民党军与保安团先后洗劫了罗汉、南边、中楼等乡村,罗汉乡苏维埃主席、文书和一部分游击队员相继被捕,有的死于狱中。南边乡苏维埃主席雷则洪也被杀害。

在敌人的"清剿"与血洗中,桂湖地区持续八个多月的农民土地革命归于失败。但游击队和人民群众并没有屈服,桂湖游击队转战闽东、闽中一带,后来编入闽东红军独立师,一部分编入新四军第三支队第六团北上抗日。广大农民群众在这场斗争中受到了深刻教育和锻炼,红军播下的革命种子已深深地扎根在他们的心中。

抗日救亡　文武双雄

抗日期间,福州曾两次沦陷,军民奋起反抗。1938年12月,桂湖红军战士江国荣受组织委派到尚干兰圃乡,建立中共兰圃支部,开展抗日救国宣传工作,在日军北撤前后领导游击队积极围歼逃窜日军,还在大顶山歼灭12名日军。

晋安区抗日武装除桂湖红军外,还有韩南耕武装抗日队伍、鼓山游击队等,当然声名最显赫的要数黄性贤大刀队游击队伍。

前屿乡爱国汉子黄性贤，曾在茶亭祖庙任国术社总教练，馆里有 200 多名练武大刀队员。1937 年 8 月淞沪战役时，黄性贤就率领 64 名大刀队员奔赴上海支援抗战。1941 年 4 月福州沦陷后，黄性贤被委任为北鼓台抗日特务队长。他组织了一支抗日游击大队，数百名队员都是他的武术门生。他们经常化装成农民进城送菜，渡过乌龙江，在方村洲尾山边埋伏，把到这里搜抢粮食的日军打得落花流水，击毙敌军 15 名，缴获长短枪 20 支，以及一批子弹、粮食等。黄性贤带领游击队夜袭新店猫头山日军哨所，打死日军 6 名，炸毁了敌哨所。黄性贤还单枪匹马切断敌电话线，生擒前来修电话线的日本兵。黄性贤机智擒"活口"的故事在当地一度传为美谈。1944 年 10 月，福州再度沦陷后，黄性贤又率国术社 100 多人开展游击战争。曾率部向驻守仓前山的日军进攻，沿途市民手持刀枪、木棍加入助战，与日军展开肉搏，首先占领望北台制高点，掩护后续队伍前进。他还化装成捕鱼人，只身潜到王庄，用猛拳击毙日军的哨兵，夺得一挺重机枪。之后又召集青年参加闽侯县民众抗敌自卫团。

在晋安这片红色沃土上，还走出了一位我军著名的儒将郭化若。抗战期间，郭化若曾任中国人民抗日军政大学三分校校长兼中央军委第四局局长、延安中央党校军事教育处处长、延安炮兵学校校长等。他为我国抗日培养了大量政治、军事人才，为抗战胜利做出了重要贡献。晋安人民为之深感自豪。

郭化若身居高位，运筹帷幄，为抗日培养人才，立下汗马功劳；黄性贤身处乡间，机智勇敢，为杀敌赴汤蹈火，一时传为美谈。两人地位不同，爱国同心，一文一武，堪称晋安抗战双雄，乡亲们一样敬重。

解放先锋　青史流芳

福州市区有一条南北走向的主街 817 路，福州人所皆知。命名"817"路，是为了纪念福州 1949 年 8 月 17 日解放，这也是许多人都知道的。然在这一天解放福州中，在什么地方打响第一枪，这许多人就不一定清楚了。最近我到晋安区采风时才知道，这打响福州解放第一枪的地点是在福州北部山区寿山乡的猪蹄峰。

猪蹄峰因状似猪蹄而得名，海拔 524.4 米，三面悬崖峭壁，只有一条临渊的石阶古道盘山而上，可谓军事要地。1949年8月上旬，解放军第十兵团向福州战区进发，82师于14日至21日进至福州北面小北岭以北地区，16日向小北岭守军发起攻击。把守小北岭猪蹄峰的国民党106军50师，在山前设置木桩和铁丝网构成鹿砦，扼住通往福州的咽喉要道。

承担此战攻坚任务的解放军是28军82师245团3营，经过激烈战斗，解放军夺取了猪蹄峰北侧的两个山头。当天傍晚，3营8连在进攻主峰猪蹄峰时受阻，于是解放军改变作战方式，拟以正面火力压制，两翼进攻突破。8月17日凌晨，8连1排排长刘新堂在部队屡攻不克的紧要关头，带领4位战士前去炸鹿砦，均壮烈牺牲。九班长李云才、副班长孙立文、战士杨家寿、孙德俊等数十名战士，奋不顾身冲锋陷阵，终于占领高地，用鲜血夺得了猪蹄峰战斗的最后胜利，为解放福州扫清了障碍，5时部队突进到新店。因是最早解放福州市区所属地域，故猪蹄峰战斗被称为"打响福州解放第一枪"而载入史册。

为纪念福州解放，缅怀革命先烈，在福州解放50周年时，晋安区委、区人民政府在猪蹄峰附近的岭头村，建造了八·一七革命烈士公园和八·一七革命烈士纪念碑及烈士墓园。纪念碑底座8层，碑高17米，象征福州8月17日解放。纪念园牌坊正中楹联曰："烈迹阐扬，胜绩蜚扬，十兵团光昭小北岭；名城解放，新城开放，半世纪力建大中华。"另一联曰："强攻猪蹄峰，血喋榕郊，事迹光昭开国史；迅克桃枝岭，功垂闽峤，姓名芳勒在山碑。"墓园中安眠着在猪蹄峰战斗中牺牲已经找到的9位烈士的遗骸。如今这里已成为爱国主义教育基地，每逢清明、8.17、国庆等重要节日和纪念日，人们络绎不绝地来到这里凭吊、祭扫，向革命烈士表示崇敬之情。福州人永远忘不了8.17，也忘不了猪蹄峰，更忘不了解放福州而献身的革命烈士。

60多年过去了，猪蹄峰依旧林木翁郁，只是古道上长了杂草有些荒凉，少了嘈杂，多了宁静。走在这蝉鸣虫唧的野岭上，我感慨万千。当年两军激战的场景早已化为史册上浓墨重彩的一笔，眼前青山依然，却换了人间。心里不禁默念着：太平盛世来之不易，革命烈士永垂不朽！

2016.8

暗夜里闪烁的簇簇星光

——台江革命故事撷英

台江，"筑台临江"的福州市区繁华地块，闽江在她身边徐徐流淌，万寿桥在她面前飞架雄踞。夜幕来临，"推窗一看，就看见了那一轮将次圆满的元宵节前的皓月，流照在碎银子似的闽江细浪的高头（郁达夫《闽游滴沥》）。"濒临闽江的中亭街、上下杭更成为老福州繁华闹市的地理标志和丰厚历史文化底蕴的代表性街区。通江达海，人文荟萃，商贸兴旺，生机勃发。台江于福州，如同外滩于上海，王府井于北京一样，装饰着福州的美，聚集着福州人气，活脱脱一颗璀璨明珠镶嵌在闽江之滨。

这么个美丽的市井闹市，早为帝国主义所觊觎，鸦片战争后"五口通商"，这里成了帝国主义侵略势力开埠经商之地。此后，洋货特别是日货充斥市场，严重阻碍民族工商业和手工业发展，造成工人失业和经济凋敝。台江各界群众纷纷走上街头举行示威游行，开展抵制日货斗争，并到处张贴反日的告示和传单。

五四运动后，福州掀起了激烈的抵制日货浪潮。日本帝国主义怀恨在心，猖狂反扑，制造了震惊中外的 11·16 屠杀市民、学生的"台江惨案"。这一事件激起了全国人民的愤慨，爆发了全国人民反帝斗争的风暴。从 1919 年 11 月下旬到 12 月下旬，全国各大中城市接二连三召开大规模群众集会，以及罢市、罢课、罢工等活动，声讨日本帝国主义残害福州人民的暴行，督促北京军阀政府向日本政府进行交涉。留美学生及留法勤工俭学的学生和华工等 20 多万人也就"台江事件"通电各报和国内外，表示愿做福州人民的后盾。在全国人民的强烈要求下，外交部向驻华日本公使发出抗议照会，向日本政府进行交涉，迫使日本撤换驻闽领事，同时赔偿了损失，给伤者发放抚恤金等，还撤走入侵福建的军舰。中国人民取得了胜利，在中国近代史上写下了光辉的一页。

1926 年 4 月初，中共福州地方委员会正式成立。有着光荣革命斗争传统的台江人民，在党组织的领导下，积极投入反帝反封建斗争。在茫茫长夜里，一簇簇耀眼的革命星火，在台江大地闪烁，照亮革命道路，为民族的独立和解放做出了重要贡献。这里仅撷取其中几个真实的故事……

秘密革命据点双虹小学

在台江达江路茶园墘巷 40 号，我们找到了双虹小学。它的前身是创建于清代的双虹书院，是福州较早点燃革命火种的地方。校门口"双虹书院"四个大字的横幅石匾，仿佛在讲述这座由清代书院发展起来的学校许许多多可歌可泣的故事。

1926 年冬，第一次国共合作时期，北伐的国民革命军进军福州。全市掀起了迎接北伐军，打倒军阀，驱逐帝国主义势力的革命热潮。台江后洲一带的林亨元、郑太初、阮宝清、林春钦、王仰前等人，发起并组织一个青年团体，取"以天下为己任"之义，定名为青年任社，公推林亨元为社长、林春钦为组织部长、郑太初为宣传部长。社员 20 多人，包括蔡训忠、王书锦、王仰前、阮宝清等。他们积极向群众宣传革命道理，参加欢迎北伐军入闽的游行和街头宣传活动。

不久，蒋介石反共清党，许多共产党员和革命同志惨遭杀害，轰轰烈烈的民众运动顿时消失，倾向进步的青年任社也被国民党右派查封了。1928 年 8 月，任社社员又聚集起来，在"双虹书院"旧址办起了"双虹小学"，以办学为掩护，探索真理，开展革命活动，林亨元为首任校长。他们实施新教育方针，扫除打骂学生的恶习，组织学生参加社会活动。学校领导骨干，政治上与国民党划清界限，在参加国民革命运动中树立反帝反封建的革命思想。

在办学活动间隙，林亨元、郑太初先后到上海、北平上大学，接触进步的闽籍青年学生，接受马克思主义熏陶，思想不断进步。学习结束回闽后，组织读书会，坚持学习。1929 年这里成为党领导的外围组织反帝大同盟的据点。远东反帝反法西斯大同盟福州分会也设在这里。第三党党员（农工民主党前身）吴仲禧还在这里宣传政治主张，如恢复孙中山的联俄、联共、扶助农工三大政策，进行社会变革等，并吸收党员，扩大对抗国民党的势力。许多教职员、高年级学生都参加了反帝大同盟活动。地下党员经常来校活动，大会小会都在双虹小学召开。

1934年"福建事变"失败后，一批骨干被迫离开福州，郑太初留闽继续办学。不久宪兵四团入闽，派一个连开进双虹小学，被郑坚拒，引起冲突，连长捆打郑太初，引起社会舆论谴责，宪兵连被迫撤走。

抗日战争时期，校长郑太初去延安，卓如从日本回来继任校长，他与林滔、陈一平等联络在闽的留日同学，以"留日同学会"名义做抗日工作。这个组织和王一平、林白、吕仲凯等组织的大众社以及卢茅居（即卢懋楔）、张立、孙克骥等组织的《回声》文艺社等群众性抗日团体彼此常有联系，且工作上配合，一两周就在双虹小学召开一次座谈会，讨论抗日救亡问题。座谈会越开越大，连福建学院院长林仲易及章振乾、陈锡襄等上层民主人士有时也来参加。

1938年，新四军福州办事处设立后，根据组织安排，校长卓如打入抗敌后援会宣传部工作，任《抗日旬刊》主编。中共党员卢茅居、郑挺、王一平、陈一平、郑惠如来双虹小学任教，以掩护党的活动。黄宸禹此时在双虹小学加入中国共产党。双虹小学在党组织的领导下，积极开展抗日救亡工作。他们常到街头讲演、演活报剧、唱抗日歌曲，并与萃文小学（校长吕仲恺）联合举办漫画游行，进行全民抗战宣传。双虹小学还是外来过往革命同志的落脚点。省委派顾风来福州任市委青年部长，他就住在学校。福州工委书记李铁以及张文旭等同志也常出入或住宿学校。

在蒋介石发动全国内战时期，双虹小学仍是地下党的一个据点。当年在学校开展地下工作的林亨元等同志由组织安排到外省工作。留闽的学校骨干蔡训忠等同志与党中央派来福州进行秘密工作的负责人谢筱迺同志接上了关系，在谢的领导下开展工作，并掩护谢及两个报务员和电台直至解放。

从大革命时期到福州解放，双虹小学一直是革命者活动的秘密据点。这里的每一块砖瓦都渗透着革命者的情感。

"革命者之家"何厝里

在台江区学军路，有一排老式的五间排房子，住着何氏人家，人称何厝里。这座闹市区中不起眼的普通民房，从1935年起直至福州解放一直是我党地下工作者活动的一个秘密场所，被称为"革命者之家"。

如今，虽然街道拓宽、旧房变样，当年的革命者也多已作古，然而发生在这里的革命故事一直在口口相传，人们忘不了在这里战斗过的革命同志，忘不了这英雄的何厝里。

自1934年福州地下党组织被叛徒出卖后，福州陷入一片白色恐怖之中。就在这恶劣的环境里，一颗革命的火种在何厝里这排民房里点燃了。1935年何家长子何友恭（又名何思贤、何希齐）受上海"中国现代学术研究社"委托回到福州，组织"中国现代学术研究社福州分社"。

于是，一群追求进步的青年聚在这里，看进步书籍，谈学习心得，讲革命形势，接受革命道理。在武汉大学读书时就秘密参加马列主义研究小组的何友恭，一直在宣传共产党的主张。

1936年3月，随着抗日救亡斗争在福州的发展扩大，"现代学术研究社"和福建学院附中、三山中学等进步学生的读书会联合成立了"福州大众社"组织。其宗旨是"自我教育，教育别人，学习马列"，社址就设在何厝里。"大众社"除学习革命理论外，还注重通过社会调查探求救国道路。创办工人、农民夜校，宣讲时事，教唱救亡歌曲，揭露当时国民党政府消极抗战本质。"大众社"组织不断扩大，从福州的中学扩展到邻县。

在此期间，"大众社"组织一直在努力寻找共产党组织，几经周折，他们终于通过华南救国总会同志在香港与中共南方工作委员会取得了联系。1936年10月，南方工作委员会派员回闽中，与闽中特委接上关系后，建立了中共福州工作委员会。中共福州工委同"大众社"组织联系后，在工委领导组织下，"大众社"中心组通过了政治纲领，明确指出："'大众社'在中国共产党领导下进行反帝反封建斗争，现阶段斗争目标是抗日救亡，最终目标是实现共产主义。"1937年2月，闽中特委被破坏后，福州工委活动也停止，随后"大众社"也遭破坏，中心组成员被迫转移。但外地革命同志路过福州仍在何厝里接头，并住在这里，这里仍是一个革命的秘密据点。

全面抗战爆发后，何友恭、郑震霆等人先后回到福州。由于"大众社"已遭敌人破坏，经何友恭与王一平、叶克焕、卢懋榘、林枫、钱启明等人商量后，成立了"战友社"，并筹办《战友》周刊，"动员起广大的民众，来参加全面的抗战，争取最后的胜利"。他们自己凑钱买纸，自己印刷，坚持出刊23期。

1938 年夏，福州党组织恢复后，"战友社"成员大部分加入党组织，许多是在何厝里办的入党手续。当时王助、李铁经常往来何家，卢懋榘、王一平、舒诚、林白等也常来何厝里。他们在何家开会，交换进步书籍，商讨筹备武装斗争事宜，并决定派人到南屿、南港等地，训练武装人员，筹集枪支弹药，还建立了南屿区委，发展了党员。

1939 年，福建国民党顽固派准备派兵围捕在南屿一带活动的革命同志。在这紧要时刻，中共福州工委在何厝里召开会议，研究对策，避免了损失。

1943 年 5 月，林白同志从教导队毕业后，因患肺病从新四军辗转回到福州。在当时国统区恶劣的环境里，他与党组织联系几乎中断，又没有亲人照护，病情日渐严重，一度处于昏迷状态。郑震寰和其妻何若兰获悉后，便将林白送进何厝里。何友恭母亲林天弟和何家六婶彭瑞珍端汤送药，无微不至地照顾着林白。在她们如亲人般的悉心照料下，林白终于恢复健康。在照料过程中，林白向他们宣传革命道理，不久何厝里何友礼、何友于、何孝铣、六婶彭瑞珍，就在何家由林白介绍加入了中国共产党。

抗战胜利后，何厝里成了地下省委和闽江工委的活动据点之一。这时党的活动非常活跃，曾镜冰、李铁、庄征、杨兰珍、苏华、曾焕乾、陈世明、鲍良玉、王毅林、黄猷、陈学仕、郑天眷、李继藩等许多坚持地下斗争的同志，经常在何家商谈革命工作，何厝里成了革命者讨论革命大事、发展新党员和隐蔽革命同志的场所。地下油印的许多文件就是从这里诞生的。何厝里还与茶亭闽江工委的另一个革命据点——"真神堂"互相往来，彼此沟通信息。何厝里不仅是一个革命据点，还成了一个革命的"临时仓库"。地下党同志从国民党那里搞来一些物资和急救药品，先藏于何厝里，而后再转送游击队。

何厝里从 1935 年起，历经抗日战争直到福州解放，十几年如一日，一直是革命同志聚首议事的"革命者之家"。而何家人在这浓厚的革命氛围中接受熏陶，逐渐认识革命道理，也一个一个地走上革命道路。何友恭的堂妹何友芬 16 岁就加入共产党。她的堂兄何友信及表姐董必英、表妹陈美华也都参加革命工作，并先后入党。何厝里两代共有 11 人在战争年代加入共产党，2 人为革命献出生命。何家是一个名副其实的革命之家。何家最早点燃革命火种的何友恭，新中国成立后曾任中山大学教授、校党委宣传部副部长、校学报主编。20 世纪 90 年代，当他的《希齐遗诗》出版时，著名作家秦牧在序中指出："何希齐是我生平有数的几位敬畏知友之一，可能和一般人揣度的不同，他并不是半生蛰伏书斋的人物，而是一位仆仆风尘的革命者。早岁曾经以一肩行李纵横半个中国，干过许多冒险犯难、出生入死的大事。他博学深思，又是个探索过中外古今许多学艺领域的英才……学养深厚的血性男儿，直抒胸臆，至情喷薄，自多珍贵之作。"这是对这位革命者的人格和诗作给予的高度评价。

何厝里星星火种，一代人崇高信仰与伟大品格，难能可贵！

地下交通联络站高家大院

台江区义洲街道太平山后面有个小村庄，叫"山仔里"。来到这里，只见一座三合土外墙的古堡式高大建筑展现在面前。这座建于晚清、自成院落的豪宅，墙体斑驳，板壁灰暗，看得出是饱经沧桑的。但它的周围却地势朗阔，清溪流水村前过，潺潺水声不绝于耳。更有绿树婆娑，浓荫掩映，给宅院带来清风与凉意。这座百年老宅就是"高家大院"。房东高文秀先生告诉我们，新中国成立前，这里是福州市区与林森县（今闽侯县）边界接合部，当年中共福建省委地下交通联络站就设在这里。

走进宅院，借着天井洒落的阳光，我们观看了堂屋里展示的革命史迹展览。电台部件、油印刊物、革命启蒙书籍以及文字图片，为我们讲述了20世纪30～40年代发生在这里的革命故事。

高家是个大家庭。老大高振云原本在市区潭尾街42号（离大院不远）开锡箔行，是"同和"锡箔行老板，又是林森县伪参议员。有钱有地位，在当时也是一个过得去的人物。可老二高振洋就不"安分"，1938年9月，还是福州三山中学高中学生的他，激于对日寇侵华的义愤，先后参加了省抗日后援会宣传工作团和中华民族先锋队，在城乡一带演出活报剧，教唱抗日歌曲，开展抗日宣传。后来，在共产党员的帮助下，他瞒着大哥，前往崇安省委机关，负责电台工作。

1944年，省委为贯彻中央华东局关于"掩蔽精干，积聚力量，等待时机"的方针及坚持武装斗争和白区斗争相结合的原则，需要在福州设立地下交通联络站，加强与各地联络工作。于是就请高振洋写信，并带照片到福州"同和"锡箔行找高振云。高振云因受振洋早年进步思想影响，也同情和支持革命。于是省委便选择潭尾街"同和"行作为地下交通联络据点，经过一段时间考察后，正式确定为省委地下交通联络站。1946年上半年，发展了锡箔行工人宋子云、高振诚入党。后由于对敌斗争工作需要，又把联络站移至环境更为隐蔽的太平山高家大院，党内同志习惯称之"太平山联络站"。

联络站建立后，联络任务由苏华直接部署，饶刚生负责联络，具体工作由宋子云、高振诚去组织办理。不久，经过考察，吸收了高家的高振淙、高振波、高振枢入党。1946年下半年成立了"太平山党支部"，宋子云任书记。1947—1948年联络站送出一批党员和青年上山参加武装斗争，只留下宋子云、高振淙两人坚持工作。1949年夏省委派苏华回榕，住在山仔里，帮助恢复了太平山支部工作，并陆续发展了12名党员，这样支部共有14位党员，经省委同意，成立了城区分支部，由宋子云负责。

太平山交通联络站自1945年成立至福州解放，为党和人民的解放事业做出了重要贡献。联络站最主要任务就是做好省委负责同志来往住宿、开会的安全掩护和接待工作。由于高振云头顶"国民党参议员"的帽子，通过他与伪乡长的关系，为地下党工作同志开路条、通行证及安排住宿不计其数。其中许多是闽浙赣党委负责同志和各地党委领导同志，如曾镜冰、苏华、左丰美、陈贵芳、王一平、王文波、张翼等。他们经联络站安排，有的住一二天，有的住几个月。为安全起见，有的还轮流交换住处。期间苏华、王一平来榕治病，都由联络站安排。1949年经组织营救出狱的李青、邱文平、廖怀玉同志也由联络站安排，分散居住在安全住处。为保证安全，联络站还在村头树上设立暗哨，如有陌生人进村，都设法查清来历。由于这里地处市县交界，果树茂密，居民和睦，本村基本群众又多是党员和革命同志亲属，隐蔽性、安全性均较好，因此从未发生泄密事故。

为山上游击队提供和输送人员、物资和情报也是一个重要任务。建站以来，太平山党支部在1947年和1948年培养输送了高振诚、高振枢、高振溪、高青、李青藻等10多位同志到闽北山上游击队。太平山支部党员和积极分子还想方设法筹款，为地下党活动提供经费购买电讯器材零件、药品及枪支等物资，由宋子云派人送到山上，或由闽轮公司支部地下航线运送。为了营救狱中几位同志，高振云还拿出一只金镯，托人变卖后买通福州监狱署人员，使这些同志得以保释。联络站人员还通过多种渠道搜集敌军兵力部署、武器弹药等情报，送往闽北游击区。

掩护秘密电台也是联络站的一个重要任务。1947 年，省委在太平山架设电台，利用高振洋留在家里的电台零件和一部手摇发报机进行工作，由高振洋负责与华东联系。1949 年 6 月，省委派苏华来福州，为十兵团解放福州收集情报。苏华由南平乘地下航线快艇来到高家大院，到福州的当天晚上就出去寻访地下党员，布置收集情报。十兵团有 10 万大军入闽，吃饭问题至关重要。所以，搞到全省各县粮食年收成情况和国民党在福州周边粮库布置图至关重要。令十兵团先遣队没想到的是，苏华到福州第三天就将这些情报通过电台送到先遣队所在地建瓯。当时用的是老式手摇发报机，声音很大，发动时便将棉被紧紧捂住。发报时全村皆兵，小孩也爬到树上放哨，一旦发现可疑人员马上报告，电台迅速转移。发报完毕，天线立即收起，连同通信器材设备都转移到隔壁高振洋姐姐家的秘密墙洞里。

联络站还装配收音机，每天晚上收听新华社消息，作为刊印《消息报》内容，称之"内收外报"。设立流动图书室，组织读书活动，办小报、发传单、贴布告，为迎接福州解放造舆论。

联络站的出色工作得到组织上充分肯定。福州解放时，省委负责人张鼎丞、曾镜冰等同志来到河口里黄宸禹家召集地下党员开会，太平山党员参加了会议。张鼎丞鼓励大家继续努力，积极工作，为革命事业做出更大贡献。

最后我们再回到联络站所在的高家大院。解放战争时期，生活在这里的高家两代子孙共有壮男 16 人，其中 15 人参加革命，没有一个叛变。老大高振云虽不是共产党员，也没有上山打游击，但作为工商业主，曾经出资营救地下党员，也受到人们的尊重。高家大院，这个住着上百号人、其乐融融的院落，也是一个传承着红色基因的革命家庭，如今它已被辟为爱国主义教育基地。革命烽火让饱经沧桑的大院勃发生机，从这里传送出去的红色电波永不消逝，历史将永远铭记在这里战斗过的革命者！

2016. 9

红旗不倒之乡

——武平象洞革命烽火纪事

这是闽粤边界的一块山间小盆地，一条蜿蜒清溪穿境而过，自北向南注入广东韩江后入海。平野田畴上金黄的稻谷正飘着清香。周遭层峦叠嶂，丰厚的植被把山头覆盖得郁郁葱葱。山间谷地分布着星星点点的村舍。据传古时这里洞穴密布，曾有野象成群地出没这山地密林间。清康熙年间《武平县志》记载："象洞洞在县南一百里。接潮州程乡（今梅县）界。环抱迂回，有九十九洞。"有象有洞，故这里被取名为象洞。后来虽然象没了，洞也逐渐分化了，但作为地名，象洞仍一直沿用下来。

象洞气候温和，土地肥沃，雨量充沛，是一个鱼米之乡。但在国民党统治时期，由于封建地主阶级占有大量土地，他们任意剥削，人民一直过着穷苦的生活。据1929年调查，象洞地区60％土地被少数地主占有，占总耕地20％也在豪绅地主掌控之中。贫苦农民向地主租种田地，田租高达收成量的50％－80％。遇灾减产，农民只得实收的三成或四成，地主却得六成或七成。遇天灾人祸，穷人向地主豪绅借债，其利率高得惊人，且名目繁多，"同子利""对加利"利滚利，越滚越大。债主还要小斗小秤出，大斗大秤进，残酷盘剥农民。一旦借上这样的阎王债，就难以脱身，只好卖房、卖地、卖儿女，直至家破人亡。当地流传说，穷人头上"两把刀"：田租重、债息高；穷人面前"三条路"：逃荒、上吊、坐监牢。

封建剥削制度把农民逼上了绝路！要活路，只有起来和地主豪绅斗，从他们手中夺回原本属于农民自己的土地！阶级仇恨深埋农民心中，一遇火种将被点燃，酿成革命的烈火。

1926年冬，北伐军途径武平，象洞进步青年练文澜加入中国共产党，为象洞播下革命火种。从此，革命斗争随风逐浪，不断前进，象洞成了武平革命的策源地。武平革命史上好几个"第一"都发生在这片土地上，引领和推动着全县革命形势的发展。象洞人民在党的领导下，不怕牺牲，前仆后继，不断为革命做出贡献，象洞成为 20 多年革命红旗不倒的闽西苏区乡镇。这里仅择其革命进程中几个重大事件加以简述。

武平县委在这里成立

象洞光彩村张天堂自然村，是一个只有十来户人家的小村落，几座房子稀疏地散落在山脚下。村正中山边屹立一座翘角黛瓦的陈氏宗祠，因周围空旷，显得格外醒目。祠堂很小，只有一个可放三四张桌子的小厅；但却很特别，厅后有一扇一般祠堂见不到的照壁，壁后有一小门可通后山，后山则林木蓊郁，直连山顶。1928 年 11 月，中共武平临时县委就在这里成立。据当地人说，祠堂正厅的照壁和后门是当年地下活动时构筑的，为的是有情况时，便于人员撤往后山林地中去。

武平临时县委何以在偏僻的闽粤边界小山村成立，象洞镇领导为我们讲述了其中的缘由。

1926 年底，练文澜受上杭党支部委派，回武平组建农民协会筹备处，翌年二月武平县农民协会成立。农民协会创办《武平农民》刊物，宣传革命思想，提出"打倒土豪劣绅、贪官污吏"的口号，发动"二五"减租斗争，还扣押查办了几个大恶霸。这些对象洞地区震动很大。这时，练文澜、钟武等共产党员回象洞开展宣传，筹建农会组织。青年练觊藩还召集几十人抢了 8 个土匪的枪并将土匪扣押起来。大大振奋了人们的革命信心。"打倒列强除军阀"的歌曲在象洞各地传唱，革命气氛日益浓厚。

蒋介石发动"四一二"反革命政变后，国民党实行白色恐怖。武平县农会等进步组织被迫解散。躲过反动派搜捕的练文澜前往上杭蛟洋，与中共闽南特委和上杭党组织取得联系。同年 10 月，中共武平特别支部在象洞成立，有党员十余人，钟武任书记，隶属中共闽南特委。此后，在武平特支领导下，象洞开始有了党组织活动。

1927 年 10 月 15 日，在潮汕受挫后的南昌起义军 2000 多人由朱德、陈毅率领来到象洞，进驻象洞圩、文庙和司前罗家祠堂。当地进步小学教师练宝桢等前往接应。起义军击溃了前来阻击的反动民团，向群众宣传革命主张。虽然起义军只在象洞停留一天多，但是起义军的严明纪律和除暴安民的行动，使老百姓见到了从未见过的仁义之师，推动了农会的建立和发展，到 1928 年春，象洞全区成立了 10 个乡农会组织，会员 300 多人。

此时，中共闽南特委为减少革命力量的损失，在特委书记罗明主持下召开会议，决定把党和革命工作重点转向农村中去，闽西的上杭、永定、龙岩等县为重要地区。这时在外的象洞籍共产党员和革命青年陆续回到家乡。练文澜等就从秘密农会会员中发展党员。1928 年初，在象洞洋贝乡"养正书堂"成立了武平县第一个基层党支部——洋贝支部，由练林贤任书记。随后又有官坑、岗背等 5 个基层党支部成立。在这基础上，成立了中共象洞区委，陈丹林任区委书记。随着党组织的建立，农会也迅速发展，成立了象洞区农民协会。还成立了农会的核心组织"铁血团"。后来随着斗争形势的发展，占半数以上贫苦农民参加了农会。会员成为革命斗争坚强的骨干力量。

1928 年底，在闽西特委指导下，在象洞张天堂村后山召开武平县党组织会议，决定撤销武平特支，成立中共武平临时县委，练文澜任书记。1929 年 6 月，闽西临时特委书记邓子恢在张天堂陈氏祠堂全县党员会议上，宣布临时县委改为县委，书记、委员照旧。陈氏祠堂从此作为武平县委诞生地而载入史册。

武平武装暴动第一枪在这里打响

1929 年 7 月 20 日，中共闽西第一次代表大会在上杭蛟洋文昌阁召开，毛泽东同志出席会议并作重要讲话。大会为闽西党组织和闽西人民制定了明确的革命战略路线和斗争任务。象洞党总支热烈拥护大会提出的"坚决的领导群众，为实现闽西工农政权的割据而奋斗"的总路线和大会主席团提出的汀武杭暴动的计划。闽西特委专门发出指示信，对象洞工作寄予厚望："象洞斗争在闽西整个斗争上有很重大意义。让鲜红的旗帜在汀河右岸飞扬招展起来。"

8 月底，红四军粉碎了蒋介石策划的闽粤赣三省"会剿"。朱德军长率红四军第二、三纵队到上杭白砂，准备攻打上杭。为了牵制武平及粤东之敌，配合红四军攻打上杭城的军事行动，武平县委遵照特委指示，决定于 9 月 7 日在象洞举行武装暴动，并成立暴动指挥部，练宝桢任总指挥，练文澜任指导员。

9月7日，拂晓，从赖坊背头山顶总指挥部发出一声巨响，一千多名臂戴红袖章，扛着步枪、鸟铳、土炮、矛、刀、木棍的农民武装人员，从洋贝、罗坑、张坑分三路浩浩荡荡直奔文庙，各路大军分工负责，紧密配合，不到两个小时就攻打了沿阳土楼，捉到土豪钟元熙，缴获大地主钟介石、钟朗川的步枪4支，没收了他们的浮财，摧毁了全区机关议事处；还捉到了土豪练通茂、练秋雄、钟福来等，暴动取得了胜利。

区委随即在天后宫召开群众大会，成立象洞区革命委员会，练宝祯任主席。会上将收缴到的各种田契、债约当众烧毁，并宣布没收地主豪绅的一切财产，分给贫苦农民，还宣布废除一切田租债务。并成立肃反委员会，当场镇压了土霸钟元熙和钟福来。组建了区赤卫军，有300多人、近40支步枪。成立了区少年先锋队。会后，洋贝乡率先成立了苏维埃政府。

当年8个少先队"红小鬼"押送土豪转移的英雄故事，至今还在当地传颂。故事说的是，1929年11月3日，农民赤卫军探知敌钟绍葵部将于次日凌晨大举进攻象洞地区，情况十分危急。区委、区苏紧急部署战斗任务和疏散、转移物资和人员。由于人少事多，对关押在区政府、准备押送到上杭芦丰去的12个土豪，一时抽不出人来押送。区少先队大队长练振香请求把押解土豪任务交给他们。这让区苏主席钟耀明很为难，担心他们挑不起这副担子。可少先队员迫切要求，区苏与县委研究后，同意把这个任务交给他们，交代了注意事项后，发给他们5支短马枪和3把梭镖。8名少先队员接受任务后，不畏劳苦，跋山涉水，一路上与12个土豪斗智斗勇，戳穿土豪的花言巧语，挫败他们的阴谋诡计，顺利完成了押送任务。此后，这些少先队员跟着赤卫军转战上杭苏区，不久多数队员都参加了主力红军。

象洞农民武装暴动，打响了武平农民武装反抗国民党反动派的第一枪，为红四军攻克"铁上杭"扫除了南大门的障碍。同时也引起了武平反动势力和土豪恶霸的极大恐慌和仇恨。暴动胜利后第四天，国民党汀属武装救乡团钟绍葵部一千多人从岩前分三路向象洞苏区扑来。象洞农民赤卫军以简单的武器与占优势的敌人激战近3个小时，因寡不敌众，退至上杭上都。为保存实力，赤卫军队伍大部分渡过汀江转移到芦丰一带山上，一部分武装则留在象洞附近，继续坚持武装斗争。

建立红色交通线

1929 年 10 月，中共武平县第一次代表大会《政治决议案》中提出："象洞区委应注意联合松口（广东）梅县工作，在象洞与松口之间，沿途发展党组织，以便交通。为武平最重大的工作之一。"为此，武平县白区工作部于 1931 年 8 月派象洞区委宣传部部长陈仲平以学生身份到广东梅县的松原，开展党的工作。

松原系梅县重镇，与象洞毗邻，位于松口与象洞之间，象洞人常到松源赶圩，到松源六甲中学读书的也不少，陈仲平以读书会、讨论会等形式开展宣传活动，并在校内外发展多名党员，建立起松源党支部，直属武平县委领导，使松源成为党组织重要联络点。武平县和武南游击队通过这个联络点采购西药等紧缺物资，一批批地运往苏区；并将中央苏区的信件、宣传品运回松源，在闽粤边形成一条通往中央苏区的红色交通线。通过这条线还把越南革命者李碧山和一些革命同志护送到红都瑞金。

国民党反动派在对苏区进行大规模反革命军事"围剿"的同时，还实行经济封锁，给武北苏区的食盐、药品供应造成极大困难。为了粉碎敌人的经济封锁，象洞地区共产党员担负起为武北苏区送盐、送药的任务，秘密发动军属、干属和革命群众赴松源买盐买药（当时敌人在广东也控盐，只许每人买二两，路上还设卡检查），然后集中起来派人运送给武北游击队。从象洞到武北，来回一趟要走 200 多公里路，还要设法蒙过敌人检查，随时都有危险。象洞地区的共产党员勇敢地担负起这个艰巨任务，一次次出色地完成任务。

这条从松口经松原到象洞，沿汀江河岸北上至武北、长汀、瑞金，直到会昌的通道，是闽粤赣边的一条地下交通线。象洞的革命同志通过这条交通线，前往中央苏区或向省委汇报工作。陈仲平多次从这条交通线收到苏区信件和报刊，而后发给党员和进步人士阅读，有的还秘密向社会散发。1933 年秋，武南游击队通过这条线从中央苏区带回中华苏维埃临时中央政府布告，在党员中传达，还经陈仲平带往松源等地散发。到 1934 年 10 月红军长征前，这条交通线始终保持畅通，一直受到主持白区工作的中央领导陈云的关注和重视。

开展抗日救亡和隐蔽斗争

红军长征后，中央苏区失守。不久，武平县委也遭受破坏，松源党支部在失去与上级党组织联系的情况下，工作并未停止。1935年，在党的《八一宣言》鼓舞下，陈仲平组织了中学校友会和松源读书会，开展活动。与陈仲平密切联系的象洞区立学校教师谢毕真，也在学校开展抗日救亡宣传。1937年春，谢毕真在象洞成立抗日义勇军小组，有组织地开展抗日救亡宣传活动。

象洞小学积极组织师生演唱抗战歌曲，向社会开展抗日宣传，还利用圩日张贴时事简报，公演话剧《放下你的鞭子》《张家店》等。岗背、官坑等村，也开展了多种形式的抗日宣传活动。为扩大宣传，义勇军成员还在象洞开设书报摊，销售武汉、延安等地出版的党报、党刊和进步书刊。这些对于提高民众对抗战形势认识起了很好的作用。

1941年1月，震惊中外的皖南事变发生。随后，在新四军第二支队老家闽西，也发生"闽西事变"，国民党顽固派以两个团的兵力，袭击中共闽西特委和龙岩、永定县委以及所属各区委，被捕共产党员和革命群众达700余人，被杀200余人。

象洞区委根据上级部署，对国民党顽固派制造的皖南事变予以揭露，使广大群众了解事变真相和我党的立场，以及新四军军部重建情况。象洞区委认真贯彻"隐蔽精干，长期埋伏，积蓄力量，以待时机"方针，党的领导体制也作了改变，由集体领导的委员制改为个人负责的特派员制。农民党员隐蔽家乡，区委骨干各找合适职业掩护。要求站稳立场，做好勤业、勤学、勤交朋友"三勤"，并保持与特派员、联络员的联系，渡过最艰苦的岁月。

闽西事变后，闽西特委机关遭国民党保安第三团袭击，特委书记王涛不幸牺牲。中共闽粤边委为反击顽固派进攻，惩办反动地主恶霸，决定建立武装经济工作队，为纪念牺牲的烈士，部队命名为王涛支队，刘永生为支队长，范元辉为政委，陈仲平为代政委兼政治部主任。1945年春节前夕，王涛支队一部30多人从杭永边挺进象洞，隐蔽在洋贝的白石坑子自然村。年初一凌晨冲进恶霸地主、反动民团头子冯星若家，收缴一批枪支，解决了一笔经费，打击了反动分子的威风。象洞的一些青年也加入王涛支队参与开辟与蕉岭交界的偏僻基点村工作。随后，韩江纵队第一支队40余人也进驻象洞，并成立梅蕉武埔县工委，开辟山区基点村。象洞地下党员为进驻的两支部队采购物资、探听敌情、担任向导，保证部队工作的顺利开展。

这期间，国民党保安第三团曾出动数百人乃至上千人兵力进攻象洞，在反击敌人战斗中，我部队给敌人以沉重打击，也伤亡一些人。我军撤离后，保安第三团仍驻守象洞，到处搜山，残酷摧残革命基点村群众，屠杀共产党员、接头户和革命家属。象洞人民没有被吓倒，在艰苦环境里坚持了下来。

革命斗志长盛不衰

抗战胜利后的全面内战时期，中共粤东地委（梅埔地委改称）组织部部长陈仲平来到距象洞5公里的蕉岭北礤东梁山召开会议，决定恢复杭武蕉梅边县委，谢毕真任书记，并组成边县人民游击队，由谢抢瓒任队长，谢毕真兼政委。不久，随着这支队伍的发展壮大，遂改名为粤东大队独立第七大队。

1948年3月中旬，这支队伍来到象洞光彩村，刘永生也率粤东支队主力来此与其会合。他们与来犯的"闽粤边剿匪总指挥"涂思宗率领的十个连兵力，在张天堂自然村岗背水口展开激战，毙敌20多人，伤10余人，敌人四处逃窜，以惨败告终。

为更好地宣传群众，做好侦察敌情、减租减息、筹粮筹款以及统一战线等项工作，县委组建了党政军合一的区级基层组织象洞工作团，为和平解放象洞创造了有利条件。1949年5月19日，工作团主任谢启发等人与国民党象洞乡长练延平会谈，次日，工作团接管了国民党象洞乡公所，象洞宣告解放。随后象洞乡人民民主政府正式成立。正当人民欢庆胜利的时候，国民党胡琏兵团残兵400余人三次进犯象洞，均被我军民击败。从此，象洞太平，人民满怀喜悦迎来了共和国的新生。

为了这一天的到来，20多年来，象洞人民在党的领导下，英勇奋斗，前仆后继，付出了巨大的代价。在革命英烈芳名录上我们看到，全镇为革命牺牲的人数达133人，其中洋贝村33名，光彩、官坑、联坊村也都在20人以上。在象洞采访中，我们还听到许多在惨无人道敌人面前，不屈不挠斗争的感人事例。1929 年 9 月象洞暴动后第四天，钟绍葵匪部数百人和被他们骗来的上千人，分路进犯象洞，大肆烧、杀、抢、掠，一时间象洞上空浓烟滚滚，火光冲天，村庄成了一片废墟，洋贝乡被毁房屋就达 400 余间，劫走粮食 1000 多担，连牲畜家具也被洗劫一空。几百群众被抓。还抓去很多小孩，借以向家属勒索巨额赎款。洋贝革命妇女温香莲抓去拷打后被关进猪笼扛着游街。敌人搜家、搜山、烧山，逐村地进行"扫荡""围剿"苏区干部，屠杀赤卫队员和革命群众。即使是这样，象洞的革命斗争也没停止。

党内"左"倾路线也给革命造成了严重危害。1931 年开始的肃清"社会民主党"，支队长练林贤、大队长罗龙才等象洞籍干部 20 多人，含冤受害。武平人民革命先驱练宝桢和他妻子谢佑莲也被杀害。罗禄才等领导骨干被扣上"社党"帽子惨遭冤杀。就在革命转入低潮时，象洞的共产党员仍坚持斗争。岗背村党员陈槐熙保藏着游击队枪支，因叛徒告密被搜查出来，他被吊打、灌辣椒水、火烧，几次晕死过去。他宁死不屈，坚守党和游击队秘密。敌人无奈只好放走，出来后继续与游击队接头。官坑的罗福才，在革命低潮时入党，为掩护区委书记练报东，他被敌人抓捕。敌人逼他、诱他供出党的秘密，他宁肯坐牢，也不出卖同志。坐牢两年后因敌人抓不到证据得以释放。

解放战争时期，驻守在象洞的国民党保安第三团到处搜山，残酷摧残革命群众，屠杀地下党员、接头户和革命家属。象洞笼罩在血雨腥风的白色恐怖中。谢毕真的父亲谢才元、母亲何银秀，谢抢瓒的妻子陈永兰，挺进队战士廖友先叔父廖满发，先后被敌人抓去，严刑拷打后惨遭杀害。敌人还抢掠革命家属衣物财产、拆烧房子，甚至大肆派款，敲诈勒索，强迫挖工事，筑炮楼。这些都没有吓倒革命者和苏区群众，他们不畏强暴，斗志不衰，终于赢得革命的胜利。

象洞，闽粤边界一个 20 多年红旗不倒的小镇。这红旗是 130 多名烈士和无数革命者的鲜血染红的。"新中国是从血泊中站起来的。"胜利是烈士和革命者的鲜血换来的。每一个牺牲都是不朽。英雄的精神将会永存。回望象洞革命烽火，让我们记住英烈，记住革命者，记住老区群众，不忘初心，走好新的长征路！

2016. 1

东肖的激情燃烧岁月

从龙岩城往南 20 里地，抬头可见一座巍巍高耸的山峦，叫"奇迈山"。奇迈山土壤肥沃、林木翁郁、藤萝盘绕、植被丰厚，还有许多野生动物出没。每当秋高气爽时节，阳光照射山野蒸腾的水气上，峰顶便展现出一派绚丽多彩的岚光，这"奇迈岚光"便成了闻名遐迩的"龙岩八景"之一。

奇迈山下的东肖镇（旧称"白土"），背靠青山，面向龙岩盆地，历来为龙岩重镇。这里不仅地灵而且人杰，在革命战争年代，走出了一批有影响的人物，发生了若干有影响的事件。这些人物与事件在我党我军的革命史上留下了光辉的一页。

如今，这段革命历史已经远去。然分布在这片土地上的后田暴动纪念馆、邓子恢纪念馆、新四军第二支队北上抗日纪念馆和众多革命遗址，为我们讲述了当年发生在这里的一切。近日，在新罗区党史办符维健主任的带领下，我有幸参观了纪念馆，瞻仰了革命遗址，对这片红色土地有了了解，也深受教育。正如著名作家郭风所说："瞻仰这些革命史迹，人们会自然而然地从心中出现一种崇敬之情。"我到此地心情同样如此。

纪念馆和革命遗址、遗迹展示的内容十分丰富，讲述许多动人故事。立于镇区广场上的革命烈士纪念碑，其独特的造型为我们简明解读了东肖昔日的壮烈与辉煌。碑身顶端正面成"M"型，寓东肖出现的两个杰出人物：一是国务院原副总理邓子恢，一是首任中共福建省委书记陈明烈士；基座高度为 2.29 米，寓东肖有 229 位"五老"人员；碑文 413 字，寓东肖为革命牺牲烈士达 413 位；碑身两侧的两面旗帜象征东肖人民在新民主主义革命二十多年红旗不倒，并纪念东肖有史以来两件最突出最有纪念意义的事，即后田暴动和新四军第二支队北上抗日。

这两件事为东肖在现代史上写下了浓墨重彩的一笔，也引起我极大的兴趣，于是详细了解了事件的始末。

后田暴动

东肖后田村，是个古村落，周围青山绿水。山脚下立着一座陈家祖祠，还起了个好听的名字，叫"火星祠堂"。祠堂面向村庄开阔地，背后是郁郁葱葱的山林，灰墙土瓦，简洁朴素。一方正厅两厢边房，一个天井。仅此而已，顶多容纳几十号人。

八十多年前的一天，震撼福建的后田暴动就发生在这座祠堂里。

这里何以会发生暴动？暴动对我省当年的革命斗争又有什么影响？在瞻仰革命遗址中，新罗区党史办同志为我做了介绍。

地处山区平原的后田原本是一块富庶之地。可在封建地主的盘剥压迫下，这里民不聊生。在20世纪20年代，后田村281户人家，有土地1080亩，地主、封建族长仅11户，却拥有土地970亩，占全村土地90%。地主占据了大量土地后，以出租土地榨取地租的形式剥削农民。地租一般是"业七佃三"，地主坐得收获物的70%，农民终年劳动只得收获物的30%，有的甚至是"倒二八"，业主得八成，农民只得二成。除正租外，还有各种各样的额外榨取，如"大斗收租""请租饭""年节送礼"等，农民辛苦劳动打下的粮食除交租外，所得无几。其次是高利贷剥削。农民所得不足为生，每当青黄不接时，不得不向地主富农借债度日，地主趁机勒索，使农民在重租加上高利贷的盘剥下，长期依附于地主不能自拔。再就是多如牛毛的苛捐杂税。据1925年统计，龙岩每月杂捐有防务捐、土药捐、盐捐、烟酒捐、印花税、屠宰税、纸槽税、硝磺捐。甚至农民入城挑出的粪便，"亦每担抽厘半毫"。真可谓"穷人头上三把刀，租重税多债利高"，农民濒于绝境，难以为生。

军阀反动统治又加深了农民的苦难，龙岩位于闽粤赣交通要道，新旧军阀为争夺地盘，战事不休。仅北洋军阀李厚基任福建镇守使十年间，多家部队进去龙岩就达七次之多。"兵过篱笆破"，军阀部队所经之地，都要抓夫募款，奸杀掳掠。

饱受压迫与欺凌的农民在艰难地度日，他们对地主与军阀的仇恨如同入心的种子一样在一天天地发芽。他们犹如一堆干柴，只要有一星半点的火种引燃，就会如火山般爆发起来。

其实，革命的火种已经在东肖这片古老的土地上悄然点起。

1921年春，邓子恢从江西崇义回到龙岩，与章独奇、林仙亭、陈明、张觉觉、曹菊如等一批进步青年，在白土（东肖）组织奇山书社。1923年上半年，邓子恢、陈明等在奇山书社基础上，决定扩充油印刊物《同声》的内容，增加新栏目，改刊为《岩声》并公开出版。1923年9月1日，《岩声》在发刊版上，阐明了刊物的宗旨："本社最伟大之使命乃在：改造旧社会，宣传新文化。"马克思主义开始在龙岩传播。

1927年1月，经中共闽南特委批准，中共龙岩县总支委员会成立，陈庆隆任总支书记，郭滴人为组织委员，朱文昭为宣传委员。7月，由于共产党员郭滴人、陈品三等的活动，后田村组织了秘密农会和公开农会。秘密农会由立场坚定、忠实可靠的积极分子组成，是党的外围力量，以党员陈品三、陈国华为领导；公开农会以农民陈锦辉为领导。农会不断发展壮大，会员达五六百人。1927年7月，邓子恢回到龙岩，加强了农运的领导力量。邓子恢和郭滴人经常一起发动群众，开展宣传。邓子恢还在家乡东肖邓厝组织农会开展夏季减租斗争，实行"硬租减一成，软租减二成"。在斗争中涌现了一批农运骨干，有的还发展入党，后田雇农陈锦辉成了全省第一个农民党员。接着在后田建立了党支部，陈锦辉为支部书记，这是龙岩县也是全省第一个农村农民党员支部。

不久，党的"八七"会议精神传到龙岩。中共中央致信中共闽南和闽北特委，指示党的"工作的中心问题是如何组织农民，如何武装农民，使他们能够自己起来用暴动的方式夺取政权，推翻一切封建力量"。并指出，要特别注意与广东接近的地方组织农民暴动。10月中旬，中央又下达指示："福建的整个工作方针是要直接由党组织宣传工农暴动，没收土地，推翻反动统治，建设工农贫民的民权政治，而在闽南各县目前主客观的条件应即开始暴动起来。"

邓子恢、郭滴人等进行艰苦细致的组织发动工作。陈锦辉为书记的后田党支部成为领导农民斗争的一面旗帜。后田农民向地主开展"二五减租"取得胜利后，贫苦农民更加紧密地团结在党的周围，向地主豪绅展开激烈的斗争。为了加强青年的思想教育，传播马克思主义，后田党支部开办了青年夜校。郭滴人、邓子恢等经常到夜校讲课，讲述武装斗争的重要意义。还在火星祠堂设立青年国术馆，以学武艺为掩护，做暴动前的准备。

1928 年 1 月，中共福建临时省委致函龙岩临时县委，指出目前龙岩的斗争策略应该是"收缴敌人枪械以致暴动夺取政权"。为了取得暴动所必需的枪支弹药，临时县委、后田党支部和农会组织经过充分研究，制定了一个巧妙的智取地主枪支的计划，不费吹灰之力，就从地主手中"借来"六把钢枪交给青年国术馆。

1928 年春节刚过，粮食涨价，后田农会决定禁粮出口，平定粮价。这对雇贫农有利，但触动了地主富农利益，他们极力反对，阶级矛盾激化。为了拼凑反革命武装，地主拉拢一批流氓、拳术师傅组织老人会，重购武器，设立老人拳术馆，与农会的青年国术馆分庭抗礼。并进一步阴谋破坏农会，密令地主走狗暗杀陈锦辉、陈品三，矛盾白炽化，暴动一触即发。

3 月 4 日（农历二月十三日），后田村举行一年一度的"关帝福"庙会。地主豪绅用公偿款买来猪肉，大搞"关帝福"。根据党的指示，农会会员也挤进关帝庙。地主竟指使地痞流氓殴打农民，被打伤两人，引起群情激愤。后田党支部认为，发动武装暴动的时机已经成熟。经县委批准，决定当晚举行暴动，县委"并通知郑邦、龙聚坊、邓厝、孟头等支部一致行动"。

当晚，地主豪绅在老人拳术馆大吃大喝，欢宴作乐。后田党支部挑选了 20 名青年国术馆会员，由陈锦辉率领，埋伏在火星祠堂附近隐蔽处，处死了地主狗腿子陈北瑞。接着农会会员直捣老人拳术馆，收缴了挂在墙上的三支崭新步枪及插在木架上的刀、枪、戟、叉等武器，还有光洋 300 元，以及谷米等物资。

这就是震惊八闽的后田暴动！它打响了福建农民武装组织向地主阶级武装斗争的第一枪！1928 年 3 月 4 日，这一天被永远地载入福建的革命史册。

陈北瑞被杀，农会会员大闹关帝庙的喜讯传遍全村，深受军阀陈国辉、地主豪绅压迫的后田人民欢欣鼓舞，奔走相告。农会连夜鸣锣，在暴动指挥部门前召开群众大会。陈锦辉号召劳苦大众武装起来，进行土地革命，打土豪，分田地，建立苏维埃！郭滴人代表临时县委命令收缴全乡地主的全部田契、借约、枪支。田契借约当场查明烧毁。郭还宣布，从此田租不必交，旧债不必还，田地由农民分配。当晚，即集合队伍将反动派所有武器全部收缴。第二天党支部宣布没收公偿田的稻谷，发动群众破仓分粮。女共产党员张溪兜操起一把利斧，对准谷仓锁头砍去，打开谷仓，将两百多担谷子分给无粮和少粮群众。农会还责令掌管公偿账地主家交出所欠的公偿款，共收到四五百元。

后田农民武装暴动，使"全省民众的革命高潮更加澎湃起来，到处都有跃跃欲动之势"。根据临时县委的部署，东肖的郑邦、龙聚邦、邓厝、盂头等村也相继暴动，焚烧田契、借约、收缴地主枪支、子弹，连东肖的反动中心溪兜村也缴了一些枪弹，全东肖共缴枪五十多支。

敌人不甘心失败，反动派的反扑不可避免。临时县委分析暴动后形势，决定立即武装起来，以革命武装对付反革命弹压，各乡即成立暴动队武装。

后田及东肖各乡地主逃到城里，向反动军阀陈国辉旅长请兵报复。陈即令吴虎带领五百多兵士，地头蛇林尚轩协同作战，于3月8日兵分两路进攻后田。后田暴动队一百多人在罗怀盛、陈品三、陈锦辉率领下，御敌两小时。因敌强我弱，为避免无谓牺牲，即向东坑山上撤退。当天晚上邓子恢在隘头召开会议，研究御敌及与永定孔夫乡联络事宜。次日上午，邓子恢与县委领导分析敌情后，决定把暴动队武装转移到岩永交界的永定孔夫一带休整。县委随即决定，将此二十多人的队伍改编成立后田游击队，陈锦辉任队长。这是闽西最早建立的游击武装。这支游击队在邓子恢等的领导教育下，逐渐发展壮大，成为一支劲旅。

在农民武装暴动中，后田及东肖人民顽强斗争，英勇不屈。暴动队员陈根地和共青团员陈阳照、张国民等惨遭杀害。农民武装上山后，后田等地惨遭残酷报复，贫苦农民家被洗劫一空，白色恐怖笼罩整个东肖。但由于农民游击武装不时给敌人出其不意的打击，尤其到了晚上，这一带又成了"红色世界"。闽西几支武装队伍，在岩永杭边界连成红色小区域，三县农民武装互相支援，配合行动，使龙岩的武装斗争进入了一个新阶段。

后田暴动后马上实行土地革命，穷苦农民千百年来的梦想得到实现，后田也因此有了"土地革命之先声"的称誉。在暴动后的烽火岁月里，后田党支部领导农民开展长期的保卫苏区分田成果的斗争，挫败了国民党顽固派一次又一次的夺田阴谋，使土地革命分田果实一直保留在农民手中（龙岩、永定共有二十多万亩土地亦然），创造了全国罕见的奇迹。

邓子恢于4月初离开龙岩到临时省委，向省委详细叙述了后田暴动的经过，省委亦向中央做了报告。省委还在4月10日出版的《省委通讯》中，介绍了后田暴动。此后，闽西南各地爆发了一次比一次强烈的震撼全省以至南方各省的武装暴动。3月8日，朱积垒领导了平和暴动；6月25日，郭伯屏、傅柏翠领导了上杭蛟洋暴动；6月30日，张鼎丞、阮山、罗秋天等领导了永定暴动。从而把福建农民运动推进到一个崭新阶段。

闽西各地暴动连续不断。1928年7月，临时省委派省委常委、宣传部部长王海萍来闽西，在指导成立中共闽西特委的同日，成立闽西暴动委员会，王海萍为总指挥，张鼎丞、邓子恢、傅柏翠为副总指挥，决定实行闽西总暴动。继8月白土暴动后，1929年5月，在红四军进军龙岩的关键时刻，龙岩县委领导了全县性的武装暴动（即龙岩民国18年的大暴动）。有大小池暴动、董邦暴动、东肖暴动、黄坊（红坊）暴动、山后暴动、铜钵暴动、西山暴动、湖邦暴动等。这些暴动震撼了国民党反动统治的根基，对配合红四军攻克龙岩起了重要作用。

从后田点燃暴动火种到后来的闽西各地暴动烽火四起，这些党领导的武装斗争，不仅锻炼了党和革命的人民群众，也为后来闽西革命根据地的建立打下了坚实基础，而且也为党探索走农村包围城市，武装夺取政权的道路，特别是如何进行土地革命这一重大课题，提供了新鲜而又宝贵的实践经验。

新四军第二支队北上抗日

在东肖镇区中心地段有个广场，原名叫"犀牛塘"，后改为"白土红场"。龙岩东肖革命烈士纪念碑高高耸立广场正中，边上是一组英雄群雕和白土暴动遗址等纪念碑记。1938年3月1日，新四军第二支队两千四百余将士就是在这里集中出发。这一天龙岩人民热烈欢送子弟北上抗日。省委负责人方方、魏金水、刘永生、范乐春、吴作球等齐集龙门路口，举行简单而热烈的欢送仪式。方方代表省委勉励闽西健儿狠狠打击日本侵略者，早日传来胜利捷报。二支队指战员在张鼎丞、谭震林率领下，高唱抗日战歌，浩浩荡荡地往北行进，奔赴抗日前线。

八十多年过去了，当年的新四军北上抗日出发广场，如今成了人民凭吊烈士和休闲漫步的绿茵草地。但历史不会被忘记。耸立在这里的纪念碑和周围的革命遗迹，都在默默地为我们讲述当年发生在这里的红军集结北上的故事。

全面抗战爆发后，停止内战、一致抗日的呼声，已成举国一致的要求。中共中央与国民党政府经过反复斗争、谈判，终于 1937 年 10 月 2 日达成协议，决定将南方八省 15 块游击区的红军，改编为国民革命军陆军新编第四军（简称"新四军"）。11 月间，中央军委派张云逸到福建处理地方国共合作事宜，在龙岩传达了中央将南方红军游击队改编为新四军的指示。1938 年 1 月 28 日，谭震林从新四军军部接受命令，返回闽粤赣边省委驻地的龙岩白土（东肖），宣布将闽西、闽粤边、闽赣边红军游击队改编为新四军第二支队，由张鼎丞任支队司令员，谭震林（后改为粟裕）任副司令，罗忠毅任参谋长，王集成任政治部主任。邓子恢调任新四军军部政治部副主任。

2 月上旬，闽粤边的闽南人民抗日义勇军第三支队和闽赣边的汀瑞游击队奉命相继开赴龙岩白土，同闽西人民抗日义勇军会合，统一整编为新四军第二支队第三、四两个团，第三团团长黄火星、副团长邱金声、参谋长熊梦飞、政治部主任钟国楚，全团一千四百余人；第四团团长卢胜、副团长周桂生、参谋长王胜、政治部主任廖海涛，全团一千三百余人。

在白土整编期间，为了扩大抗日宣传，还把来自各地的青年知识分子和从缅甸、泰国、新加坡归国的华侨爱国青年一百多人组织抗日宣传队，队长王直。下设三个分队，由彭冲、蔡宗英、洛频分任队长，前往各地开展抗日宣传。由沈尔七率领的菲律宾归国华侨抗日义勇队 28 人，也编入二支队政治部，改称"菲律宾华侨归国随军服务团"。此时的白土"热闹得很，抗日救亡的空气十分浓厚，形成了华东沿海的一个抗日基地"。

在二支队开拔前夕，闽粤赣边省委于 2 月 20 日在后田村召开省委扩大会议，决定"以保证二支队的扩大与顺利上前线，保证地方工作基础的树立"为中心工作，集中力量做好部队出发前的政治动员和扩军劳干工作以及做好地方工作等问题。这次会议的召开，不但保证了二支队的扩大与顺利开赴抗日前线，而且为闽粤赣边党组织建设和今后地方工作奠定了基础。

1938 年 2 月 27 日下午，新四军第二支队全体指战员及各界代表和当地群众六千多人，在白土镇（东肖）举行北上抗日誓师大会。会场气氛热烈，情绪高涨。会上散发了《国民革命军新编第四军第二支队全体指战员为出发抗战告别父老书》，向闽粤赣边父老乡亲表达了勇往直前抗战到底的坚强决心。

3 月 1 日，二支队全体指战员从白土红场出发，经过一个多月的长途跋涉，到达安徽歙县岩寺，与新四军一、三支队胜利会合，短暂休整后即投入对日作战。5月，根据中央的战略决策，二支队挺进江南敌后开展游击战，先后取得了韦冈、句容、小丹阳、当涂等大小百余战的胜利，从而与第一支队一起建立了以茅山为中心的苏南抗日根据地。陈毅、粟裕都为韦岗战斗胜利奋笔赋诗，给予高度赞扬。10月，抗日战争由战略防御转入战略相持阶段，为适应战争发展需要，从1939年初开始，二支队进入分散发展时期。在不断巩固茅山根据地和发展太滆游击队的同时，二支队与四支队建立了江北指挥部，并与第一支队建立江南指挥部，活跃在大江南北，成为抗击日本侵略者的一支劲旅。

新四军二支队英勇杀敌，浴血奋战，为赢得抗日战争的胜利做出了重要贡献。他们也付出了血的代价。在震惊中外的"皖南事变"中，就有数百名闽西籍指战员壮烈牺牲或被捕，造成抗战以来最严重的一次损失。在抗日战场上，二支队第三团副团长邱金声、二支队政治部主任罗化成以及由二支队改编的第六师参谋长罗忠毅和政委廖海涛等指战员相继光荣牺牲。周恩来在纪念邱金声、肖国生（另一位团政治处主任）的报告会上说："两同志虽死，他们的精神永耀于新四军、光辉于民族。"

在新四军革命熔炉里成长了一批人才。新四军闽西籍的指战员中后来成为党和国家领导人的有张鼎丞、邓子恢、陈丕显，新中国授予将军军衔的有王直、王胜、王香雄、王集成、刘永生等18人，担任省军级领导的有梁国斌、伍洪祥、蓝荣玉等。

八十多年前从白土（东肖）红场出发的新四军二支队指战员为祖国为人民所建立的功勋将永载史册、彪炳千秋，历史将永远铭记从这里出发的这支人民军队！

2016. 12

光荣啊，福鼎乡

　　《朱德传》在"古田会议前后"一节中写道："八月二十日，朱德率红四军第二、三纵队围攻大田县城不克，又转入永春福鼎一带。"这寥寥几十个字，记载着土地革命时期红军最高将领来到永春活动的一段历史。福鼎乡（今横口乡福中、环峰、福联三村统称）因此成了红色乡村而载入史册。

　　朱德何以会来到福鼎，来福鼎后又做了些什么？为了寻找答案，我们前往福鼎探访。

　　早春二月，乍暖还寒。我们驱车从永春城西出，沿着山区公路走了40多分钟到了横口乡。俗语说，春天天气孩儿脸，说变就变。刚才还好好的，这会却下起了细雨，雨丝如雾轻罩山头，远山近山一片白蒙蒙，天气也冷了下来。乡政府所在的贵德村坐落在山窝里。这里与安溪剑斗交界，离湖头不远，虽地处山沟，但丹霞地貌，山岩奇异，历史上不乏名人过往。乡长庄伟毅指着对面山头说，李光地当年就在那边山岩下读书，后来中了进士，步入仕途，走进京城。看来地不在偏僻，能出人才就行。

　　从横口乡政府往福鼎走，路窄，弯道多，绕过一道弯，碰见一座山，再绕一道弯，又见一座山，车子在螺旋式地上升。坐在车里也能感觉到高海拔带来的寒意。高山寒地对春天似乎并不那么敏感，平原上已是"绿柳才黄半未匀"，这里的山野还沉浸在冬眠的寂寥中，只有一二朵杜鹃花瑟瑟地探出头来意欲报春。山越来越高，雨也越发大起来，窗外一片迷蒙。当车行20来分钟停下来时，我们才知道已经到了海拔800多米的福鼎了。

　　下得车来，才看清楚，福鼎原来很美。村前一棵千年红豆杉高高耸立，笔直树干撑起的华盖如一面绿色屏障护卫村口，是风水树，更是风景树。边上是一座宫殿式造型的古老寺庙龙兴岩。整个乡村散布在山沟里，房子依山而建，层叠而上，很有层次感。山缝间有限的平地为一条街道式的南北通道，如今街道两旁盖起了一座座新楼房，粉墙平顶，颇为整齐。两边的山坡上还保留一些当年土墙砌就的破旧房屋。新旧对比，一目了然。

远方迷蒙处有座如锅底倒扣的高高山峰，那就是海拔 1217 米的鼎山。因了这鼎山，山下这个村落才被叫"福鼎"。除鼎山外，福鼎周围还环列着数座高山，重重峰峦包围着这大山皱褶里的村庄，犹如莲座一样周边为层层莲叶所环绕。明永春籍著名诗人颜廷榘（桃陵先生）有感于福鼎山川形胜，曾为之赋诗 10 首，在一首《山城壁立》中写道："叠嶂山城百雉居，白云缭绕疑华胥。青峰锁钥千年在，壁立万寻障里间。"形象地描述了福鼎乡险要的山形地貌。

大山深处的福鼎，四面隘口扼立，便于控制进出，是用兵攻防要塞，故素有"铜蓬壶铁福鼎"之说。清初林日胜、林兴珠曾屯兵鼎山附近帽顶寨，策应郑成功的抗清斗争。清末林俊农民起义军也以此为根据地，和太平天国起义军遥相呼应。当年朱德率军来此休整，与这里特殊的地理条件不无关系。

那是 1929 年。

那年 5 月，毛泽东、朱德率红四军第二次入闽，与闽西地方红军会合，历经一个月作战，三战龙岩城，消灭军阀陈国辉部（国民党省防军第一混成旅）三千余人，扩大了红军队伍，发展了闽西革命根据地。6 月底，蒋介石发出电令，调动闽粤赣二万余兵力，向闽西革命根据地发动"三省会剿"。

为打破"三省会剿"，7 月底，红四军前委根据中共福建省委的意见，先后几次召开会议研究对策。决定分兵两路，留一个纵队（第四纵队）在闽西一带发动农民群众坚持斗争；朱德率二、三纵队出击闽中，扩大农民土地革命斗争，牵制敌人向闽西进攻。8 月上旬，红军二、三纵队攻占宁洋、漳平，完全打乱了蒋介石"三省会剿"的部署。中旬，红军拟渡乌龙江，向赣浙皖边游击。结果在大田县遇到闽中土著军阀卢兴邦部的阻击，未取得成功。由于地方上没有党组织的群众斗争基础，给养紧张，加上山高路险，气候炎热，疾病盛行，给红军部队造成很大困难。闽西特委此时也写信给红四军前委，要求"调四军回闽西，在漳平一带工作"。于是，朱德率红四军军部和二、三纵队近三千人由屏山（时属德化，后属大田）取道永春，8 月 22 日抵达福鼎乡休整。

红军是午后到达村头的，前锋队伍高举红旗，扛着竹梯，沿途在墙壁上刷写标语，张贴文告。当时乡里正在召开"禁邪"会议，乡里郭、林两姓长辈都在林氏祠堂开会。由于这一带过去屡受兵匪之害，加上国民党的反共宣传，群众"闻军色变"，听说又来了军队，人们顿时惊慌失措，争相逃避。此时红军队伍中走出操地方方言的人，向群众申明红军宗旨，并告诉乡亲们，红军路过此地，不必惊慌。于是大部分群众被劝回祠堂。

红军进村后，找来当地米行和乡族中有名望的人商谈，请他们帮助解决粮食等军需用品，并交给银圆二千元委托他们筹办。红军的这些举动，与过去大军过境横征强派、搜刮民脂、滥抓挑夫的恶劣习气完全两样。村民们奔走相告，争相传颂。逃散的人们陆续重新回村，有的还为红军挑运粮食、采集草药。

红军军部就设在山边一座叫美魁堂的平房里。这是一座二进悬山式土木结构房屋，朱德同志就住在里面。纵队司令部设在村民郭为献的房子里。村里最大的建筑物要算郭氏家庙。这座肇建于元代，两落、双层、两档的闽南风格古建筑，面积4000多平方米，可容纳700多人。前面几间住着20多位女红军，红军的印刷所也设在这里。这些女红军印发宣传材料，书写红军标语和布告。我们在郭氏家庙和当年红军住处转了一圈，虽然时间过去80多年，还能在墙壁上看到不少墨写的标语，有的字迹还很清晰。如"都市是人类的坟墓，乡村即我们的乐园""共产党是领导无产阶级革命的政党，欢迎勇敢的觉悟的工农分子加入共产党""农民组织农民协会""工人组织纠察队，准备武装暴动""红军是工人农民的卫士，白军是土豪劣绅的走狗""红军不拿群众一针一线""打倒勾结帝国主义的国民党，打倒压迫民众的国民党"等等。郭氏家庙前的坪地上还有一口水井，当年红军就是从这里取水饮用，后来人们称之"红军井"，至今井水仍甘洌清醇。

红军在福鼎驻扎的一周里，朱德同志给群众留下深刻的印象。村里林兴镇老人告诉我们，那时朱德先后三次在郭氏家庙前的空坪上召开群众大会，他亲自登台演讲，号召劳苦的工农团结起来闹革命。他还与当地有关人士开诚相见，亲手交给署名帖片，勉励他们为军民效力。村里有位头面人物，因为惧怕红军，听说红军要来就躲到外乡去了，朱德探知他曾有开明之举，就三次差人送信，解除他疑虑，使他回村。朱德又与他交谈，晓之大义。红军走后，面对国民党地方当局的压力，这位头面人物仍办了几件对人民有益的事。老林说，村里人还记得那年朱德军长43岁，体魄魁伟，面部宽阔，身穿苎麻夏衣，头戴斗笠，脚穿草鞋，平易近人，常与村里人拉家常。一天清晨，在群众导引下，朱德登上了海拔逾千米的鼎山和东尖峰察看地形。朱德用望远镜眺望四周，但见山脉逶迤，茫茫雾海中一轮红日喷薄而出，绿林如海，雾霭翻腾，农家炊烟袅袅升起。眼前这如诗如画的风景让他陶醉，他默默地凝视远方，情不自禁地说："这地方果然很好！"

红军近三千人的队伍，驻扎在只有千把人口的村庄里，显得十分拥挤。但是红军不占民房，全部睡在厅堂过道；借用群众门板当床。为解决供给困难，打击投机商，就由部队庶务长和士兵委员会及当地乡绅一起办了一个米局，组织当地群众到周边邻县购买谷子，解决部队吃粮问题。虽然只有几天时间的相处，从朱德军长的讲话和红军的一举一动中，群众认识了这支人民军队。军民亲如兄弟姐妹，来往接触逐渐增多。

红军的严明纪律给福鼎百姓留下了深刻的印象，数十年来，村里人口口相续，传为美谈。村里老人为我们讲述了许多红军是如何不拿群众一针一线和买卖公平的感人故事。

红军向村民买粮食、鸡蛋、蔬菜等付的都是银圆，村民找不开不收钱，红军就把东西放回原处，直到主人收下钱，才把东西取走。红军采摘地里的南瓜，一时找不到主人，就把铜板放在南瓜蒂上。红军刚进村时，有的店铺顾不上关门人就走了，红军战士就代为守护。有位战士从一家货架上取走一盒火柴，就把铜板留下并压着一张纸条，上面写着："老板不在店，火柴一盒三分。"对个别执行纪律不好的现象，红军内部更是一丝不苟给予纠正。有位战士买鸡时没付够价钱，红军领导闻讯后便召集全体战士，让卖主逐个辨认，补足价钱。为解决给养问题，红军雇村民到邻县挑粮，按当时行情，每挑50公斤，二三角工钱足够了，红军却付给一块大洋。这点点滴滴的生活细节，感动了村民，他们编了顺口溜表达对红军的拥戴："民军一到，祸降三都。红军入境，造福各户。秋毫无犯，大众欢呼。红军宗旨，百姓拥护。"

在红军逗留的一周时间里，红军与当地百姓结下了深厚情谊。郭、林两姓族中长辈，筹办了猪肉、米粉等慰劳红军。红军虽然吃的是糙米、咸菜，却回赠贫苦百姓大米，还给衣物。红军在福鼎期间，时值酷暑，疟疾、痢疾盛行，官兵患病甚多。福鼎群众自发到深山老林里采集野香薷和薪草等土方草药，为红军伤病员治疗。在当地行医兼开药铺的郭景云医生，全身心投入，精心诊治，治愈了不少红军伤病员。为表示感谢，朱德军长赠送他50块银圆和一支法兰西铅笔。这支象征军民友谊的铅笔后来被珍藏于福建省博物馆。当年随朱德一起来福鼎的红军各有关方面领导还有罗荣桓、邓华、谭政、张宗逊、郭天民、赖传珠、郭化若、毕占云、张令彬、赖毅、叶青山、张际春、杨立三、刘型、朱云卿、刘安恭、伍中豪、李任予、曾士峨、蔡会文、寻淮洲、敬懋修、陈龙鹤等。

8月28日，朱德率领红四军指战员与当地群众依依惜别，离开福鼎，部队西进到永春一都住一宿后就到了闽西漳平。朱德部队离开福鼎时，给地方留下数支步枪和一匹小马驹，用来保卫乡村。还留下40多名重伤病员和400块银圆，交托当地治疗看护。村医郭景云、郭中和及乡贤们组成临时医疗小组，竭尽全力进行医治。这些伤病员大多安置在郭氏家庙，有的视病情住在群众家里，或安排在山间纸寮（造纸作坊）里。村民们用传统中医草药为之治病，还在进山路口设岗放哨。由于得到精心医治和周到照顾，这些伤病员身体很快得到恢复，陆续归队。不久红军在漳平溪南打了胜仗，还派两位联络员返回福鼎报告喜讯，并代表红军将士感谢福鼎百姓对部队的支持。有几名红军战士伤愈后留在当地，与村民共同生活了数年后才离去。这期间，在国民党统治实行白色恐怖的环境里，村民们冒着被杀头的危险，掩护伤病员，使这些红军战士都安然无恙。

朱德率红四军在福鼎一带的革命活动，唤醒了这里被压迫的工农群众，对这一带的革命斗争产生了深远的影响。当时的永春地下党组织受到极大鼓舞。1929年9月30日中共福建省委给中央的报告中指出："永春工作过去都偏于东区，最近城区已有工作。西区因受朱毛红军前月经过的影响，也是开始工作。现在永（春）德（化）工作很好进行。东区农民从前消沉，现在也兴奋起来了。"

红军走后，反动军阀曾多次窜到福鼎，搜捕红军伤病员，铲锄红军标语，掠夺财物，烧毁民房。1930年反动军阀陈国辉为毁坏标语召集大队人马进入福鼎乡，兵分几路横冲直窜，对刷写有红军标语的民房就放火烧，顿时火光四起，一片火海。游击队长曾四祥带领队员和乡亲们扛上枪，带上灭火工具，奋不顾身冲入火海护民房、保标语，虽保护了一些，但因人手不足，锦世堂、斗仔厝、尚贤堂等30多座房屋仍被烧毁，造成重大损失。为保护红军标语，还有两位村民被地方民团绑架，下落不明。如今我们看到的这些红军标语，就是这里的百姓用生命保护下来的，他们视这些见证那段军民鱼水情光荣历史的标语为乡魂、传家宝。反动军阀陈国华、卢兴邦也曾闯入福鼎,横行肆虐。被反动军阀烧毁的房屋共达 63 座,其中塘垅头一小角落十几座全部被焚,夷为平地。

国民党军阀土匪倒行逆施的暴行,激起了福鼎人民的强烈反抗。朱德部队离开的第二年(1930 年),当地有志青年林章契、郭为省、郭景云、郭中和、林文办、郭春樟、林鼎善等首先加入红军游击区农民自卫队,这支由留守山区革命的红军战士曾四祥组织的队伍,后来又有 30 多位青年加入。农民自卫队领导福鼎人民抗捐抗税,与国民党军阀土匪部队陈国辉部、陈国华部进行了十几年艰苦卓绝的斗争。解放战争时期,农民自卫队队员有的转入正规部队,有的坚持山区斗争,到了 1948 年自卫队发展到 70 多人,并转入张连领导的永德大人民游击队。剿匪时期,又有 100 多名青年加入游击队或民兵队伍。福鼎农民自卫队在革命战争年代,不怕牺牲,浴血奋战,为人民的解放事业做出了应有的贡献。他们中曾四祥、黄班长、郭妙、郭国珍、郭为甚等同志为革命献出了宝贵的生命。

如今 80 多年过去了,历史已翻开了崭新的一页。福鼎的村容村貌已焕然一新,福鼎人民与其他地方一样过上了安宁幸福的生活。郭氏家庙门前的朱德塑像,家庙里的纪念馆,后山的红军烈士纪念碑以及数十条村民冒着生命危险保存下来的红军标语告诉我们:这里的人民没有忘记那段历史,那段光辉的岁月。当年,是中央红军送来的革命火种点燃这偏僻山村的革命火焰,照亮了黑暗中的道路,引导着人民前仆后继,走向胜利。这塑像、纪念馆、纪念碑和标语,唤起了人们对历史的敬畏,对革命先辈、老区人民的崇敬,也激起了我们每位后人的时代使命感:不忘初心、砥砺前行。唯有如此,才不愧对历史、不愧对革命先辈、不愧对老区人民。

光荣啊,福鼎乡!历史将永远铭记你。

2017.2

风展红旗如画

——将乐革命烽火回望

　　丁酉仲春，走进将乐采风。几年不见，将乐当刮目相看：繁华的集市，林立的高楼，飞架的大桥，纵横交错的街道，令人犹如置身大城市之感。晨起看穿城而过的金溪，但见宽阔溪面上氤氲如轻纱薄罩，周围景物亦真亦幻。沿溪望去"柳荫直，烟里丝丝弄碧"。近山绿翠，远山如黛。入夜，霓虹灯四射，轮廓灯齐亮，金溪倒影里的将乐城璀璨多彩。溪边漫步，清波荡漾中的"水晶宫"，似近亦远，似浅亦深，华丽美妙，令人流连忘返。

　　如此美丽城池，八十多年前却是满目疮痍。鸦片战争后，中国由封建社会逐步沦为半封建半殖民地社会，帝国主义势力相继进入中国，与国内封建主义势力相勾结，变本加厉地掠夺和压迫中国人民。地处闽西北的将乐也不例外。基督教、天主教相继进入，教主也像封建地主一样，霸占良田租给佃农种，靠地租剥削农民，佃农交不起租，便对其鞭笞棍打。将乐山高林密、地势险要，乃闽西北战略要地。民国时期军阀割据，百姓深受其害。20世纪20年代初的一场军阀混战，有着"小洋口"之称的将乐积善村，上千户人家被烧成一片废墟。地主阶级凭借他们占有的土地和生产资料，通过田地租佃、雇工和高利贷三种形式，对广大农民进行残酷的欺凌和掠夺。地主的剥削、战火的蹂躏和教主的压迫，人民苦不堪言。原本"敦庞朴茂，富庶殷繁，且不在大都以下"的将乐县，民不聊生，一派破败景象。愤怒和反抗的火焰也深埋民众心中。

　　"红旗跃过汀江，直下龙岩上杭。"1930年上半年，朱德、毛泽东率领中国工农红军第三次进入闽西，红色区域迅速扩大。1930年5月，红军进入将乐南口乡，播下革命火种，点燃了将乐人民心中的怒火，许多进步青年踊跃参军参战。从此，这块受压迫被奴役的土地，成为中央红军的重要活动区域之一。从1931年至1934年间，中国工农红军一、三、五、七、九军团及东方军、兴国模范师、少共国际师、闽赣独立师、闽北独立师、闽赣军区十八团、闽中独立团、闽北独立团等部队先后纵横驰骋在这块土地上，与敌军展开过三十多场战斗，歼灭了大批敌人。红军主力北上长征后，将乐苏区又成为南方三年游击战争的重要活动区域之一。

在实践落实 1931 年 6 月底至 7 月初毛泽东在建宁发出的三封"指示信"的过程中，老一辈无产阶级革命家和革命先辈朱德、彭德怀、瞿秋白、项英、王稼祥、滕代远、杨尚昆、袁国平、黄克诚、何长工、彭雪枫、毛泽民、刘伯坚、萧劲光、杨成武、罗炳辉、寻淮洲、乐少华、黄立贵等都曾经到将乐领导革命斗争，指挥重大战斗，留下光辉的足迹。

土地革命战争时期，发生在将乐这片热土上的红色故事很多，这里仅择其几个片段，回望已经过去八十多年的那段烽火岁月。

红三军团入将　歼灭反动匪帮

1931 年 5 月 30 日拂晓，第二次反"围剿"的最后一仗在建宁打响，红军取得第二次反"围剿"的胜利。6 月 3 日，红三军团第六师在师长郭炳生、政委彭雪枫的率领下，分兵两路进军泰宁，占领泰宁后红军迅速占领了将乐余坊、安仁、大源等地，并派出工作团领导农民打土豪、分田地。6月 22 日，红三军团第二师七团在师政委彭雪枫率领下，兵分两路向将乐县城挺进，驻扎将乐的敌军周志群旅闻风弃城而逃，红军首次解放了将乐县城。6 月 23 日，彭德怀率领红三军团的军团部进驻将乐。

此前，盘踞在将乐、泰宁和邵武一带最大股匪罗鸿标，奸淫烧杀，无恶不作。6 月 8 日罗匪带领五百多匪徒，冒充红军队伍，在邵武横行三天，掳走汉美中学一百多名女学生及大量金银财物后，于 23 日窜到将乐光明乡。彭雪枫政委得到消息后，当即命令部队赶往光明乡，把罗匪包围在光明余氏宗祠和附近的一座山头。当匪徒正在祠堂内举盏碰杯、寻欢作乐时，红军犹如天兵降临，顷刻间便缴了他们的械。藏在山寨里的匪首罗鸿标听到枪声后，自认为红军游击队只有梭镖、大刀、土枪、土炮，不可能攻入山寨，还以重赏为诱饵胁迫匪兵负隅顽抗。但在红军猛烈火力攻势下匪徒死的死、逃的逃。罗鸿标感到大事不妙，急忙带着两个保镖妄图从山背后溜走，才窜到半山腰，就被我红军活捉。一个多小时的战斗，红军击溃匪徒五百多名，并缴获机枪两挺、战马十匹，以及许多枪支弹药，解救了惨遭罗匪蹂躏的一百多名女学生，派人护送她们回邵武。

第二天，红军在余氏宗祠的空坪上召开公审大会，群众纷纷控诉罗鸿标匪帮的罪行。红军决定对罗贼执行死刑。正要下令对罗枪决时，一位衣衫褴褛的中年男子突然闯进刑场，恳请由他来行刑。原来他是光明乡附近的农民，父亲被罗匪杀害，几间草房也被烧毁，对罗匪怀有深仇。执行官同意了他的请求。于是这位农民从红军战士背上抽出一柄锃亮的马刀，高高举起，朝蜷缩在地上的罗贼劈去……百姓无不拍手称快，也对红军这支人民军队有了进一步的认识。

"指示信"指引方向　　"苏维埃"星火燎原

1931年6月，红军总部截获的情报表明，蒋介石调集兵力准备对中央苏区发动第三次"围剿"。毛泽东同志经过调查研究和认真分析，决定全力以赴把闽赣边区域建成中央苏区东部反"围剿"的可靠根据地。为此，他于6月28日给中共闽赣边工委和周以栗、谭震林等同志写了"指示信"，阐述了建宁战役以来总前委发展方向调整变动的理由，分析了向东发展有利条件，提出了向东发展创建闽赣边根据地的战略决策。"……决定红三军团以建宁、泰宁、将乐为工作区域，以光泽、邵武、顺昌为筹款区域……"6月30日和7月1日，毛泽东同志再次发出两封"指示信"，指出据目前敌态势变化，要"筹款与群众工作两具顾及"，"一面筹款，一面把群众大大发动做到分配田地"。

在"指示信"的指引下，闽赣边区域的土地革命斗争进入了一个新阶段，中央苏区闽赣省的创建也揭开了序幕。作为"分配土地、建立政权""工作区域"的将乐迅速开展了分配土地，建立党组织、地方政权，组织游击队和扩红筹款的土地革命斗争。成立了将乐县革命委员会，在六个区建立了党组织和红色政权，在53个乡（村）建立了红色政权和群众组织，占当时行政村的51%，在21个乡（村）进行了插标分田，扩大红军八百多人，完成筹款60万元（含顺昌）。使将乐县成为中央苏区形成初期所辖的行政县之一。随着斗争形势的发展，1934年1月，在闽赣省委的领导下将乐县正式成立了县苏维埃政府，全县所辖的六个区八乡镇均建立了苏维埃政权，有苏区村111个，占89.3%；53个村完成了分田分山，占50.48%；

全县参与土地革命斗争的群众达 1.82 万人，占当年总人口 25%，将乐成为中央苏区东大门的重要门户。

东方军两度进将　总司令亲临指导

1933 年 6 月，中央苏区局决定组建东方军入闽作战。东方军肩负着"筹款百万，赤化千里""创造百万铁的红军""把红旗插到福建去，开辟新的根据地"的使命，向福建进发。在取得恢复被敌占领的连城、清流、归化、泰宁等县城的胜利后，8 月东方军转入"以将乐为总方向"的第二阶段作战。随即彭德怀、滕代远下达命令，将敌五十六师包围于将乐、顺昌两地，在兄弟部队配合下，围城战斗僵持达 40 天之久。因城外房屋均被国民党守军烧毁，围城红军日夜露宿，不仅伤亡大，而且连吃饭、喝水都很困难，但依然坚持着。10 月 4 日，东方军奉命撤围离开将乐，经泰宁回师江西。在这 40 天中，除围城外，红军各部队都派出工作组，深入各区、乡、村发动群众建立红色政权，分配土地，扩红筹款，支援斗争。此时，除县城外，将乐各区、乡（村）全部赤北，苏区群众踊跃支前参战，并为上万名红军战士提供充足的粮食和物资。

1933 年 12 月 28 日，东方军第二次入闽作战。解放了将乐县城，消灭敌军一个团，缴获长短枪支九百多支、无电线电台一部。红军打开盐仓，挖出石盐十多万斤，运往中央苏区。红军还发动群众打土豪，筹集一万两千多块光洋，以及纸钞、烟土等运往闽赣省苏维埃政府。东方军入将，推动将乐苏区建设进入一个新阶段。

1934 年 1 月，"闽变"失败后，蒋介石决定继续集中全力"围剿"中央苏区。将乐地处中央苏区东大门的军事要地，是敌军进攻的主方向。朱德总司令非常重视将乐苏区的反"围剿"作战准备工作，于 1934 年 2 月 9 日从泰宁来到将乐。

朱总司令接见了坚持地下斗争的二十多名党员和县苏维埃政府的领导干部。鉴于第五次反"围剿"斗争的严峻形势，朱总司令明确指示将乐的中共地下组织和党员目前不宜全部公开，还要适当隐蔽，至少一半人不要暴露身份，以防止敌人破坏。同时决定红七军第二十一师第六十一团留守将乐，并针对将乐县委、县苏维埃政府干部少、本地提拔的新干部暂时还不能适应新的斗争形势的情况，要求军团司令部再从各营、团抽调 20 名干部给县委，充实地方工作力量，朱总司令还亲自帮助苏维埃政府拟写布告，比如："红军是人民子弟兵，是为劳动人民谋利益的""城内大小商店，只要不是反动资本家的，一律保护，要照常开门营业"等。布告贴出后受到社会各阶层人士的拥护，县城原本关门歇业的商店纷纷开门营业，战乱后的将乐又恢复了往日的热闹与祥和。

朱总司令还亲临北门区苏维埃政府办公地，探望贫苦群众，并发给他们每人一小瓷碗红糖。在离开将乐城往泰宁的路上，朱总司令还在余坊乡石背上自然村为五百多名军民作战前动员，极大地鼓舞了余坊人民的斗志。在崎岖的山道上，朱总司令看到一位因挑运食盐摔伤的黄姓挑夫，就把自己的军马让给老黄骑坐，还写字条让他到泰宁后交有关部门安排治伤事宜。朱总司令在将乐的短短三天，协助将乐苏维埃政府制定了指导革命斗争的方针、政策和工作计划，从而使将乐苏区得到了进一步的巩固和发展。他对百姓的关心爱护也在将乐人民心中留下深刻印象。

铜铁岭两军鏖战　彭绍辉血染深山

将乐地处中央苏区东大门，地理位置特殊，土地革命时期境内战事频繁。仅 1934 年 3 月 15 日至 26 日的 11 天中，中央红军在将乐对敌东路军第十纵队就进行了 13 场阻击战斗，有力牵制和迟滞了敌东路军合围中央苏区腹地的作战部署。

在这十多场战斗中铜铁岭战斗尤为激烈。

铜铁岭位于将乐县与归化县交界处，绵延数公里，群山逶迤，主峰天上岗地势险要，是扼守将乐与归化两县的战略要地，宋代起朝廷便在那里设立铁岭关，可谓"一夫当关，万夫莫开"，历代为兵家必争之地。

1934 年 3 月初，为切断我建黎泰红军通往闽西的通道，国民党东路军猛烈进攻将乐，将乐沦陷，泰宁也失守。3 月 20 日，敌第十师在师长李默庵率领下从将乐县城出发，向南推进，奔袭铜铁岭。参战红军在红七军团军团长寻淮洲、政委乐少华的指挥下，与当地游击队和支前群众连日在铜铁岭关前构筑工事，挖掘战壕，准备迎击来犯之敌。战斗指挥部设在墈厚村的荣光公祠，电话线从这里一直延伸到前沿阵地。

22 日上午 9 时半左右，国民党第十师一千多人向铜铁岭扑来。当敌人进入我火力圈时，我军立即向敌前锋部队开火。敌凭借人多、武器精良的优势，集中火力疯狂反击。这时我军分头出击，将敌军队伍切成三截，分段猛击，敌人死伤一片。不甘失败的敌人发起一次又一次进攻，都被我军打退。战斗进行到白热化时，敌军派出三架轰炸机对我阵地狂轰滥炸，地面敌人又集结兵力发起冲锋。坚守高地的红军战士依靠牢固的战壕等工事为掩体，以密集的火力接连打退了敌人。气急败坏的敌指挥官竟下令在山脚下放火烧山，一时间铜铁岭成为一片火海。不料风势转向，山火朝敌军阵地烧去，溃退的敌军进退维谷，被烧得哭爹喊娘。红军又发起冲锋，溃敌便向沙洲、葛岭一带逃窜。红军穷追不舍，在葛岭包围住敌军，下午 4 时多战斗结束，共打死击伤敌人四百多人，其中击毙敌团长一名，敌营长三名。俘敌几百人，缴枪一千多支。最后，红军在弹药紧张的情况下，撤到沙洲、葛岭一带，国民党军进犯归化城。

26 日晨，李默庵部奉命调回将乐防务。红七军团埋伏在明溪和将乐交界的铁岭，做好歼敌准备。中午，敌主力进入红军伏击圈，遭到痛击。在宁清归军分区的配合下，红七军团一鼓作气扫清铜、铁岭一带敌军，收复归化城。此役共消灭敌军一百多人，其中军官两名。还缴获了一批军用物资。

铜铁岭战斗大捷，粉碎了敌军进攻归化、清流、宁化中央苏区腹地的企图，是我军第五次反"围剿"中在东方战线取得的又一次胜利。战斗指挥员寻淮洲、乐少华受到中革军委表彰。如今，当年的铜铁岭战斗指挥部墈厚村荣光公祠和红军驻地红军堡仍巍然屹立山冈上，向人们诉说着八十多年前那场两军激战的往事。

那年的光明山战斗也十分惨烈。1934 年 3 月初，彭绍辉任师长的红三十四师奉朱总司令命令，从泰宁开赴将乐的光明、马岭、万安和泰宁的开善一带，勘察地形，布置阵地，随时准备打击进攻之敌。3 月 15 日，敌第八十八师孙元良部进犯光明乡。我军与敌军先后在光明乡的沙溪、阳源打了两场战斗，给敌人以迎头痛击后，连夜赶至光明乡曹地一带构筑工事。曹地海拔在 600—800 米以上，山头高耸，地势险要，是敌军从光明通往泰宁必经之路。我军在山头构建了环形阻击阵地，层层布置火力。

3 月 17 日上午，晨雾渐渐散去，在榴弹炮的掩护下，敌第八十八师用三个整团的兵力从东、西、南三面向我军展开猛烈进攻，像蚂蚁一样，黑乎乎的一片朝山上涌来。我红三十四师在彭绍辉师长指挥下，利用居高临下的有利地形，打退了敌人一次又一次进攻。近午时分，汤恩伯急调两个团从万安赶来增援，并出动飞机连续投弹，双方争夺更厉害，战斗呈胶着状态。下午一点多，战斗仍在激烈进行，彭绍辉师长不顾枪林弹雨，站在一个突出的高地上，用望远镜观察敌情。忽然，一颗子弹飞来，他下颌骨被打碎，由于出血过多彭师长昏迷过去，被送往建宁医治。此役敌军付出惨重代价，虽然占领了曹地，但因害怕遭我军夜袭，于当天傍晚就撤回乡里。

这次作战由于圆满完成了钳制和阻击敌人的任务，彭绍辉和他的三十四师受到中革军委的通令嘉奖。就是这支威武之师，当年下半年在陈树湘师长的率领下进行长征，出色完成了断后阻击敌人，掩护中直机关红军部队转移的任务，成了名垂千古的"绝命后卫师"。

艰难中坚持三年游击　血火里更显英雄本色

第五次反"围剿"失败后，红军主力被迫实行战略转移——长征。留在苏区的红军指战员、游击队在当地群众的支持配合下，坚持了艰苦卓绝的三年游击战争。在恶劣的环境下，将乐人民在党的领导下，坚持开展游击战，与国民党反动派进行了顽强的斗争。

1934年10月至翌年3月间，闽赣省军区部队在将乐龙栖山一带与敌周旋，他们成年累月被围困在深山密林中，忍受着难以想象的艰难困苦。他们以竹丝、稻草御寒，以野菜、竹笋充饥，经常几天吃不上东西，十天半月穿不上干衣服，大批伤病员得不到医治。尽管环境无比险恶，但红军游击队战士抱定必胜信念，在人民群众的合力支持下狠狠打击敌人，坚持斗争，苦度艰难岁月。余家坪的余氏宗祠成了他们扎营、办公的地方和临时医疗所。红军撤离后，国民党对龙栖山根据地进行残酷摧残和反攻倒算，杀害农会、工会干部和革命群众，数十座纸厂被捣毁，数百间民房被烧毁，群众被强行迁移山外。

1935年2月，闽北独立师长黄立贵率部向将、邵、泰边境三角地带挺进。经常在将乐的万安、安仁、大源、高唐一带活动。并创建了九仙山游击根据地,使之成为将邵泰游击根据地的核心区域之一。成立了将泰邵游击队,镇压反动分子,发动群众建立农会组织,在香菇厂、笋厂、纸厂工人中发展党员,建立党支部,建立秘密地下交通情报网。1936年6月后的一年多时间里,黄立贵率领闽北独立师,在万安镇孔坪、正溪一带与国民党军队周旋,使将乐成为福建三年游击战争的重要活动区域之一,全县游击村达二十余个。

1937年6月,国民党调集重兵围剿九仙山根据地,红军游击队及中共将乐县委、中共建泰邵县委人员被层层包围。黄立贵率二纵队向邵武方向转移,于7月13日在邵武晒溪桥梧桐磜突围作战中,为掩护战友壮烈牺牲。与此同时马长炎所率的第六纵队及随队的县委人员被敌包围后,敌人将九仙山周围数十里的山林、笋厂、纸厂、香菇厂全部烧光,山上几个村群众全被赶下山去,企图困死、饿死红军游击队。数百名游击队员只好长时间辗转隐蔽在深山密林中或者悬崖峭壁间,过着风餐露宿、衣不蔽体、食不果腹的艰难生活。被困数月后,在当地群众的帮助和掩护下终于突出重围。1938年1月,这支艰苦奋斗达三年之久的红军游击队,编入新四军第三支队,在马长炎率领下奔赴抗日前线。

将乐苏区人民为革命胜利,历经血与火的考验,付出了重大牺牲,做出了重要贡献。据不完全统计,在土地革命时期,全县净减人口12760人,占1930年75771人的16.8%,其中被杀害2558人,被抓去2034人,饥饿疫病死亡5467人,被迫外逃2425人;灭失户数2907户,占1930年18251户的15.9%;被毁灭村庄46个,被拆烧房屋10568间,移民进村后倒塌房屋7721间,被烧、拆、毁坏纸厂、笋厂、香菇棚973个,被抢粮食、耕牛、家禽无数。

在那腥风血雨的岁月里,将乐涌现出了一批赤胆忠心为革命的英雄人物。水南镇青年、红军侦察员徐花狗(原县苏维埃政府裁判部部长)在执行任务时被国民党军逮捕,受尽百般严刑拷打,坚贞不屈,敌人用铁钉将他钉在木板上在南门外示众,徐花狗毫不畏惧,高呼"中国共产党万岁"等口号,壮烈牺牲。船工理事长刘胜利领导船员拒绝为敌军撑船去南平,遭敌暗杀。安仁乡黄祖华投笔从戎,参加红军游击队,负责搜集、传送情报,购买子弹、药品和粮食。因叛徒告密,他全家九口全被关押并惨遭毒打,但他始终守口如瓶,最后英勇就义。英雄和先烈的鲜血染红了红旗,换来了胜利的果实。

　　如今的将乐大地，欣欣向荣，一派兴旺景象。金溪徐徐流淌，一路携歌带舞，美了古城，绿了群山；龟山旗幡高悬，四野书声琅琅，理学宗义，传承弘扬。守正创新，奋发进取，苏区人民正阔步前行，争取更大胜利，以告慰先烈，昭示未来。

2017. 3

忠心碧血映丹诏

——诏安革命烽火回望

初夏时节，诏安万木葱茏。广袤大地上处处洋溢着南国风光。荔枝林枝头那簇簇花蕊，犹如绿海中伸出的一只只小手，在微风中轻轻摆动，昭示着不久又将迎来硕果满园的丰收季节；相思树那金灿灿的小花，缀满枝头，蓬蓬密密，如黄绒披覆山野，连海边的岩崖也披上耀眼的金装；古榕树虽历经数百年，依然郁郁葱葱，闪着光亮，那生机勃发的宽大绿荫似乎要把蓝天高高撑起；还有那路边地头的杜鹃花恣意纵情，红红火火的就像一张张热情奔放的笑脸，在向客人频频致意。蓝天、绿地、香花生发出的精气神，滋养着人们的心灵。生活在这片土地上的人，能写会画，"中国书画艺术之乡"的桂冠令诏安誉满神州。诏安，不仅是一片稀有的富硒之地，也是一块孕育人才的热土。

东南海疆的这片美丽富饶土地，70多年前，与全国各地一样，饱受三座大山压迫，天昏地暗，民不聊生。中原文化、海洋文化和闽粤文化的交融影响，这片土地上的人自古就有着爱国爱乡的光荣传统，涵养起了勇于斗争、敢于胜利的禀赋。唐陈元光屯军南诏平定岭东朝阳，宋陈吊眼坚守乌山抗元，明俞大猷、戚继光抗倭，明郑芝龙抗荷，郑成功、郑经抗清，都在诏安留下足迹。

当然，最值得书写和回望的是20世纪20年代以来，发生在诏安这片土地上的反帝反封建斗争和为民族独立与解放所进行的浴血奋斗的革命故事。这一段时间，历数十年，悲壮惨烈，可歌可泣。每每忆起，都令人心灵震撼。我们撷取其中几个片段加以忆述，意在不忘历史，永记英烈。

星火燎原　苏维埃旗帜高扬

1925年，军阀混战，风雨如晦的岁月。这年的10月，诏安来了个飒爽英姿的青年女性，她风风火火，精明能干。一到诏安，就大张旗鼓地宣传国民革命，积极联络进步知识青年，并于当年 12 月 1 日成立了国民党诏安县党部筹备处。她就是国民党福建省临时执委余佩皋，是从厦门经粤东汕头转到诏安从事国民革命活动的。

诏安地处闽粤交界，是福建军阀和广东国民政府都无法完全控制的县份，便于国民党从事党务活动。与余佩皋一起来的国民党人还有叶崧生、庄惠娟、陈庆云、詹振华等。他们吸收三四十名知识青年加入国民党，成立了第一区党部。开展反帝反封建宣传，成立"诏安新青年社"，以书画抨击军阀的腐朽统治。还创办书店，传播新文化。一时间，诏安县充满了国民革命的活跃气氛。

1926 年 4 月下旬，余佩皋、叶崧生等组织农民运动考察团，到澎湃同志家乡海陆丰学习农民运动的经验，还参加海丰县工会成立大会。回到诏安后，余佩皋、叶崧生等发动农民组织农会。先后成立了诏安农会以及思政区农会和华表、西坑、双港、郭寮等村农会，红底黄色犁头旗到处迎风飘扬。1926 年 5 月，广东国民革命军誓师北伐，为了随军宣传的需要，余佩皋动员一批知识青年前往广东饶平县柘林区，参加国民革命军独立第一团组织的军事训练班。余佩皋等国民党左派在诏安的活动，使诏安的国民革命有了初步的发展。

就在余佩皋来诏活动期间，1926 年 3 月，中共广东区委成员罗明，以国民党中央农民特派员身份，来闽南招收 9 名学员进广州第六届农民运动讲习所。诏安籍的年轻人黄昭明也在其中。这些学员接受了毛泽东、周恩来关于农民运动的生动教育。学习期间，这 9 名闽南学员均被吸收加入中国共产党。不久均以国民党中央农业部特派员身份回到各县，参加领导国民革命。黄昭明回到诏安后，发动群众参加国民革命，开展农民运动，秘密吸收 4 名骨干加入中国共产党。并于 11 月在南诏镇城内街的沈公书院成立了诏安第一个党组织——中共诏安支部，书记黄昭明。支部隶属中共汕头地委领导。革命的火种在这片古老的土地上点燃了。

星星之火，可以燎原。在"4. 12"后险恶的环境中，诏北秀篆的一个小山村——虎坑村王慎益等 6 位党员于 1928 年冬成立了中共虎坑支部。随后余登仁、谢卓元等将分散隐蔽在饶和埔诏边界的共产党员组织起来，先后建立了 4 个党支部。后以他们为基础，成立中共饶大特委，汇集起了闽粤边界饶、和、埔、诏4县边区分散的革命力量，使星星之火汇成团团火焰，在诏安等地形成燎原之势。随着革命形势的发展，至1930年春，中共饶和埔诏县委（由饶大特委、闽粤边工委等发展而来）建立11个区委会，47个党支部，党员达700多人。先后成立了中国工农红军四十八团和中国工农红军饶和埔诏第三连两支工农红军武装，转战闽粤边，威慑国民党统治。1932年6月，饶和埔诏县苏维埃政府在诏安秀篆石下村朝源楼敦敬堂成立。此后诏安成了饶和埔诏苏维埃运动的中心区域，许多区、乡建立基层苏维埃政权，开展土地革命斗争，集中烧毁田契、债券，以乡为单位，按人口平分土地。至1930年夏，饶和埔诏县属69个乡苏维埃中已分田达49个，14.3万群众先后分得土地29万亩。革命形势迅猛发展，苏维埃旗帜高高飘扬。

不畏艰险　开辟秘密交通线

1930年冬，中共中央成立中央苏区中央局，随后在江西瑞金组织中华苏维埃共和国中央临时政府、中央革命军事委员会。亟须从各地输送一批干部到中央苏区和红军中来，以加强苏区斗争和建设的领导。为此，在周恩来直接领导下，开辟了两条秘密交通线。主线从上海、香港、汕头到闽西永定进入中央苏区；另一条副线从汕头经诏饶边境、大埔转入闽西湖雷进入中央苏区。

饶和埔诏苏区地处闽粤之要冲。县委根据中央南方局指示，抽调干部开辟由黄冈经饶诏边抵大埔和村、平和象湖至永定苏区的陆路交通线，同时在诏安苏区建立了一条从饶平岩下、磜头、割坪至石下交通副线，设在这些点上的交通服务站由篆北乡苏区负责人游石针负责。还有一条是赤竹坪—妹子正—官陂四角楼—饶平和里洞—青子科石条，最后直至潮澄饶山美村。为保护中央交通线的安全、畅通，县委决定在交通线途经的乡村暂停分田斗争，并抽调精干武装配合中央保卫局武装交通班行动，秘密惩办反动分子，组织红色运输队，承担护送干部、转运物资等任务。

1931年4月，中央特科负责人顾顺章叛变，交通主线受到严重破坏，危及上海党中央安全，饶和埔诏苏区交通线更多地承担了党中央干部进入苏区的护送任务。特别是1933年间，党中央从上海转移到中央苏区，这条交通线承担着十分繁重的护送转移任务。从 1930 年至 1935 年 6 月的 5 年间，中央交通线及其辅线沿线干部群众不畏艰险，先后护送周恩来、刘少奇、陈云、董必武、聂荣臻、蔡畅、刘伯承、邓小平、林伯渠和军事顾问李德等中央、省党政领导干部 200 多人安全通过。1930 年 11 月，中央军委参谋长叶剑英，从香港经汕头—澄海—饶平黄岗—饶诏边境—大埔县埔东和村后，县委派一个武装班战士协助护送到闽西特委所在地——虎岗，最后顺利到达闽西中央苏区。通过这条交通线由饶和埔诏苏区转运到中央苏区的物资有 16 万担。

浴血坚持　乌山红旗不倒

由于王明"左倾"冒险主义在党中央占据领导地位，饶和埔诏县委在"左倾"错误思想指导下，工农武装屡遭挫败，根据地和游击区几经丧失。1935 年初，饶和埔诏县委只剩下 5 个干部和十几个小村庄，工作异常困难。于是主动撤离秀篆、上官陂、下葛，来到乌山建立根据地。

乌山是位于诏安、云霄、平和三县交界的一座大山，山势巍峨，遍布乌石，纵横交错的岩石构成了许多弯曲的山洞。乌山总面积 900 平方公里，最高峰海拔 1117 米。峰高路险，暗洞曲折，居高临下，易守难攻。山麓星星点点散落着一些村庄，交通闭塞，经济落后。乌山历来为兵家必争之地。

这年秋天，县委与潮澄饶的红三大队和卢胜带领的闽南三团两支武装部队，在云和诏的月眉池胜利会师，开辟乌山游击区域。闽粤边区特委委员何鸣受命来到乌山，组建中共云（云霄）和（平和）诏（诏安）县委，书记蔡明。根据斗争需要，整编成立了中国工农红军闽粤边独立营（简称独立营）营长邓珊、政委贝必锡，全营 200 多人枪，担负开辟乌山根据地任务。

县委和独立营运用"十六字诀"的正确战略战术与敌周旋。在当地群众的密切配合下，立足乌山，四处出击，积小胜为大胜，取得辉煌战果。在游击战争中，乌山革命根据地迅速发展和扩大。根据地增设了交通站、被服厂和印刷所，以及后方伤兵站和看守所。并在 5 个工作区中建立了 100 多个党支部，发展党员 500 多名，人民抗日义勇军 500 多名，农民抗日自卫军 3000 多名，农会会员和农民反日救国会员 1 万多人。党的地下联络站也大大加强。出现了生机勃勃的喜人形势。

正当云和诏革命力量由弱变强，革命烽火越烧越旺的时候，蒋介石调遣国民党中央军八十师和粤军一五七师，纠集闽省保安团和地方民团对乌山根据地进行一次又一次的围剿，还从经济上进行封锁，并采用移民并村和加强保甲联防等手段，企图把根据地群众同游击队割裂开来。1936年2月，国民党八十师和省保安团共7000多人"清剿"乌山根据地，历时14天，红军游击队采取灵活战术，避开了强敌，深入敌后。还采取诱敌深入的战术，击退进犯之敌。

1936年6月，为适应抗日形势，独立营改编为中国人民红军闽南抗日第一支队，支队长卢胜，政委吴金。潮澄饶红军第一大队改编为闽南抗日第五支队，支队长李金盛，政治部主任刘炳勋。这年秋，国民党派粤军一五七师黄涛部进驻诏安，纠集饶平、平和、诏安地主武装，凶猛围剿闽粤边革命根据地。红军和游击队紧紧依靠群众，开展灵活战争，粉碎了黄涛"在3月之内消灭共产党"的狂言。

这年可谓多事之秋。从2月至4月间，闽粤边区特委在"左倾"错误思想指导下，在云和诏县委和红军中又一次开展清查"社会民主党"和"AB团"运动，错杀了大批革命干部和红军指战员，还扩大到乡村基层干部，致使革命事业遭受极大损失。直到1936年下半年闽粤边特委觉察错误进行纠正后，恢复健全组织，革命斗争才在闽南地区重新开展起来。

1936年底，闽南党组织和红军、游击队获悉中共中央提出关于停止内战、国共合作抗日的主张后，积极为实现闽南的国共联合而努力。翌年6月下旬，达成了国共联合的"六二六政治协定"。但国民党当局阳奉阴违。7月16日上午，国民党一五七师以点编为名，令红三团全体指战员到漳浦县城体育场集中。周围事先布满火力，胁迫红军放下手中武器。就这样，近千名红军被全部缴械。这就是在抗战初期发生的震惊全国的"漳浦事件"。同日下午，当国民党当局得知云和诏县委扩大会在诏安月港村达三祠堂召开时，便纠集武装力量包围达三祠堂，并开枪射击。县委成员罗贵炎当场牺牲，书记张敏等12人被捕后均被枪杀。"漳浦事件"和"月港事件"，充分暴露了国民党顽固派在抗战初期一边搞和谈，一边玩阴谋诡计，加紧剿共的真面目。

这两处事件给闽南特别是云和诏地区的党和革命力量带来重大损失，

但革命的火焰是扑不灭的。漳浦事件发生的当天，在卢胜、王胜率领下，先后有100多名红军游击队员秘密突围成功后，挺进乌山开展武装斗争。云和诏县委领导全部牺牲后，乌山地区只留下伤员20多名，在此严峻时刻，共产党员、伤兵处负责人李梨英，组织伤病员继续坚持斗争，从而保存了革命有生力量。

1937年卢胜率领的红三团在进水村附近山上与李梨英及伤员接上了关系。不久，特委决定恢复云和诏县委工作，派卢叨、莫丁贵到乌山开展工作。云和诏县委重新成立，卢叨任书记。各区委组织也逐步得到恢复。至1937年底，卢胜率领的闽南抗日义勇军第三支队（原红三团）发展到300余人。至此，因"漳浦事件"和"月港事件"而陷入困境的闽南和诏安党组织的工作和武装斗争，重新得到了恢复。红军又奋起自卫，狠狠打击了来犯进剿之敌，巩固乌山根据地。至1937年底，和平谈判达成协议，闽南抗日统一战线形成。闽南抗日三支队改编为新四军第二支队四团，卢胜任团长兼政委，于翌年2月由张鼎丞率领北上抗日。

抗战期间，诏安县抗日救亡运动如火如荼展开，国民党顽固派仍视乌山游击队为心腹之患，对乌山根据地进行残酷清剿。地方上一些土匪、汉奸、流氓、坏分子等纠集在一起，到处烧杀抢掠，为非作歹，使闽南各重要基点村再次受到严重摧残，形势进一步恶化。在严峻形势面前，云和诏县委以乌山为据点，坚持武装自卫斗争，粉碎了蒋介石发动的一次又一次反共高潮。特别是党领导的王涛支队发动"公田围歼战"，拔掉了国民党在乌山地区的一支毒箭——驻公田村的反共联防队，击毙云和诏县联防办事处主任张建雄，此后乌山周围的基点村也得到迅速恢复。

解放战争期间，国民党反动派对乌山根据地实行规模空前的"三光"政策，使一些山村成无人区。中共云和诏县委实行"保卫乌山，开展反封锁斗争"的策略，进行必要的自卫反击，在乌山地区组织地雷战，建立民兵组织、地方工作团，广泛开展游击战争，坚守乌山根据地。迄至1948年12月，转战于乌山地区的人民武装力量已达1400多人，地方工作团和地县工作人员280多人，能够担负作战任务的民兵有350人。他们历经大小战斗150多次，毙伤俘敌300多名，缴获各种武器700多件。1949年10月，南北干部在乌山麓的坪林村会师，宣告中共诏安县委、县人民政府诞生。乌山成了云和诏地区一块红旗不倒的革命根据地，一座人们敬畏的英雄之山！

碧血丹心　铸就历史丰碑

乌山下乡村，这片当年英烈鲜血染红的土地，如今成了一片郁郁葱葱的绿色世界。满山遍野的青梅，使这里成了闻名遐迩的"中国青梅之乡"。老百姓靠山吃山，过起了生活富足的日子。从乌山采访返回，我登上县城的良峰山，山顶上高高耸立的诏安革命烈士纪念碑，在夕阳下熠熠闪光。纪念碑后是"月港事件"烈士墓，安眠着在"月港事件"中牺牲的11位革命烈士。

往事悠悠，历历在目。眼前的纪念碑和烈士墓把我的思绪拉回到战火纷飞的革命年代。为了新民主主义革命的胜利，诏安的党组织带领人民前仆后继，浴血奋战，这片土地上先后有237名优秀儿女为国捐躯，壮烈牺牲。还有许多无名英烈和革命先辈为革命事业建立了卓越的功勋。罗时元、黄会聪、刘锡三、余登仁、谢卓元、张华云、张牛眼、李和尚、赖洪祥、张敏、莫丁贵、吴永乐、梁培德、沈万五等就是他们中的杰出代表。他们的光辉业绩在丹诏大地，更在人们心中树立了一座座不朽的丰碑。面对纪念碑，我眼前浮现起诏安党史资料中记述的不畏艰难、浴血奋战的一个个鲜活的斗争场面和英雄人物。撷取几个镜头，回放于此：

镜头一：万名敌军"围剿"诏北山村。

1932年6月至9月间，国民党军队和地方民团，先后5次计万余人次"围剿"诏北我红军和根据地村落。县委和我军民奋起抵抗，甚至展开肉搏战，终因寡不敌众，被迫向千米高山龙年祟撤退。最后红军仅20人冲出重围，县委则带领仅存的10多名游击队员迂回在深山密林中。敌人连续十多天采取残酷的烧杀手段，把赤色乡村和山林烧成一片焦土，石下、马坑、大北坑、东坑尾等村的房屋被烧毁百分之九十，财物被抢劫一空。三个多月内近万名敌人进剿小山村，实属罕见。而在残酷的环境里我红色种子绝处逢生，在深山密林中生根发芽，更显其旺盛的生命力。

镜头二：危难之中见"红嫂"。

1933年春，由于国民党当局的"围剿"，中共饶和埔诏县委部分武装人员被迫退入深山密林，迂回辗转，挨饥受冻。县委书记刘锡三因长期处于艰苦环境，积劳成疾，肺病严重，经常咯血，只得暂时隐蔽在石下村。群众见他病情日益严重，进食困难，为挽救革命亲人，由游品姆每天向有哺育婴儿的妇女挤凑乳汁，供刘锡三食用，维持着刘的生命。后刘转到饶平地下党员家隐蔽疗养被敌人发现，腹部中弹，血流如注，仍忍痛匍匐爬行，终因失血过多壮烈牺牲。英雄不幸走了，然那些献乳汁救红军的早年"红嫂"们的故事却传为佳话。

镜头三：余登仁忍痛拒见母亲。

1935年初，斗争环境极其残酷，县委仅存许其伟、余登仁、张崇3人，加上游击队员也仅20人左右。他们经常分散隐蔽在深山老林，过着"十日吃九餐，一夜三搬家"的艰难困苦生活。

有一次九村赤卫队员余龙章秘密带着余登仁母亲，寻到赤竹坪县委驻地。余龙章先找到余登仁，告诉他家里房屋被烧毁，财物被洗劫和碗窑被捣毁情况，并说余登仁妻子被保长强奸后悬梁自尽，仅留老母，孤苦无依，现已来到这里，问余登仁是否要见。余登仁听后悲痛欲绝，情绪激愤。他看了看身边同志，见大家和自己一样，都是衣衫褴褛，蓬头垢面，饥色于形。倘若这时与母亲见面，既不能拿同志们赖以战斗和生存的伙食费给她母亲，反会使母亲更为悲痛。于是，就佯称自己外出未回，无法会面。请龙章转告母亲，等革命成功后一定回去看望老人家。遂含泪拿出几毫钱请龙章转给母亲。直到这年冬这位年仅33岁的革命者遇害，也没再见他母亲一面。都说铁骨柔肠，可为了革命只能顾大家舍小家，连近在咫尺的亲生母亲也忍痛不见。这就是革命者的博大情怀！

镜头四：可敬的"乌山老阿姆"。

在残酷斗争环境中，有一位备受人们尊敬的"乌山老阿姆"，她就是共产党员吴阿柔。吴阿柔生活在乌山下，1935年春参加革命，当交通员，同年加入中国共产党。在艰苦卓绝的三年游击战争中，她装扮多种角色，巧妙地穿过敌人的哨所、炮楼，为党组织传递情报，曾遭敌人严刑拷打，坚贞不屈，矢志不移。她先后送一儿三女（其中二位养女）参加革命，有两位入了党。她用慈母般的感情照料着负伤的战士，煮米汤、熬草药，直到帮扶伤员大小便。当游击队缺粮时，她宁可自己和子女吃野菜、豆叶，也要把大米、地瓜送给游击队。她认真践行入党时的诺言："我跟党一条心，要参加革命，党要我干什么，我就干什么！"被人们亲切地称为："乌山老阿姆！"乌山老阿姆，一位多么可敬的不忘初心、无私奉献的农民大嫂！

这几个镜头太震撼人心了！思绪收回，眼前这纪念碑承载的英杰何止这些。正是有了许许多多这样的大妈大嫂和兄弟们，有了这舍生忘死的共产党员和老区群众，革命才能一次次地化险为夷，取得成功。

　　凝视纪念碑，乌山英雄们、革命先烈们那一张张鲜活面孔似乎就在我们面前，就活在我们心中。我深深地、深深地向纪念碑鞠躬！

2017．5

罗源烽火岁月回眸

背山面海的罗源，历史悠久，资源丰富。辽阔的罗源湾海域为罗源营造了得天独厚的发展先机。改革开放以来，随着罗源湾开发的推进，罗源蓬勃发展，千年古城焕发出青春光彩。

山川巨变，旧貌换新颜。为了创造今天这和平安宁的环境和自由平等的社会，罗源人民经过了长期的浴血斗争。自 20 世纪 20 年代开始，罗源人民在党的领导下，不怕牺牲，前仆后继，与反动势力进行了艰苦的斗争，用生命和鲜血在这片土地上谱写了辉煌的篇章，留下了许多可歌可泣的故事。因此，罗源县也被国家认定为享受原中央苏区县的待遇。

光荣来之不易。在土地革命、抗日战争和解放战争中，全县参加红军、八路军、新四军、游击队、地下党和曾担任苏维埃政府干部、交通员、接头户等共 3257 人，其中，革命战争时期牺牲的烈士 335 人。我们从罗源革命史中截取几个片段，那一幅幅血与火洗礼的场景，令我们心旌震撼，深感光荣是无数革命者用生命和鲜血铸就的。

星火之光　划破夜空

20 世纪 20 年代，中华大地一片黑暗。黑夜里也在孕育着共产主义的幼苗。此时，在祖国的东南海疆罗源走出了一位儒雅青年，他叫林可彝，1916 年东渡日本留学，留日期间研读大量马克思主义著作和进步书刊。毕业回国后，在北京多所高校任教，从事马克思主义研究和宣传工作。1923 年他被选送到莫斯科东方大学学习，同年加入中国社会主义青年团，后转为中国共产党党员。在日俄留学期间，他有幸目睹了日本明治维新后的发展和苏联在列宁领导下社会主义革命胜利后取得的成就，对马克思主义和共产党有了较深的认识，信仰也更加坚定。他认为中国革命"唯有实行社会主义，最好经过像俄国共产党专政的步调"。

林可彝留日、留苏回国期间，曾两度回罗源家乡探亲。每次回家虽仅二三十天，他都向亲友介绍日本、俄国情况，宣传马克思主义和共产党的主张。这期间在榕求学的程庄贞等进步青年也回罗传播新思想、新文化，并创办学校。他们的思想和行动如同点燃的星星之火，划破了死气沉沉的夜空，使民众看到了希望，推动了民众的觉醒。

正当反帝反封建运动展开之时，1929年8月，中共福建省委指示福州市委："应尽可能在福州附近重要县份，如连江、罗源、古田、闽清、福清找到工作头绪。"1930年中共连江党组织负责人郑厚清、杨而菖、陈茂昌等到连罗交界的乡村开展革命活动。在丹阳一带打短工的罗源应德人张瑞财，由连江县委书记杨而菖介绍入党。受革命思想熏陶，阮在永、林珠信、陈玉云和叶顺连等也先后加入共产党，他们成了罗源县第一批中共党员。

1931年5月的一天，在应德寺旁一间简易的瓦房里，张瑞财等人秘密开会，成立了罗源第一个党支部——中共罗源县应德支部，张瑞财任书记，成员有林灿灿、林忠忠、黄吓渠等，他们都是在连江做工时经张瑞财介绍参加革命活动并入党的。从此，罗源县有了中共地方基层组织。

飞竹暴动　首战告捷

这期间，福州中心市委黄孝敏和连江县委杨而菖等领导人，先后深入连罗交界地区的乡村开展秘密活动，宣传发动群众，组织抗租抗债斗争，发展党组织。1932年9月间，杨而菖在应德乡牛坑村应德寺主持召开罗源县第一次贫雇农代表会。

罗源飞竹一带地主民团多，欺压百姓，无恶不作，贫苦大众无不盼望早日解除民团反动武装。应罗源山区群众要求，闽中工农游击第一支队和连江县委，由黄孝敏率领游击队，到罗源山区应德、飞竹等地发动群众开展秋收斗争，收缴地主民团枪支，并准备在飞竹举行夺枪暴动。

经过精心筹划准备，1933年1月1日深夜，黄孝敏带领游击支队队员及飞竹、马洋、塔里农会骨干分子五六十人，手执棍棒、田刀，悄悄地包围飞竹街民团团部。二更时分，以点燃土炮为号，霎时间团部周围火把齐燃，放在洋油桶内燃放的鞭炮发出噼噼啪啪的响声，犹如机枪扫射声，与敲门声、喊杀声连成一片，使在睡梦中的民团团兵摸不着底细，惊慌失措。

此时，游击先锋队迅速冲到民团团部后门，与内应接上关系打开后门，队伍一拥而入。民团团长林金位和团丁眼见大事不好，个个夺路逃跑。游击队从谷堆中挖出枪支12支，缴获子弹700多发，以及服装和其他物资。

飞竹暴动是罗源农民在党领导下向反动武装开的第一枪。暴动的胜利，使当地劳苦大众认识到团结起来革命力量大，也培养锻炼了一批农会骨干。暴动后利用夺得的枪支，成立了一支以杜海海为队长的农民自卫队（后称赤卫队），配合连罗游击支队开展武装活动。紧接着，游击支队又进击洋中、岭头、东山三村，袭击应德民团、霍口民团，创建新苏区，实行土地革命。这一时期游击支队一连袭击了马洋、塔里、洋柄等18个地主民团。

随着斗争形势的发展，1933年3月，成立中共罗源县特别支部，张瑞财任特支书记。12月，罗源特支升格为中共罗源工作委员会（又称临时县委），书记杨挺英。此时，红军十三独立团向罗源山区进发，在打击民团势力的斗争中，壮大了当地武装力量，罗源有4支地方武装被编入十三独立团连队，使全团增至700—800人枪。还组建了连罗海上游击队，活跃闽东沿海。山区涌现出一支由十多位妇女组成的石别女子驳克队，这支队伍由石别区妇联主任潘美容任队长，个个腰系驳克枪，活跃于石别一带，神出鬼没地打击敌人。在武装斗争节节胜利的推动下，1934年春建立了一大批乡村苏维埃政权，成立了罗源第一个区苏政府——石别区苏维埃政府，并在连罗交界部分乡村开展第一次土改分田。1934年3月，罗源县苏维埃政府成立，主席阮在永。这标志着罗源县苏维埃运动进入新阶段。

攻克县城　战果辉煌

1933年秋至1934年，蒋介石调集百万大军对我革命根据地进行第五次"围剿"，并以50万兵力重点进攻中央苏区。为了寻找突破敌人"围剿"的出路，中共中央和中革军委决定寻淮洲、乐少华、粟裕、刘英等领导的红七军团组成北上抗日先遣队，向闽浙赣皖进发，威胁国民党统治的心腹地区。促使敌人进行战略和作战部署上的变更，以减轻中央苏区压力，策应配合中央红军主力突围，实行战略转移。

1934年7月6日晚，红军先遣队6000多人，从瑞金出发，经长汀、连城、大田，挺进闽中地区，而后沿闽江直下，进抵福州北郊。8月8日晚，

烽火丹心

先遣队从城北向福州发起进攻，与守敌五一八团彻夜激战。因敌人已有准备，而先遣队孤军作战，仓促上阵，部队伤亡较大，未能攻下福州，遂撤出战斗。8月10日在北峰降虎与敌五二二团发生遭遇战，虽歼灭一批敌人，也付出惨重代价。于是向闽东转移，来到连江、罗源。中共连罗县委非常重视，对抢运和救护伤病员及配合先遣队作战等事宜做了妥善安排。连罗地区筹办了四所红军临时医院，帮助解决先遣队500多名伤病员安置和治疗问题。

8月13日，先遣队指挥员寻淮洲等人在罗源百丈村会见闽东工农红军第二独立团团长任铁锋等人。在听取情况介绍后，先遣队决定攻打罗源城。此时的国民党罗源县县长兼"剿共"总指挥徐振芳，一面向省府告急求援，一面实行紧急戒严，并召开应变会议，对一千多兵力进行分工部署。国民党省府当局也急派要员抵罗视察，并令"永绩""抚宁"军舰进入罗源湾海面游弋。还催促四十九师迅速北上，企图阻挠我先遣队通过罗源。

为打好罗源战斗，13日下午，先遣队参谋长粟裕到距罗源城10华里的白塔村召开作战会议，对当晚攻城战斗进行严密部署。

13日晚10时许，战斗首先从西门打响，紧接着进攻东门的部队也投入战斗。进攻南门的主攻部队迅速从棋盘山东侧跃进，在南门溪南侧一带展开，在夜幕掩护下，搭起大竹梯，攻上城楼，与守敌展开白刃战，迅速歼敌一个排。随即打开城门，后续部队点燃火把，冲向城内。东、西围攻部队见南门火光冲天，知南门已破，亦加紧攻城。此时，潜伏于马房弄的侦察员趁乱解决守门敌兵，打开西门城门。在先遣队和地方游击队内外夹攻下，东西门守敌特务连招架不住，全线崩溃，纷纷溃逃、投降。至此，三面城门均已突破，先遣队和游击队人马潮涌进城。罗源城破，国民党省府当局大为惊慌，急派两架飞机在罗源上空侦察扫射，但无法挽救其失败命运。

8月14日凌晨，先遣队胜利攻克罗源县城，整个战斗历时两个多小时。溃敌千余，俘敌300余人，缴获轻重武器数百件及大批军用物资。这次战斗，是先遣队依靠苏区党政军民密切配合、协同作战的结果，是先遣队北上途中歼敌最多、影响最大的一次战斗。战斗结束后，在群众协助下，俘获了国民党罗源县县长等军政要员40多人，并打开监狱救出40多名革命者和无辜群众。

8月15日，红军先遣队离开罗源城，继续北上。途中在罗源城北面宝胜山麓满盾村，又与尾随追来的国民党四十九师伍诚仁部展开阻击战。敌人重兵包围，并有飞机支援。我军民英勇反击，战斗打得很激烈。经过6个多小时战斗，毙伤敌人180多人。我军也付出重大代价。战斗中负伤的40多名伤员，都由游击队和群众接送到罗源厚富村红军医院治疗。

红军先遣队攻克罗源城以后的短短一两个月时间里，罗源土地革命斗争进入全盛时期。同年9月成立中共罗源县委，叶如针任书记。全县乡村苏维埃政府从70多个增加到170多个，其中110多个乡村进行土改分田，且与宁德、福安间打通了联系，使闽东革命根据地连成一片。先遣队留下的伤病员治愈后，许多都补充到地方武装中去，成了地方党和军队的骨干。

三年游击　艰苦卓绝

闽东苏区革命的蓬勃发展，引起敌人的恐慌，他们调兵遣将，发动大规模的反革命"清剿"。这一时期，闽东独立师三团挥戈连罗，配合地方独立营、赤卫队出击，保卫秋收，消灭为虎作伥的地主武装和地方保安队等，打击敌人嚣张气焰，在斗争中巩固老区并相继建立了部分新区。

1934年冬，国民党当局先后派八十五师陈重营和八十七师二五九旅两个团及省保安第六团等重兵来连罗苏区，限期一个月消灭罗源、连江、闽侯等县的红军游击队。在大军压境、形势严重恶化的时刻，有的人经不起敌人的利诱，动摇变节，背叛革命。由于叛徒出卖，县苏维埃主席阮在永被害，敌人将他的头颅割下，在县城城门口悬首示众。县委组织部部长兼独立师三团政委杨挺英也被大刀会杀害。罗源独立营营长叶德乐，在突围中壮烈牺牲。投机分子的变节投敌，使工农武装遭受重大挫折。坚持斗争的革命战士被迫转入深山密林与敌人打游击，有的同志在队伍打散后只好暂时隐蔽起来。

鉴于在反"清剿"中连罗独立营遭受严重破坏，1934年12月，连罗地区党组织决定，以连江和罗源独立营部分队伍为基础，加入新选送的青年，合并成立工农红军闽东西南团，团长杨采衡，政委陶仁官。西南团转战于连罗沿海、山区与敌周旋。在与敌人遭遇中我损失重大。陶仁官受伤隐蔽在山洞养伤，由于叛徒告密被捕，不久被押往福州，同连江县苏维埃主席林孝吉等一起被害于鸡角弄。杨采衡、陈云飞等率领百余名精干队员，转移到霞浦西洋岛海域的一个小岛山洞中隐蔽起来。国民党派出飞机、军舰，对西洋岛、浮鹰岛进行"围剿"。岛上海上独立营奋起反抗，在突围中100多名战士壮烈牺牲，营长柯成贵被捕，后就义于福州鸡角弄。西南团成员虽在独立营保护下幸免于难，已无法在海岛立足，遂离开西洋岛，转到闽中地区开展斗争。

这期间，中共罗源县委书记叶如针（叶凯），隐蔽在连罗交界洪塘山岩洞中，靠革命群众的支援与掩护，坚持了两个多月。国民党反动当局严密封锁交通，盘查来往行人，还派出便衣特务寻找革命者踪迹。1935年夏，叶如针化装成和尚，巧妙通过敌人盘查，转移到福州。后因叛徒出卖而被捕，他坚贞不屈，被杀于福州鸡角弄。

敌人的"清剿"，给许多老区乡村带来严重摧残。巽屿村是较早开始革命活动的基点村，也是安置红军先遣队伤病员医院所在地之一。闽东独立师三团参谋长杨采衡就在这里养伤。1934年10月26日凌晨，为了抓捕伤病员和杨采衡，国民党军队和地方反动武装等100多人，分乘13艘帆船，以海上晨雾为掩护，悄悄地登上巽屿岛，抢占制高点，架起机枪猛烈扫射村子和水面船只，打死打伤红军战士、赤卫队员、乡苏干部和群众共120多人，林书群一家三代惨死6人。烧毁房子30多座，100多间。山上、海边到处都是血肉模糊的尸体，制造了惨无人道的"巽屿惨案"。

北山、应德、北坑、飞竹、丰余等许多革命基点村也受到国民党反动派的"驻剿""搜剿""追剿"。丰余水尾厝自然村10余座民房全被烧光，红军游击队长叶灿祥一家5口被杀4人，其90高龄的祖母，在惨遭毒打后被推入火中活活烧死。1934年冬至1935年夏，敌人的"清剿"造成全县22个村庄被毁，1965座房屋被烧毁，1000多户成了绝户，几千亩地荒芜，564名革命者、360多名群众遭杀害。整个苏区处于血雨腥风之中。

革命的火焰是扑不灭的。在革命危急关头，中共闽东党组织于1935年5月在寿宁含溪召开会议，做出了"恢复老区，开辟新区"的决策，随后把闽东独立师分为三个纵队，其中第三纵队由黄培松、沈冠国等率领，从宁、古、屏地区向古、罗、侯边区一带发展。他们深入山村，秘密寻找骨干、联络失散的苏区干部和老游击队员。1936年9月，他们把罗源各地组织起来的游击队员集中起来，组建罗源地方游击第七支队和第九支队。这支近

200 人的队伍活跃在山区，配合三纵队袭击民团、保安队、大刀会，抓捕叛徒，打击了敌人嚣张气焰。在斗争中经受锻炼与考验的第七、九支队，后来被正式编入红军闽东独立师第三纵队。此时，罗源革命又有了新的转机，一些地方基层组织得以恢复和发展。1937 年 7 月，成立了中共古（田）罗（源）侯（闽侯）边区委，特委委员江涛兼任书记，建立了松洋、柏山、黄鹤、王廷洋、西峰一带游击区。

前仆后继　夺取胜利

抗战期间的 1941—1944 年，日机先后 17 次空袭罗源，投弹 200 余枚，炸死炸伤无辜群众近百人，还炸毁桥梁民房等。1945 年 5 月，日军从福州撤出，途经罗源时，仅驻足一周多，实行"三光"政策，给罗源人民带来严重灾难。全县被侵占骚扰地区达 30 多个乡村，被杀害 72 人，重伤 30 多人，失踪近百人。日军到处奸淫蹂躏女性，老至五六十岁的老太婆，小至十四五岁少女都难免于难。仅城关及附近村庄被轮奸摧残致死妇女就有 10 余人。被日军摧残受损失的群众达 7951 户，被炸房屋 47 座 500 多间。正如当年《罗源青年》报道中所说："此次闽海溃敌，流窜过境罗源，虽只一星期多，而敌人所有暴行，都一一实演过，因此损失之巨，不亚于敌人久占的地方。"

抗战爆发后，罗源军民积极投入抗日救亡活动。1937 年底，死伤多人的"鉴江暴动"表达了人们抗日救国的愿望。随后各种救亡组织团体纷纷建立。一批青年参加连罗沿海的抗日组织——闽海人民抗日游击队，打击侵略者。日军在罗的暴行更激起军民的强烈反抗，他们组织起来，打死打伤部分日军，缴获了一批枪支弹药和军用物资。

1946 年 6 月全面内战爆发后，党组织转入隐蔽斗争。中共古罗林中心县委和古罗林人民游击大队相继成立，他们在三县边区开展了拔"钉子"、消灭土匪的活动，不断打击敌人。1947 年夏，阮英平率领古罗林游击大队与闽浙赣游击纵队司令员左丰美及闽东其他武装力量的领导人张翼、刘捷生、黄垂明、陈邦兴、杨兰珍、余三江等率领武装力量，在古罗林边区的黄鹤榛籽垅会师，一起研究了广泛开展群众性爱国游击战争的问题。这期间，中共闽东地委委员、古罗林中心县委书记李继藩在罗源霍口开展隐蔽

峰
火丹心

斗争，因叛徒出卖，不幸被捕，后在福州英勇就义。原中共古罗林中心县委副书记陈盛骙和曾任古罗林游击大队长的阚东生也在战斗中牺牲。

1947年10月，省委城工部工作会议决定，成立五县中心县委，林白任书记，领导福州近邻五县农村游击武装斗争。此后徐兴祖、欧阳友心、温汉卿、陈式山等同志都先后到罗源领导党的工作，建立游击武装队伍，开辟新根据地，组织反"围剿"斗争，发动"五抗"。1949年5月，游击队在霍口打响破仓分粮战斗，分了敌人存粮5千多担，使周围几十个村群众得到实惠，为后来把霍口作为支前基地打下群众基础，也为解放罗源扫清外围。这期间还成功领导了一次劫狱斗争，营救出10多名在押的革命同志。1949年6月，五县中心县委决定成立罗源县委，张元筹任书记。此后健全了基层组织，进行干部培训，积极做好迎接大军南下的工作。

1949年6月底，五县中心县委与解放军十兵团九十三师先头部队在潘洋会师，组建了一支300多人枪的罗源县人民游击队，配合解放军解放霍口。1949年8月14日凌晨，解放军十兵团一八九团抵达罗源城北起步地区，占领高地，准备解放罗源，地方党组织和游击队纷纷前来接受任务，做好支前和后勤保障工作。中午战斗打响，经过几个小时激战，至下午6点多，敌守军陆军二一六师全军覆灭，罗源解放。共歼敌2000多人，还生俘敌师长谷允淮等10多个师团军官和地方官员。随后成立罗源县军管会，一八九团政委朱松岭任主任，闽东游击队队长陈邦兴任县长。从此，罗源人民迎来了新的生活。

回望20多年的革命征程，尤感胜利来之不易。为了这一天的到来，从星星之火到万山红遍，无数革命者抛头颅、洒热血，献出了宝贵的生命。是他们用生命和鲜血铸就了这片土地的光荣。记得有位哲人说过：忘记民族历史就是忘记民族的根；忘记民族英雄，就是忘记民族的魂。让我们永远记住民族的根与魂，不忘为罗源革命胜利做出贡献的革命者！

"天下英雄气，千秋尚凛然。"人民英雄永垂不朽！

2017. 6

鹫峰山下　风展红旗如画

——政和革命烽火回望

打开政和县地图，可以看到政和地形呈西瘦东肥状，犹如公鸡似的脖子细长而身体圆硕。因了这长与圆，1749 平方公里县域竟与闽东、闽北、浙南七县（市）接壤，有着漫长的边界线。县境内鹫峰山巍巍，七星溪悠悠，山高水长，造就了谷地、密林、陡岭、清流等自然环境，加之地处数县交界，较为偏僻，这就为战争年代游击队活动提供了天然条件。从 20 世纪 20 年代末开始，这里就点燃革命火种，星火燎原，红旗招展，历经土地革命、抗日战争和解放战争的战火洗礼，政和儿女前仆后继，艰苦斗争，为民族的独立和人民的解放付出了重大牺牲，做出了重要贡献，赢得了二十多年"红旗不倒"的赞誉。

如今，战火硝烟已然远去，明媚阳光普照大地。然艰辛与苦难的岁月我们不会忘记。让我们走进历史，回望过往，从几个节点重温政和人民浴血奋斗的光辉史迹。

火种点燃　凤池率先高擎红旗

政和东平镇有个凤池村（今凤头村），四围山色，古木环绕，先人取名"凤池"，大概是希冀凤凰来池，聚兴此地。不想却引来了一千多株楠木屹立山头，高耸、挺拔。这古时皇宫御用木材的林木，价值连城，珍贵程度不输凤凰。有了这楠木林的护卫，村子显得格外安宁、优雅与清爽。在这美丽村子的村口，屹立一座平顶黛瓦的古建筑，青砖墙体，条石门框和双重马头墙的架构，给人以几分肃穆的感觉。门楣上刻着"观艳杨公祠"五个繁体字。这座建于 1893 年的杨氏祠堂坐东南朝西北，占地面积三百多平方米。这座极为普通的祠堂，发生了一件政和历史上惊天动地的大事。古老的村落也不会想到如同凤凰涅槃般的现代神话竟会出现在村子里。

1929 年 7 月的一天，天气燠热难耐，杨氏祠堂却显得很平静。在建瓯求学加入中国共产党的凤池青年杨则仕和杨则震、陈机水等七人在这里秘密开会。每个人心头激荡，血流涌动，天热情更迫，祠堂里热气腾腾。经过一番讨论后，杨则仕宣布：中共政和支部委员会成立了！杨则仕被推选为支部书记。镰刀斧头标志的党旗在这个小山村率先升起，革命的火种在闽浙边界的这个山区县点燃了，七个党员，犹如七棵楠木，顶天立地。从此，政和人民革命斗争有了坚强的领导核心。

党支部的成立是形势发展的必然。1927 年 3 月入党的杨则仕，根据省委深入农村革命活动的指示，回到凤池村，以教书为掩护，成立红色读书会，向农民宣传中国共产党政治主张和革命道理。10 月在凤池村成立赤色农民协会。1929 年 3 月由杨则仕主持在凤池村福主庙召开政和县第一次农民协会代表大会，到会的十多人，代表五十多名会员。杨则仕被推选为农民协会会长。杨则仕积极在农会骨干中培养党员，首先发展陈机水、杨则震两人，成立了党小组，继续发展后，终于成立了党支部。党支部成立后，号召农协会骨干采取亲戚串亲戚、朋友连朋友等方式发展会员，会员逐渐扩大到西表、朱地、姜地等村庄。到 1934 年 8 月红军 58 团进驻西表时，赤色农民协会会员已增至一千多人，形成了以凤池为中心的建松政农民运动区域，为建松政革命根据地的创建发展奠定了坚实的基础。

党支部带领农会向地主开展减租减息"五抗"斗争。1931 年大旱，万户断粮。杨则仕领导农民协会冲进地主杨则廉家中，破仓借粮，把一担担积粮分到饥民手中，还义正词严地与前来缉拿农协会会员的民团团长展开斗争，迫使其狼狈而去。杨则仕还发动会员把反动地主捆起来，戴高帽游街，大长了农民的志气。"五抗"斗争的胜利，杨则仕名扬四方，斗争很快扩大到建（瓯）松（溪）政（和）水（吉）浦（城）五县边界，斗争风潮一浪高过一浪。杨则仕还从农会中挑选二十多个精干青年，组成凤池农民武装游击队，一支由党领导的半公开的红色武装。

在斗争中党组织不断发展壮大，1932 年春，杨则仕遵照闽北苏区指示，加紧扩建党组织，使党支部发展到 12 个，党员有 150 多人。同时建立了共青团、妇委会、赤卫队、儿童团等群众组织。当年 13 岁的凤池人陈贵芳就是儿童团长，后历经磨炼，不断成长，成为建松政地区党的主要领导人。

如今，我们走进杨氏宗祠，还能感受到当年的革命氛围。80 年前开会用的两张方形楠木桌依然散发着清香，正堂上的党旗和入党宣誓庄严场面的大幅油画，四壁上的文字照片资料，及橱柜里的革命文物，都在诉说着发生在这里的惊天动地的恢宏一幕。宗祠已被辟为爱国主义教育基地。"闽北山河焦又新青史写下人民志，凯歌咏声天下扬先烈遗业后人担。"悬于正厅的这副对联，褒扬了先烈，也寄托着对后来者的希冀。

红军进驻　西表诞生红色政权

1933年6月，鉴于中央苏区与闽北、赣东北苏区连成一片的战略目标已经实现，中共建瓯中心县委及所属的松溪、政和两个特支由福州中心市委属下划归闽北分区委领导。包括政和在内的建松政苏区也划归闽赣省闽北分区苏维埃政府领导，政和苏区正式成为中央苏区鼎盛时期的组成部分。

为了尽快使崇安苏区与建松政苏区连成一片，中共闽北分区委书记黄道把开辟建松政根据地列入向外发展的战略重点。1934年7月13日，红七军团20师58团团长黄立贵和政委陈一率部八百多人，向建松政地区挺进，进驻政和东平镇西表村，与迎候在那里的杨则仕游击队会合。翌日，一举占领东平，反动民团团长张太顺举手投降，缴枪五十多支。而后红军兵分几路，以迅雷不及掩耳之势，先后摧毁了政和、松溪、水吉、浦城等几县边界的反动武装和区乡政权，控制了四十多个村庄的地区。

中央红军及随军工作团挺进建松政苏区后，政和苏区在建松政苏区的中心地位日益突出，党组织也进一步发展壮大。1934年8月，遵照上级指示，以政和特支为基础组建的中共建松政中心区委，直属中共闽北分区委领导。9月初，由红58团团长黄立贵、政委陈一主持，在西表村召开建松政边区工农代表大会，宣布成立建松政革命委员会，杨则仕任主席。9月底成立建松政县苏维埃政府，管辖区域达五百多个村庄，九万多人口。

建松政苏维埃政府成立后，开展组织建设，创办枪械修造厂、军用被服厂、红星医院，建立建松政工农红军独立营，实行土地革命，加紧经济、文化建设等，苏区一派繁忙欢乐景象。老百姓自编《苏区快乐》的歌谣，唱道："一轮红日现出来，多光彩！看，分田又分地，不用交租和还债，生活自由自在……"

红军58团挺进东平地区后，引起反动当局极度恐慌。1934年9月初，国民党当局调 39 军军长刘和鼎 56 师的一个团并纠合反动民团两千多兵力进袭东平。黄立贵团长闻讯后率留守东平的一个营红军和当地赤卫队，在东平太平隘设伏，与来敌展开猛烈的阻击战，歼敌两百多人，还缴获了一批武器和军需品。

太平隘战斗的胜利和苏维埃政府的成立极大地振奋了人心。苏区面积不断扩大，中共建松政中心区委扩建为中共建松政县委，它标志着工农武装割据的建松政革命根据地，正式成为闽北苏区的重要组成部分。

敌人是不甘失败的。反共老手刘和鼎，又奉命来围攻建松政红军和游击队。此时，杨则仕正率 120 人参观团赴崇安参加庆祝十月革命节活动。红 58 团也全数回援崇安。敌 56 师一个旅加上数县民团和大刀会徒共四千多人三路围攻东平西表，十几倍于我的敌人扑向苏区，地主豪绅也卷土重来，叫喊"扫帚也要过三刀"，对苏区大本营进行疯狂的屠杀报复，杨则镐、陈机有、杨贤仔（苏维埃政府秘书长）等三百多名党员干部和革命群众被捕杀，千余间房屋被烧毁，仅西表村被烧房屋就达两百多间。西表七井潭红星医院的 28 名红军伤病员和医护人员，因叛徒带敌搜捕被全部残忍杀害。建松政苏区遭到一场空前浩劫。

黄立贵率领的红 58 团和杨则仕带领的参观团在参加崇安苏区保卫战结束后，旋即回到西表村。离开才一个多月，好端端的苏区遍地瓦砾、满目疮痍。杨则仕老母死于非命，妻儿流亡他乡。根据群众的强烈要求，他与黄团长分别率部到各村，抓捕了三十多个罪大恶极的反动还乡团头目予以处决，狠煞了反动气焰。杨则仕还号召已经暴露身份的同志加入红军队伍，为死难乡亲报仇，随即有一百二十多人跟随杨则仕加入红 58 团。

后来在一次下山筹粮战斗中，杨则仕小分队遭敌包围，经过一番拼死搏斗后，他不幸受伤被捕。杨则仕在狱中坚贞不屈，任凭拷打逼问，始终就是四句话："我是共产党员，当过建松政苏维埃书记，要杀就杀，共产党员是不怕死的。"敌人于 1935 年 9 月的一天对杨则仕下了毒手。在生命的最后时刻，杨则仕高声朗诵李大钊的临刑诗："壮别天涯未许愁，尽将离恨付东流。会当痛饮黄龙酒，高筑神州风雨楼。"英雄彪炳千秋！

黄立贵红军回到西表的消息，使建松政大地又苏醒过来，隐蔽地下斗争的同志从四面八方围拢过来。黄立贵传达了黄道书记关于开展游击战争的有关指示，宣布把原建松政县委重新组建升格为中心县委，由洪坤元任书记。黄立贵率部转移后，洪坤元带领陈贵芳游击队，改变斗争策略，重振了建松政根据地工作。

初秋的一天，我们走进西表。一条清溪穿村而过，村头当年红军经过的木拱廊桥犹在。在村子的西面，我们找到了当年建松政苏维埃政府旧址的魏氏宗祠。这座坐西北朝东南建筑物，占地约三百平方米，高高的石门框，顶上镂刻精细的人物山水画面，竖书"奕代流芳"，横写"魏氏宗祠"。当年苏区政府和红58团的指挥中枢就设在这里。如今这里成了革命传统教育的展示场所。在魏氏祠堂的周围，我们看到数十面高低不一的残垣断壁，满目疮痍的惨状，至今仍令人触目惊心。村干部告诉我们，这些都是当年被国民党反动派摧毁的群众房屋，附近的红58团团部驻地、红军枪械修造厂和被服厂等被烧毁一光，仅留基座。

西表，这个建松政边界的小村落，承载着历史的沉重，见证了腥风血雨的残酷一幕，它对革命做出的贡献，正如魏氏祠堂门楣上书写的大字："奕代流芳！"

两军会师 洞宫会议光耀史册

在政和西部革命活动风起云涌之际，政和东南面的洞宫山麓也不平静。洞宫山山高林密，村落分散，奇岩耸立，沟壑密布。它是连接闽北、闽东两片根据地的通道，战略地位十分重要。

1933年7月，中央红军第十二军军长罗炳辉率部由赣入闽，与敌76师转战闽浙边区，而后进入洞宫山区休整，与洞宫山麓杨源乡坂头村陈师亮（又名陈家辙）农民军会合，帮助农民军扫清周边民团势力。并召开群众大会，宣传共产党主张和政策，在政（和）屏（南）边区播下革命种子。1934年，中共闽北分区委派红军58团团长黄立贵率部突入洞宫山麓的仰头、岩后村一带活动，并在政屏边的大坂、山头、岭根等地建立党组织。1935年3月，闽东特委领导人叶飞、阮英平、范式人等，也先后多次到仰头开展革命活动，在岩后组织成立了中共政屏中心区委。1936年6月，阮英平还在岩后成立了中共政（和）屏（南）县委、政屏县革命委员会（苏维埃政府）和政屏游击支队。

由于闽东北军分区司令员饶守坤和政委王助等的努力，与建松政大刀会头目和谈结盟，消除了心腹大患，使黄道书记提出的开辟闽东北新游击区（建松政古屏周寿七县）的任务基本实现，为贯通闽北和闽东两大根据地的联系，创造了条件。

1935年冬，正在长征途中的周恩来、朱德给闽北分区委发来电报指示："闽北红军要注意和闽东叶飞同志的部队取得联系。"黄道书记即令闽北红军独立师师长黄立贵、政治部主任曾镜冰率部来到洞宫山禾坪村寻找叶飞。叶飞率领的闽东红军独立师在反"围剿"的游击战中积极向闽北方向发展，先后开辟出政（和）屏（南）和寿（宁）政（和）庆（元）游击根据地。1936年1月30日，叶飞率警卫连进入洞宫山仰头村。翌日一早到达禾坪村与黄立贵师长见面，商讨下次召开闽北、闽东党委联席会议事宜。

1936年4月，黄道书记在闽北军分区司令员吴先喜、政治部主任曾镜冰和黄知真（黄道长子）陪同下，随带军分区警卫团，从崇安岚谷出发到达洞宫山仰头村，与先期到达的叶飞等闽东红军领导人在仰头、大寮、西门等村召开闽北、闽东党委联席会议（史称"洞宫山会议"）。会议开了三天，双方认真研究分析了游击战争进入第二年的形势、方针和任务；决定将闽北分区委和闽东特委联合，统一成立中共闽赣省委，下设闽北、闽东北、闽东三个特委和福寿、古屏宁、霞鼎、抚东、闽西北、闽东北、闽北七个军分区；决定了各重要职务的人事安排，还研究了闽北、闽东、浙西南三块根据地相互配合问题。同年6月，按洞宫山会议决定，在崇安岚谷成立了闽赣省委。

洞宫山会议后，两块根据地的打通和配合，标志着三年游击战争的重大转折。对于扩大游击根据地，发展武装队伍，粉碎敌军的分割围剿，以及后来改编为新四军都有着重大的战略和历史意义。正如当年会议参加者、新中国成立后曾任湖北省人大常委会主任的黄知真，在会师纪念碑上题词所说："武夷巍巍风雷动，建水滔滔星火红。血战三年留青史，光辉一页有洞宫。"

全面抗战爆发后，从1938年1月至3月，政和边区的建松政、政屏、寿政庆三块根据地红军游击队，先后有七百二十多人（其中来自建松政根据地的红军游击队三百七十多人）奉命改编为新四军第3支队第5团、第6团，在饶守坤和叶飞率领下挥师北上，奔赴抗日战场。

艰难坚持　前仆后继红旗不倒

　　政和澄源乡新康村位于政、寿、庆三县交界处，地势险峻，山深林密，回旋余地广阔，土地革命时期新康是寿政庆根据地的大本营和指挥中心。1938年春，红军主力北上抗日后。国民党顽固派无视国共合作抗日大局，竟唆使大刀会头子林熙明，于3月18日夜率武装会徒三百多人，偷袭寿政庆独立营，制造了"隆宫惨案"。林熙明又于20日深夜，偷袭寿政庆中心县委驻地新康村。寿政庆中心县委书记范振辉率领红军英勇反击，激战到天亮，终因寡不敌众，除少数人突围，范振辉、范江富（独立营营长）和正在此地联系工作的中共政屏县委书记张家镇等49人壮烈牺牲，寿政庆中心县委及独立营遭到严重破坏。

　　为加强领导，坚持斗争，省委派左丰美到建松政任书记，同时把建松政中心县委升格为特委。后来又选调一批有文化的城市地下工作者到建松政地区工作。1939年政和蝗灾大发，庄稼颗粒无收。国民党官员却勾结奸商囤粮居奇，县委书记陈贵芳带领党员，发动灾民，破仓分粮，开展反饥饿斗争，先后分掉国民党当局积谷一万多担。群众有饭吃，积极性更高，斗争浪潮一浪高过一浪。党组织也迅速壮大，到1939年底建松政地区党支部发展到一百五十多个，党员达两千多人。政和县委也因工作成绩突出，被省委评为"模范县"，县委书记陈贵芳获得银质奖章。

　　革命道路是曲折的。"皖南事变"后，设在建阳的闽浙赣三省边区绥靖指挥部派出三个正规旅向闽北地区大举进攻，到处抓人杀人。建松政特委民运部长兼浦南特委书记郭三妹、水吉特区委书记周策详、特委妇女部长陈珠钦等一批领导骨干先后被杀害，地下联络站王金娟等三位女同志也被捕，在狱中就义。经过半年多的努力，特委组织得以恢复，游击队伍又有了很大的发展。1942年12月，特委在老根据地车盘村开展为期一个月的集训，通过培训和整顿，不仅战士们的政治军事素质得到提升，而且队伍也进一步纯洁严整，提高了战斗力。

　　此后，建松政特委在与省委失去联系近三年的时间里，面对危急形势，提出"跳出内线，到外线牵制敌人"的战略计划，兵分三路与敌周旋，独立自主打游击，消灭敌人有生力量。直至1945年省委派员北上南古瓯山区，才接上了联系。

1946 年 10 月，根据省委决定，建松政特委改建为闽浙边地委，陈贵芳任地委书记兼军分区司令员、政委，张翼任地委副书记兼军分区政治部主任。之后又把建松政游击队改编为闽浙边游击纵队，活动范围遍及闽浙两省 22 县的边区，标志着闽浙边游击战争由退却防御向主动出击的战略转变。为解决群众的灾年吃饭问题和打击敌人，游击队攻取松溪渭田、周墩，袭击浙江庆元县竹口乡公所和龙泉县季山头，攻打素有"小上海"之称的龙泉小梅镇，杀敌、缴枪、破仓分粮，震动了闽浙两省的反动当局。

1948 年春节后，闽浙边地委在稠岭山下的下坪村召开会议，提出"扩党练干建新区"的战略口号。会议决定兵分三路在松浦、政寿庆、政瓯边区开辟新区。同时发动群众开展反特反霸斗争。1949 年 3 月，游击队在代理书记张翼指挥下，在镇前的富宅、天柱打了游击战争最后一次战斗，歼敌数十人。此时，身为省委常委、省军区副司令员兼参谋长的陈贵芳，奉命率部北上江西，在贵溪县与解放军二野陈赓兵团会师，并陪同省委书记曾镜冰与陈赓司令员共商进军福建事宜。

1949 年 5 月 22 日，解放军第二野战军第五兵团 51 师 152 团副团长张通达率一个营兵力，从建瓯沿河而上，于 23 日傍晚抵达政和县城南门，与当地游击队陈正初等代表接上关系后列队进城，政和宣布解放。解放军 152 团政治部主任王俊德任县长，陈正初为县委书记。从此政和县翻开了历史崭新的一页。

为了这一天的到来，二十多年来政和人民前仆后继，不懈斗争。全县共有三千一百多人为支持革命而被杀或饥饿、疾病死亡，两千一百多人被捕或被迫逃亡，灭绝户 720 户，103 个村庄被毁灭，被烧毁房屋四千五百多栋，荒芜耕地一万四千三百多亩，全县有烈军属 989 户、"五老"人员 396 名。从星星之火到革命胜利，二十多年红旗不倒！

鹫峰山下，风展红旗如画。如今，政和大地，欣欣向荣，政通人和。从这里走出的全国优秀县委书记廖俊波给这个千年古县平添了光彩。牢记光辉历史，传承红色基因，政和人民正在为实现两个一百年奋斗目标，为政和的光荣与梦想砥砺奋进！

湛卢山下风雷激

——松溪革命烽火回望

闽浙边界的松溪县，拥有"百里松荫碧长溪"的恢宏景致，是福建省唯一用自然生态美命名的县份。松溪不仅绿水青山，生态优美，物产丰富，而且历史悠久，文化积淀丰厚，有着1700多年的建县史。这里的山水不仅是有形的物质财富，还是无形的文化富矿。松溪湛卢山欧冶子铸剑，不仅见证了松溪悠久的历史，也在福建文明发展史上留下浓墨重彩的一笔。

这么一块山清水秀的碧野沃土，20世纪20年代却饱受军阀和反动武装的蹂躏，兵灾匪祸，连年不断，人民苦不堪言。农村80％土地为地主占有。向地主租地种田户只得收成的二三成，地主却得七八成。农民辛苦一年，到了秋收仓里仍无粮。"放下镰刀没有粮，一家老小饿断肠。"这民谣是当时社会的真实写照。除了地租，还有高利贷的剥削以及各种苛捐杂税的横征暴敛，人民备受煎熬，日子无法过下去，对反动政府和地主恶霸的仇恨简直"人心要发芽"。

1927年松溪东路游墩一带游文生组织农民进行"拗乡"，拥有一支70多人的武装，向地主豪绅筹款购枪，并提出"不交租，不交粮，不捐税"的口号。同年10月15日，松溪东路游墩、大布乡农民军与政（和）建（瓯）边的农民军一千多人，攻入松溪县衙门，守城三天，官吏狼狈出逃。这些斗争，由于缺乏无产阶级政党领导，没有明确的纲领，都以失败告终。

路下桥暴动　竖起革命红旗

松溪西北部的路下桥附近庆下自然村的山脚下，如今还残留一堵仅一米多高的断墙，墙内外长满芦苇和野草，后山是一片绿油油的竹林。残墙虽仅半截，然从其延伸的范围可以清晰看出，这是一座面积相当大的豪宅。当年的豪宅，如今的断墙。中国共产党领导的松溪革命就从这里发端。

路下桥离县城30多公里，与浦城、建阳、建瓯、政和四县毗邻。这里山峦延绵，山垄田连片，是闽北山区的腹地。虽地理条件较好，然20世纪20年代这里的田地全被地主豪绅霸占，苛捐杂税繁多，连开山、走路、住家、养鸡鸭、防野猪都要缴捐纳税。政府每年把征粮捐税金额交由"太保爷"（收税者，即税棍）征收，而"太保爷"在征收时又随意加码，横加盘剥。加上土匪烽起，"大刀会"横行，人民生活在水深火热之中。

1928年秋天，崇安农民打土豪、抗捐款的消息传到路下桥，穷苦农民看到了希望。1929年清明节，崇安"民众局"成员张天送回路下桥为母亲扫墓，在串亲访友中，向大家宣传崇安上梅暴动的消息，激起了路下桥民众对"造反分田"的向往。4月，在崇安农民暴动中任民众队班长的路下桥人伍弟奴，受中共崇安县委书记陈耿指派，带领潘文锡、叶林生、张火金、叶贵生等人回到路下桥，秘密宣传革命道理，号召群众学习崇安农民，组织起来，开展"五抗"斗争。于是，路下桥周边的几个村庄和浦城莫上、濠村等地农民相继加入了这个秘密组织。这时，张天送从崇安来到路下桥，和伍弟奴、杨振有等几位青年策划起事，决计先除掉民愤极大的税棍，以点燃群众的革命积极性。

6月19日深夜，伍弟奴带领17名青年，带上土铳、大刀、长矛，到庆下村捉拿"税棍"杨理明，并当夜将其押往崇安。这一行动，掀开了建松政农民暴动的序幕。这是继崇安上梅暴动之后，闽北土地革命斗争的又一面红旗。

路下桥暴动成功，受到中共崇安地委的表扬。暴动组织被命名为"路下桥民众会"，归崇安民众局领导，后发展至1000多名会员，其中有300多人参加红军，编入中国工农红军第五十五团一个连。伍弟奴任连长。从此，这支武装力量经常袭击民团，打击土豪劣绅，成为活跃在松溪、浦城、水吉边区的一支红色武装。庆下村如今尚存的杨理明豪宅半截墙，见证了松溪历史上这一"农民造反"的惊天事件。

苏维埃建立　斗争风起云涌

革命形势的发展，推动了党组织和红色政权的诞生。1929年12月，中共松溪特支在路下桥与浦城交界的莫上村社王庙成立，隶属中共崇安县委领导。这引起了反动势力的恐慌。1931年1月，国民党正规军一个团和松溪县保安队共700多人向路下桥红军进攻，红军奋起抗击。因寡不敌众，伍弟奴率部转移。2月下旬，又发生了"报恩寺事件"：屏南县土匪张汉周，率部七八十人，以卖枪弹为诱饵，在路下桥大坑报恩寺突然袭击民众会成员，劫持伍弟奴等29人至屏南，后仅伍弟奴等4人脱险。

在艰难的日子里，革命继续发展。1931年5月，建松政第一个苏维埃政权——路下桥苏维埃政府在路下桥何森弟家成立。伍弟奴任主席。苏维埃政府成立后，红军广泛出击，先后消灭了松溪、政和、浦城、建阳边界10余股反动民团，控制了周边48个村庄，初步形成了以路下桥为中心的土地革命活动区域。

正当革命深入发展之际，1931年夏，建瓯、建阳、浦城等地反动保安团和1000多名大刀会会徒大举"围剿"苏区。伍弟奴率领300多名红军在登山、黄塘一带与敌展开激战，因寡不敌众，战斗失利。伍弟奴身负重伤，部队损失惨重。于是伍弟奴赴崇安苏区求援，途经浦城石陂时被捕，被石陂南岸民团用棉被裹身，泼上煤油活活烧死。这位年仅27岁的共产党员为革命献出了宝贵生命。随后副连长刘智有也被捕牺牲。历时两年的建松政边区革命活动一时转入低潮。

革命的火种是扑不灭的。1932年2月，省委派苏正良等到建松政协助工作，中共闽北分区委决定打通建松政苏区与崇安苏区的联系。12月，罗炳辉率领中央红军第十二军一部，挺进建阳、建瓯、松溪、政和一带，帮助组建了闽北工农游击第一支队，队长张沐，政委黄可英。从此建松政革命斗争又从低潮中奋起。

1933年6月，中共中央决定将包括松溪在内建瓯中心县委从福州中心市委属下，划归闽赣省闽北分区委领导，松溪苏区正式进入闽赣省组织序列。松溪苏区划入中央苏区版图后，革命斗争进入鼎盛发展阶段。1934年8月，红军五十八团团长黄立贵、政委陈一在与松溪边界的政和西表、凤池成立建松政革命委员会及苏维埃政府，而后成立了中共建松政县委。接着组建了建松政工农红军独立营，建立了红军医院，开展了土地改革运动。期间，红军还在与松溪交界的政和太平隘打了一个漂亮仗，并围攻松溪县城五昼夜，震慑了国民党当局。可过了不久，在红军主力长征后，反动势力卷土重来，苏区大片土地失陷。在敌强我弱的情况下，开始了艰苦卓绝的三年游击战争。建松政革命中心也逐渐转移到容易扼守的路下桥一带。

挺进师入松 锋芒所向披靡

1934年10月，国民党纠集10万重兵从四面八方围攻闽北苏区，刘和鼎率一个师围攻建松政，松溪地方反动武装配合刘部到处修筑碉堡，移民并村，妄图切断人民同红军的联系，把红军困死、饿死。国民党当局组织"清乡委员会"日夜"清剿"，肆意放火杀人，许多共产党员、革命干部和红军战士惨遭杀害。

1935年4月，中央红军挺进师师长粟裕、政委刘英率部向浙南挺进，为了打通闽北、闽东与浙西南的通道，挺进师转战松溪、政和、庆元、寿宁、景宁、云和等县边境。4月8日晚，直逼松溪的渭田镇，歼灭福建保安团一个中队和一部分基干队。缴获长短枪百余支，机枪一挺，活捉国民党区、镇长和书记十余人，俘房保安团100多人。4月下旬，挺进师奇袭花桥三岔路口国民党碉堡。8月上旬，刘英率挺进师直属队再次巧袭松溪县渭田。尔后围攻松溪在政和境内的一块"飞地"遂应场三个昼夜。挺进师在古衕、溪尾等地发动群众打土豪，开仓济民。还采取"打击、争取、分化瓦解"政策对待大刀会成员，除少数反动分子被杀掉外，大部分被教育过来，有的还为我党所用。

挺进师在闽浙边期间，大力扩大红军，由原来的五六百人增加到二千多人。同时开展反霸斗争，发展党组织和农会、妇女会、儿童团等群众团体。挺进师所向披靡，敌人闻风丧胆。国民党部队纠合当地民团向挺进师合围，结果在庆元斋郎一仗，挺进师杀敌100多，俘敌100多，还缴获了一批武器。迫使龙泉河以南敌军由攻转守，为挺进师在浙西南建立根据地奠定了基础。

与此同时，闽北分区委决定，兵分三路，向敌后挺进，打到外线去，开辟新苏区，开展游击战争。由饶守坤司令员和王助政委率领的闽北红军独立师二、三两个团，1300多名指战员，突破敌人封锁线，从崇安经浦城插入建松政一带活动。在中共建松政中心县委领导下，各区委积极配合，开展宣传活动，建立区乡苏维埃政权，扩大红军。鉴于建松政大刀会盛行，地主豪绅利用其欺压百姓，饶守坤、王助通过做工作，与大刀会头目林熙明谈判，饮血为盟，致使建松政边区一万多名大刀会脱离了国民党控制，成了盟军，消除了隐患。

中央红军挺进师和闽北红军独立师挺进建松政后，组织群众打土豪，开展"五抗"斗争，扩大了党和红军的政治影响，激发了游击区人民的觉悟，动摇了国民党的统治。土地革命时期，松溪红军活动于郑墩、花桥、渭田等197个大小村和自然村中，占全县自然村数的30%。

甲墙乡谈判　国共达成共识

1937年9月，全国抗日民族统一战线形成后，遵照中共中央关于国共合作共同抗日的指示，中共建松政中心县委，以建松政军事委员会名义于10月29日给国民党松、政、建、浦四县政府去信，提出谈判事宜。11月中旬，中共闽东北特委书记王助率两个支队200多名红军到濠村街，召开中心县委和区委干部会议，传达贯彻省委"关于停止内战，一致抗日，进行第二次国共合作"的指示，决定将闽赣边各地红军、游击队改编为闽赣边抗日义勇军。11月23日，王助以闽东北分区抗日军政委员会主席兼闽赣省抗日军政委员会的名义再次致函国民党松溪县政府，提出国共合作抗日意见。要求和国民党地方当局进行谈判。我方选择花桥区甲墙乡为谈判地点。甲墙是革命根据地，群众基础好，背靠大山，遇到敌情便于撤退。1937年11月28日，谈判在甲墙乡保长曾世才家厅堂举行。建松政军政委员会代表游火明，随行宣金堂、周白毛，国民党松溪县府代表张弘和随从王渭清、陈寿连到场。谈判从上午谈到子夜，双方就组织抗日救国会、不打土豪、抗日部队通行、保护抗日宣传等方面达成共识。甲墙谈判的成功，有力促进了建松政地区国共合作抗日局面的初步形成。之后，建松政中心县委从各区委和部队抽调人员组成抗日宣传队，深入根据地宣传我党抗日救国十大纲领。在谈判后短期内双方敌对情绪有所自制，合作抗日局面形成。

1938年1月，由闽东北红军组成的闽东北抗日义勇军400多人，集中在路下桥休整（其中建松政红军370多人），分两批开往江西铅山县石塘街整编为新四军第三支队第5团，由团长饶守坤、副团长曾昭铭率领，于2月25日奔赴皖南抗日前线。中共松溪县委下属各区组织起抗日救国会、农抗会、青抗会、妇抗会等群众团体，开展宣传鼓动，支援前方抗战。

游击队显威　击退三次围攻

红军主力北上抗日后，国民党松溪县政府成立"松溪县清乡委员会"，实行"联保连坐切结"，继续搜捕中共党员和抗日民众。1938年10月，松溪县国民党当局借口抓壮丁，袭击了设在路下桥塘边村的中共建松政特委机关，制造了"塘边事件"。为防国民党突然袭击，建松政中心县委上山建山厂，"独立自主靠山扎"，进行半公开活动。1939年春，中共福建省委派军事部长左丰美接任建松政特委书记，此后党组织发展迅速，特委所属党员有1600多名，其中松溪县有332人。5月，中共建松政特委在路下桥长前坵陈荣牯家，召开建松政地区首次党代会，总结经验、分析形势、部署任务，选举出席省党代会代表。这次会议稳定了干部思想，增强了信心，为后来开展反顽斗争打下了思想基础。

这期间，在松溪境内活跃着数支游击队坚持对敌斗争，其中影响较大的有四支。

仙槎游击队。1936年初，红军伊远金受中共建松政中心县委派遣，回到渭田竹贤仙槎村，发展党组织，建立松东区委，组建仙槎游击队。不久中共建松政中心县委派董生有带6人枪到仙槎工作，游击队有26人，步枪4支。先后打下竹贤乡公所、祖墩乡公所，还在公路上打军车没收财物。在战斗中，多位游击队骨干遇难，游击队领导人危顺富、危森团兄弟也于1943年夏惨遭杀害。

湛卢山游击队。1938年冬，茶平官路外屯贫苦农民李伕江与同村农民李伕贵，以湛卢山为根据地组织游击队，李伕江为队长。后编入建松建特委下属一个中队。特委派特务队长李九春、副队长叶风顺为特派员（党代表），队员发展至30多人，狠狠打击了土豪劣绅。后因叛徒出卖，驻地被国民党县自卫队包围，游击队骨干李伕江、李九春、王金娟、刘秀英等被捕牺牲。

周朝顺游击队。周朝顺是浙江庆元农民，1939年冬，组织一支20多人队伍，杀富济贫。1940年，特委派董生有介入工作，队伍发展至40多人，成为建松建特委一支游击队。这支队伍活跃于闽浙边数县。由于叛徒告密，大部分游击队员被国民党庆元县自卫队杀害。

东垞游击队。1941年，叶风训受中共建松政特委代理书记张德胜委派，到长巷村负责领导东垞游击队，队员30多人。他们积极开展革命活动，争取国民党政权的保甲长和基层组织，有力地打击恶霸劣绅，逐步形成以东垞为中心的游击区域。由于叛徒出卖，叶风训被捕牺牲，游击队骨干范月英、龚福洪、黄有奴、刘培辉、范仁霖、王小弟、杨文奴等相继遇难。

1941年1月，震惊中外的"皖南事变"发生，国民党不顾民族利益，破坏抗日统一战线，继续在闽北地区掀起反共高潮，调集重兵对游击区进行三次军事围攻。我闽北党组织针锋相对，组织了三次反围攻。

第一次反围攻（1941.2～1942.2）。国民党第三战区专员陈世鸿任闽浙赣边区"剿匪"总指挥，率三个团兵力进攻闽北。其中一个团配合省保安队进攻建松政地区。由于敌我力量悬殊，加上个别领导人警惕性不高，许多地下党员和革命群众被捕杀，松溪党组织几乎全遭破坏。幸存的同志在与省委失去联系的情况下，冒着危险坚持斗争。1941年4月，省委将闽北、建松政、闽东三支自卫武装合并成立省委"第一游击纵队"，共170多人，建松政为第二支队。历时一年的第一次反围攻，以敌顽失败和恢复我党组织及自卫武装而告终。

第二次反围攻（1942.2～1942.5）。1942年初，国民党反动当局调八十八师师长李良荣为"闽浙赣三省剿匪指挥部"总指挥，重兵围攻省委机关所在地，还动用几百名保安队到建松政四处搜捕，封锁路隘，妄图困死游击队。建松政特委采取内线隐蔽，外线袭击的作战原则，避实就虚，声东击西，使敌人疲于奔命。在人民群众的支持下，游击队转战湛卢山和东垞等地，非但未受损失，还得到发展。不久，日本人进攻浙赣线。国民党军队自顾逃命，再次围攻以撤兵告终。

第三次反围攻（1943.4～1944.6）。1943年，国民党第三战区及闽浙赣各省的军政头目，秉承蒋介石在"两年内消灭共产党"的反共旨意，对闽北游击队发动第三次军事围攻，时间长，规模大，投入兵力多，手段毒辣。在1943年4月后的几个月内，党组织和游击武装遭受较大损失，大部分游击区被敌人严重摧残。建松政群众被杀几百人，被杀绝户达200多户。敌人还公开破膛取心，惨绝人寰。面对敌人的疯狂进攻，建松政特委在与省委失去联系的情况下，依靠人民群众，采取正确的战略战术，独立自主地与敌人斗争。对反动武装和反动分子根据不同情况，分别采取不同政策，区别对待。镇压了一批罪恶昭彰的反革命，还包围了松溪县城，攻打了郑墩和梅口乡公所。历时一年多的国民党第三次军事围攻，又以失败告终。

根据地巩固　坚持赢来胜利

抗战时期，历经三次反围攻，松溪革命根据地进一步扩大，发展到大小村和自然村 210 个，占全县自然村数的 51%。

1945 年 5 月，陈贵芳、左丰美在建瓯古井会师，恢复了中断两年七个月的建松政特委与省委的联系，进行巩固开辟建松政游击区工作。1946 年 6 月后，建松政特委根据中央和省委指示精神，由武装退却转入发动群众，广泛开展爱国游击战争。闽浙边游击队不断出击，连战连捷，先后攻打了松溪、建瓯、政和、寿宁、庆元、龙泉、景宁等闽浙两省 7 个县 15 个乡、镇、保，大小战斗 17 次，计歼灭和击溃敌人 4 个排又 2 个班，缴获枪支167 支，开仓分粮 5 万多担，筹款 2 亿多元。取得了重大胜利，牵制了国民党大量兵力。

1947 年 7 月，闽浙边游击队在松溪源头村姚厝成立。同年 8 月，根据省委指示，闽浙边地委在松溪的天堂、溪尾、古衕等地建立党的基层组织，还先后建立了宝岩、天柱、茶溪等 40 多个村庄的民主根据地。并通过"扩党练干、扩大地区"，加强党的组织建设和民主根据地建设。同时继续开展抗丁、抗粮、抗捐税的"三抗"斗争。

1949 年 1 月，闽浙赣人民游击队成立，曾镜冰任司令员兼政委。准备迎接解放大军南下并配合解放。

1949 年 4 月解放军横渡长江，革命形势急转直上。5 月 9 日至 15 日，国民党残部 9 万之众先后从浦城、浙江龙泉等地分批流窜到松溪南逃。沿途抓夫打人，枪杀无辜，所经之处十户九劫。5 月 14 日，中国人民解放军二野五兵团五十一师一五三团从浦城奔赴松溪县城小北门外，越墙进城，兵不血刃解放了松溪县城。5 月 18 日，国民党新编 57 师余部 2000 余人，南下逃窜滞留在旧县乡洋源周围，企图逃窜福州。中国人民解放军二野五兵团十六军侦察营营长王钦裕接到命令后于 19 日下午，率部 500 人，奔袭洋源，全歼了全副美式装备的国民党新编 57 师残部 2000 余人。其中毙伤 200余人，俘虏了敌师长、副师长、参谋长等一大批人员，缴获了大批美式武器装备及一些重要文件，取得了辉煌胜利。6月21日成立松溪县人民民主政府。10月20日成立松溪县人民政府，县委书记叶凤顺，县长郭国柱。

松溪人民前仆后继，坚持20多年的革命斗争，终于赢来了伟大胜利。据不完全统计，在革命战争年代，松溪县先后有3000多名青年参加红军、游击队，在册烈士177人，老区乡镇8个，基点村59个，老区村71个。全县被烧毁的村庄92个，房屋2378幢，被拆的房屋834幢，受迫害的群众达3000余户。其中有200多户成了绝户，550多户被迫外逃，惨遭杀害的游击队员、地下工作者和群众共1037人。老区人民为革命事业做出了重大牺牲。

天下英雄气，千秋尚凛然。让我们永远记住为革命胜利献出生命、做出贡献的革命先烈和革命同志！

2017. 10

远去的战火硝烟

——华安革命烽火岁月回眸

初冬时节，我们来到闽南金三角的腹地华安，虽说时令已让人感觉丝丝寒意，但华安山野仍是一派绿油油的，树木一如春天般生机勃勃。福建第二大江——九龙江北溪贯穿全境，牵起了两岸逶迤青山，从城区到乡村处处林丰水秀、绿意绵绵、天蓝云白、空气清新。这个 16 万人口的县份，森林覆盖率达 72.72%，水质达国家一类标准，大气环境优于国家一级标准，说她是"全城绿色"并不为过。

这么个自然生态优良的环境，用现在的话说，可谓宜居的仙境之地。可在九十多年前，这里与全国许多地方一样，却是个万物凋零、民不聊生的黑暗社会。那时在地主豪绅、军阀、土匪的剥削、统治和掠夺下，劳动人民头上架着"三把刀"：租多、税多、利息多，加上军阀、土匪的争权夺利，连年混战，民众生活在水深火热之中，苦不堪言。

哪里有压迫，哪里就有反抗。从 1928 年开始，华安人民就开始组织起来，与反动势力作斗争。二十多年间，在党的领导下，华安人民坚持斗争，不怕牺牲，终于迎来了解放，在华安历史上翻开了新的一页。这里仅从远去的烽火岁月中撷取几个节点加以忆述，以不忘初始，牢记使命，并借以缅怀先烈和为革命胜利做出贡献的革命者。

星火点燃　红霞映照半壁江山

1928 年华安建县，也就在这一年，在张鼎丞、邓子恢、朱积垒等人领导下，先后爆发了威震八闽的龙岩后田暴动、平和暴动、永定金沙暴动、上杭蛟洋暴动。受其影响，华安南部的丰山、沙建（漳州北乡）一带的农民，在党的发动和组织下，先后建立农会组织，与当地反动驻军、地主豪绅展开斗争。由于反动军阀驻漳州张贞部大举"清乡"，随后农会组织被迫转入秘密活动。1929年初，中共闽南特委在漳州北乡（含华安南部）开展农民运动，打土豪、抗粮捐，组织赤卫队和农会配合南乡开展革命活动。

此时，组织安排在上海求学的华安丰山人杨裕德回来。杨于1927年到上海暨南大学高中师范科学习，在学校入团后转为中共党员，由于积极参加革命活动，身份暴露，组织安排他回丰山，利用家族在当地的影响力，适时开展地下革命活动。杨裕德在丰山一带组织农会，举办夜校，发动抗粮、免捐、打土豪、斗地主的斗争，队伍很快发展到三百多人。同年底，成立了以杨裕德为队长的丰山赤卫队，在当地收缴地主武装，开展革命活动。

华安西部的马坑、高安等地毗邻漳平永福镇，两地民间交往密切。1929年秋朱德率红四军进入永福，帮助成立了中共永福区委。为扩大红军的影响和壮大苏维埃组织，永福区委决定将革命风暴向相邻的华安发展。闽西特委派出洪锡麟和永福区委委员陈志科到华安马坑下垅村一带开展革命活动。发展了李友理、李朝通、李水金、李庆林等四名党员。此后，华安下垅、马坑、和春、文华、高安、高石等地均有闽西党组织派人前来活动。还建立起了一条从厦门经华安到龙岩抵瑞金的秘密交通线。从此，华安就被闽西党和苏维埃组织、闽西红军和共青团组织列入向外发展重点区域。同一时期，在永福总区委领导下，在下垅村建立了中共下垅支部，支部书记李友理。2月15日，成立了华安县下垅苏维埃政府和赤卫队，主席李友理，赤卫队长李水金。

1930年5月，漳州县委决定利用纪念"五卅"运动五周年活动之机，在北乡乌石亭举行武装暴动。5月29日杨裕德率丰山赤卫队和农会会员三百多人和一些武器，以参加划龙舟为名渡过北溪，按时赶到，参加暴动。暴动队剪断国民党民防团电话线，占领民团部，举行誓师大会。会后三千多人的暴动队伍进行示威游行，推翻了汽车，捣毁浮山汽车站，打死了民愤极大的地主。暴动使军阀张贞大为惊恐，下令杨逢年旅出兵镇压。杨在当地土豪劣绅配合下进行"清乡"，逮捕、残杀赤卫队员、农会会员和革命群众。丰山赤卫队被迫转入地下活动，后编入王占春为支队长的闽南游击队第一支队。华安南部丰山、沙建一带的革命斗争转向持久的武装斗争。

丰山、沙建、马坑、高安等地点燃的革命火种，迅速在华安形成燎原态势，建立苏维埃，成立赤卫队，打土豪，分田地，红色区域范围不断扩大。把永福总暴动的影响扩大到华安的大多数乡镇，形成新的红色割据区域，华安成为闽西苏区向外发展的组成部分。

五峰山巅　漳州战役遗迹尚存

1932 年 4 月 20 日，毛泽东主席率领的中国工农红军东路军进入漳州，具有重要的战略意义。而毛主席指挥的漳州战役的胜利，更在党史、军史上写下辉煌的一笔。漳州战役发生的地点天宝山、五峰山、风霜岭、十字岭一带，其范围就在芗城、南靖、华安三县（区）交界处。部队在冲锋，三地人民在支援，赢得了战役的胜利。

为寻找当年的战斗遗址，我们从沙建镇官古村乘越野车，向山上进发。在布满杂草和乱石的简易路坯中奋力向前，七绕八弯，几经盘旋，终于到达了海拔 775 米的五峰山大尖山顶。山上遍地是杜鹃，山巅是杂乱石头交叠的尖峰（当地人称"五峰尖"）。从这里往下看，漳州平原一览无余，天宝山与风霜岭十字岭山峰在两边逶迤而去。五峰山脚下则是悬崖峭壁、万丈深渊。因此谁先占领五峰山这居高临下的有利地形，谁就将赢得先机，胜券在握。当年的战斗就是先在这一带打响。如今山上有一座三十多平方米的红军无名英雄墓，掩埋了部分死难烈士骸骨。当年的战壕也依稀可辨。据说前些年人们还在这里拣到一些子弹壳。

"碧水长歌字字哭忠魂，青山含悲声声呼英烈。"面对当年的战场和英烈墓地，我们思绪翻腾，八十多年前那场惨烈的战斗场面一幕幕地在眼前浮现。

1932 年 3 月下旬，根据对当时的政治形势、敌我态势、根据地内经济状况和漳州守敌的调查与分析，毛泽东于 3 月 30 日致电苏区中央局书记周恩来，建议东路军攻打漳州，提出："政治上必须直下漳（州）泉（州），方能调动敌人，求得战争，展开时局。"得到赞同后，漳州战役拉开战幕。

4 月 10 日，红军占领龙岩城，打响东征漳州第一仗，给国民党守军张贞迎头痛击。4 月 19 日拂晓，漳州战役打响，当时张贞防守漳州兵力为 49 师 145、146 两个旅，加上地方靖卫团、保安队等共八九千人，两个旅主力部署在漳州西北天宝到南靖一线，一部敌人控制在漳州市内，其主阵地在大尖山（五峰山）、十字岭到天宝以北。这里地势险要，山岭起伏，北扼天宝大山，南靠宽阔的龙江，要进攻漳州必先突破这一线阵地。

时任红军三十二团政委杨成武回忆说："红四军的主力部队在机枪掩护下，以风霜岭、十字岭（均五峰山脉）为主攻目标，向敌人猛烈进攻。十字岭守敌陈启芳团以机枪连为前卫，向红军战士猛烈扫射，企图固守阵地。红军战士奋不顾身，冲锋在前，喊杀声响成一片，敌人的防线被冲破一道又一道。在攻至主峰最后一道防线时，因守敌顽抗，我军一度受阻。此时，毛泽东来到前沿阵地亲自指挥。他令部队加强兵力，从五峰山向十字岭俯冲。敌人阵地顿时乱成一团，很快被击溃。上午9时左右，红四军全线突破敌军防线，红三军跟进。两军协同直插天宝镇东西茶铺，追歼驻守天宝镇的146旅。敌旅长王祖清临阵脱逃，副旅长及大批士兵被俘。"与此同时，敌145旅在我威逼下也撤出阵地。敌旅长杨逢年见败局已定，泅水而逃。师长张贞从前线败退回城内，连夜烧毁军械库，带着少数亲兵弃城而去，下午3时，战斗胜利结束。

我军共歼敌约四个团，张贞的主力基本被歼，俘敌一千六百多人。东路军领导聂荣臻后来回忆说，在战役胜利后的总结会上，毛泽东同志很有风趣地说："有人说我们红军只会关上门打狗，怀疑我们在白区能不能打胜仗，可是你们看，我们在白区不是打得蛮好嘛！"电视剧《毛泽东》第21集对这段史实作了艺术再现。

中央红军东路军攻打漳州时，华安群众积极开展支前工作。主动侦察敌情，送信带路，战斗期间组织参与运输。东路军回师闽西后，华安反动势力纠合南靖和溪民团多次进行反扑，下垅等乡苏维埃政府领导赤卫队和群众进行坚决反击。由于叛徒出卖，反动民团郑炳星率领一百多人白匪军围剿下垅苏维埃政府，中共党员李友理、李朝通被捕遭杀，壮烈牺牲。

东路军入漳一个多月时间，发动群众，打土豪劣绅，动员群众参加红军以及部队整训等工作都取得很大成绩。共筹款一百多万元，还有大量布匹、粮食、食盐等。群众参军共九百多人，还有一批知识分子，如苏静、李子芳等同志。部队还在当地组织了游击队四百五十多人，后来成为新四军的一部分。还在工人中成立了三千多人的秘密工会和地下党组织。可以说，红军入漳功不可没，南靖、华安、芗城三地人民都为漳州战役的胜利做出了贡献。正如杨成武将军所说："漳州战役的胜利是与地下党的帮助与支持紧密相连的，是与人民群众的大力支援分不开的……重温这段历史，使我更深切地感到人民群众的可爱、可亲、可敬，任何时候、任何场合、任何条件的改变，都不要忘记我们的人民群众，不要忘记为他们谋利益。"

艰苦卓绝　坚持三年游击战争

1934年，第五次反"围剿"期间，华安因位于福建东边往中央苏区的战略要冲，成为此次中央苏区反"围剿"的前哨阵地。中央主力红军长征后，国民党将闽西龙岩、上杭及毗邻的华安等13个县划为"重点清剿区域"的第一绥靖区。这期间，福建省军区的红八团依托龙岩、漳平、南靖、华安地区，开展广泛游击战争，破坏敌人向中央苏区进攻的交通线，阻击参加第五次"围剿"的国民党军队。红八团、红九团和各地游击队活跃在漳龙公路沿线和杭岩永、岩南漳华各地，开展广泛灵活的游击战争。

1935年4月，中共闽西南军政委员会成立，并制定了游击战争的战略方针和任务。由于华安处于敌我双方争夺的战略要地，经常发生激烈战斗。在敌我力量悬殊的情况下，华安党组织紧密依靠人民群众，创造性地运用灵活多变的游击战术，顽强地艰苦地进行斗争。红八团政委邱织云、参谋长王胜率领部队活跃于漳龙公路两侧地区，漳龙赤卫团活跃于华安、南靖等地，闽西游击队第三支队活动在岩南漳公路两侧。华安苏区从1930年7月创建第一个苏维埃，到1934年秋红军长征时一共建立了南河、东河、南华三个区及数十个各级苏维埃政权，一直坚持到三年游击战争结束。正如张鼎丞在《坚持三年游击战争》一文中所说："我们的战术是灵活的，游击区是宽广的，我们不仅在原龙岩、上杭、永定、平和、漳平、连城、宁洋等县保持老的游击区，并且还发展了华安、南靖和广东大埔等县的新游击区。"

在艰苦卓绝的三年游击战争时期（及其以后），华安除了壮烈牺牲的红八团政委邱织云外，还有几个同志，我们应该记住：

一是李元昌。他于1931年秋加入中国共产党，曾任南（靖）华（安）区苏维埃政府副主席，积极组织赤卫队和村苏干部开展革命活动。在红军回师中央苏区、白色恐怖日益严重的情况下，他寄居龙岩莒州村，继续与党组织保持联系，就地建立游击队，并担任队长。1933年秋带领赤卫队攻占高安联春楼（火阁杞楼）。1934年，红八团挺进闽西南敌后，开辟游击根据地，他返回家乡，担任和溪游击队队长，积极配合红八团进行革命活动。1936年4月，担任龙（岩）南（靖）漳（平）县游击队第一大队财粮委员，在前往迎富村筹款途中，遭叛徒杀害。

二是吴运琳。他于1927年加入中国共产党，曾在家乡海南搞农运。1931年9月，在新加坡参加马来西亚共产党，任大坡小贩工会主席。1932年8月，在参加反帝大同盟纪念活动时被逮捕、拘禁。1934年6月，回国后组织安排他到闽西游击队工作，先后担任闽粤边特委交通总站站长、特委经济委员会副主任等要职，先后领导建立了梁山、后洞等游击根据地，并在游击区内建立了16个党支部和赤卫队。1938年新四军北上抗日后，他留在平和县坚持斗争。1943年2月，吴运琳受组织委派，化装成乞丐，隐居华安大地村，在小学教师、农民中组织进步青年秘密开展革命活动。并把革命力量渗透到安溪境内，与安溪党组织取得联系。直到华安解放。

三是邹天水、邹天宝。兄弟俩均于1929年在龙岩参加工农红军，不久转入红四军第四纵队，均当过纵队司令员胡少海的警卫员，参加过漳州战役。1935年秋，邓子恢派他们兄弟俩回华安秘密组织漳龙赤卫队，邹天水任队长。主动配合红八团开展灵活的山地游击战。1937年2月，邹天水、邹天宝率领漳龙游击队一百多人在华安高石直仑下楼伏击高安反动民团，击毙包括伪区长在内的反动民团13人，有力打击了当地的反动势力。中华人民共和国成立后，"二邹"献出了保存多年的十多件革命文物，包括"红四军汀漳龙联合赤卫队"旗帜、印章等。

四是郑缓。1929年在闽南地下党领导人王占春的影响下，年仅18岁的郑缓和后来成为她丈夫的杨水根一起参加了地下革命活动，成为地下交通员、赤卫队员。她的家成了南乡地下党的交通站。1931年，邓子恢同志到闽南领导革命斗争，常住郑缓家，并经常与有关地下党领导人在她家召开秘密会议。每当开会，郑缓都机警地为他们放风警戒，整夜不睡觉，直至会议开完。1932年，随邓子恢、王占春、冯翼飞领导的游击队转战闽南山区。1933年回南乡坚持地下斗争。后因叛徒出卖，交通站遭受严重破坏，一起参加革命的丈夫杨水根被敌枪杀（其父母也含恨离世）。郑缓改名换姓流落他乡，备尝人间苦难。1944年，到丰山一家杂货铺当女佣，后与当地农民结婚。

红旗不倒　胜利果实来之不易

抗日战争时期，华安地方党组织和武装力量根据中共中央抗日民族统一战线的方针，在坚持开展独立自主的抗日斗争中不断发展、成熟。

1936年，多股力量都在华安开展革命活动。由岩南漳游击队改编的中国工农红军抗日讨蒋支队第一大队和第二大队在华安、官田、和溪一带活动，向东南方向出击，政治上采取开展土地革命与武装反"清剿"结合起来，党的工作和群众工作结合起来，边打仗边发动群众，边分粮边筹款。红八团一部在高安、仙都一带打游击。岩南漳军政委员会指派人员分批到华安发展地下党组织。红三支队经常出击漳平、华安、南靖等地。闽西南部队第一纵队也在华安一带活动。1938年春，坚持在闽西、闽南根据地的红八团、红九团、红三团组建新四军第二支队，在张鼎丞、邓子恢、谭震林率领下从龙岩白土出发，开赴抗日前线。

与此同时，华安城乡抗日救亡团体纷纷成立，抗日救亡运动广泛开展。抗日文艺团体来华安演出，用通俗语言宣传抗日，鼓励和推动国民党守军在沿海坚持抗战。1940年，遵照中共中央关于在国民党统治区实行"隐蔽精干，长期埋伏，积蓄力量，以待时机"的方针，中共闽南特委派出干部向外拓展，发展白区工作，在华安建立白区党支部，在当地秘密组织进行革命活动，领导群众开展抗日反顽斗争。这期间有游维新（又名游汀兰）、张亚挞（化名曾国）、吴运琳、钟远踞、温开招等一批革命人士，以教员、打短工等为掩护，在华安仙都、良村、丰山、沙建一带秘密开展革命工作。1941年春，漳龙赤卫团进行整顿，缩编为一个队，对外公开称打猎队，坚持在坪溪等地借打猎为名进行训练，秘密开展革命活动。1943年2月，国民党省保安团一百多人到坪溪自然村"围剿"赤卫团，逮捕群众，烧毁全村房屋。在邹天水、邹天宝的带领下，赤卫团采取灵活战术与敌周旋，化整为零、分散隐蔽，成功避开了反动派的"围剿"。隐蔽在良村活动的游维新，在上级指示下，于1944年成立了闽西工农红军华安纵队，队伍发展到一百多人，并成立党小组，坚持革命活动。

1949年春，在人民解放战争"三大战役"连续胜利大好形势的鼓舞下，中共闽南地委决心以新的战果迎接解放大军南下。根据闽南地委指示，闽粤赣边区第八支队所属一团、二团五个连队，在支队长李仲先、副支队长吴扬、副政委卢炎带领下，于5月22日从南靖荆都出发，攻打华安归德乡（今高安镇），大获全胜。接着又在华安境内连续与敌开战，十天内八支队共打了八仗（史称"十天八仗"），在华安产生了重大影响。10月，中共福建省六地委（即龙溪地委）在漳州成立中共华安县工作委员会，平浪任县工委书记兼县长。11月16日，县工委率领干部和人民解放军31军91师272团两个营战士从漳州出发，18日到达国民党县政府临时县城所在地——新圩镇黄枣村，和平接管华安县国民党遗弃的政权。平浪宣布华安和平解放。从此华安历史揭开了新的篇章。

为了这一天的到来，二十多年间，华安人民前仆后继，付出了重大牺牲，做出了重大贡献。据统计，全县参加红军、赤卫队、游击队876人，被摧残的革命基点村29个村，被杀、被抓、被迫逃亡的近一千人，部分村庄被毁，损失难以估量。全县有242人被评为革命烈士，508人被认定为"五老"人员，60个行政村被认定为老区村。华安为省重点老区县。

胜利来之不易，后来者当应珍惜！

2017. 12

振成巷发出惊天春雷

在漳州芗城古城区有一条振成巷，巷不长也不宽，商店稀疏地散落巷头巷尾，尾端直通大路。这是一条极为普通的古巷。古巷有一条横向的支巷，夹在两道高墙间，因其只有不到两米的宽度，虽仅几十米长，却给人以幽深感觉。巷道尽头是一座闽南风格的两层楼房，楼不大，楼上楼下各三个房间，均以红砖铺地。上下层都开有四个长方形窗户，像眼睛一样注视前方。楼房黛瓦粉墙，典雅庄重。楼置空坪边，虽不高，却给人以鹤立鸡群般雄伟挺拔之感。空坪上一株米兰树高高挺立，树冠浓荫撑起半边天，给楼院营造出清幽、静谧的氛围。

这座现为振成巷32号的普通楼房，90多年前发生了一件极不普通的事情——1927年12月初，中共福建临时省委在这里成立。临时省委的成立犹如暗夜里发出的一声惊天春雷，响彻八闽大地，给水深火热中的福建人民带来了希望的曙光。

一

这声春雷在漳州轰响不是偶然的，她是漳州人民继承革命传统，反对帝国列强和封建军阀黑暗统治的必然。

漳州地处闽南平原，与泉州、厦门、汕头接壤，土地肥沃，物产丰富，有着得天独厚的区位优势。这片丰腴的大地，有着光荣的革命斗争传统。早在鸦片战争之前，这里的人民便开始了此起彼伏的反帝反封建斗争。进入20世纪后，革命斗争更加波澜壮阔。1918－1920年漳州曾经是孙中山领导资产阶级民主革命的"闽南护法区"首府。那时，在俄国十月革命和北京五四运动的影响促进下，"宣传新文化，建设新社会"成为漳州护法区的时尚。护法区在漳州创办的《闽星》半周刊和《闽星》日报以及"新闽学书局"，宣传新文化，传播马克思主义。孙中山、胡汉民、朱执信、廖仲恺、陈铭枢等都为它写过文章。《闽星》半周刊的文章,除阐释三民主义、建国方略外,有相当部分是介绍苏俄十月革命和马列学说的。马克思主义传播,使漳州一度成为"中国南方革命中心"。

在孙中山的指导和支持下,在五四运动潮流的推动下,"闽南护法区"取得了可观的革新业绩,不仅赢得国内舆论的很高评价,而且吸引了众多著名人士、团体慕名前来漳州访问、参观。北京学联、北京大学学生以及北方学生也经常派代表来漳州参观学习。闽南护法区的一系列活动,同时也引起国际上的注意,尤其是受到苏维埃和共产国际的关注。1920年4月底5月初,列宁信使波达波夫将军来到漳州,向"护法区"负责人面交列宁亲笔信,表达列宁对中国革命的关怀,对护法区的敬佩和鼓励。并请波达波夫转达,要护法区多做农民运动,注意发动群众等。

1923年后,集美学校爆发了反对帝国主义、反对军阀的学生运动。此后进步学生经常来漳州宣传革命真理,传播革命火种。1925年上海五卅惨案后,漳州青年学生、工人和店员开展了声势浩大的声援五卅反帝爱国运动。还成立了"漳州学生抗敌后援会"。组织千余名学生上街游行示威,并发动罢市、罢工罢课斗争。

在这个时期,漳州的省立第二师范学校进步师生阅读《向导》《先驱》《团刊》等进步刊物,学习与研究社会、政治、经济等问题,并在报刊发表文章,针砭时弊,宣传反帝反封建的新思想。1926年12月23日,漳州二师建立共青团漳州支部,季永绥担任支部书记(后由邱启明、王德任书记)。共青团漳州支部的建立,使漳州青年运动有了较快的发展,进一步传播了马克思主义。

1926年底,共青团漳州支部首批发展的团员转为党员,中共漳州支部正式成立,书记翁振华,组织委员季永绥,宣传委员谢志坚,党员李联星、农光、罗轩恺、罗庄忠、唐学溥、许土森、王占春、曾宗乾、郑静庵、陈成德、邱岩明、黄烛光、林义民、李兆炳。此后,伴随着北伐军入闽的大好形势,各地工农运动更加蓬勃地开展起来。

当时闽西南地区党组织的直接领导中共广东区委,为加强领导,有效指导工农革命,决定建立闽西南党组织统一领导机构——中共闽南部委,指定中共广东汕头地委书记罗明担任书记。部委机关设在漳州。中共闽南部委建立后,迅速在闽西南发展党的组织,至1927年初,中共闽南部委领导下的党组织已遍及闽南、闽西各县。据不完全统计，党员人数达 274 名，其中漳州 103 名。

此时，根据部委决定，各县举办工农运动讲习所，培训工农运动骨干。漳州农工运动讲习所培养了一批优秀骨干。曾参加中共"六大"的漳州工运领导许土淼，平和暴动的主要领导成员朱思、朱赞襄，漳州南北乡著名农民运动领袖、闽南红军游击队创始人李金发、王占春等都是工农运动讲习所的学员。

中共闽南部委对蒋介石的反革命政变是有所警惕的。1927 年 3 月 25 日，部委书记罗明参加中共中央特派员王荷波召集的中共福州地委和中共闽南部委负责同志联席会议后回到漳州。海澄县共产党员陈剑垣专程送来一份台湾的日文报纸，该报有一篇文章，标题为《蒋介石即将发动反共政变》，文章由通晓日文的翁振华翻译后，中共闽南部委专门开会进行了讨论。会上，罗明联想到他担任中共汕头地委书记时，周恩来、陈延年曾于1926 年 10 月在广州与他谈到要警惕资产阶级新右派叛变革命和发动突然袭击。于是，与会同志经过讨论决定，要加紧做好应变准备，立即向各市县有关负责同志通知，提高警惕，注意提防敌人搞政变，在组织上务必加强秘密工作。

4 月下旬，反革命事变已接二连三在福建各地发生，形势十分严峻，而上级党组织应对指示又未下达。为了防止反革命事变扩大到各县，减少革命力量损失，中共闽南部委在漳州召开紧急会议，要求各级党组织要有计划、有准备地领导工农和学生进行反对蒋介石集团的斗争，并提出了四条应对措施。及时指明了如何保存革命力量，坚持开展革命斗争的方向。中共闽南部委在未完全丧失革命阵地的同时，主要力量转入各地农村，不但把闽南、闽西党组织在白色恐怖下基本上保存下来，而且在农村发展壮大。这是中共闽南部委对福建革命的重要贡献。

1927 年武汉"七一五"反革命政变后，各地党组织进一步遭受破坏。中共中央以为福建党组织也受到严重破坏。便于 8 月初先后派福建籍党员陈明（陈少微）和陈昭礼分别到闽南和闽北恢复与整顿党的组织。他们到漳州后，了解到闽南部委机构还完整保存着，各负责同志也未遭逮捕，特别是部委在国民党反动派发动反革命政变后，采取了积极的应急措施等情况后，颇为高兴。要求尽快召开大革命失败后闽南特委第一次全会。

1927 年 8 月中旬，中共闽南特委在南靖宝林举行闽南特委第一次会议（此时改部委为特委，9 月又改称闽南临委）。陈明传达中共中央指示精神并介绍时局情况；罗明介绍大革命失败后闽南党的工作情况。会议确定以农民武装推动减租减息和反抗烟苗捐的斗争，并在条件成熟时，举行武装暴动的方针。会议选举和充实了闽南特委会，选举陈明为书记。同时成立共青团闽南特委会，书记刘瑞生。这次会议为党在闽南地区开展土地革命和武装反抗国民党反动派做好了思想上和组织上的准备，为党的八七会议精神在闽南的贯彻奠定了基础，也为后来在这里举行产生临时省委的联席会议创造了条件。

二

中共中央十分重视闽南党的工作。1927 年 8 月 6 日曾致信广东省委，指出闽南党组织设立临时委员会，书记罗善培（罗明），组织罗筹添（罗秋天），宣传陈少微（陈明），受广东省委领导。并特别指出，"党的中心工作问题是如何组织农民，如何武装农民，使他们能够自己起来用暴动的方式夺取政权。"10 月 15 日，中共中央向闽南临委发来指示信，决定"闽南闽北应即合并组织一临时省委"，归中央直接领导；并指示："闽南各县依目前的主客观条件，应立即开始暴动起来"，"并须实际领导工人群众实行斗争。"12 月 1 日，中共中央又致信闽南闽北临委，要求在年内建立福建临时省委，统一全省党的领导。

根据中央指示，闽南临委邀请闽北临委负责人于 1927 年 11 月 21 日，在厦门召开联席会议，经过协商，推举陈明、林熙盛、王海萍、邱泮林、陈昭礼、葛越溪、潘作民等 7 人组成大会筹备委员会，确定下一次联席会议于 12 月 1 日在漳州召开。

开会的地点选哪里好？最后确定选在今振成巷 32 号的李山火家中。这座小楼是祖籍龙溪的台湾彰化实业家李山火的房产。民国初期李回漳州投资办农场。他与台胞中共党员翁泽生关系较好，受翁影响，思想进步。1926 年底，中共漳州支部就是在这里成立，翁泽生被选为书记，翁曾住在这里一段时间。1927 年 4 月中共闽南特委做好应变反革命政变的重要会议也是在这里召开。10 月中共漳州县委书记刘乾初和王德也曾在此居住，还在这里接洽来漳参加党的负责同志会议的代表。这个场所既保密安全，又便于疏散，故决定在此开会。

因天气等原因，会议推迟于12月2日召开。出席会议的代表，有闽南、闽北临委及福州、厦门、漳州、龙岩、建瓯、漳浦、同安等地党组织负责人20人。另有共青团代表1人。惠安、南安、莆田、平和等县代表因交通受阻未能到会。2日至3日，与会代表举行预备会，规定大会议程，推举陈明、陈昭礼和罗明为大会主席，决定由陈明、陈昭礼、罗明、孟坚（孟用潜）、葛越溪组织起草委员会，准备大会报告和讨论安排等各项事宜。

12月4日，中共福建各级负责同志联席会议暨中共福建临时省委成立大会正式开幕。会议首先由各负责同志作党务、工运、农运、军事运动等10个报告，接着代表们详细审慎地研讨了政治任务、组织、宣传、暴动等12个问题。最后通过了《福建各县负责同志联席会议关于目前政治任务决议案》《告全省同胞书》《福建政治现状及目前工作大纲》等决议。

12月5日，大会选举产生了中共福建临时省委，陈明、陈昭礼、罗明、林熙盛、王海萍、蔡珊、李联星、葛越溪、陈祖康等9人为临时省委执行委员，陈明、陈昭礼、王海萍、罗明、林熙盛为常务委员。书记陈明（后罗明），组织部部长陈昭礼、宣传部部长王海萍。大会决定临时省委机关设在厦门。会后，临时省委根据中央关于加强工人领导的指示，增补许土淼、翁永康为省委执行委员，增补许土淼为省委常委。

与此同时，福建各县共青团会议也在漳州召开，成立共青团福建临时省委。孟坚为书记，刘端生为组织部部长，陈柏生为宣传部部长。

中共福建各县负责同志联席会议提出了党的目前任务：在乡村方面，只有领导农民、散军向暴动的路上走，一直实行土地革命，工农武装夺取政权，一切政权归苏维埃，杀尽地主豪绅。在城市方面，如厦门、福州、漳州、泉州等处，组织秘密的或公开的工人工会，经常作经济的政治的斗争，以团结巩固党的力量，为武装暴动巷战做准备。在兵运方面，十一军的兵士大部分是经过很好训练和宣传的，里头有不少觉悟的分子；在新编军、海军、散军之中，也有同样的情况。因此要扩大党的宣传，动员士兵参加革命的组织，帮助工农革命，形成工农兵的大联合。会议号召各级党部和党员同志，"应该更勇敢地担负起这个责任，完成我们历史的严重的使命。"

三

中共福建临时省委的成立，是福建人民革命斗争历史的壮举，它为福建实行工农武装斗争，反对国民党反动统治开辟了一个崭新的天地。从此以后，福建各级党组织直接受临时省委（1928 年 8 月正式成立福建省委）的领导。

这段时间，为加强各地党组织的联系，加强省委与中央的联络，福建临时省委在漳州建立省委交通站，与广州、香港、上海有直接的交通往来；并先后在漳州出版省委机关报《红旗》和《烈火》等报刊。漳州各县有区委 6 个，支部 35 个，党员数近 300 人。

中共临时省委成立后，即派出干部到重要地区巡视，传达省委指示精神，指导工作，帮助开展武装斗争。

在省委执委李联星的指导帮助下，漳浦党的工作再次活跃起来。针对国民党新军阀的强取豪夺，党组织发动群众开展斗争。由于党组织深入乡村，向农民宣传党的主张，坚持减租减息斗争，很快取得农民信任。1928 年 1 月初的一天夜里，漳浦张坑乡 20 多位农民来到马坪小学，听老师讲解土地革命和党的主张后，要求介绍他们入党，成就了一段福建党史上有名的"漳浦农民黑夜成群寻找共产党"的佳话。1 月 10 日，漳州马坪农会一千余名农会会员在党支部领导下，挥动着写有"农民协会万岁""反抗烟苗捐"的小旗，带着田刀、锄头柄、土枪、土炮，浩浩荡荡开往佛昙镇，包围了烟苗捐征处。遭烟苗所开枪镇压，造成马坪农民一死一伤。农民以土枪土炮还击，弹药完了掷石头，直到石尽才撤。在漳浦农民抗捐抗税斗争的影响下，漳州、海澄、南靖的农民也开展了轰轰烈烈的抗捐斗争。漳州各乡农民纷纷要求组织农会，"会员约八千人，有农民支部一个，可以公开宣传土地革命、共产主义。"在省临委的推动下，闽南工农运动再现高潮。

1928 年 2 月 10 日，中共福建临时省委在厦门召开第二次全体会议，重申党的工作中心是"领导工农贫民，一致起来暴动，从各地各个暴动中，发展到联合成一个总暴动"。并加强对四个暴动区域的领导，特别强调第一暴动区（龙岩、永定、平和）和第二暴动区（漳浦、海澄）要首先暴动起来。会议还决定临时省委机关暂时搬到漳州。

平和长乐乡地处平和县西北部偏僻山区，地势险要，群众基础好。省临委成立后，罗明与谢景德等到平和，部署平和县委积极做好武装暴动工作。2月4日，平和县临委利用长乐一带群众一年一度赴"十三坪"（庙会日）之机，组织武装示威，向群众宣传党的主张，号召群众"起来反抗捐税，驱逐县署委员、警队"。并当场惩处向群众强征捐税的捐棍曾子丹等人。翌日，县工农自卫军常备队又在长乐的建南、下翰等村拘捕土豪劣绅，没收其财产分给群众。2月24日，平和县临委召开各支部和县农会联席会议，专门研究武装暴动问题。决定"率领群众，实行暴动"，在党内设立暴动委员会，朱积垒任总指挥，罗育才为副指挥；正式成立"福建工农革命军独立第一团"，朱积垒为团长，王炳春为参谋长，朱思为副官长。还决定了暴动的有关事项。福建临时省委接到报告后，批准了平和暴动的部署，并派李任予和刘瑞生前往平和，传达省委指示，要求平和县临委切实估计形势和对方的力量来决定斗争的步骤。

根据省临委的指示，为充分做好暴动准备，平和县临委把暴动时间定为3月8日，并对攻城方案作进一步研究。3月7日下午，平和县临委和暴动委员会召集参加暴动队伍共1000多人，在长乐乡庵边村举行誓师大会，宣布武装暴动开始。当晚，暴动部队高举鲜艳的有镰刀铁锤标志的红旗，分三路向县城进攻。3月8日晨，队伍在朱积垒的指挥下同时攻城。顿时，号声、枪声、火炮声、喊杀声惊天动地。国民党警备队、保安队猝不及防，仓促应战，被暴动军队击毙10多人，其余的仓皇逃窜。暴动部队攻占县城后，即砸开监狱，救出被捕农友和南昌起义军的一批伤病员，焚烧县署和监牢，组织街头讲演，张贴标语，开展宣传，没收土豪劣绅的财产分给贫苦群众。而后队伍撤回长乐山区，在闽粤边界坚持游击战争。

3月12日，中共福建临时省委、共青团福建省委得知平和暴动后，向全省发布《为平和暴动告工农民众》，赞扬平和暴动"是全福建暴动的先声，是福建空前的壮举，是全福建工农平民自求解放的信号；号召全省工农群众行动起来，为解放自己而继续奋斗。"还发布《平和暴动宣传大纲》，向中共中央报告，指出平和暴动是"福建农民自动夺取政权的第一幕"，是"整个中国革命潮流的一支""土地革命在福建开始的信号"。此后，福建各地先后爆发了农民暴动，福建土地革命战争飞速发展。

1928年6月18日至7月11日，中国共产党第六次全国代表大会在莫斯科举行，中共福建临时省委派出罗明、许土淼参加会议。罗明赴会期间，陈祖康代理临时省委书记，不料陈祖康叛变投敌，遂由刘乾初主持临时省委工作。陈祖康拉拢党内一些不同意实行土地革命的人组建非国民党也非共产党的组织——"第三党"，煽动农民造反。为了纯洁组织，增强广大党员干部对土地革命胜利的信心，从1928年6月开始，临时省委就展开了一场反"第三党"的斗争，用马克思主义理论批驳"第三党"谬论，肃清非无产阶级思想的影响。在这过程中，许多党员表现出了崇高的气节。省临委执委李联星，因"第三党"告密，被反动军阀张贞部下军警逮捕，他坚贞不屈，英勇就义。中共龙岩县委书记罗淮盛、中共漳州县委常委陈辰同也先后被"第三党"出卖而牺牲。

1928年8月26至27日，在中共中央巡视员郑超麟的帮助下，中共福建省第一次代表大会在厦门召开。会上正式成立了中共福建省委，刘乾初当选为书记，谢汉秋为组织部部长，陈昭礼为宣传部部长，罗明为省委候补书记。至此，中共福建临时省委结束了历史使命。

中共福建临时省委虽然只存在了短短的10个月时间，却在艰难时期开创了福建党的工作，功不可没，永载史册。如今，90多年过去了，在暗夜里发出惊天春雷的省临委成立地振成巷32号小院里黛瓦粉墙的楼房，依然静静挺立；楼前那株米兰树，越发葱茏茂盛，散发出阵阵幽香。这院落，成了人们心中的圣地，一拨又一拨的晋谒人流，络绎不绝地来到这里，以虔诚的心情，寻找先辈的出发源头，解读"不忘初心、牢记使命"的真谛。

2018. 3

忆往昔峥嵘岁月稠

——顺昌革命烽火回望

　　自北面奔来的富屯溪与自西面东流的金溪汇合后，横冲直撞的巨大合力，让河道水流猛地向北拐了个弯，又迅速折向南面径直向东流去。这一拐一折，就在山地上划出了如半岛似的两块谷底平原。隔溪相望的两块肥沃之地不断地聚集着人气，在 1000 多年前的后唐长兴年间立起了县治，因位于闽江上游两溪汇合处，为"闽江起源处，顺达昌盛地"，故名"顺昌"。

　　顺昌与双溪为伴，南来北往交通方便，且水丰地肥、物产丰富，林业资源尤为丰厚。这片近 2000 平方公里的土地上遍布竹林，到处郁郁葱葱、绿意绵绵，是全国唯一的杉木之乡。由于地处福建中部腹地，又在闽江边，因此自古就是一方战略要地、一处生态福地。传说早在《西游记》成书 200 年前，齐天大圣的神通在这里民间就广受崇拜。这里不仅有齐天大圣、通天大圣墓冢，有齐天大圣五兄弟府，还有许多人给他们过生日。连神通广大的齐天大圣都看中这块地方，难怪这里的绿水青山被称为"圣水圣山"。

　　这片富饶土地在为民族独立和人民解放的近现代革命斗争史上，也催生出了许多可歌可泣的故事，为古老的大地增添了浓墨重彩的一笔。顺昌是土地革命战争时期中央苏区的一部分，彭德怀、滕代远、黄克诚、毛泽民、罗炳辉、彭雪枫、吴信泉、欧阳文、甘渭汉、刘志坚、曾镜冰、黄立贵、缪敏、马步英、马长炎、吴先喜、林敏、左丰美等老一辈无产阶级革命家和革命先辈都在这里领导过革命斗争，指挥过重大战斗。顺昌人民在党的领导下，前仆后继，英勇奋战，用生命和鲜血迎来了共和国的诞生，坚持红旗不倒。

　　现截取顺昌革命烽火岁月的几个节点，回望那段光辉而艰难的历史。

红军主力挥戈东进　双溪两岸赤潮涌动

在国民党反动统治黑暗笼罩的 1931 年，顺昌大地就闪烁着星星之火，成为中央红军的活动区域。1931 年 5 月 31 日，毛泽东、朱德指挥红军一方面军攻克建宁，粉碎了国民党军对中央苏区的第二次"围剿"。6 月 21 日至 22 日，毛泽东在江西南丰县康都墟主持召开红一方面军总前委第九次会议，要求红三军团向将乐挺进，驱逐周志群，占领将乐、顺昌两县，筹款 60 万元。根据总前委的部署，红三军团挥戈东进，向将乐逼近，驻扎在将乐的敌周志群旅闻风弃城而逃。6 月 23 日，红三军团第六师等部在师政委彭雪枫的率领下占领了将乐、顺昌两县。

红三军团占领顺昌后，开展了打土豪、分浮财和筹款等活动，共筹得款项 60 万元（含将乐）。在红军的帮助下，顺昌城区、洋口、谟武、元坑等地还成立了工会、农会等组织。

鉴于红军在中央苏区东方区域良好的发展态势，毛泽东认为，应该制定一个这些地方建立根据地的长期工作计划。1931 年 6 月 28 日，毛泽东在建宁致信周以栗、谭震林等人，指出，东面是好区域，"无直接威胁两广之弊、地势偏僻、有山地纵横、有款可筹、群众很多"。应该在这些区域作长期工作计划。要求三军团应以建宁、泰宁、将乐为工作区域，以顺昌、邵武、光泽为筹款区域……

与此同时，赣东北苏区、闽北苏区为打通与赣南、闽西中央苏区的联系，也积极谋划向顺昌境内拓展革命根据地，"向光泽贵溪南岸发展，同时向洋口发展"。闽北红军独立团在黄立贵率领下，在闽北开辟革命根据地。期间大小战斗数十起，歼敌近千人，于 1931 年 12 月下旬粉碎了敌人对闽北苏区的第三次"围剿"，恢复了全部苏区，并在建阳、邵武、光泽等与顺昌交界的周边地带开辟了新的根据地，为中央红军进军闽北打下了基础。1931 年 8 月 31 日，中央巡视员在巡视福建情况的报告中称："崇安、光泽、邵武、建宁、泰宁、将乐、顺昌、沙县的北区仍在红军手中。"

1932 年 10 月 18 日，红一方面军在闽北独立团的配合下，又攻克了邵武、将乐、顺昌等县，从而打通了中央苏区与赣东北、闽北苏区的联系，使闽北苏区与中央苏区连成一片。顺昌全县范围内广泛组织群众，掀起打土豪、筹资财、扩红等赤色热潮。中央主力红军和闽北红军在顺昌的频繁活动，为此后顺昌苏区的建立和发展奠定了坚实基础。

彭滕奉命率军入顺 红色政权应运而生

1933年7月，为开辟新苏区，以红三军团为主组成的中国工农红军东方军，肩负着"筹款百万，赤化千里""把红旗插到福建去"的历史使命，在司令员彭德怀、政委滕代远率领下，由赣入闽。于8月26日攻占了闽北重镇洋口后，东方军十九师在师长周建屏指挥下，包围了顺昌县城。翌日，彭德怀司令员亲临顺昌城外察看地形，指挥战斗。当时，红四师、红六师、红十九师、兴国模范师、少共国际师、闽赣军区所属部队先后进入顺昌，参加围城作战或配合作战。围城战斗僵持了40多天。黄克诚将军后来回忆说："我们包围顺昌一个多月没什么攻，主要目的是牵制顺昌城内敌人，我们好在洋口筹款并弄些食盐、布匹等物资。"

在这40多天中，除围城部队外，东方军所属各部队先后攻占了现属顺昌的洋口、谢屯以及大干、谟武、桂溪等区乡（村）。并在建瓯中心县委的配合下，深入发动群众，建立党组织、红色政权和革命武装，开展了轰轰烈烈的打土豪、分田地及筹粮筹款等活动。同年9月2日，中央苏区闽赣省苏维埃政府财政部部长毛泽民到达洋口，将东方军在洋口筹的款项30多万元、食盐12万千克、煤油600余桶及大批纸张、药材、布匹和武器进行调配。除了部分补充东方军和分给当地贫苦工农外，大部分都运往赣南、闽西中央苏区。

东方军进驻洋口后，随即帮助中共建瓯中心县委建立了洋口、谢屯两个区委，发展党员百人以上，还帮助谢屯成立了农会、游击队和党组织。东方军还帮助组建了大干区委、漠布（现谟武）区委。1933年8月9日，东方军在顺昌及周边各地创建了新苏区，成立了洋口、谢屯、漠布、大干、桂溪等区苏维埃政府，下辖86乡（村），面积达1133平方公里。1933年12月12日，闽赣省第一次苏维埃代表大会在建宁召开，顺昌等13个县400多名代表出席，会议成立了闽赣省苏维埃政府。

东方军在洋口期间还帮助扩红，顺昌苏区先后有3000多名青壮年踊跃参加红军游击队或赤卫队，洋口镇就扩红700余人。还在洋口组织了300人的游击队，后来又成立了拥有 2000 多人的闽中独立团。在顺昌苏区先后组建了赤卫队、游击队三十多支，队员达 3200 多人。

顺昌各级红色政权都设立了土地委员会或土地部，开展了轰轰烈烈的分田地、分浮财运动。据不完全统计，在土地革命战争时期，顺昌县开展打土豪分田地的乡（村）有 21 个。

由朱德、彭德怀等老一辈无产阶级革命家及其领导的红一军团、红六军团、东方军开辟和创建的顺昌苏区，是中央苏区闽赣省的一部分。顺昌苏区的创立，扩大了中央苏区的苏维埃版图，巩固了中央苏区的侧翼，使中央主力红军在军事上有了更大的回旋余地。缓解了中央苏区第五次反"围剿"的压力，极大地支持了中央苏区第五次反"围剿"战争。

艰苦卓绝三年游击　红军官兵屡建奇功

第五次反"围剿"开始后，东方军于 1933 年 9 月 29 日奉命开始撤离顺昌苏区，10 月 3 日全部撤离，返回江西黎川地区作战。闽北红军继续在顺昌的大干、埔上、洋墩、仁寿一带坚持开展武装斗争。1934 年 3 月间，缪敏（方志敏夫人）率红军四五百人袭击驻仁寿桂溪、余塘一带国民党七十五师四连，击毙敌军 20 余人，缴获一批枪支弹药。缪敏高个身材，身穿红军制服，腰间插着两把短枪，显得英姿飒爽，人称"双枪女将"。8 月至 10 月间，黄立贵率领红军多次袭击驻大干、埔上、洋墩、仁寿的国民党军队，击毙敌副连长一人，敌军 150 多人，缴获了一大批枪支弹药和物资。

1934 年 10 月，中央主力红军长征后，顺昌苏区先后陷落，但顺昌党组织和革命武装，转入艰苦卓绝的游击战争。国民党反动派调集大量军队，疯狂"围剿"闽北革命根据地。1935 年 4 月，根据闽北分区委"挺进敌后，开辟新游击区"的指示，邵武县委向国民党军事力量相对薄弱的邵武顺昌建阳边区发展。此时，黄立贵率领的闽北独立师一部也在这一带开展工作。于是，两支队伍会师，合力消灭了华家山一带的反动势力，打开了局面。随即在华家山建立了中共邵顺建县委，由刘新友任县委书记。此后党组织得到发展，先后成立了 7 个区委，发展党员 70 多人。至此，开辟了以华家山、太阳山为中心的邵顺建地区大片根据地，成为闽北 3 年游击战争期间一块重要的革命根据地。

1936 年 6 月，以黄道为书记的新的闽赣省委成立后，邵顺建县委归闽中分区委管辖。1936 年 8 月闽中分区委书记黄立贵与吴先喜奉闽赣省委指示，率领闽北红军第六纵队一部分挺进顺、将、泰一带，开辟了闽中游击根据地。此时邵顺建县委机关遭国民党第七十六师一部围攻，县委书记江作新等 5 人牺牲。不久，接任的县委书记雷荣华又在突围中牺牲。闽北游击队奋起抗敌，出动 100 多人的队伍袭击了顺昌洋墩，缴获了一批枪支弹药和两台缝纫机，并在洋墩的山上办起缝纫厂，专门缝制红军游击队服装，为解决当时闽北红军游击队的服装困难发挥了很大作用。

3 年游击战争期间，顺昌北部山区红军游击队的频繁活动，使国民党反动政府惊慌失措，多支部队先后进驻顺昌，并纠集地方反动民团等势力，采取搜山、移民并村、扎营建碉堡等手段，企图消灭革命力量。红军游击队在党组织的领导和人民群众的支持掩护下，运用灵活机动的战略战术，积极开展游击战，终于粉碎了敌人的"围剿"，取得一个又一个的胜利。红军游击队在顺昌北部先后吸引了敌人正规军 3000 余人，消灭敌人 400 多人。红军游击队活动范围也从最初的几个村庄，发展到方圆六七十里的几十个乡村，逐步形成了顺昌北部山区游击革命根据地。队伍也不断壮大，先后吸收发展红军 80 余人，而后编入闽北独立师，于 1938 年 2 月编入新四军三支队五团，开赴抗日前线。

抗日救亡轰轰烈烈　英华特支功不可没

抗日战争全面爆发后，国民党并没有停止对红军游击队的围攻。1941 年至 1943 年，国民党顽固派掀起一次又一次反共高潮，对闽北发动了 3 次军事大围攻，仅在建松政地区就杀害了 1000 多人。于 1938 年 1 月成立的顺昌县委也遭受严重破坏，县委组织部部长郑明子，区委书记涂盛子、邱正宝、邱正贵等 12 人在同一天被敌人残忍杀害。县委书记陈和盛、宣传部部长陈凤鸣、妇女部长何玉莲等同志也先后牺牲。

1938 年初至 1940 年秋，在闽北党组织领导下，顺昌城乡开展了轰轰烈烈的抗日救亡运动。洋口英华中学特别支部与党外围组织民先队、仁寿地区党的地下组织和平津流亡学生团项德崇（即项南）等进步学生，在顺昌城关、洋口、仁寿等地组织抗敌剧团。建立壁报，组织晨呼队、歌唱队等多种形式，开展了有声有色、生动活泼的抗救宣传活动。

项南同志后来回忆了这段历史，从他简短的忆述中也可窥见顺昌当年抗救活动活跃情景之一斑。项南同志回忆说：大概在1938年秋，我同平津流亡学生团一部分学生在长乐组织了一个明天剧咏团，后来被国民党封了，而后我到了福州，又到了顺昌。在顺昌编辑一个小报，每天出一期，自己编，自己印，主要是报道抗战的一些新闻。当时我编这报实际上是一种掩护，主要是搞救亡活动。过了一段时间，我就写信到福州给流亡学生团，他们就陆陆续续地来到顺昌。这些人中有不少大学生，有会演戏的、会唱歌的，各种各样的人都有（还有福州的一部分学生）。这些人先是到了洋口。洋口当时有3个人比较积极，一个叫官竟杰，另一个叫陈菊英（又名陈曦，听说这个人后来叛变了），还有一个最积极的是洋口小学的教导主任叫邓汉锋。我们在洋口开了一个200多人的抗战剧团筹备会，局面很快打开了。

项南同志接着说：后来我到了顺昌城关，在县里又成立了抗敌剧团。顺昌城关有个礼拜堂，当时上海、天津、北平来的大学生都住在里头。我们排了《菱姑》《放下你鞭子》等几个戏。以后学生越来越多。一个很闭塞的小县城来了这么多洋里洋气的人，这引起了国民党的怀疑，不许我们演出，不让我们进行救亡宣传，最后被迫停下来了。这些人又陆续离开了顺昌。

在顺昌救亡活动中，特别要提一下英华特支的出色工作。抗战全面爆发后，1938年6月福州英华中学内迁顺昌洋口。1939年夏，在南平剑津中学金凤（即南平工委青年工作负责人庄征）的影响下，在英华中学高三力学班建立了中共洋口英华中学特别支部（简称"英华特支"），先后属闽江工委和南平中心县委领导。英华特支积极在进步学生中发展党员，为党输送了一批优秀的干部。还组织秘密读书会，在学生中传阅进步书籍，传播革命思想。通过办墙报、编印歌曲、组织歌咏队下乡等多种形式，开展抗日宣传，传播抗战消息，鼓舞群众爱国热情。

军民同心浴血奋战　坚持斗争迎来解放

抗日战争胜利后，国民党反动派为抢夺胜利果实，阴谋挑起全面内战。

为粉碎其阴谋，闽北党组织贯彻省委"九月指示"，在隐蔽活动的情况下，一面积极争取和平，一面加紧战争准备。1945年，闽西北人民游击队在顺昌、沙县边境隆兴洋一带活动，发展游击队员，建立游击根据地。并于当年11月，在隆兴洋成立中共沙（县）顺（昌）区委，隶属于闽西北特委。

1946年8月，中共福建省委闽江工委调查委员会副书记吴东烈返回家乡洋口，建立中共洋口支部，发展党员，在贫农和手工业者中发展"兄弟会"（党的外围组织，即贫农团）会员。开展"反三征"（即反国民党征兵、征粮、征税）活动，带领农民进行减租减息合法生存斗争。"兄弟会"因此声名大振，数日内，要求加入"兄弟会"的贫农和艄排工人竟达400余人。

与此同时，中共闽西北特委书记林志群率领闽赣边游击纵队，也来到顺昌榜山、沙县新坑一带活动，相继攻打了沙顺边多地乡（镇）公所，造成敌人心理恐惧，不得安宁。闽西北游击队三四百人，一直活跃于沙顺边境，直到全国解放。

解放战争期间，1948年10月省委派江作宇到闽北组建南（平）顺（昌）瓯（建瓯）工委，下设南平安丰、大洋和现属顺昌的大历、岚下、仁寿5个区工委。在南顺瓯工委的领导下，顺昌各区工委发动群众，扩大武装，开展游击活动。大历区工委在书记李光耀带领下，队伍由原来的七八人扩大到100来人。他们还做通大历镇长饶嗣春的思想工作，使其在新中国成立前夕率50多人携械起义。后来党派他回大历工作，不幸被反动分子杀害。岚下区工委在书记陈德魁带领下，队伍发展到80多人，开展游击活动，打击敌人。1949年2月13日，岚下区工委武装队伍配合曾镜冰省委机关主力部队共400多人，在夏墩古佛庵与省保安团四团三四百人展开激战，击退敌人多次进攻，打死打伤敌人20多人。5月18日岚下区委游击队配合大历区工委武装队伍攻占了洋口镇，国民党县长吴承昌闻讯惊恐万分，仓皇逃到元坑一带。仁寿区工委书记童教富在顺昌建阳交界的村落开展工作，建立了一支50多人的游击队，发动群众开展抗丁、抗粮、反蒋斗霸活动。收缴反动武装枪支，发动群众破仓分粮。这期间，顺昌全县的武装力量由原有的50多人发展到临解放时的280多人，有力打击了国民党反动势力，扩大了党的影响，巩固了游击根据地。

1949年5月20日，中国人民解放军第二野战军第十五军四十四师部分和四十五师的一三五团占领顺昌县城，俘敌保安队60余人，缴枪100多支。

6月23日，人民解放军二野五兵团十七军五十一师一五一团在政委骈引丁、副团长黄幼衡率领下与南顺瓯游击队、闽西北游击队配合，正式解放顺昌县城。24日洋口解放。26日城区居民2000余人在县体育场举行欢庆顺昌解放大会。6月底，组建了中共顺昌县委，成立了顺昌县人民民主政府。从此，顺昌的历史翻开了崭新的一页。

为了这一天的到来，顺昌人民坚持不懈斗争，做出了重大贡献和牺牲。据统计，仅1930年至1934年底全县人口锐减1.6万人，占当时总人口的26.4%。其中半数为国民党反动派杀害，其余为饿死、抓壮丁或背井离乡。全县被毁灭村庄29个、民房4654间，绝户119户，损失财物不计其数，许多村落荒无人烟。

如今，战火硝烟已然远去，时空记忆依旧清晰。忆往昔峥嵘岁月稠，看今朝五彩红旗飘。如今太平盛世是无数革命先烈用生命和鲜血换来的，我们当铭记不忘！在当地采访的那天下午，当我与县委党史研究室的同志一起，沿着长长的石阶登上城区塔山顶，面对彭德怀元帅题写的"人民英雄永垂不朽"纪念碑时，对革命先烈的崇敬之情油然而生。顿时我觉得，这塔山犹如灯塔一般光芒四射，照亮了山，照亮了水，照亮了人们的心堂。眼前这英雄纪念碑，就像山下日夜奔流的富屯溪和前方高高耸立的华阳山一样，永不磨灭，万古流芳！

2018.4

走进金坑

从邵武城上高速往南，过和平镇后折西不远，就到了闽赣边界收费站。我要去的金坑乡就在这闽赣边界的崇山峻岭间。

俗语说，车到山前必有路。当车到了边界收费站前，我以为车要出省了，可忽地一个转弯，车子转到了山间乡道上。往前，便是一道山谷，七弯八拐，谷底由窄变宽，渐渐地眼前亮出一块比较开阔的小盆地。金坑乡就坐落在这里。别看这一带坑坑洼洼，沟沟壑壑，历史上却是银矿、叶蜡石矿密布之地。村边的溪中还蕴藏金砂，溪因此得名金溪。村处在溪畔坑沟之间，这就有了金坑这个地名。

金坑地处闽赣边界黎川、邵武、光泽三县交汇处。这里的黄土关地势险要，易守难攻，是古时赣人入闽的重要通道。因此金坑虽位置偏僻，却是人来人往的热闹之处，更是一块兵家必争的战略要地。千百年的风雨沧桑，给这个不起眼的小村留下了丰厚的文化积淀。如今尚存的五十多座古建筑，如同一个个巨人屹立村中，为我们讲述村里的往事。

村头的文昌宫特别引人注目。这座始建于清乾隆年间的单进廊院式建筑，占地519平方米。宫中的文昌阁，高三层，三重檐四角攒尖顶，屋面绿瓦灰脊，屋坡舒缓流畅，造型美观稳重；装饰以龙形斜撑为主，梁枋、天花等遍施油饰、彩画，极显富丽堂皇之气派。正殿一、二、三层有木楼梯相通，二层供奉主持文运功名的魁星大士，三层供奉掌管人世功名利禄的文昌帝君。

在这闭塞偏僻的山沟里何以建起如此壮观的文昌宫？这就要追溯村里的悠久历史。

金坑多姓李。据李氏族谱记载，金坑李氏祖先是唐朝开国皇帝唐高祖李渊最小儿子李元婴的后代。李元婴曾任洪州（今南昌）刺史等职，他有18个子嗣，唐高宗调露元年（679年），李元婴离任洪州时，为防止武则天对其家族杀戮，便将其中几个儿子留在江西南城。宋时金坑李氏先祖从南城迁移而来，在闽赣边界的金坑山地聚族而居，躲避战乱，开山拓荒，繁衍生息。他们秉承中原文化，把"忠孝传家，诗书启后"作为家训，把"读书入仕"奉为圭臬，尊儒重学，代代相传。清康乾期间，经济繁荣，文风鼎盛，金坑李氏先祖于是筹资建起了这座文昌宫，成了远近学子的精神家园。解放初期，这里被辟为学堂，成为周边子弟读书的场所。如今虽然村里盖起了新校舍，文昌宫也垂垂老矣，然风姿犹存，仍巍巍然屹立村头，成了村里一座标志性的古建筑。

村中的"儒林郎第"也相当气派。"儒林郎第"藏在村里小巷里。有道是"酒香不怕巷子深"，虽处巷道深处，其卓立清丽的风姿仍耀眼醒目，引人关注。这座建于清道光八年（1828 年）的庞大建筑物，乃六品文散官、均为儒林郎的危昌彦、危隆焕父子修筑，竣工时房间数达 123 间，气势恢宏，精美大气。门楼造型别致，砖雕精巧隽秀，法轮、莲花、宝瓶、金鱼等砖雕图案精妙绝伦。檐下彩绘，内容多取材于民间生活场景，也有官场宴饮礼仪，儒家思想厚重。浩浩长幅，或工笔写意或浓墨重彩，层次分明，密而不乱，虽历经数百年风雨，至今依然闪射金辉。儒林郎第内部布局合理，其格扇、花窗等造型精美，精雕细刻。木雕采用浮雕、浅雕、镂雕等技法，且内容丰富。还有精美的石雕。雕刻既有人物、动物、花草的吉祥图案，又有诸如"苏武牧羊""天女散花"等古代典故，所雕人物、动物形神兼备，呼之欲出。厅堂正中大柱上，挂着朱熹手迹"忠孝持家远，诗书处世长"两块木匾。

金坑还有一个建筑群，正中一座老厝，在青石门额上雕刻"缉熙聚顺"四个大字，这就是建于明末清初、人称"驸马府"的耿精忠老宅。古宅机关暗道四通八达，粮仓、私塾以及附属房等一应俱全。只是时间长了，内部建筑多已破损，但其显赫气派的外观依然可见。门额刻"缉熙聚顺"，蕴含"收集兴盛聚集顺境"之意。这大概寄寓着主人建宅的期盼吧！气势不凡的古宅，为我们讲述了当年靖南王耿精忠在邵武的一段史实。

耿精忠的父亲耿继茂被顺治帝封为靖南王镇守福建，朝廷要他积蓄力量收复台湾。皇帝为了稳住"三藩"，除了给他们封王封地外，还采取与藩王联姻的方式。耿继茂因此与清皇室结了亲，其三个儿子，即大儿子耿精忠，二儿子耿昭忠和三儿子耿聚忠，分别娶了皇室宗亲的女儿"格格"，耿继茂的三个儿子便成了"驸马爷"。

1662 年，耿精忠 18 岁时，遵父命携家眷随军入驻邵武金坑乡的黄土关。直到 1671 年，其父亡故才前往福州王庄靖南王府。在金坑九年期间，耿精忠组织平民开荒垦田，整顿社会秩序，规定金坑的地主一律免交税赋，但所免交的数额必须反抚乡民，使当地居民生活安逸。他还在金坑兴建了这座颇有几分王子霸气的大宅院。耿精忠后来不满撤藩"反清复明"，被处以死刑。其一生曲折经历，历史自有评说。然他在金坑守边关和盖起"驸马府"，却给金坑这个偏僻的山村留下一处弥足珍贵的史迹，令人遐想这里曾经的金戈铁马、荣华富贵和一度的社会安逸。

如果说耿精忠是一位有争议的人物，那么金坑将军庙所供奉的王焕将军则是一位人所崇敬的英雄人物。王焕将军是民族英雄戚继光部属，曾跟随戚将军抗倭，后来到金坑，铲奸除恶，剿灭匪患，最后病逝在金坑。金坑人民为纪念这位民族英雄，便将始建于万历二十八年（1600 年）的这座庙宇改为将军庙，奉祀王焕将军。"一个有希望的民族不能没有英雄，一个有前途的国家不能没有先锋。"村里人知道这个道理。民国初年，庙内失火被烧，不几年村民又筹资重建，可见百姓对英雄人物感念至深。

说来也奇怪，金坑虽处丛山僻壤，西方的传教士却在 20 世纪 40 年代就来到这里，盖起了一座哥特式的天主教堂。高耸的三角屋顶、半弧形的门窗，这些西洋建筑的标志和青砖、红石当地建材的结合，从外表就能看出中西文化的交融，这座教堂成了中西文化合璧的典型代表。高鼻梁、棕色发的传教士行走在山村的街头巷尾，成了当年四里八乡的一件新鲜事。

历史文化、儒家文化、建筑文化、英雄文化、外来文化，金坑的建筑物承载着不同时期不同类型的文化，让我们读出了这个小村文化的多样性。然覆盖村头村尾，令老百姓家喻户晓的，还是红色文化，即 20 世纪 30 年代红军在这片土地上点燃革命火种，给这里留下的光辉而艰难的红色记忆。

由于金坑地处闽赣边界，地理位置特殊，土地革命时期，金坑处于中央苏区战略咽喉要道，是中央苏区快速通往各苏区的重要通道。从 1931 年 5 月至 1934 年 10 月，中央红军曾九次进驻金坑，毛泽东、周恩来、朱德、彭德怀等老一辈无产阶级革命家率领的红一方面军在这里领导革命，许多革命旧址、遗迹如今犹在。走访这些故址，聆听它们讲述，让我们了解了当年发生在这里的军民同心、团结战斗的许多可歌可泣的生动故事。

1931 年，中国共产党领导的工农红军在赣南、闽西以燎原之势开展革命活动，红色政权不断巩固和扩大。当年 6 月 28 日，彭德怀、滕代远率领红三军团某部，从江西黎川出发进驻金坑，开展革命活动。红军在金坑上坊桥头庵召开群众大会，向当地群众讲明共产党和红军是为劳苦大众翻身闹革命的，要打土豪、分田地，让百姓过上好日子，号召群众支持和参加革命。还将打土豪收缴来的钱物，分发给贫苦农民。红军的言行消除了百姓的疑虑，原来不了解而外出躲避的人也安心返家。红军的这次行动，为金坑根据地的建立打下了初步的基础。

为了使江西中央苏区与赣东北苏区连成一片，中共苏区中央局决定，从邵武金坑、建阳黄坑打通这条通道。1931 年 11 月，红三军团遵照中央关于"打通中央、赣东北、闽北三块苏区联系"的指示精神，在军团长彭德怀、政委滕代远率领下从江西再度进入金坑，组织发动群众开展武装斗争，推翻反动统治。12 月，红三军团发动群众在金坑成立了邵武第一个区、乡两级苏维埃政府。李增生为区苏维埃政府主席，危太生为乡苏维埃政府主席，还成立了游击队、赤少队等武装及群众组织，使金坑的革命运动迅速高涨。开展了打土豪、分田地、筹军款等革命活动，给地主豪绅以狠狠打击。

金坑革命活动的蓬勃开展，引起了反动当局的恐慌。1932 年 2 月，国民党当局组织保安队与大刀会 60 余人进攻金坑。李增生、李方扶为掩护区、乡苏维埃政府和群众转移不幸被捕，不久李增生被杀害。李方扶趁敌人不备机智逃脱。为打击反动势力，1932 年 10 月至 1933 年 6 月，赣东北独立团团长李和森与黎川的工农红军和游击队，会同金坑的游击队多次进入金坑乡，打击反动民团和大刀会。1933 年 5 月的一个傍晚，李和森部队在金坑洋家段河边，与反动大刀会 200 多人展开激战，大刀会被打死 20 多人后仓皇逃窜。红军也有伤亡，鲜血染红了河水。为纪念牺牲的红军将士，这座桥后来被称之"红军桥"。

1933 年 5 月，闽赣省委、省革命委员会在江西黎川成立，办公地址设在与金坑毗邻的黎川湖坊，邵武苏维埃政府划入中央苏区闽赣省管辖。1933 年 7 月，中共闽赣省委、省革命委员会根据斗争需要，在光泽、黎川、邵武三县交界地，距金坑 20 多公里的光泽上观村成立东方县，下辖光泽李坊、止马，邵武金坑、上岚和黎川熊村、湖坊等区。不久中共东方县委、县苏维埃政府由上观迁至金坑，闽赣省委、省苏维埃政府机关也由湖坊迁至金坑黄土关。一度呈现出省、县、区、乡四级苏维埃政府，都在金坑办公的政治局面，金坑成了中央苏区联系赣东北苏区的战略走廊和交通要地。同年 9 月 28 日，中央苏区东北大门黎川失守，金坑成为中央红军第五次反"围剿"的重要前沿阵地。

这期间，省革委会主席邵式平在这里领导革命活动，巩固发展金坑区、乡苏维埃政权，建立了 5 个乡苏维埃政府，组建游击队，成立贫农会、宣传队、赤卫队、少先队、儿童团等组织，还进行了土地改革试点，以村为单位，将所有土地按人口进行分配。

1933 年 9 月，彭德怀、滕代远率领东方军，带着"把红旗插到福建去，开辟新的根据地"的东征任务，向邵武的盖竹、金坑推进，彭、滕仍在紧挨江西黎川的金坑文昌宫设指挥部，分析敌情，制定作战方案。10 月 6 日，彭德怀、滕代远部在黎川东北的洵口与国民党部队发生一场遭遇战，活捉敌旅长葛钟山，歼敌 1200 多人，取得了洵口大捷。这是中央红军第五次反"围剿"中为数不多的获胜的战役。同年 12 月 20 日，国民党第 14 师从黎川进攻金坑，红军将士利用黄土关险要地势，与敌激战数日，打退了敌人的多次进攻。

为消灭我有生力量，国民党数次派遣飞机对我红军驻扎地金坑上坊进行轰炸，投弹 60 余枚，炸死炸伤我军民 10 余人，炸毁房屋数百间，整个村庄笼罩在浓烟烈火之中，残垣断壁比比皆是。布满密密麻麻弹孔的墙壁如今犹存，记录着当年国民党反动派的罪行。奇的是，东方县委和金坑区苏维埃政府之间相距百米的房屋被炸成一片火海，可两座领导机关的民宅却完好无损。可见老天爷也在保佑着代表人民的共产党政权机关。

土地革命时期，红军还在金坑设立兵站、医院和银行。1933 年 10 月中央红军通过金坑兵站进行人员和物资投送，先后转移伤员数十人，食盐2000 多斤，枪支 200 多支，粮食 6000 多斤，以及救援药品和擂茶原料等物资。

1933 年 12 月 20 日，国民党为横断闽赣苏区，命江西"剿匪"军第 14 师霍揆章部、94 师李树森部，于黎川熊村从西面向金坑黄土关发起进攻，国民党第三路军则从北面偷袭金坑。驻守在黄土关的红三军团红 6 师第 17 团，在团长王青松带领下，与敌人三个师在黄土关相持三天三夜，打退了敌人多次进攻，使医院、兵站等安全转移。

红军撤离金坑长征后，国民党派兵驻守金坑，土豪劣绅也卷土重来。国民党勾结反动势力，大肆搜捕苏维埃干部、游击队员、赤卫队员等。被抓捕的干部群众受到残酷迫害，许多红军家属和苏区骨干也受到株连，为革命献出了宝贵生命。金坑乡至今有姓名可查的牺牲烈士就有 59 名。一百多名金坑籍青年参加了红军，他们中许多人都在反"围剿"作战和长征途中壮烈献身。

　　如今 80 多年过去了，战火已然烟消云散。然用革命先烈的生命和鲜血积淀的红色文化，永远光耀着这片大地。山深地僻的金坑，也因罩着红色的光环而闻名遐迩。红色遗址、红色标语、红色故事，为金坑的历史添上浓墨重彩的一笔。她不断地激励着人们高擎火炬，牢记使命，把这片无数革命先烈用鲜血灌注的红色沃土，装点得更加绚丽多彩。

2018．4

当年鏖战急　青山人未老

——明溪革命烽火回望

明溪，位于闽中腹地，其地形版图犹如一只展翅飞翔的蝴蝶。在不足2000平方公里的范围内，这只"蝴蝶"连接着三明市的九个县（市、区），是全省与周边接壤县份最多的一个县。同时，明溪还是沟通闽西与闽北、福建与江西的枢纽区域，地理优势极为明显。蝴蝶生活在花丛草野之中，有蝴蝶飞舞的地方必是青山绿地。明溪这只"蝴蝶"，通体皆绿，遍地林木葱茏，花草丰茂，绿水青山延绵不绝，是大自然赐予的一块大地明哲、溪水澄澈的福地。

明溪古称归化，明成化六年（1470年）建县，为"汀属八县之一"。这里人少地广，然地多为梯田，"田尽而地，地尽而山，土浅水寒，山岚蔽日"，耕作困难，收获无多。农民辛苦劳作一年，到头来还不得温饱。一遇灾害，更是颗粒无收，断粮缺食。

天灾损失犹可怕，人祸危害更惨烈。鸦片战争以来，这块土地上"军阀跋扈，地痞专横，烟赌林立，土匪猖獗，教育衰颓，实业不振，青年坠落。"农村广大农民深受地主地租与高利贷的剥削，苦不堪言。

从1913年到1926年底，北洋军阀福建陆军第三师李凤翔部，盘踞汀属八县，横征暴敛，欺压百姓。北洋军阀政府军周荫人部第49团也来明溪掠夺财物。1927年，福建省防军第二混战旅旅长郭凤鸣和地方军阀卢兴邦在明溪争夺地盘，为非作歹，吸吮人民膏血。民团土匪、地主豪绅恃强掠夺、霸占田地，给人民带来了无尽的灾难。当时，在福州一元钱能买到二三十斤盐，由于卢兴邦的垄断和苛捐杂税，明溪一元钱只能买到二斤多一点。当年在明溪流传着一首《镰刀挂壁肚里饥》的歌谣："出门上岭岭又崎噢，镰刀挂壁肚里饥噢，半根酸菜吃三餐哟，日午冒（没）粮夜冒（没）米噢。厝底（家里）阿娘人带走噢，剩下孩仔哭啼啼噢。穷人家里实在苦哟，黄连落肚冒（没）人知噢……"真实地表达了当年穷苦农民的心声。

有压迫就有反抗。素有争强抗暴传统的明溪人民，早在五四运动期间，县城第一小学师生就联合社会各界人士，发电声援北京学生爱国斗争。"五卅"惨案后，明溪有识之士又举行大规模示威游行，声援上海"五卅"运动。1926 年冬北伐军入闽，一批共产党员到闽西开展革命活动。1927 年春，明溪青年张隆友、罗福钦等 20 多人参加了在上杭举办的"汀属八县社会运动人员养成所"或在汀州城举办的"训政人员养成所"后回到明溪，开展革命活动，深入农村宣传和组织农民开展斗争。

1927 年 5 月，中共第五次全国代表大会发布《土地问题决议案》后，明溪的农民运动出现了新的局面。同年 7 月间，城区成立"县农民协会筹备处"，组织青年开展禁赌、禁嫖、禁抽鸦片以及反对苛捐杂税活动。发动农民起来进行"二五"减租、统一度量衡斗争和开展生产合作运动。农会也在斗争中不断发展壮大，会员发展至 160 多人。

1928 年，在长汀读书的明溪籍青年黄礼嘉、邱文澜、黄凯、黄谟等加入共产党，他们利用假期回乡，宣传革命形势，秘密开展活动。1929 年 3 月，党组织派邱文澜回明溪秘密发展党员，开展党的工作，并于同年成立了明溪第一个党组织——中共归化城市小组，直属中共汀州县委领导。从此，共产党的种子在明溪扎下了根，革命的星星之火在明溪山野闪烁光芒。

毛朱率部入明　点燃熊熊革命烈火

使星星之火熊熊燃烧形成燎原之势，是 1930 年初，毛泽东、朱德率红军入明之后推动的。

1930 年 1 月 7 日，毛泽东指挥红四军第 2 纵队，完成阻击敌刘和鼎部掩护主力出击江西任务后，按预定计划，向连城、清流、归化县挺进。16 日上午，红四军第 2 纵队进入归化县的西部地区。红军行军走的是雪后泥泞溜滑的山路，队伍由清流县林畲兵分两路进入明溪盖洋。一路从大洋——邓地——雷西——盖洋——村头——泉上，另一路从大坑——画桥——桂林——葫芦形——盖洋——村头——泉上，而后转战赣南。当年毛泽东骑一匹大白马，在行军途中，与大部队一起穿越羊肠小道，艰苦跋涉。面对原生态山野，憧憬光明前景，毛泽东吟咏了气壮山河的光辉辞章《如梦令·元旦》。

1931 年 7 月 6 日，毛泽东又一次率部来到归化，朱德也一起来，视察指导归化新区域的革命工作。毛泽东住在归化城北部鱼塘溪畔的"四贤祠"，朱德住在坪埠谢厝湾村吴家大厝靠水井边的右厢房。毛泽东到归化当天就向县民众教育馆借阅《归化县志》，并深入群众中询问归化肉脯干制作和价格情况，还在四贤祠召开贫苦工人、农民代表座谈会。第二天毛泽东、朱德在坪埠村口柿子树下草坪召开群众大会。其间，毛泽东还在坪埠村的万春桥上召开调查会，和老贫农拉家常，调查了解明溪商业、造纸和人民生活情况。

毛泽东、朱德率领红军来到明溪后，党的坚强指挥和红军顽强的军事斗争，推动明溪大地土地革命如火如荼地开展起来。正如当地民歌《毛主席到过厝这里》中所唱的："毛主席到过厝这里，领导厝们闹翻身，革命的烽火遍地起……斧镰打出新天地，碧血染红遍地旗。"

毛主席率红军路过宁、清、归区域，沿路传播革命火种，坚定了当地人民的斗争信心，使苏区版图不断扩大，推动了红色政权建立。1930 年 3 月 18 日，明溪 3 名代表秘密参加的闽西第一次工农兵代表大会在龙岩召开，选举成立了闽西苏维埃政府。标志着包括明溪县在内的闽西革命根据地正式形成。同年秋，成立了"中共归化县城市特别支部"，邱文澜任书记。

此时，红 12 军等部队数百人来到明溪西北部的枫溪和夏坊一带，发动群众，开展革命斗争。第二次反"围剿"胜利后，1931 年 7 月初，红四军、红 12 军等所属部队陆续挺进明溪，击溃在明溪县城和东南、东北及西北区各乡反动保卫团，首次解放了明溪县。

明溪的解放，促进了明溪党组织和苏维埃政权发展。红四军 13 师进入明溪胡坊、冯厝和沙溪等地，开展筹款活动和抗租抗高利贷斗争，并指导当地党组织建立政权工作。期间，在外地的明溪籍共产党员蔡福钦、张国华、杨芳等回县，从事建党建政工作。

1931 年 6 月 28 日至 7 月 1 日，毛泽东接连三次从建宁发出指示信，指出明溪、清流、宁化和闽赣边区域是个好地方，群众基础好，地理位置重要，资源丰富。"电令 4 军及 3 军团，不去顺昌和沙县，立即摆在将乐、归化筹款。以 10 天为筹款期。"要"以筹款和群众工作同样作为主要任务。"明确指出红四军以归化等县为工作区，发动群众，分配土地，建立政权，建立地方武装。在毛主席指示信的推动和红军帮助下，7 月 5 日，明溪县建立了临时红色政权——"中华苏维埃共和国归化县工农革命委员会"，蔡福钦、赖水金先后任主席，县贫农团、工会等群众团体也得到建立和发展。全县筹款工作取得了很大进展，并普遍开展了打土豪运动，部分地区还分了田，一大批青年参加武装队伍。当时的《福建民国日报》惊呼："归化东北区无一片净土，大小二百余里尽成匪窟。"也从一个侧面反映了明溪当时的革命斗争盛况。

1931年11月，中华苏维埃第一次全国代表大会在瑞金召开，正式成立中华苏维埃共和国临时中央政府。从此，归化县列入中央苏区版图，成为中央苏区21个组成县之一。

由于红军的不断推进，解放了广大地区，各地党的组织建设、政权建设和武装斗争进一步发展。"中共福建省归化县工作委员会"也于1931年11月成立，肖恒太任书记。县成立游击队，各乡村成立赤卫队，此后又成立县赤卫总队，后来又发展成游击队独立营、独立团。至1932年底，有90%的农民分得土地。

当然，革命的道路是曲折的，在发展和保卫苏区的斗争中，一大批明溪优秀儿女献出了宝贵的生命。明溪第一批共产党员、也是明溪第一个党组织的创建者邱文澜与其妹邱惠莲，在对敌斗争中光荣牺牲，成了闻名明溪的"邱门双烈士"。1933年2月，由于王明"左"倾路线的为害，削弱了苏区的革命力量。此时，国民党反动派正对中央苏区进行第四次反革命"围剿"，敌卢兴邦部进占明溪、清流两县城及大部区域，明溪的革命随之转入低潮。

东方军纵横驰骋　迎来苏区鼎盛时期

1933年7月，按照中共临时中央的战略部署，彭德怀、滕代远率领以红3军团为基干的东方军进入归化苏区作战。1934年1月初，遵照中革军委命令，彭德怀、杨尚昆率领红3军团和红7军团从广昌出发，第二次进入闽西北，挺进宁清归一带，开展军事斗争。东方军两次入闽作战，第一次历时近三个月，第二次两个月，时间虽然不长，但在福建党政军民的积极支援和共同努力下，广大指战员英勇善战，战绩是巨大的；恢复和开拓了纵横数百里的苏区，发展了革命根据地；消灭了大批敌军有生力量，促进了第 19 路军将领联共反蒋；为革命战争筹集了大批款项、物资、武器。就明溪而言，东方军入明的积极作用，主要表现在以下几方面。

光复明溪县，打击反动势力。1933 年 7 月，东方军在围攻宁化县泉上土堡的同时，于 7 月 9 日首先光复明溪县，解放了明溪、清流全境和宁化东北大片土地。明溪县的反动民团头子叶大增、严明汉等连夜逃往邻县。东方军进入明溪后，在县城内设政治部和司令部，在西廓村设被服厂，在城西设兵站，还在城里设多处红军临时医院，收治了 300 多位伤病员。

1933 年 9 月，国民党军队对中央苏区发动第五次"围剿"，明溪处于福建省苏维埃政府所在地汀州的北端，是中央苏区的东方屏障，地理位置极为重要。明溪军民与进犯之敌进行了生死存亡的斗争。为更好指挥战斗，宁清归军分区指挥机关从清流转驻明溪县城，同时成立了职责范围比分区更高的归化警备区，统一指挥宁清归地区的红军和地方武装、游击队不断地向将乐、沙县地域进击。黄火星任警备区政委兼三分区政治部主任、归化县委书记。在 1933 年和 1934 年两年时间里，我军民与国民党地方民团、刀匪发生大小战斗近百起，较大规模的如盖洋桥战斗、盖竹洋岭边战斗以及夏阳小溪、老圩坪、盖洋、常坪、杨地、夏坊等战斗。红军还在夏坊等地设立兵站、电台和粮库，并建立了一条地下交通线，由夏坊兵站运送弹药、粮食到泰宁。

东方军第二次入明溪，以明溪等地为依托，打沙县，攻尤溪，并把夏阳、御帘、旦上作为攻打沙县的大后方。1934 年 1 月 25 日，红军攻克沙县，缴获大量战利品，夺取了沙县、尤溪 2 个兵工厂。夏阳区在 3 天内组织 300 多民工支前，帮助红军运送战利品。在东方军的直接进攻下，苏区军民恢复和开拓了纵横闽西、闽中、闽北数百里的苏区，消灭了敌军大批有生力量。

党组织发展壮大。东方军在宁清归期间，1933 年 8 月中旬，中央和省组织的有 200 多人参加的工作团深入苏区开展工作。在"一切为了战争"的号召下，帮助建立政权，发展地方武装，壮大党组织。为完成福建省委提出的"在年底前全省发展党员数一万名，其中归化、清流县 800 名，宁化 1000 名……"任务，明溪县利用广州暴动纪念日，在全县区、乡党组织中连续举行 2 个"征收党员活动周"，发展了一大批党员，这些党员在保卫苏区斗争中都发挥了核心作用。

苏维埃运动蓬勃发展。1933年10月，明溪全县已有县东南等5个区建立了苏维埃政府，130多个乡、村成立苏维埃政府或革命委员会。在东方军第二次入闽作战后，1934年冬，经各区、乡工农代表的选举，成立了归化县苏维埃政府，主席叶鸿辉、副主席张国华。这标志着明溪革命斗争进入鼎盛时期。在党组织和红色政权领导下，明溪打土豪、分田地，扩大红军和支前工作、经济建设和文化教育、保卫红色政权等全面有序展开，并取得出色成绩。

特别是雷厉风行地开展分田斗争，把土地革命引向深入。苏维埃政权通过建立领导机构、宣传发动群众、清查田亩、土地分配四个步骤，广大农民都分得土地，新垦荒地免纳土地税5年。农民土地所得权得到保障，耕种热情高涨，旱季作物产量比上年增产一成。

开展发展经济运动。为保障红军军需物资供给和满足当地群众生产生活需要，明溪苏区党政认真贯彻中共关于发展经济指示，加快发展经济。除农业外，还采取了统一财政收入，节省开支、发展商业、废除苛捐杂税、组织合作社、发展轻工业、发展金融事业等一系列措施发展经济，取得了很好成绩。

教育文化事业也有了发展。苏区机关、部队、学校、农村普遍建立了俱乐部和列宁室，组建文艺宣传队、歌咏队等。发行各种进步报刊10多种。县、区设立卫生委员会，乡、村设卫生防疫小组，组织开展群众性的卫生防疫运动。主力红军在苏区设立的战地医院，也对当地的医疗卫生事业发展起到推动作用。

岁月定格历史 铭刻当年光辉业绩

在土地革命中，明溪苏区军民经受了血与火的洗礼，为革命做出了重大贡献。毛泽东、朱德等无产阶级革命家在这片土地上留下足迹，工农红军在这里创造了辉煌的战果，英雄的明溪儿女更是用生命和鲜血来抒写保卫家园可歌可泣的壮丽篇章。据不完全统计，全县苏区干部群众被杀害1870多人。归化县工农革委会主席、县苏土地部部长、东南办事处主任赖水金同志，1934年秋被地方反动势力头子叶大增、严明汉派的民团戳了20多刀，挖出心肝，杀死在东门外的山上。国民党保安团采取极端野蛮的用香烧、灌辣椒水、灌大便、电刑、挖眼睛、掏心肝、钻刺、绳子吊打等十多种酷刑，把红军战士、干部和革命群众活活折磨死。有 60 多个乡村被摧毁，284 户被灭绝，128 户遭破坏，318 人流落他乡，无家可归。烧毁房屋 1330 间，被勒索银圆 10668 个。由于国民党反动派的白色恐怖，明溪苏区在随后的三年游击战争中，大片土地荒芜，不少村庄一片荒凉。

"当年鏖战急，弹洞前村壁。"革命战争在明溪留下了许多史迹，它们承载了许多红色故事。如今这些革命遗址、遗迹成了对人民群众特别是对青少年进行爱国主义教育的精神财富。苏区时期，东方军司令部所在地的御帘村和"归化之役"发生地的铜铁岭，更是人们瞻仰、探访和了解那段历史的实地，和进行革命传统教育的基地。

出明溪城往东一个多小时车程就到了夏阳乡的御帘村。群山环抱的小山村，不大，然很美，黛瓦粉墙，小溪流水，村边地头一派清绿。这里虽处山区腹地，当年却是古驿道经过之处，是沙县通往明溪的必经之地。相传南宋末年左丞相文天祥护送国母杨淑妃携赵㬎、赵昺二王，从温州乘船避元兵逃难，历尽艰险到了福州，而后取道南剑州（今南平）欲往广东惠州避难。途经将乐县中和里一都鱼林的山道中，突然一阵狂风吹来，赵㬎所乘御轿的珠帘被风吹走。走不多远，忽闻有人三呼万岁，原来是将乐县令、随父张日中保驾在后的张幼厚双手捧着珠帘送到御轿前。国母杨淑妃见落难之时还有人相帮，深受感动，遂让幼帝赵㬎赐"御帘"二字为村名。文天祥见状赋诗曰："山村何取御帘名，大宋南征重此行。珠箔忽因风卷去，芳名留与世恩荣。"这就有了御帘这个村名。

有着传奇故事的御帘，苏区时期东方军两次入明，均驻扎御帘，战地指挥部设在张家祖祠内。彭德怀、杨尚昆等领导同志就住在这里。如今这座祠堂保护完好，门前一副对联赫然写着："彭帅功德永怀青史，杨公风尚堪比昆仑"，巧妙地把彭、杨名字嵌入并彰显他们的功劳和品德。村里当年的战地医院、红军战壕哨所、革命烈士墓等保存完整。如今村里建起了展馆，展出革命史实。走进御帘村，谒访遍布村间地头的革命史迹，仿佛走进第二次国内革命战争时期，真切地感受到当年革命斗争的伟大与惨烈。

明溪与将乐交界的铜铁岭战斗，是红军粉碎国民党进攻苏区计划的重要战斗。如今在战斗发生地的山上立有纪念碑，供人瞻仰和缅怀。这史称"归化之役"的战斗发生在 1934 年 3 月间。3 月 22 日，国民党东路进剿军第 10 师在国民党空军支援下，由将乐白莲出发进入铜铁岭地带欲犯明溪。我红一方面军红 7 军团 3000 多名指战员在军团长寻淮洲、政委乐少华率领下与敌交战，战斗极其激烈。3 月 26 日，敌 10 师李默庵部换防回将乐，进入铜铁岭地界我军预先设伏的包围圈内，双方展开肉搏，打得敌人心惊胆战，四处逃窜。红 7 军团在宁清归军分区独立七团的配合下，一鼓作气，追至白莲。两次战斗，敌伤亡 400 多人，缴获 7000 多支枪，俘敌团长 1 人，营长 2 人。次月，我军又收复了归化城。这次战斗，是第五次反"围剿"中著名的敌我力量悬殊的一次战斗，它拉开了第五次反"围剿"东方战场战斗的序幕。这对保卫中央苏区起了很大作用。战斗胜利后，红 7 军团受到中革军委的表彰，军团领导人被授予二等勋章。在这次战斗中明溪人民做出了重大牺牲和贡献，一批优秀的革命同志献出了宝贵的生命。如今在铜铁岭的高地上耸立起了 5 米高的书状纪念碑，旨在希望后来者不忘发生在这里的那场惨烈战斗，不忘英雄们为民族独立、人民自由而献身的历史篇章。

远去的战火硝烟，幻成心头的永恒记忆。回望历史，宁化清流归化，路隘林深苔滑；放眼当下，明溪广袤大地，风展红旗如画！

踏遍青山人未老，风景这边独好！

2018. 6

闽中烽火

  ——大田革命岁月回眸

  如把福建省地图横竖对折起来，中间的交叉点便是大田。就福建方位而言，东西南北中，大田居正中。

  地处戴云山脉西侧的大田，名曰"大田"，却无"大块田"，境内丘陵起伏，峰峦耸立，处处是青山巍巍、草木葳蕤。故有"中国高山茶之乡""中国油茶之乡""中国高山硒谷"之美称。

  适中的地理优势和群山环抱的特点，成了战争年代战略要地，也给当年的游击活动提供了迂回空间。因此，苏区时期大田是一块重要的革命根据地，是国民党驻闽南军队进攻闽西苏区的咽喉地带，也是闽西苏区向北拓展、保卫苏区安全的缓冲要地。在长达20多年时间里，这片土地上革命浪潮风起云涌。这里的人民为国家独立和人民解放付出了牺牲，做出了贡献。

  现在，我们撷取大田革命战争年代的几个片段，回望当年的革命烽火，以不忘初心，激励斗志，并借以缅怀革命先烈。

星星之火　点燃闽中革命烽烟

  大田的中共组织活动始于1929年。这一年，大田籍的共产党员叶炎煌，从厦门返回家乡开展党的工作，建立起了中共大田特支。叶炎煌是在大田播撒革命火种的第一人。可这一段史实，由于种种原因，被尘封了80多年后才重见天日，为世人所知晓。它的发现还有一段传奇的故事。

  长期以来，大田一直被认定是1937年2月才建立的游击区，苏维埃时期大田革命先辈的斗争业绩在许多史著中得不到反映。2011年11月，大田县委党史研究室同志在厦门图书馆查阅资料时，发现了1934年10月25日的《福建民报》第七版刊登的一则"保安处今晨枪毙共产犯六名"的消息，其中"六名共产犯"之一叶炎煌，籍贯大田。这条历史文献资料引起了县党史研究室同志的注意，于是他们在全县展开有关叶氏族谱调查考证工作，还多次到厦门公安部门了解查证。终于查明：叶炎煌是大田华兴乡京口村人。之后通过多方努力，联系到客居香港的叶炎煌孙子叶伟忠一家，并开始搜集宣传叶炎煌的革命事迹。

叶炎煌 1909 年 11 月出生在大田县华兴乡京口村，祖辈历代行医。1919年举家迁往厦门，叶炎煌求学期间加入中国共青团，1927 年任厦门团市委书记，期间加入中国共产党，致力于党的秘密活动。1934 年 8 月，在厦门不幸被捕，押解到福州，于同年 10 月 25 日，被国民党杀害，时年 26 岁。

1928 年下半年，叶炎煌任厦门团市委书记期间，曾介绍进步学生叶飞（后任全国人大常委会副委员长）入团，叶炎煌问叶飞中学毕业后的打算。叶飞回答说："服从组织决定，只要是组织需要，干什么都可以。"叶炎煌听后向叶飞介绍了革命形势和组织发展计划。叶飞当即表示放弃即将进行的毕业考，转入党的地下活动。叶炎煌夫妇还受组织委托，抚养曾志与蔡协民所生的儿子小铁牛，只可惜由于天花麻疹流行，小铁牛不久就夭折了。1934 年 1 月，中央批准中共福建临时省委组成人员名单，叶炎煌为省委委员。

1929 年初，叶炎煌受中共厦门区委委派，返回家乡大田开展党的工作，建立了大田第一个党组织——中共大田特支。组建了秘密农会。在闽中腹地播下革命火种，拉开了大田新民主主义革命的序幕。

红军进驻　苏维埃运动掀起高潮

大田的苏维埃运动，是在朱德率部出击闽中和多批红军部队进驻大田后，帮助推动发展起来的。

为打破国民党军队的三省"会剿"，深入敌区，切断敌军主要补给线，1929 年 8 月，朱德率红四军出击闽中，于 8 月 20 日从漳平厚德进入大田谢武乡。朱德军长吃住在开明绅士林笏隆家，并在林家设立红军总部。红军进村后顶着炎日四处写刷革命标语，张贴朱军长、毛党代表和陈毅主任签署的《红军第四军司令部政治部布告》，扩大我军的政治影响。

在红四军主持下，恢复了与厦门党组织失去联系的大田党组织，更名为中共大田特区委,书记林壮锟,改属中共闽西特委领导。在红四军帮助下,谢武、石湖、玉田、济屏、路口、上京等区乡先后建立了苏维埃政府。并组建了地方武装——赤卫队,成立农民协会、贫农团。由此大田境内开展了打土豪、分田地轰轰烈烈的土地革命。至1930年1月,大田就被全苏代表大会列为"全国苏维埃区域"之一。

朱德来到大田,虽然时间不长,由于红军的广泛宣传和纪律严明,使人民群众认识了红军,留下一段军民鱼水情的佳话。孤儿郭守苞因脚骨摔断无法行走,一个人留在家里,被红军发现。朱德知道后即带警卫赶到郭守苞家看望,还叫来卫生员为他包扎医治受伤的脚,郭守苞非常感动。为感谢红军的恩情,后来他将两个儿子分别取名为郭传烈、郭传仕,表达缅怀革命先烈之意。

大田群众知道朱德率领红军到来,纷纷捐献大米、牛肉、地瓜等慰劳子弟兵。驻扎屏山时,朱德和红军战士患了疟疾,在当地开中草药店的中医郭景云、郭昭远立即上山采草药,治好了朱德和几十位红军战士的疾病。朱德十分感激,把一支法兰西铅笔和几枚银圆赠给郭景云,送两个书箱给郭昭远作纪念。红军还送3支步枪给当地赤卫队,希望他们保护好人民群众。

1933年8月,由彭德怀司令员、滕代远政委率领的东方军,在永安一带展开追击战,取得胜利。东方军先后进驻大田的桃源乡、文韬乡,东方军帮助两个乡成立苏维埃政府,建立赤卫队,开展土地革命运动。分到土地的农民,革命热情高涨,筹粮筹款,积极支援红军。如今,当年彭帅旧居也是乡苏维埃政府旧址的桃源村荥阳祠和奇韬村双龙堂保存完好,它们在默默地向人们讲述着80年前那段光辉的历史。

1934年4月18日,红7军团在参谋长粟裕指挥下攻克了永安城后,便开始在邻近的大田等县迂回。5月29日在大田广铭乡的山头,红军与敌军交战,俘敌2000多人,敌军伤亡500多人,还缴获一批军用物资。红军也伤亡300多人。这史称"广铭大捷"的战斗,是红军在第五次反"围剿"中处于劣势的情况下,在东线取得的第一次重大胜利。在红7军团和红9军团的帮助下,大田桃源、大华、三民、广铭等区乡都成立了苏维埃政府,同时组建了赤卫队、贫农团、儿童团,发动群众开展土地革命运动,打土豪分田地。

1934年7月15日,由红7军团为主组建的抗日先遣队6000余人,在军团长寻淮洲、政委乐少华、参谋长粟裕、政治部主任刘英率领下到达永安小陶镇，与掩护红 7 军团北上的由军团长罗炳辉、政委蔡树藩、参谋长郭天明、政治部主任黄火青等率领的红 9 军团 4000 多人会合，于 7 月 17 日进入大田桃源、上京，7 月 21 日攻占大田城，大田成为红军北上抗日先遣队攻占的第一座县城。先遣队在大田境内袭击了许多敌人碉堡，缴获了一批枪支。他们途经的桃源、东坂、上京、玉田、三民、大华、石湖、文韬、高才等区乡，均建立了苏维埃政府，并组建了赤卫队、贫农团，掀起打土豪、分田地斗争高潮，使大田的苏维埃政权得到进一步的巩固与发展。

苏区时期，在红军的帮助下，大田 13 个区乡先后成立了红色政权，红色区域达到全县面积的 75%，苏区人口占当时全县总人口的 75%，成为中央苏区扩展时期的重要组成部分。中央主力红军长征后，中共闽粤边特委领导大田人民和原中央苏区福建省军区红 9 团，原闽赣省军区 12 团、17 团、18 团等，一直在大田境内坚持了艰苦卓绝的 3 年游击战争。

同仇敌忾　抗日救亡蓬勃开展

大田虽地处偏僻的闽中腹地，抗日救亡运动却搞得蓬蓬勃勃、有声有色。大田成了闽西北抗日救亡和反顽斗争的中心。而且在斗争中不断壮大力量，党组织和游击队活动范围也从大田扩大至漳平、宁洋、永安、三元、德化、永春、南平、沙县、尤溪等周边地区。这当中，林鸿图发挥了重要的作用。

大田武陵籍青年林鸿图早年在河北省立农学院读书时就加入共产党，"一二·九"运动爆发后，他组建了河北农学院党支部并担任书记。党支部在校内外广泛开展抗日救亡活动，发展党组织。这期间，林鸿图把"一二·九"运动的爱国示威游行照片、宣传品和抗日救亡的进步刊物、书籍以及传单寄回老家，给时任武陵小学校长林大蕃传阅。

1936 年底，林鸿图从保定返乡，向林大蕃等人介绍了"一二·九"运动情况和"西安事变"内幕。激发了林大蕃等人的革命热情。1937 年 2 月，林鸿图返校前夕，吸收林大蕃、林茂森为中共党员，建立了中共武陵小学支部，林大蕃任支部书记。

支部建立不久，"七七"事变发生，抗战全面爆发。大田党组织以武陵小学为基点，积极开展抗日救亡宣传活动。林大蕃以校长的合法身份，团结教员开办青年读书会、农民夜校和妇女识字班，进行抗日救亡教育。还组织文娱宣传队上街入村进行演出。在宣传发动基础上，还组织义卖，筹集经费，扩大抗日宣传。城区以大田初级中学为中心开展多种形式的抗日宣传活动。

此时，河北省立农学院被迫停办。1937年冬，林鸿图返乡在大田县初中任教，他以福建省抗敌后援会大田分会指导员身份，组织文艺宣传队上街、下乡宣传抗日，开展抗日义卖活动。同时与林大蕃一起联络各界进步人士，编印《田民呼声》《田民画刊》，揭露大田县县长廖基贪赃枉法、欺压百姓和破坏抗日等罪行，迫使福建省政府撤换廖基职务。特别是将被日寇杀害的爱国志士蔡公时居留大田县时在赤岩寺题写的题壁诗，进行印刷义卖，引起轰动，把大田抗日救亡运动推向新高潮。

大田党通过开展抗日宣传活动，考察培养了一批爱国热血青年。至1938年秋，先后吸收了林志群、肖冠槐、郑超然、林大森等18人为中共党员。并于1938年11月将中共武陵小学支部扩建为中共武陵埃中心支部，林大蕃任书记，下设桃溪等3个党支部和桃源等4个党小组。党组织的活动范围从武陵小学扩展到武陵的桃溪、百束，桃源的兰玉、王山及谢洋等乡村，直至城区的大田县初级中学。

林鸿图于1939年7月离开大田赴广西柳州农学院续学。离开前夕，他专程到国民党福建省府临时所在地永安吉山，找到了隐蔽在省教育厅当科员的中共闽江工委宣传部部长陈培光，将大田党组织关系转给中共闽江工委。随后林大蕃与陈培光接上关系。从此大田党组织归属中共福建省委领导。不久，中共闽江工委派余光（黄贤才）来武陵埃，接收大田党组织并领导大田党的工作。与此同时，林志群也在从集美迁来的职校中发展党员，建立了集商、集农两个党支部。

1939年9月20日，6架日军飞机炸毁了大田初中教室6间和集美职校的文庙临时宿舍。日军的暴行激起了广大师生的义愤，他们举着火炬示威游行，把抗日救亡运动进一步推向高潮。

1939年冬，根据形势发展需要，省委指示建立中共大田县委。县委的工作重点继续开展抗日救亡宣传活动，发展农民和妇女党员，建立各地交通站，发展游击武装，开辟基点村，广泛开展统战工作，加强集美职校的建党工作。县委还决定建立游击队，以抗日救亡为中心自卫反顽，这支游击队是抗战时期共产党领导下的闽西北第一支革命武装。

1940年11月爱国华侨陈嘉庚来大田视察职校，发表了言辞激烈的抨击国民党的演说。12月，林鸿图又从广西寄回陈嘉庚抨击"陈仪暴政"呼吁国共两党真诚合作、抗战到底的讲词。大田县委立即翻印，广为散发，进一步推动抗日救亡活动。

林鸿图于1941年7月从广西柳州农学院毕业后回福建工作，他继续从事革命活动，曾3次被敌人逮捕。1944年10月他第三次被捕，先后被辗转关押福州、厦门等监狱，厦门解放前夕他被国民党秘密杀害，时年37岁。这位为抗日救亡和党的建设做出突出贡献的大田儿女，他的名字永远铭刻在人民心中。

不懈斗争 扫除阴霾迎来胜利

1941年1月，发生了震惊中外的"皖南事变"，国民党反动派掀起反共高潮。大田县委决定执行党中央关于"隐蔽精干"的16字方针，组织活动更加隐蔽，斗争方式力取合法为主。

这年3月，上级派黄扆禹来大田武陵垾接替余光，指导地下党工作，黄以武陵小学教员身份为掩护进行党的活动。1942年2月，大田县委改建为中共闽中工委，林大蕃任书记。闽中工委成立后，党的活动扩大到大田、漳平、宁洋、永安、南平、尤溪、德化、永春等县边境，并建立了4块游击根据地。至此，共建立了9个直属党支部、17个农村党支部，共有142名党员。同时将大田县委游击队改为闽中游击队。不久，这支队伍又扩大成了人民自卫总队，推举林笏隆为总队长，林大蕃为政委。经过闽中工委的努力，统战工作成效显著，全县18个乡镇长和小学校长有三分之二同党组织建立了各种形式的联系。

不久，根据省委指示，林大蕃、林志群、林大森、林友梅等组成武工队，前往南（平）沙（县）尤（溪）边境，恢复重建菖蒲洋党支部。任务完成后成立了南沙尤边委，林志群任书记。后改为南沙尤工委，从而将大田地下党的革命斗争从大田一带扩大到南平、沙县、尤溪、顺昌、将乐等县，南沙尤地区日益成为闽西北革命斗争的又一重要地区。

正当革命斗争烈火越烧越旺的时候，省保安厅成立了大田特种会报及五县联防办事处，专门指挥"围剿"大田地下党组织和游击队。革命队伍中林达光、林茂森、肖占春先后叛变。1944年7月15日，国民党特务大队长林震、副大队长刘驾环带领9个中队800多人，连同土匪、叛徒等总计3个团以上兵力，突然包围袭击了武陵垵根据地和闽西北特委机关，还分兵包围了领导骨干的家和武陵小学。反动武装扑空后，丧心病狂搜捕共产党员、摧残革命家属和革命群众。仅这一天就有149人被捕入狱，惨遭酷刑。紧接着，又"清剿"了桃源、丰田、汤泉、京程、科里和西浦等基点村，计有300多人被关进监狱，惨遭酷刑和杀害。

为打击敌人嚣张气焰，我游击队组成小分队，由肖应时、林大蕃指挥，攻打上京乡公所，镇压了"剿共"骨干、乡长黄春光，烧毁其炮楼，缴获长短枪14支。

此后，国民党反动派变本加厉。这年11月，国民党福建省第六行政区保安副司令钟大钧坐镇大田，出任"剿共"总指挥，采取更加残酷、毒辣手段"围剿"大田地下党组织。因找不到游击队，转而大肆抓捕杀革命家属和群众，先后有55人被枪杀、活埋，17个村庄被移民，5座民房被烧拆，755户计2930人背井离乡。林大蕃父亲、共产党员林壮谦被严刑拷打，宁死不屈，牺牲在狱中。其亲人和家属林龙使、刘绍珠、魏中娣、陈香娣被活埋。闽西北特委统战部部长肖冠槐的父母亲属及其所在的兰玉村各自然村，接头户10多人均被抓走。闽西北特委宣传部副部长郑超然一家3人均被杀害，其所在王山村10余名接头户均遭严刑拷打。中共汤泉区委书记蒋光斗在牢房领导难友进行一系列斗争，反动当局软硬兼施，他视死如归。敌特无奈，令他父亲出面劝降。他大义凛然，一脚踢翻审判桌，最后遭枪杀。

在白色恐怖的腥风血雨中，大田的革命志士并没有被敌人的淫威所吓倒，而是继续革命。闽西北特委统战部部长肖冠槐，面对五县联防办事处副主任李忠镆要他下山自首、封官许愿的"劝降书"，愤怒不已，动员全家老少疏散，把整座房子付之一炬，以示革命到底，表现了共产党人宁死不屈的英雄气概。

1945年6月之后新组建的闽西北挺进游击队在奇袭三民乡公所和拦截敌运票车取得胜利后，突袭大田龙门保安队，暴露目标，陷敌重围。在西洋乡内炉村等地也遭敌阻击。数月时间里，闽西北特委统战部部长肖冠槐、城关直属区委书记林大森、宣传部副部长郑超然等牺牲，特委妇女部副部长林友梅、游击队班长林占赓等12人被捕。他们在狱中坚贞不屈，于1946年初被活埋。特委书记、游击队政委林大蕃，队长游栋也壮烈牺牲。参加龙门夺枪战斗的30多名游击队指战员大部牺牲，有的被捕和失散。此后重建中共闽西北特委，蔡敏任书记，林志群任副书记。闽西北革命重心从大田转到南沙尤地区。

1947年3月，为全面开展游击战争，中共闽西北特委先后改为中共闽赣边地委和闽西北工委，并恢复纵队建制。1949年6月，林志群被任命为中国人民解放军南平军分区司令员。不久林志群派员到大田组建均溪游击大队，9月5日，游击队兵分三路向大田县城进发，大田县县长和守敌林荣春部闻风逃窜。9月6日，均溪游击大队以武力进驻县城，宣告大田县正式解放。大田人民从此获得新生。

胜利果实来之不易。为了这一天的到来，大田人民付出了重大牺牲，做出了重要贡献。主力红军长征后，国民党在根据地实行疯狂的"五光""十杀"政策，大田境内出现田园荒芜、人口稀少的惨景。1927年大田县总人口为121488人，到1935年锐减为99736人。在长期的革命斗争中，不少的革命志士献出了宝贵的生命，涌现出一批可歌可泣的优秀人物。青年学生叶炎煌在大田点燃革命火种，献出了年仅26岁的生命；林鸿图为革命3次被捕，受尽酷刑，被害时年仅37岁；林笏隆倾全家资财支持革命，他被捕后遭受严刑而身亡，其儿子林其蓁在燕京大学参加游击队，被日寇杀害，其女儿林友梅被反动派活埋，一门三忠烈；大田地下党主要负责人林大蕃与胞弟林大森战死沙场，父亲林壮谦被国民党反动派摧残致死，姑姑林龙使、堂侄林占江、堂侄媳刘绍珠都被反动派活埋，一家六英烈……

我们今天和平安宁的幸福生活就是这些革命先烈和无数革命志士用生命和鲜血换来的。我们不能忘记也不会忘记。当年曾率部出击闽中的朱德委员长对大田一往情深，他挥毫洒墨题写了"为革命事业而牺牲的烈士们永垂不朽"笔力厚重的16个大字，如今被镌刻于大田县城白岩山西侧仙跳崙的烈士纪念碑上。它金光闪闪，辉耀苍穹，召唤着人们要永远以先烈为榜样，不忘初心，砥砺前行！

革命烈士永垂不朽！

2018．7

烽火丹心

沙溪两岸　风雷激荡

——梅列革命岁月回眸

发源于建宁山地的沙溪，一路穿谷过涧集流纳水，来到梅列境内时，已是身段丰盈、款款奔腾的宽阔河流，犹如一方湖泊波光粼粼，映照得两岸青山闪闪发亮。因了这绿水青山，60多年前，人们在这里建起了新兴的工业城市，一批大型工业企业从上海等地迁来，建设成为福建省最大的重工业基地。原本寂静的山野，如今高楼林立，街道纵横，一派欣欣向荣景象。这梅列，这三明，成了闽西北大地上一颗璀璨明珠。

可在80多年前，这颗明珠坐落的土地上，在军阀列强的反动统治下，生灵涂炭，民不聊生，腥风血雨笼罩大地。这里的人民在党的领导下，团结起来，众志成城，前仆后继，不畏牺牲，与反动势力展开殊死斗争，创立了党组织，建立了红色政权。梅列这片土地成为"东方战线新区"的重要红色区域之一，为中央苏区的巩固与发展做出了重大贡献。

如今，当我们走在这块经历翻天覆地变化的"原中央苏区范围"土地上，面对那红色展馆一幅幅历史画面，抚今追昔，思绪不禁被拉回到80多年前那段艰辛与荣耀的岁月中。

火种点燃　辉映沙溪两岸

梅列区是1983年才建立的年轻区域，历史上属沙县管辖，是沙县的一部分。早在1927年春，在福州求学的沙县籍青年官锦铨就加入中国共产党。1928年夏，利用返乡度假机会，官锦铨与姜源舜（姜敢）、罗起佑以及许瑞芳等开展革命活动，发展党员，建立起了隶属中共福建临时省委的地方党组织——中共沙县特别支部。这是福建省为数不多的早期党组织之一。

古老的沙溪河是闽江主要支流之一，流经闽西北诸县，也是闽西北与福州交通的黄金水道。官锦铨以经商为名，经常乘船逆流而上，到今梅列区的列西传播革命思想。1930年底，他带领列西村耐桃、吴俊旭、罗桂莹等人，在列西龙岗土地庙成立中共列西党支部，有党员5名，吴俊旭任支部书记。这簇革命火种的光辉映照沙溪河畔，给两岸人民带来了希望的曙光。党支部成立后，一面宣传党的主张，发展党的力量，一面带领群众开展轰轰烈烈的"打土豪，分田地"斗争。

1931年7月，红三军团政治部钱益民带领红军工作团20余人来到沙县夏茂，发动群众发展地方武装，动员了一批青年农民加入红军，创建了夏茂、富口、荷山以及包含梅列区域内长老茂、南歧村等在内的红色区域。

与此同时，1931年就曾在夏茂、荷山一带从事革命活动的党员马凤城，从外地回到夏茂，与官锦铨接上关系，在城关、夏茂、富口、荷山、横历等地开展秘密革命活动。这期间，在梅列区域先后建立了沙蕉、碧溪、列西党支部，党的活动范围覆盖了梅列区域内长老茂、南歧、沙坪、渔塘溪（此四处为现梅列区陈大镇碧溪村、长溪村一带）、小蕉、大源、陈墩、翁墩、列东、列西等地。同时，按照福建临时省委的指示，打通了由沙县到建宁、泰宁苏区的地下通道，建立了由福州到闽北的交通站，为此后梅列区域（沙县）创建苏区打下了基础。

攻打沙县　奋起支援前线

为保卫新建苏区，并吸收被蒋介石打垮的19路军士兵到红军中来，中革军委决定东方军再次入闽作战。1934年1月3日，在彭德怀、杨尚昆等指挥下，东方军兵分两路向东突击。沙县是闽中重镇，在军事上是开展东线战局的战略要地。东方军向东行动的第一个作战目标就是夺取沙县，消灭卢兴邦残部。此时，正值第二次全国苏维埃大会召开之际，"夺取沙县，献给二苏大会"成了广大指战员坚定的战斗决心。

1月8日，东方军19师抵达沙县城外，向守城敌军发起攻击。12日，红军向沙县城发起进攻。由于沙县城墙又高又厚，无法攻入，遂采用挖坑道准备爆破城墙的办法攻城。之后，东方军采取"围城打援"战术，在青州附近将延平援敌击溃，并乘胜攻取敌卢兴邦在尤溪涫头的兵工厂和尤溪城，全歼尤溪县城守敌，为围歼沙县守敌创造了有利条件。1月25日，红军在西门城墙炸开一道20多米宽的缺口，终于攻克沙县，全部消灭卢兴邦驻守在沙县的五营兵力，共毙伤敌军 700 多人，俘敌 1300 多人，缴获炮 8 门，各种枪支 1300 多支，子弹 10.8 万发，炮弹 2 万多发，无线电台 1 部，以及大量食盐、粮食、布匹等物资。这在一定程度上缓解了中央苏区对这些紧缺物资的需求。长期受卢兴邦残酷压迫的沙县人民获得解放。红三军团政治部主任袁国平赞誉说：“这一胜利，更加巩固、发展了福建苏区，威胁了蒋系军阀入闽的侧翼与后路，胜利地开展东线战局，给帝国主义国民党武装绝望的五次‘围剿’以又一严重的痛击，给伟大的二苏大会以最好的光荣赠品，给攻城战缺乏胜利信心的机会主义观点以铁锤的攻击。”

在攻打沙县的“持久战”中，梅列人民奋起支援前线，做出了很大贡献。为支援红军攻打沙县，梅列沙蕉、碧溪支部积极配合红军工作团，秘密发动党员、群众筹粮筹款、收集草药，送往红军驻地荷山村。一天，由二十余名群众组成的挑夫队挑着收集来的草药和粮食，在红军工作团的掩护下翻山越岭向荷山进发。在一段崎岖的山路上，前方探路的红军战士突然回报说，在“把门石”一带发现国民党军和大刀会二十余人。红军工作团一面安排人员保护草药，一面悄悄地逼近敌人并开火。敌军受到突如其来的猛攻，一时晕头转向、四处逃窜，敌军中 1 名被击毙、5 名投降。这批草药被顺利送到荷山，在红军攻打沙县救治伤病员时发挥了重要作用。

攻克沙县后，沙县的工农群众在共产党领导下，召开了反帝反蒋大会，并进行提灯游行，到会群众 3000 余人。还通过一个宣言，称：“目前正当国民党出卖了东北四省进攻福建，准备出卖全中国，把中国变成殖民地的时候，正在粉碎敌人五次‘围剿’决战的时候，我们赤色的沙县举行伟大的庄严的反帝反蒋示威大会。大会坚决相信，只有苏维埃才是反帝反蒋的唯一力量，只有用工农自己团结的力量，坚决进行反帝反蒋，才能够从土匪卢兴邦苛捐杂税底下解放出来。大会号召沙县广大工农群众及红色战士，坚决进行反帝反蒋的斗争……”

当时，缴获的战利品很多，红军号召群众帮助运送战利品，当年的苏维埃刊物《红色中华》以《到沙县挑胜利品去》为题，号召“工农群众组织担架队、伕子队、工作团等到沙县去挑胜利品去！以战利品支援中央苏区。”梅列区域内动员了洋溪乡、碧溪乡等几十名群众到沙县帮助红军搬运战利品。

建立政权　农民翻身解放

　　东方军攻克沙县后，建立了沙县革命委员会（后为沙县苏维埃政府），并组建了县工会和农会。1934年2月底，红色区域不断扩大，先后建立了沙县27个基层苏维埃政府，多数乡组建了赤卫队、儿童团。《红色中华》称："此次我们配合东方军行动向东发展新的苏区，在夏茂建立了政府和游击队及群众团体，成立了夏茂区革命委员会；建立了乡革委会十余个，赤色农会、工会等，工人百余。"后又报道称："东方军自打开沙县后……在归化（今明溪县）、将乐、沙县等地开展了大片的新苏区，因此大大兴奋了群众的革命热情。"刘少奇同志当年在《为沙县工会工作给赖宁同志信》中说："你在沙将的三个报告，我们都收到了。宁新怀同志和你谈话的记录，我们也看到了。我们都为你在沙、将所进行的工作是获得很大成绩，不到一个月功夫，在沙组织千多工人建工会，救济失业工人。在红军退出沙县后，我们估计到敌人会来进攻占领沙县，我们号召工人保障沙县革命政权而斗争。"

　　梅列区的碧溪村，土地革命时期是沙县所辖的一个乡，距富口镇荷山东方军司令部仅一山之隔，与归化毗邻，是连接苏区沙县、归化与宁化的交通要道。清溪碧水，四面环山，粮田千亩，森林密布，山上草药繁多，是一块富庶之地。早在1931年，中共沙县特支党员马凤城就来到碧溪、砂蕉一带，组织群众抗粮抗捐，与土豪恶霸做斗争，并发展党员，成立了党支部，由叶宏清任书记。因此，这里群众基础较好。1934年1月，红军攻占沙县后，碧溪、砂蕉都建立起农会。碧溪农会设在村头的圆应庵内，叶宏清担任农会主席。全村1000余人口中有近80人参加了赤卫队、儿童团。他们到各自然村宣传革命道理，为红军筹粮筹款，动员青年参加红军。农会干部还带领群众打土豪分田地。他们把地主、土豪带到圆应庵，押在戏台上批斗。深受压迫的台下群众激动起来，还冲上戏台踢打地主、土豪，发泄心中的仇恨。批斗会后，把地主、土豪的田地分给老百姓。穷人们都到田里，计口分田，实地插牌。分到土地的农民，革命热情高涨，积极支援红军，为红军送粮送草药。当地青年们也积极报名参加红军。红军走了以后，叶宏清、王树德仍然带领农会坚持游击斗争。农会骨干黄明凤被冒充红军的国民党兵带到村头的山坡上枪杀，一名想参加红军的妇女会同志也被国民党军杀害。

洋溪乡的农会就设在基督教堂里，农会主席邓日福是从沙县过来的。攻克沙县后，邓日福和乡农会其他干部一起动员了30多名群众到沙县帮助红军挑粮和运送缴获来的枪支弹药，还发动了多名青年去参军。邓日福和农会干部陈阿忠一起到各村去发动贫苦农民斗地主土豪，打开地主家粮仓，把粮食分给贫苦农民，并分了地主的田地。但红军撤离后，陈阿忠一家6口连带两名农会干部全被国民党反动派抓走。敌人用严刑拷打陈阿忠，企图逼他讲出谁帮红军做事、谁帮红军挑粮、谁家子女参加红军，陈阿忠坚贞不屈，敌人恼怒之下，杀害了他全家。陈阿忠时年48岁。

沙溪激战　英烈千古流芳

1934年5月25日，红七军团在军团长寻淮洲、参谋长粟裕率领下，从宁化、清流、明溪一带，沿着梅列区域的沙蕉、碧溪、小蕉分四路向三元、梅列进发。第二天凌晨，红十九师在师长周建屏率领下，集结于列西、翁墩、白沙、长安一带。这几个村庄依傍沙溪河，地理位置对我军有利。而且由于当地党组织和红军工作团在这里打下的良好群众基础，当地百姓就像迎接亲人一样，迎接红军的到来。他们纷纷腾出房屋、院子、祖祠等，让红军战士居住。红军官兵和蔼可亲，还帮助百姓挑水、劈柴、打扫卫生，累了就睡在村民的院子里。一时间，土堡、祖祠、院子里都住满了红军，如长安村后面的大土堡、白沙村的郑氏祖祠，全住满了红军。红军用光洋和红军币向老百姓购买一些蔬菜、黄豆和黄瓜，借用当地老百姓的锅灶煮饭，还分出干饭给老百姓吃。老百姓把粮食、蔬菜等送给红军，红军付了钱后才收下，不拿群众一针一线。红七军团宣传员向老百姓借来水桶、扫帚，用石灰水在街头巷尾墙上刷写："打倒国民党！""消灭国民党八十师""打倒土豪！"等标语，广泛进行宣传。

红军来此目的是要渡江攻打对岸的敌人，这就需要船只和船夫，当地党组织积极承担起了收集船只和召集船夫的任务。在地方农会和赤卫队的配合下，很快征集到了40多条船只。列西、翁墩、白沙、长安一带几十名群众积极为红军进攻东岸担任船夫。党员耐桃主动请缨，承担起为红军强渡沙溪河摆渡任务，还协助红军在列西、翁墩、白沙一带收集木料，对损坏的渡船进行修复，木料不足，他就卸下自家门板和床板修补渡船。在他的带动下，列西村民纷纷拆门板卸床板支援红军。经过多方努力，四十多条战船准备就绪。

5月27日凌晨战斗打响，红七军团第十九师57团王蕴瑞团长率全团官兵乘四十多条船只，分四路强渡沙溪河，在猛烈火力的进攻下，敌人溃不成军，"两营人（一个炮兵营，一个工兵营）被我全部消灭，计缴步枪三四百支，轻机枪五架，子弹九万余发，俘敌连长以下官兵三百余名，敌伤亡和落水溺死的在三百以上，残敌向沙县逃窜。"这一战斗是红七军团转战闽西北，消灭敌人有生力量，牵制敌军，支持配合中央苏区第五次反"围剿"取得的一个重大胜利，极大地鼓舞了中央苏区军民反"围剿"的斗志和士气。可惜的是，在战斗中耐桃、起尧哥和几位船工都献出了宝贵的生命，烈士的鲜血洒在滚滚沙溪河上，烈士的英名铭刻在两岸青山间。如今，在列西城门下，耸立着一座纪念碑，讲述着这次战斗过程，默默地向英烈们表示致敬！

之后，历经三年游击战争、抗日战争和解放战争的艰苦岁月，梅列人民终于获得了解放，胜利的红旗高高飘扬在沙溪两岸。

如今硝烟远去，万象更新。当年的山村僻野、红色土地，崛起了一座现代化的新兴工业城市。这里的人民过着幸福安宁的生活，梅列人引以骄傲的"金娃娃"三钢集团，跻身全国500强，年产钢铁1100多万吨，超过1958年全民大炼钢铁时全国全年钢铁总产量。碧溪，昔日的"中央红军村"，今天的现代农业发展基地，发展特色农业，种植优质葡萄一千多亩，建起了南方第一家年产500吨的葡萄酒庄，农民成了"工人"，收入稳定，生活提高。冬日里，暖阳照射在村里圆应庵前的樟、枫古树上，色彩斑斓，金光扑闪，成了红色旧址前的一道亮丽风景。白色大棚覆盖的葡萄地里银辉闪烁，小溪绿水流淌，山腰竹林葱郁，它们一起烘托起这个群山环抱的小村，使村庄显得格外的美丽妖娆。城在变，村在变，一切都在变。80多年前先烈们抛头颅洒热血孜孜以求的美好社会，如今已然得到实现。梅列人民以不断创造新的奇迹和新的生活告慰先烈、告慰为这片土地的和平与安宁做出贡献的仁人志士们。

先烈英风今犹在，革命精神传万代！

峥嵘岁月　光耀史册

——三元革命烽火回眸

　　三元区是三明市的核心区域，其归属的三明市就是取三元与明溪各一字合并命名的。三元区虽然年轻，但作为村名的三元却很古老，据史料记载："三元古之名村，不知其名、传，有安氏妻孕，一乳三子，长曰龙元，次曰狮元，末曰豹元，英杰有名；立功唐世，故称三元。"以三元命名的三元区地域，1939 年以前分属沙县、永安、归化（今明溪）管辖。这片闽西北腹地的土地，群山延绵，溪河穿流，林木茂盛，美丽富饶。境内旧石器文化遗址万寿岩，距今 18 万年，被列入全国百大遗址和全国重点文物保护单位。拥有世界上面积最大、纯度最高被誉为"绿色明珠"的原始栲林——格氏栲。

　　这片古老而肥沃、森林资源丰富、人均耕地面积近 4 亩的山区腹地，90多年前近 90％的土地为地主及祖宗祠堂和乡村庙田所占有，农民向地主交的租谷占年总产量 50％以上，一年辛苦种地得不到温饱，甚至春节前就开始借粮，再加苛捐重压剥削深重，广大农民过着食不果腹、衣不遮体的生活。

　　1919 年，北京爆发了反帝反封建的五四运动，在归化县立高等第一小学学习的三元岩前籍学生王友华，与吴祥谦等学生一起，发动全校 100 多名师生罢课。师生们手擎彩色红旗，走上街头游行示威，并进入城区百货店，抄收洋货，予以焚毁。王友华等人还利用假期回乡演讲，散发传单，张贴标语，呼吁民众奋起救国。1921 年，王友华应聘到龙岩一所小学任教，参加了邓子恢等人创办的"奇山书社"。1923 年 9 月，他与邓子恢等人一起创办了《岩声》刊物，传播进步思想，探讨改造社会良方。

　　在辛亥革命和五四运动的影响下，三元区域内一些进步青年开始接触到新思想，创办了一些进步书刊，宣传马克思主义，传播革命思想，并投身到革命实践中，培养了一批有革命理想的知识分子。

1926年10月北伐军进入归化，归化县光复。翌年7月，北伐军十七军到永安，一部兵力进归化，路过今属三元的吉口、岩前、莘口，到达沙县。三县人民欢迎北伐军到来，还上街游行表示拥护。归化筹建了国民党县党务筹备处，成立了县农会、工会、商会等群众团体。沙县、永安也成立国民党沙县、永安筹备处，开展宣传并发展党员。

随着北伐军入闽，一些共产党员也随之回到福建各地开展革命活动。鉴于骨干力量的缺乏，1927年1月，中共闽南部委第一次扩大会议决定在各地举办工农运动讲习所，由参加广州农民运动讲习所的学员授课，进行培训。汀属八县先后在上杭、长汀县办起了"养成所"，归化岩前青年王友华及一批进步青年农民参加了培训。

这些学员返回家乡后，深入城区、农村，宣传和组织农民开展革命斗争。7月间，归化城区成立了"归化县农民协会筹备处"，通过捣庙宇、拆神牌、毁菩萨，向群众宣传神灵是不存在的，还组织青年在县城开展禁赌、禁嫖、禁抽鸦片及反抗苛捐杂税活动。

在红军的宣传动员下，三元区域内运动风起云涌，一浪高过一浪，经历了艰苦曲折的斗争，经受了血与火的洗礼，涌现出一批优秀人物，留下了许多可歌可泣的故事，为苏区的壮大与发展书写了壮丽的篇章。

往事如烟，岁月峥嵘。这里我们仅选取其中几个乡村，讲述他们苏区岁月的故事。

岩前：村头红旗漫卷

岩前，一个靠山临水的村庄。沙溪从村边流过，交通方便，上可通归化，下可达沙县，地理位置十分重要。1927年夏，在白色恐怖的腥风血雨中，王友华回到家乡岩前，秘密向贫苦农民宣传革命道理，宣传共产党的主张，揭露地主豪绅残酷剥削压迫农民的罪恶事实。经过一段时间的宣传发动后，王友华在岩前乡建立了秘密农会，与归化县城东赖水金领导的农会相呼应，开展"二五"减租和抗捐抗税斗争，与封建宗法斗争，在岩前播下革命的火种。

1931年6月底，红四军13师在师长粟裕、政委高自立率领下，来到岩前一带发动群众开展"不完粮，不完土豪的债"抗租抗高利贷斗争，把农民运动引向深入。7月初，红12军一部从归化出发，击溃驻守岩前的民团，打死民团头子吕遇隆，召开公审大会，判处民团头子王胜瑞死刑。首次解放了岩前，极大地振奋民心，为后来建立苏维埃政权打下了思想基础。

当年11月，汀州召开闽西第二次工农兵代表大会后，加快了今三元区域红色政权的发展。此时一支红军来到岩前指导工作。在他们的帮助下，成立了归化东南区委岩前乡党支部，邓朝正任书记。同时成立了岩前乡苏维埃政府，邓朝正任主席，王清贵任副主席。下设土地、军事、财政、文化委员，组建了岩前赤卫队，开展赤色戒严，严防反革命分子破坏活动。如今犹在的清代建筑郎官第，就是1931年至1934年间，岩前乡党支部和苏维埃政府开会的场所。当年的党员和苏维埃政府成员就在这座面积1800平方米的古建筑里向群众宣传革命道理，发动群众打土豪分田地筹粮筹款，安排人员转送食盐等物资到宁化、瑞金等中央苏区，发动青年农民参加红军，支援东方军解放归化和沙县。岩前一带成为归化苏区的一部分，并成立了归化县东南办理处，辖岩前、白叶坑、吉口等地。

1933年8月，在驻岩前红军工作团和县苏土地部长、东南区委（中心支部）书记赖水金的指导帮助下，岩前乡开展分田运动，佃农按所耕种稻田，自己种自己收，不要交一粒地租，之后按分田方案分到了田地。很快焕发出了群众热情，积极投入生产。岩前乡还组建了耕牛合作社、粮食合作社，加强对耕牛的养护、使用、管理，解决牛荒，发展生产。当年大豆和晚稻都获得丰收。

分到田地的农民，拥军支前热情更高。1933年8月，东方军从闽西北上，经过岩前时，岩前的几个庙宇和农民家里，都住满红军。群众还拆下门板给红军当铺睡，腾出锅灶，拿出自家米，给红军烧饭，还帮红军打草鞋，配合红军筹粮筹款，筹措了上百担粮食支援红军。

忠山：火种已然燎原

今属三元岩前镇的忠山村，原名十八寨，其开拓者为邓、罗、曹三姓人，距今有2000多年历史，唐会昌年间开始繁荣。十八寨自古重贤重教，文风鼎盛。这个小村子，自宋代起有四人中进士，二三百人步入官宦仕途。十八寨还保存着古街、古桥、古刹、古墓、古民居等众多文物，被誉为

"福建最美乡村"。

如此文化底蕴丰厚、古朴秀美的山村，在土地革命时期，也经历了血与火的洗礼，忠山人民用自己的勇敢与壮烈的行动，谱写了一曲不怕牺牲、勇于胜利的革命者之歌，为千年古村铺上了一层厚重的红色文化。

忠山村有一座规模壮观的建筑物楚三公祠，是晚清大学士杨楚三出资建造的。厅堂内雕梁画栋，雅致气派。民国初年，公祠来了一户"外来户"，住在两厢房。这家原籍江西崇仁县的"外来户"，以经营日杂布匹为生。这户人有个小孩，名许瑞芳，生于1906年。在公祠住了9年后，小瑞芳被父母送到江西临川上小学，14岁时瑞芳考入设在临川的江西第三师范学校，在思想进步的章杰昌老师的引领下，瑞芳和其他同学一起组织了"读书会"，经常阅读进步书刊。1926年10月，北伐军攻打临川时，许瑞芳与"读书会"几位同学，迅速组织一批学生、工人与郊区农民，积极配合，借来100多条长梯连夜搭在城墙上。拂晓，处于拉锯中的北伐军顺着长梯攀上去，如神兵天降占领临川。许瑞芳们的行动受到北伐军的高度赞扬。一个多月后，当地党组织便吸收他与其他5位学生首批加入中国共产党，瑞芳负责支部宣传工作。不久，临川党支部扩大为县委，许瑞芳担任宣传部部长兼学联会负责人。

1927年春，由于国民党反动派到处搜捕革命同志，瑞芳在家乡危险重重，无法继续开展工作，遂携眷再次来到永安，来到忠山村，以永安县立中学教师为掩护，进行革命活动。他在忠山以楚三公祠为联络点，联络邓天赐等贫苦农民，在先贤祠建立农民短期夜校识字班，向农民宣传革命道理，讲述革命形势。许瑞芳还创作了诗歌《农人的叹声》，用朗朗上口的朴实语言，控诉地主豪绅的罪恶，唤起农民斗争意识。在他的组织下，不久便在先贤祠建立忠山秘密农会，邓天赐、杨平志、余次铰等农民参加了农会。农会带领农民起来反抗征兵征粮，抗交苛捐杂税，减租减息，与地方封建势力和封建迷信作斗争。1929年，毛泽东率领红军入闽，在闽西建立革命根据地。许瑞芳闻讯后，便去寻找红军，加入红军队伍，而后随军北上抗日。许瑞芳虽然离开忠山，但他播下的革命种子已在这个古老的村庄里生根发芽。

1933年12月，红军独立第7团在攻打贡川过程中，一部分部队往返都经过忠山，他们在忠山发动群众，开展宣传，打土豪，还向村民借谷。参加秘密农会的邓天赐，两次都是红军的向导，在行军途中邓天赐也受到革命思想的教育。1934年4月，寻淮洲、粟裕等率领的红七军团，获悉永安县城国民党守军薄弱，遂从归化急行军，准备攻打永安城。他们路过忠山时，就住在先贤祠、楚三祠及庙宇里，还借老百姓的房子住，寻淮洲、粟裕居住的忠山陈家大院旁民房如今犹在。红军在村里刷写标语，开展宣传，还发动群众，建立农会，不久建立起了苏维埃政府。农会积极分子邓天赐等被发展为中共党员，建立起了忠山乡党支部，邓天赐任支部书记。

在红军的帮助下，党支部和苏维埃政府发动青年农民参加红军，参加解放永安的支前工作，带路并帮助红军消灭星桥大刀会反动武装。酝酿分田地，还打开了地主土豪的仓库，把谷子分给百姓。忠山及周边村庄成为红色区域。1934年4月18日，红七军团在攻打永安时，忠山和贡川群众用木箱把124斤土硝挑送到永安。红军就用这些土硝炸开永安城墙。攻占永安后，群众又帮助把缴获来的大批食盐、布匹、药品等运到中央苏区。忠山乡组织了10人的女子洗衣队，为红军和伤员洗衣、洗绷带，还组织妇女草鞋队编织草鞋慰问红军。红七军团小分队离开忠山后，红军独立第十团又继续指导党支部、农会和苏维埃开展工作，直到1934年底。

西际：铁锤敲醒大地

地处三元区南部高山的西际村，是个远近闻名的果树专业村，这里满山遍野尽是柑橘。习近平总书记在福建工作期间曾来这里考察调研。由于其特有的土壤和温差条件，这里产的柑橘品质特别好，"西际蜜橘"曾获全国柑橘协会年会金奖。如今，种植面积达5200多亩，年产柑橘2000多万斤，果农人均年收入达4万多元，跃居全区前茅。

这么个地理条件优越、特产优势明显的村落，90多年前，与许多地方一样，农民饱受地主土豪的剥削压迫，生活处于水深火热之中。1931年后红军一直在三元区的岩前、忠山等地活动。西际村民听说红军是来打国民党、推翻反动统治的，都很高兴，却未能与红军取得联系。

话说村里有座土墙砌起的二层小木屋，楼下是个打铁铺。打铁匠是位江西瑞金来的师傅，在村里打铁多年了，其真名人们不知道，只习惯地称其外号"武斗士"。1933年2月，"武斗士"回了一趟江西老家。返回村里后，就向在铁铺楼上开客栈的好朋友余宁助宣传革命道理，动员他为红军做事，还把余宁助发展为红军联络员。

原来，这位打铁匠"武斗士"，年轻时曾打过老家地主的儿子，得罪了地方势力，无奈之下孤身来到西际开铁铺，住了下来。他的二舅是红军红九团的一个连长，"武斗士"这次回江西瑞金老家，与其二舅有过接触，在二舅的帮助下，加入了中国共产党。于是，红九团安排"武斗士"在永安沙（县）归（化）边界地区筹集食盐等重要物资，并设法运往中央苏区，运给红九团。当时中央苏区食盐等物资非常紧缺，"武斗士"和余宁助商议，要完成这项任务，单靠一二个人不行，于是又联合了余和顺和柳城村的张本瑜，以及沙阳村的邓某、黄沙村的林某一起，共同来筹集、转运食盐。

为把食盐运到苏区，"武斗士"他们联系了盐贩子，从大田、永安、泉州等地购买了盐后，转给余宁助，再由余宁助将盐藏在西际余氏祠堂内，待达到一定数量后，就交外号叫"老虎风"的农民等，绕过有白军驻守的渡口，走崎岖小路，沿着西际—竹洲—楼源—忠山—星桥这条路线，把盐转给红军，再转运到明溪、清流、宁化、瑞金等苏区。

1934 年 4 月，听说红军要攻打永安城，"武斗士"和余宁助就去找红军，与红军联络上了。这时，他们又先后转运几批食盐给永安的红军。红军还派出小分队来到西际村，发动群众，建立组织，很快成立了西际农会，主席余宁助，副主席"武斗士"。经"武斗士"介绍，余宁助、余和顺加入中国共产党，同时建立党支部，余宁助任支部书记。

后来，虽然红军小分队离开了，但西际党支部、农会，仍继续为红军运送食盐等物资。为保护顺利运送，他们还成立了赤卫队，"武斗士"任队长，联络周边几个村落，共同护送和转送物资。

西际食盐转运站被反动派视为眼中钉。1934 年 6 月下旬的一天，卢兴邦部队听说红军又来到西际，便闯进村来，侵入农民家中搜查，还把余氏宗祠内来不及运走的食盐全部泼上大粪，盛米的大缸也被打破。此时，红军一阵枪响，吓得白匪四处逃窜，急忙用无线电向上头请求飞机增援，于是数架飞机在西际上空狂轰滥炸，炸死村民一人，炸伤一人，炸毁民房百余间。

后来敌人撤退至八角亭时，进入我军民伏击圈，在红军的枪弹和赤卫队土炮的联合攻击下，歼 30 余人，俘 60 余人，缴获一批枪支弹药。企图卷土重来的当地大刀会匪首余庆安也被我活捉，公审后枪决。余宁助和农会骨干们还利用中秋节敌人聚餐放松警惕机会，组织力量围攻莘口渡口敌人驻守连，全歼敌人数十人，拔掉了敌人的关卡，打通通往苏区的物资通道。西际党支部、农会在红军帮助下，发动群众，造册登记，实地插牌，计口分田。农会还动员了本村 4 位青年参加红军。

从 1933 年起，红军曾三进三出西际村，时任红军独 9 团政委兼军政委员会主席的方方同志，曾带领红军在西际开展革命斗争。如今，当年的食盐转运站余氏宗祠（树德堂）、打铁铺和余宁助客栈以及方方同志住所均保护完好。它们在默默地为我们讲述这个小村当年风起云涌的革命故事。

筼竹：岭上山花烂漫

为支持配合中央苏区第五次反"围剿"，1934 年 5 月 27 日，红七军团在军团长寻淮洲、参谋长粟裕等的率领下，从宁化、归化转战来到今三元区域的沙溪畔，准备消灭踞守对岸的国民党 89 师和民团兵力。红军发动群众，筹集了 40 多条船，当地出动 40 多名船工。红军部队乘船强攻，经过激烈战斗，歼灭对岸守敌二个营和民团。残敌向沙县方向逃窜。

红军乘胜追击。5 月 28 日，在经过草洋村时，又全歼了盘踞该村的卢兴邦匪兵几十人。把国民党军队和民团逼向了三元南面的筼竹及与其交界的沙县湖源、大田东景范围内的深坑岭。深坑岭，山高林密，道路崎岖，因岭下有一深涧，地势险要，故称深坑岭。红军与白军就要在这里展开一场大战。

红军派出小分队深入湖源、筼竹村，摸清情况。湖源和筼竹村民陈上桔、罗邦青、陈有斗和邓赐苏为红军当向导。红军 57 团向深坑岭主峰背后植湖垄进发；55 团则直插深坑岭阻击敌军。57 团占领了植湖垄主要山头后，国民党军不得不退缩深坑岭，近一个旅的兵力全都涌进了一条两边峭壁、中间深涧、仅有一米多宽的山路上。我军居高临下，发起猛攻，国民党兵争相夺路，摔死深崖无数。5 个多小时的激战，国民党 80 师 239 旅全部被歼，击伤旅长一名，击毙团长一名，缴获步枪 1200 余支，机枪 20 挺，迫击炮三门，子弹数十万发，并缴获电台一部。

深坑岭战斗是第五次反"围剿"期间中央苏区东线的又一次重大胜利，打乱了国民党军队在中央苏区东线的兵力部署，延缓了他们向中央苏区推进的速度。而这次战斗的胜利，是在当地老百姓的帮助下，从开始时的劣势经过迂回侧击和艰苦的山林战，转为优势取得的。由于顽强歼战，战绩显著，中革军委发布命令，授予团长王蕴瑞、参谋长夏兴二等红星奖章，团俱乐部主任张志坚三等红星奖章。战后的深坑岭依然郁郁葱葱，而山头那星星点点的山花却更加妖娆烂漫。

忆往昔峥嵘岁月稠，看今朝遍地红旗飘。如今的三元大地生机蓬发，歌舞升平，人民过着幸福安宁的生活。这是无数革命先烈用生命和鲜血换来的，是许多仁人志士出生入死不懈奋斗得来的。三元人民为苏区的发展和民族的解放做出了不可磨灭的贡献。在土地革命时期，三元区域先后有118名子弟参加红军，他们在北上抗日途中，大部分编在担负后卫任务的部队中，在湘江战役中献出了年轻的宝贵生命。早期的革命领导人王友华、许瑞芳都在长征途中牺牲。忠山村有7位同志为革命献出了年轻生命。西际村参军的4位青年也全部牺牲。西际大刀会头子抓不到邓天赐，气急败坏，不仅烧了他的房子，还将邓天赐和杨平杰父母抓去严刑拷打，残忍地折磨了三天三夜，致使老人落下终身残疾。在深坑岭战斗中，为红军当向导的邓赐苏也在阵前壮烈牺牲……

让我们记住他们，记住先烈英雄们，记住苏区人民，继承他们的革命精神，不忘昨天，把握今天，开创更加美好的明天。

2018. 12

伟大的女性　英雄的村庄

——"九家保"英烈祭

在层峦叠嶂的松罗乡有个小山村，竹林摇曳，草木葳蕤，清澈的溪水穿境而过，一路南奔，故有"南溪"之村名。漫步溪岸，潺潺水声不绝于耳，犹如聆听如泣如诉的天籁之声，顿感身心愉悦。这个百把户人家世代聚居、坐落于绿水青山间的古老村落，一见面就给人难忘的印象。

宁静、古朴，几乎被外界遗忘的小山村，在80多年前经历了一场腥风血雨的扫荡，邪恶势力疯狂地扑向革命者，扑向村民，血腥屠杀，房屋烧毁，小村成了一片废墟。村头高高耸立的"九家保纪念碑"，以及九家保纪念亭、纪念馆，为我们诉说了当年那场斗争的残酷与壮烈——

20世纪30年代初期，闽东党的领导人曾先后来到地处大山深处的南溪村，以走亲戚为名开展革命活动。村里有位年轻妇女叫施脓禄，1928年就参加革命工作，后入了党，成为中共福霞县委工作人员。于是，她家便成了一个地下联络点，闽东党的领导人时不时就在她家开会研究工作。

1933年10月2日，中共福安中心县委一个重要会议要在施脓禄家召开。马立峰、詹如柏、叶飞、施霖、阮英平、任铁峰6位领导人到了施脓禄家。此时，宁德县委书记郭秀山正从另一条小路往南溪赶。在距村不到两公里处，郭遭遇一伙正在巡逻的大刀会匪徒，敌人不由分说将郭反捆起来，向南溪村走来。

突然，施脓禄家的房门被一伙手持大刀的匪徒撞开了。冲进来的匪徒，二话没说，便将明晃晃的大刀架在6位领导人的脖子上。匪首谢玉针把枪插在裤腰里，手一挥，匪徒们一拥而上，将叶飞等人捆得严严实实。

施脓禄认识匪首谢玉针，便拉着谢的手，央求放人。谢玉针盛气凌人，一把推开施脓禄，指使匪徒将叶飞等7人带走。施脓禄眼看同志们被带走，急忙上前阻拦，被恶狠狠的匪徒一脚踹倒在地，她苦苦挣扎却起不来，眼巴巴看着革命同志被匪徒押走。

施脓禄心急如焚，一夜没合眼。天刚蒙蒙亮，她就悄悄出了门，赶了十几里山路，到了中共福霞县委所在地的牛落洋村，找到县委委员詹建忠做了汇报。占建忠立即召集有关同志商讨营救办法。大家认为，敌人虽然到处悬赏搜捕闽东党领导人，但昨天来抓人的大刀会匪徒，不一定知道叶飞等人的真实身份，这对营救是有利的，必须抓紧进行。并决定派施脓禄利用亲戚关系串门的机会先去探个虚实，再决定营救办法。

施脓禄很快摸清关押革命同志的地点，得知他们暂时没有危险。她迅速把情况向詹建忠做了汇报。大家分析认为，武装营救，危险性太大，万一拼不过敌人，后果不堪设想；另一种营救方法只能叫人担保，但要有保户和高昂保费。詹建忠毅然决定：不惜一切代价担保，一定要救出这 7 位闽东党的领导人。这时，施脓禄和刘新贵自告奋勇当保家。

施脓禄火速赶到关押革命同志的地方王家濑，利用亲戚关系说服匪首谢玉针，称施霖是她侄子，是她请来看风水的，其他 6 人是她家雇来干杂活的外地人，央求放人。谢匪因不了解这 7 人的真实身份，也就答应具保放人，但必须 9 户人家性命担保，还要交上 500 块银圆，否则绝不放人。

九家人担保，500 块银圆，这难度太大了！詹建忠陷入沉思。这 9 家人，还有 7 家找谁？500 块银圆往哪里筹？如不照办，心狠手辣的谢玉针什么事都干得出来，7 位领导人的性命危在旦夕。

困难再大也要战胜，即使刀山火海也要闯。施脓禄这位坚强的女性和县委同志一起迅速行动起来，经过她们马不停蹄的秘密宣传，村民刘学清、谌荣秦等七户人家也自愿担保。保户齐了，就差 500 大洋了。施脓禄等九户人家一边找亲朋好友东挪西借，一边不惜变卖口粮、嫁妆，贱卖田地，凑了 400 块大洋，加上福安中心县委党的活动经费和施霖母亲变卖田地的 100 块大洋，总算凑足了。

当施脓禄把摁着九户人家鲜红手印的担保书，和用红布包好的 500 大洋摆在匪首谢玉针面前时，白花花的银圆满足了谢玉针贪婪的欲望，他朝手下的匪徒挥了挥手，同意放人。

于是，叶飞等七位闽东党的领导人终于获救。为了安全起见，施脓禄连夜将他们转移出南溪村。

革命同志获救了，但事情还没有结束。原来在此之前，谢玉针的大刀会已经被国民党当局收编了，当局安插了一名副官在谢身边监视他。九家具保救人的事引起了这位副官的怀疑，便上报国民党当局。当局通过比对人物外貌特征，确定放走的是叶飞等闽东共产党的领导人。于是责令谢玉针火速追捕，并捉拿作保的九户人家。

直觉告诉施脓禄，一场灾难即将降临。她和地下交通员、接头户、联络员立即行动起来，把作保的其他8户人家以及相关群众转移出南溪村。为不连累其他人，施脓禄决定留下来应付局面。

那是一天大地悲恸的日子。天空低沉，阴霾笼罩南溪村上空。一伙持枪的国民党反动派在大刀会匪首谢玉针的带领下，把南溪村团团围住。敌人搜捕不到共产党领导人，就将施脓禄五花大绑，两个匪徒用枪顶着她，押往村口的石滩上，全村男女老少都被敌人驱往那里，敌人在四周架起了机关枪。

谢玉针将施脓禄拽到人群前面，用手指着施大声喊道："南溪村的父老乡亲们，这个不识好歹的女人不仅窝藏共产党，还用阴谋诡计煽动不明真相群众救走了共产党头目，实属罪大恶极！现在本团长给你们最后一个机会，只要如实回答，就对你们从轻发落。那7个被你们保走的共产党头目到底藏在哪里？"

施脓禄挺胸昂首。全场一片寂静。谢玉针恼羞成怒，举起皮鞭，一顿暴雨般的鞭子落在了施脓禄身上，她忍着钻心般疼痛，坚贞不屈，严守秘密。谢玉针却气喘吁吁，叉着腰恶狠狠地吼道："说！快给我说，共产党藏到哪儿去了？"伤痕累累的施脓禄冷冷地瞧了一眼谢玉针，说："你这个畜生，他们不都在你们手上吗？难道不是你们放走的吗？哈哈哈！"施脓禄突然放声大笑。

人群骚动起来。匪徒急忙端起枪。混乱中有人喊道："谢玉针，你不能这样打女人！"随即一阵高过一阵的抗议声从人群中爆发出来。谢玉针扯了扯黄皮帽，厉声喝道："再喊！再喊就别怪我不客气了！"说着朝天开了一枪，枪声在远处的山谷回荡。谢玉针凑到施脓禄的耳旁，咬着牙冷冷地说："你最好相信，我这个人是说到做到的！不信你试试看！"施脓禄仍高昂着头，眼睛怒视谢玉针。谢嗷嗷大叫，举起枪托，使尽浑身力气打断了施脓禄的左腿，施脓禄咬着嘴唇，身子斜倒在地上。

严刑拷打没能使施脓禄开口。谢玉针发疯似的举起了闪着寒光的大刀，使劲捅进施的腹腔，一股殷红的鲜血从刀刃上淌了出来。施脓禄额头上豆大的汗珠直往下滴，双手捂着淌着鲜血的伤口，依然没吐出半个字。丧心病狂的刽子手又把大刀捅进施脓禄的肩胛，砍向她的腰部，劈向她的脑袋……她的身子渐渐地倒了下去，再也起不来了。这年，她年仅30岁。杀人不眨眼的恶魔谢玉针把施脓禄砍成四段，连同她身怀的孩子被抛在村口的石滩上。

惨不忍睹的场面让乡亲们悲愤不已，仇恨的人群再一次骚动起来，男女老少哭喊着冲向谢玉针，和匪徒们扯缠在一起。杀红了眼的匪首居然下令向人群开枪扫射。一阵枪声过后，南溪村23位地下交通员、接头户、思想进步人士以及一批无辜群众顿时倒在血泊中。鲜血染红了河滩，流向溪边，蓝（南）溪顿时变成了红河。惨绝人寰的杀戮之后，敌人又下令放火点着9户保人的房屋，顷刻之间，村子浓烟滚滚，一片火海。

天地呜咽，草木含悲。南溪村人民掩埋好亲人的尸体，又投入革命活动，为苏维埃政权的建立与发展积极工作。

施脓禄，这位年轻、干练、机智的闽东儿女，她和英勇的南溪人民一起，用自己的血肉之躯保护了闽东党的领导人，使闽东的革命事业免受一场灭顶之灾。

伟大的女性，这英雄的村庄，堪与日月同辉，光耀千秋。"九家保"的故事，亦如奔流不息的南溪水一样，将一代一代地传下去，化为人们心中对这片红土地的深沉挚爱，对先烈们的无尽缅怀。

致敬，英雄施脓禄！致敬，南溪村的英烈们！

2019．3

海燕凌空何所惧

——港墘烽火岁月回望

在苍茫的大海上，狂风卷集着乌云。在乌云和大海之间，海燕像黑色的闪电，在高傲地飞翔。

一会儿翅膀碰着波浪，一会儿箭一般地直冲向乌云——它叫喊着，——就在这鸟儿勇敢的叫喊声里，乌云听出了欢乐。

在这叫喊声里——充满着对暴风雨的渴望！在这叫喊声里，乌云听出了愤怒的力量、热情的火焰和胜利的信心。

这是人们耳熟能详的高尔基散文诗《海燕》的开头几行。它反映了1905年俄国革命前急剧发展的革命形势，讴歌了俄国无产阶级革命先驱者如海燕凌空无所畏惧的战斗精神。

70多年前，在崇武半岛的港墘村，有个由中共党员组成的名曰"海燕"的支部，在黑暗的旧社会里，她犹如一只海燕，面对狂风卷集的乌云，凌空飞翔，勇敢地搏击于乌云与大海之间，在怒吼的海面上，划出一道亮光，照射一方大地。

这"海燕"的故事让我们从头讲起。

惠安崇武半岛如一只巨臂伸向东海，挽起一道后海湾，湾边坐落着一个渔村，叫港墘村。靠海吃海，村里人世代以捕鱼为生。因位于沿海突出部，海上交通方便，战略位置十分重要。

1940年7月16日，日本侵略军海、陆、空500多兵力联合进犯崇武半岛，对港墘及其周边地区，大肆烧杀抢掠，杀害无辜百姓93人，打伤40人，烧毁民房566座，烧毁渔船、商船和运输船521艘，其中港墘村被烧毁的渔船达100余艘。这仇恨深深地埋进港墘人民的心中。

村里有个渔家青年叫张海天，从小聪悟，惹人喜爱。海天打小起就随父兄下海捕鱼，长年在海与天之间的惊涛骇浪里闯荡，练就了不怕艰苦、敢于斗争的品格。日军蹂躏家乡的罪行，激起他满腔怒火。1941年在集美水产航海学校读书的张海天，便积极投入爱国学生运动。1943年夏的一天，他被中共泉州中心县委惠安区特派员刘祖丕接纳为地下革命群众。不久，张海天回乡担任复兴小学校长，以教师身份为掩护，从事地下革命活动。1944年秋，张海天与洪瑞星、王福庆、王祯祥一起被吸收为中共党员。他们在港墘村秘密建立了革命据点和地下交通站，打通了港墘通往闽中特委机关的交通线。

1945年3月，为了开辟沿海抗日新区，扩大地下活动范围，中共泉州中心县委秘密建立了中共港墘支部，这是惠东南沿海第一个地下党组织，也是海燕支部的前身。张海天任书记，王福庆任组委，洪瑞星任宣委。从此，港墘人民在党的领导下积极开展抗日救亡和民族解放斗争。

正当他们工作顺利开展之际，发生了"科任事件"。闽中特委一艘海上武装船，停靠晋江科任时，不幸被敌捕获，泉州地区部分县领导的名单也落入敌手，敌人按图索骥，进行搜捕和通缉，致使惠安地下党组织遭受破坏。张海天、洪瑞星、王福庆等人遭到反动政府通缉，被迫分散转移到南安、泉州等地，进行隐蔽斗争。洪瑞星不幸被捕，壮烈牺牲。

经受血与火严峻考验后，张海天更加坚强。1946年2月，张海天受中共泉州中心县委指派，返回港墘，重整旧部，发展组织，创建（闽中）海上交通站，筹集武器、弹药，组建地下武装工作队，开展游击斗争。后来张元法、张振华也返回港墘，协助张海天工作。1948年2月中共海燕支部成立，张元法任书记，不久扩大为海燕总支。

此时惠安县工委在港墘网仔船上召开会议，闽中地委书记、游击队司令黄国璋等人到会，要求壮大党的组织，创建武装队伍，继续开展反"三征"的群众斗争。此后，在港墘村成立了惠东南区工委，书记张元法，辖13个支部，有党员117人。

海燕凌空翱翔。1948年夏秋，惠东南区工委建立了以港墘为中心的惠东南游击中队，拥有152人枪，正式编入闽浙赣游击纵队序列。还拥有300多人枪的民兵队伍，并配备了相应的装备。

随着斗争的发展，张海天担任中共（闽中）惠安县工委委员，负责惠东片工作，后又担任惠东工委书记，闽浙赣边区游击纵队闽中支队惠安人民游击大队副大队长。他犹如一只矫健的海燕，穿梭于海天之间，带领游击队与反动势力展开了一系列斗争。

1949 年春，在解放战争大好形势的鼓舞下，中共惠东南地下组织领导的"反三征、挖蒋根"的群众运动正以迅猛之势向前推进。惠安国民政府坚持反动立场，困兽犹斗，依然四处征兵、征粮、征税，妄图苟延残喘。为打击敌人嚣张气焰，解除百姓苦难，惠东南工委准备以武力教训一下反动势力。

初夏的一个夜晚，乍暖还寒，挂在天边的一弯新月把大地照得几分明亮。张海天、王福庆、张元法等带领 12 个游击队员，从港墘出发南行，进入崇武古城，悄悄地包围了镇公所住地下庵宫。深夜，当行动指挥者王福庆的第一响枪声划破古城夜空时，12 个游击队员便从各自不同角落向镇公所开枪射击、扔手榴弹，一时间响声四起，枪声、喊声连成一片，惊天动地。遭到袭击的国民党接兵部队和镇警从睡梦中惊醒，魂飞魄散，纷纷躲在桌子下面、柜子后面，有的趴在床铺底下，头也不敢抬。这次游击队的夜袭行动，主要是对国民党接兵部队敲山震虎的警告性骚扰，意在狠狠刹一下敌人垂死挣扎的余威。果然，次日天刚蒙蒙亮，接兵部队就偷偷撤离崇武镇，再也不敢在惠东沿海一带征兵征粮征税了。

夜袭国民党接兵部队取得胜利后，游击队士气大振。为了进一步"挖蒋根、打敌顽"，彻底摧毁惠安的反动势力，迎接解放大军入闽作战，张海天与工委研究决定击杀国民政府宪兵中校指导员刘开渠，粉碎其回乡搞"应变"的阴谋活动。

七月初的一天午后，骄阳似火。游击队领导张挥戈、蒋济良带领身着便装暗藏短枪的 6 个战士，冒着酷暑，从港墘出发，往刘开渠住地官住村行进。不料却与国民党崇武镇长张培生一伙 4 人突然遭遇，敌人从一位游击队员飘起的衣衫下发现腰部插有手枪，随即开枪。游击队员迅即拔枪转身射击。张培生胸背腹部中了数弹，当场毙命。另一个负隅顽抗的敌人（后来得知叫张三目）也中弹受创，气血殆尽。其余 2 个（镇警）大惊失色，逃之夭夭。这场突发的遭遇战，以击毙 2 敌、缴获 2 支短枪，游击队无一伤亡的战绩画上句号。由于枪战声惊动了刘开渠，使其得以逃脱。后来才知道张培生此行是到后洋去策划剿共之事的。

游击队不断出击，节节胜利，特别是击毙崇武镇长张培生，群众拍手称快，游击队声威大振。敌人却变本加厉，妄图垂死挣扎，终于发生了港墘村"八·六""围剿"与反"围剿"的斗争。

1949 年 7 月，正当解放战争胜利捷报频传之时，以叛徒庄毓英（后投诚起义）为首的敌海上保安纵队第四支队，组织地方反动武装 800 人枪，又联合交警第八总队一个全副美式装备加强营 500 多兵力，共 1300 多人，还有海上炮艇 2 艘、机械船 5 只，于 8 月 5 日下午，水陆并进，把港墘村团团围住。当晚 8 时许，国民党兵向我发起攻击，我村民毫不示弱，上至八十老翁下至十二三岁孩童，个个坚守岗位，严阵以待，准备血战到底。8 月 6 日凌晨 4 时左右，敌人摸黑进村，四处搜捕我干部和革命群众，直到夕阳西下，因惧怕我方增援部队到来切断归路，才相继撤走。

这次反"围剿"，我方基本保存了实力，但游击队员和人民群众被捕 139 人、死伤 12 人，财物被洗劫一空，经济损失约值黄金 3000 两以上（包括营救被捕人员的赎金）。在处理完后事后，全体干部和部分游击队员，由张海天率领前往三朱与当地队伍会师，随后参加解放惠安。

与此同时，我方还加紧了对敌策反工作。早在 7 月间张海天就前往惠安北部，指导北海区工委，策动国民党 325 师驻峰尾海防工作队 27 名官兵起义投诚。"八·六"反"围剿"后，他又奉命与三朱区工委书记朱联法等人前往山腰盐场，接受盐署、盐警大队 157 名官兵起义投诚。8 月 25 日，他促使福建省民国政府海上保安纵队第四支队 200 余人枪起义投诚。

经受"八·六"惨案后的港墘人民更加坚强。惠安一解放，他们立即出动大小船只 70 多艘、船工数十人，投入解放厦门、金门战役。此次支前，人生还了，船只却悉数无回。港墘人民为人民解放事业又做出了一份贡献。

"乌云遮不住太阳——是的，遮不住的！"港墘村由共产党员和革命群众组成的这群"海燕"，在张海天这只领头燕的带领下，像黑色的闪电，箭一般地穿越乌云密布的海面，历尽艰辛，终于闯出了一片光明的天地，也给港墘带来了荣耀。

如今，70 多年过去了，港墘的面貌焕然一新。村中央"八·六"广场上高高耸立的纪念碑与纪念馆，默默地向人们讲述当年"海燕"穿云击水的故事，让人们永远记住历史、不忘英雄。

2019. 4

走进官烈

发源于德化、尤溪的大樟溪摧岩破谷徐徐东流，穿越永泰全境，滋养着这片丘陵山地。当流水来到永泰最后一个村庄官烈村地段时，大概是想回望一下长途跋涉的永泰大地，猛一扭头，向北流去，于是一路裹挟的流沙在这里卸下了，形成一片金灿灿的沙洲，河面变宽，流水也变深了。而湾阔水深，便于水上行船，于是就有了停船码头。大樟溪水造福永泰，官烈村"近水楼台"得利更多。当水流再往东流时，便进入闽侯县境，营造出了水绿如蓝的十八重溪风景区，哺育出了北宋重臣陈襄等风云人物。

大樟溪给官烈带来的不只是绿水、沙洲和码头，更重要的是使这片山地林木茂盛，到处郁郁葱葱。大樟溪流经之后，这片临水地块绿树蔽日，芳草匝地，空气里弥漫着清香的青草味。水多则林丰，林丰则禽兽多，禽兽多自然吸引人来打猎，有打猎就有人观猎，因此这临水之地又以打猎观猎而闻名。

相传，闽王王审知就来此观猎。公元885年，王潮、王审邽、王审知三兄弟自河南固始随王绪率兵入闽。途中，王潮因杀狐疑偏狭的王绪，被推为帅。而后攻泉州，占福州，逐步统治了福建。897年，王潮病故，王审知继位，封闽王。王审知二哥王审邽为泉州刺史。王氏兄弟治闽期间，整吏治，轻徭赋，兴学校，福建成乱世中的一方世外桃源。因境内太平，王审知得闲多次率部来大樟溪畔的山林中围猎。

王者狩猎，如同部队上战场一样，调兵遣将，摆兵布阵。狩猎当天，部队早早潜入山中，根据山形地貌，摆下阵势，形成巨大的包围圈，只留出朝溪的一面。时辰一到，鼓点为号，一时间，旌旗猎猎，长矛攒动，所有动物都惊慌失措，四处奔跑，却无法逃脱，乃至被赶到开阔地时，前有大溪横断，两边是严阵以待的将士，一场射杀后，满载而归。

王审知率部由福州来此观猎，不光看部下获得多少战利品，更在于考验将士的骑射本领、反应能力及胆识与勇气。因王审知来此观猎，村名就称之"观猎"。村庄原来名什么已不为人知了。

时光荏苒，星移斗转。过了近 500 年，这个以观猎闻名的小村，迎来了曾任永泰县令的王翰，王县令相中这方风水宝地，便在此隐居了十年。

王翰，字用文，安徽庐州人。元至正廿二年（1362 年）四月，随福建平章燕只不华镇守闽疆，任福州路治中，因平寇有功，以功升福州路同知，又升理问官，总理永福（今永泰）、罗源两县，至正廿九年（1369 年）升福建行省参知政要（二品），代领州事。时明军入闽，元大势已去，王翰即隐居晋江沙堤碧山。元室灭亡后，偕刘夫人与三子王偁移居观猎山，自号友石山人，"长吟独行，东石为友"。

史料记载，王翰秉性刚直，精敏有胆，遇事明断果决，生活刻苦节俭，居官廉洁爱民。仕宦廿载，家无余积，平生好读书史，能诗善画，好山水游。明洪武十年（1377 年），府县上书荐王翰之贤，翰叹曰："女岂可更适人哉？"决心不事二主，留下诀别诗后，引刃自刎，时年 46 岁。人们慕其忠烈，改所居观猎村为"官烈"村。如今，王翰墓园仍完好坐落在官烈村头，面前是一湾碧湖，湖的后面就是巍巍兔耳山，青山绿水绕墓园。王翰若泉下有知，当可笑慰。

在官烈村成长起来的王翰之子王偁，成了一位颇有名气的文人。

王偁，字孟扬，其父王翰卒时偁方 7 岁，随父友吴海读书，洪武廿三年（1390 年）中举人，永乐初（1403 年）被引荐至京，授翰林检讨。王偁学问渊博，文章雄伟，翰林院学士解缙十分推重，视为知交。解缙等主持编修《永乐大典》，王偁任副总裁。偁与闽中林鸿等人开创"晋安诗派"（即闽派），为"闽中十才子"之一。撰《虚舟集》，收入诗五卷 480 首，其诗"歌行律绝如幽涧流泉，清而有韵。"解缙在为《虚舟集》作序中说："其（王偁）人品，当在苏长公之列，文之奇伟浩瀚亦类，至于诗，则凌驾汉唐，眉山见之，未必不击节叹赏，思避灶而炀……"这里顺录载于《通志》的王偁《桃溪》诗数句共赏之："清溪一带绯桃花，春来水上流胡麻。东风寻源信瑶棹，云中远见山人家。于兹水木相含景，袅袅松杉乱天影。少焉林壑众籁鸣，中寫飞来片云冷。"清溪、流水、轻舟、人家、松影、鸟鸣、蓝天、白云荟萃一纸，寥寥几笔，勾勒出一幅山村风情画，令人遐思神往。

如此才子却遇天之不公。永乐八年（1410 年），因解缙被诬案，王偁受株连下狱。永乐十三年（1415 年）病死狱中，终年 46 岁。

王审知观猎地、王翰隐居所、王偁成长处，千年的时光流转，为官烈这片土地留下丰厚的文化积淀。明末政治家、文学家、学者曹学佺慕其声名，遂来到永泰游览。他写的《永福山水记》，就是从官烈村写起的："闽中永福县，是一山水窟，东与侯官相接，有龙潭，游者经王翰故居，地名官烈，龙潭去此十里，其水流为溪，石皆锦色。树攲斜而古，多丛竹，竹尽见潭。潭在谷中，其上则水帘也。岩顶至下，有数十丈，纵亦如之。水居十之一，有石室在水旁，居十之二。翰之子偁，读书于此……"这段永泰东部水乡的风光样貌如今依然可见。"水流为溪，石皆锦色"的小雄溪地段已开辟成观光农业休闲园，让人们沿着古人的指点方向，一路饱赏山水秀色。

晚清末代帝师陈宝琛，早就仰慕王偁才华，曾写诗赞王偁："一江还往瞻衡宇，十子才名照里闾。仙女碑题高士传，沈吟少作重都歟。"读了曹文后，陈对小雄溪山水情有独钟，便从闽侯螺州来此，在"友石山房"遗址上建起"听水第二斋"，时时与家眷 友人来此听水论道。如今"听水第二斋"虽已倾圮，没了踪影，却为官烈村平添了一道近现代文人的足迹。

当然，在现当代，为官烈村的历史写下浓墨重彩一笔的要算 1944 年 7 月中共福建省委机关迁到村里，指导全省革命斗争。

官烈地处永泰、闽侯、福清三县交界处，距福州近，水上交通方便，且群众基础较好。省委机关迁来后，在闽中特委发动下，全村群众帮助搭盖草寮，并筹备粮食等物资及生活用品。为便于开展工作，闽中特委决定成立官烈党支部。支部书记薛厚新，党员林四妹（薛厚新妻子）、张学铨、王细水。直属闽中特委领导。党支部积极发动群众为省委机关运送物资、传递情报等，为省委开展活动提供和创造了有利条件，并保护省委机关安全。在此期间，省委于 1944 年 9 月、10 月，分别发出了《关于准备抗日游击战争政策指示》和《关于抗日游击战争第二次指示》，指导全省开展抗日游击战争。

从 1944 年 10 月至 12 月，在短短的时间内，福建省委在官烈、兔耳山先后派出武装队伍，袭击福清五龙黄墩村与龙田、永泰占兜、莆田濑溪桥头与忠门等地国民党地方武装，共缴获机枪 4 挺、步枪几十支，壮大了武装力量，但也暴露了目标。

不久，省委机关迁往长乐南阳，继续组织人民抗日。由于在抗日活动中遭到国民党顽固派的进攻，省委机关被迫撤到官烈山上隐蔽。1945年5月至7月，国民党当局调集重兵围困、"清剿"官烈村，采用移民'併村'、搜山、封锁等手段，扬言要在两个月摧毁福建地下党组织。官烈党支部秘密组织群众为省委机关传递情报。由于叛徒方乌丹的出卖，1945年6月中旬，官烈党支部书记薛厚新及其妻子（党员）林四妹、党员王细水、游击队员苏扬棋、苏扬泉、苏扬林等6人不幸被捕，被关进塘前监狱，临死不屈，壮烈牺牲。官烈人，何其壮烈！

福建省委机关驻官烈，官烈人为民族解放做出的贡献，这厚重的革命文化，在官烈村的发展史上写下了永垂不朽的光辉一页。耸立村头的革命纪念馆和纪念碑讲述的革命故事，永远让官烈人感到骄傲和自豪！

往事越千年，奋进在眼前。如今的官烈村，新楼林立，绿树掩映，处处生机盎然，一派欣欣向荣。传统文化、生态文化和革命文化交相辉映的官烈村，耐看，耐寻味，看一回是远远不够的。

2019．6

甘洒热血写春秋

——记"二七"烈士梁甘甘

出城门镇政府往东南，沿着村道行约 5 公里，便到了梁厝村。这是个面朝闽江的美丽村落，地势开阔，交通方便。800 多户梁氏人家环绕燕山脚下的缓坡地聚居在一起，房子挨挨挤挤，小街红红火火。120 多年前，"二七"烈士梁甘甘就诞生在这里，其故居梁厝村 156 号古宅如今犹在。

梁厝村子虽不大，然历史悠久，文化底蕴丰厚。始建于宋代的梁氏祠堂悬挂的珍贵文物，为我们讲述了村里繁衍发展的历史。据史料记载，南宋时梁氏始祖退隐居鼓岭茶洋，三世祖分迁到永泰赤壁。其五世祖梁汝嘉（字维则，号两槐）是南宋理学大家朱熹挚友，常与朱熹切磋学问。有一天，他们两人览胜鼓岭梁氏祖居地，站在鼓岭山头俯瞰时，居然发现在闽江南麓南台岛东头，有一座极似展翅欲飞的燕子的小山。两人看得入迷，觉得这是块风水宝地。梁汝嘉遂偕胞弟梁汝熹率子孙从永泰又分迁到此择地而居，并创立"梅涧书院"在此讲学。朱熹亲书题赠"贻燕堂"三字。100 多年后，梁氏后裔将"贻燕堂"改建为永盛梁氏宗祠，"贻燕堂"也就成了永盛梁氏的堂号。

此地果然是块风水宝地，自从梁公来此肇基以来，耕读传家，村里确实出了不少人才。南宋以来，这小小的一个村落，竟走出了 40 多位进士，清两江总督梁章钜、元翰林大学士梁恩观等一批良臣贤士就是从这里走出去的。当年福州一带曾流传说"无梁不开榜"，意即每榜福建进士名单中都有姓梁的，可见这里确是一块人才辈出的地方。

1840 年鸦片战争后，帝国列强侵略中国，加上封建王朝的腐朽统治，中国社会陷入一片黑暗，山河破碎，民不聊生。梁厝村与全国许多地方一样，人民生活在水深火热之中。1894 年梁甘甘诞生在梁厝一个贫苦农民家里。可怜他年仅七八岁，父亲就过世，母亲只好把他带到马尾岫头村舅舅家，母亲替人帮佣，甘甘帮忙干点农活，勉强过日子。小甘甘很聪明，他曾在梁厝上过一两年私塾，初识文字，世道不平的感受深深刺痛了他幼小的心灵，他开始渐渐明白了一些道理。十六七岁时，梁甘甘经与林祥谦熟悉的表兄介绍，化名邵承銮，到了林祥谦所在的汉口京汉铁路江岸车头厂，当了一名验车工。由于经常跟同乡林祥谦在一起，受他进步思想影响，梁甘甘加入了京汉铁路总工会江岸分会，成了一名会员。

京汉铁路的工人大部分都是失去土地的农民和破产小工业者，他们背井离乡流入城市，成为工业生产的奴隶。他们每天劳动都在 10 小时以上，经常缺粮断炊，饥寒交迫，监工还手执皮鞭，监督工人劳动。"成年累月做马牛，吃喝如猪穿如柳。""军阀刀鞭沾满血，工人何时能出头？"这就是当年真实情形的写照和工人发出心底的怒吼。

五四运动前后，毛泽东、邓中夏等早期工人运动的领导者，都曾深入京汉铁路沿线，传播马克思主义，启发工人觉悟。在他们的启发领导下，京汉铁路工人，登上了中国革命政治的舞台，加入了中国第一次工人运动的洪流。在党组织启发教育下，林祥谦觉悟不断提高，他四处奔走，号召工人团结起来。江岸工人俱乐部成立时，为人正直、在工友中享有崇高威信的林祥谦，被推举为俱乐部干事，1922 年夏，林祥谦光荣地加入了中国共产党。介绍他入党的有 3 位中共党员，他们是中共一大代表陈潭秋、中国劳动组合书记部长江支部主任、中共武汉区委书记林育南和项德龙（即项英，后来的新四军副军长兼政委）。此后，为了统一全路工会，以适应斗争需要，决定成立京汉铁路总工会。

京汉铁路工人运动的迅猛发展，使军阀吴佩孚的反动势力不断受到打击，同时也严重损害了他的经济利益。吴佩孚下令禁止成立京汉铁路总工会，激起了舆论一片哗然。1923 年 1 月 31 日，总工会筹备委员会召集各分工会代表会议，决定不顾吴佩孚的阻挠破坏，按原计划举行总工会成立大会，这更引起军阀吴佩孚的恐惧。

1923 年 2 月 1 日下午，反动军警占领了总工会会所，驱逐工作人员，查抄文件资料，捣毁来宾赠送的匾额，代表和来宾住处也受到包围和监视，完全失去了人身自由。为了争人权、争自由，2 月 1 日晚上，总工会执行委员会召开秘密会议，决定从 2 月 4 日起，举行全路总同盟大罢工，以抗议军阀压迫，并成立了罢工领导机构。

2 月 4 日早上 9 时 20 分，江岸机厂罢工汽笛震撼长空，拉开了全城大罢工的序幕。中午，在不到三个小时的时间内，全路3万多工人一起罢工，客车、货车、军车一律停驶，长达1200公里的京汉铁路，顿时陷入瘫痪。大罢工发动后，为了号召全国各工团予以援助，中国劳动组合书记部发表了告全国各工团奋斗电，号召各工会组织声援罢工斗争，得到各界有力支持，每天都有大批各界人士来到各办公地点声援工人斗争。

2月6日上午，在党的领导下，湖北省工团联合会和武汉各界，在江岸分工会门前，召开万人大会。会后举行了声势浩大的示威游行，游行队伍长达数里。林祥谦、施洋等都站在队伍最前列，他们高呼口号，英勇无畏地穿过当时设在汉口的日本、德国、法国、英国等帝国主义租界。示威游行大长了中国人民志气，大灭了帝国主义及其走狗封建军阀的威风。梁甘甘参加工会工人纠察队，始终跟随罢工主要领导者林祥谦，积极参与罢工斗争。

2月7日，军阀吴佩孚在英法帝国主义的指使下，命令京汉铁路管理局局长赵继贤和湖北督军肖耀南等，派兵屠杀京汉铁路罢工工人。当日傍晚，督军署参谋长张厚生带领两营全副武装的匪兵，从三面包围了江岸分工会，汉口租界帝国主义分子宣布紧急戒严，游弋在长江上的帝国主义兵舰，也派兵登岸配合。片刻间，江岸分工会周围响起密集的枪声，纠察队成员和众工友高举木棍、铁棒，奋勇迎敌。汉口江岸工人纠察队队长曾玉良等32人当场被杀，数百名工友受伤（其中因重伤死亡4人），被捕60余人。罢工主要领导人、江岸分会委员长林祥谦因拒绝下令复工，惨遭毒手，壮烈牺牲。总工会法律顾问施洋被捕后也于15日被杀于武昌。长辛店工人被屠杀3人，重伤30余人，被捕30余人，轻伤无数。其他各站罢工工人也都遭到镇压。此次敌人大屠杀，总计被杀50余人，重伤300多人，被捕入狱者和被开除失业者达千余人。这就是震惊全国的"二七"惨案。

梁甘甘就是在这场与敌人搏斗中，为了掩护工人撤退，自己断后，身中乱弹，壮烈牺牲在工会门前，时年30岁。林祥谦胞弟林元成，也被反动军警乱枪杀害。当天牺牲的福州籍烈士还有朱仁斌、林开庚、吴彩贞、王先端；黄子章被捕后受尽酷刑，坚贞不屈，因刑伤过重而牺牲。

梁甘甘牺牲后，遗体被秘密运回家乡，先安葬在梁厝山下，1965年迁至梁厝山南麓今址。其墓为如意形，三层墓埕，周围石墙护卫。墓前竖一石碑，曰"二七烈士梁甘甘同志之墓"。1992年墓园被公布为福州市郊区文物保护单位。

如今，烈士已远行90多年，但人们从没忘记他。林祥谦纪念馆介绍了梁甘甘等七位福州籍"二七"烈士，并配发大幅照片。梁厝的乡亲们更是越发崇敬他，并引为骄傲。烈士的遗像被高高地挂在梁氏祠堂里，供人瞻仰。每年清明节，当地政府领导以及中小学生、驻军等，都会到梁甘甘墓园祭扫、献花圈，表达深深的敬意。烈士的事迹也在当地广泛传播，成了对人们特别是青少年进行革命传统教育的好教材，激励着乡亲们继承先烈遗志，不忘初心、牢记使命，为祖国的现代化建设事业做出新的贡献。

梁甘甘烈士永垂不朽！

2018. 5

从抗倭到抗日　一腔豪气贯长虹

　　我老家在马鼻南门，房前就是开阔的海滩，小时候在家里每天眼睛一睁开，看到的就是潮起潮落，船来船往。每到夏天，太阳还没下山，我们这些小孩就早早地把竹床搬到海边大树下占个位置，以便乘凉过夜。夜幕下，面对清爽的海风和哗哗的潮声，大人们会给小孩讲故事。我印象中听得最多的就是戚继光率领军民，在这片海滩上抗击倭寇的故事，说倭寇如何猖狂进犯，戚继光又如何勇敢杀敌，取得大胜。为了感恩，乡亲们就在山上的关帝庙立像祭祀戚将军。大人讲得绘声绘色，小孩听得津津有味。因此，我们这些小孩从小就懂得戚继光这个名字，知道有位抗击外敌的戚将军。

　　后来长大了才知道，戚继光不仅在马鼻，也不仅在连江、福建沿海抗倭，而是一位足迹踏遍沿海各省的抗倭名将。至今400多年过去了，人们没有忘记他，今后也不会忘记这位民族英雄。同样的，倭寇对我沿海各地的侵略犯下的桩桩罪行，我们也不会忘记。

　　据史书记载，倭寇（日本海盗集团）十四至十六世纪经常劫掠我国沿海地区，"十六世纪中叶时最为猖獗……江、浙、闽受害最烈。"连江地处沿海，自明永乐八年（公元1410年）至嘉靖四十五年（1566年），受倭寇侵扰长达150余年。大批倭寇犯境16次，其中4次经连江犯省会福州。倭寇所经之处均遭劫掠焚杀，庐舍一空。

　　在倭寇侵犯期间，连江军民奋起抵抗，留下不少可歌可泣的事迹。嘉靖四十二年（公元1563年），倭陷政和、寿宁后分一股400余人南下连江，拟与侵犯平海卫（莆田）之倭合攻福州。当得知侵犯平海卫同伙全军覆灭后退据马鼻。明将副总兵戚继光在全歼入侵平海卫之倭寇后即挥师连江，并采纳邑人陈第的"平倭策"，在马鼻海岸设木栅，防倭登岸；训练士兵使用"泥撬"（当地渔民在海滩上使用的木制滑板），水陆并进，出其不意，一举全歼倭寇400多人于海滩，救出被掳男女2000多人。除这仗外，还有把总傅应嘉指挥追歼倭寇 60 多人于筱埕，参将沈有容率兵攻东犬岛倭寨，生擒 69 人；以及此前的定海、壶江人民英勇抗倭的事迹，均载入史册。

可以说，在倭寇骚扰连江沿海的 150 年间，百姓深受其害。连江军民奋起反抗，并献计献策，在戚继光将军的率领下，终于平定了倭患。为赶走日本侵略者、为保卫家园做出了不可磨灭的贡献。

此后，倭寇平息了，可日本人却谋划着更大的侵略行径。距抗倭之后 300 多年，即 20 世纪 30 年代，日本以超过倭寇无数倍的力量，大举侵略中国。侵略者铁蹄踩躏中华大地，人民饱受灾难，连江县也受践踏。1937 年 7 月卢沟桥事变后，日军在闽江口集结，随后侵占马祖列岛，疯狂轰炸闽江口要塞炮台和粗芦岛，还突袭川石岛。1941 年 4 月 19 日，日军第四十八师团 1000 多人大举侵犯连江，县城陷落。

驻连部队和连江人民英勇抵抗，浴血奋战。史书记载，1941 年 8 月，陆军第七十军奉命收复连江。时日军第四十八师团一部 300 余人及伪军 200 多人据守县城。9 月 3 日拂晓，三一九团攻占县城，日军溃退琯头，然后派 10 架日机轰炸县城，投弹百余枚，城内一片火海。9 月 5 日琯头被收复。

1945 年 5 月，日军全面溃败。侵占连江日军 2000 多人向县城集结。陆军第八十师奉命追击。5 月 22 日晨，日军分三批从县城北撤，第一批 300 多人撤到东湖，遭二三九团伏击；第二批 700 人撤到飞石，被二三九团截击，发生激战；第三批撤退之 500 多人与前一、二批会合后向丹阳逃窜。县城于 5 月 22 日下午 4 时 30 分被光复，而后部队乘胜追击逃往丹阳的敌人。此役共毙敌 180 多人，伤敌 250 多人，还缴获一批军马和军需用品。

特别值得一提的是，中共连江地下党，在抗战期间执行中共福建省委提出的抗日民族统一战线政策，号召和团结全县人民积极开展抗日救亡运动。县委组织了一支抗日游击队，下设两个中队。第一中队（后改为闽海人民抗日游击队）50 多人枪，活动于沿海，打击日军、伪军；第二中队（亦称下洋抗日游击队）120 多人枪，是一支英勇顽强的队伍。此外还有多支由贫苦农渔民组成的小规模抗日游击队，他们以苏区、游击区为依托，有着广泛的群众基础。这些抗日游击队伍，在党的领导下，分路出击，打击敌人，使驻连日军、伪军惶惶不可终日。7 月的一天，驻连日军最高司令官原田大佐，亲率主力部队进山围剿下洋游击队，在山冈半山腰进入游击队设下的埋伏圈。游击队长陈位郁一声令下，神枪手一枪击中原田胸部，原田滚落马下,当场毙命。这一仗惊动了福州日军师团司令部,日军连续三天出动数架飞机对下洋狂轰滥炸,又派出一个中队日军扫荡下洋。幸好游击队早做准备,组织村民转移山上躲避。日军找不到游击队,便放火烧了几间房屋,枪杀了三位留守老人后撤回交差。

党领导的连江抗日游击队,坚持游击战争,出其不意地打击日军,与驻连部队一道,为保卫家园,做出了重要贡献。如今在青芝山上还耸立一座抗日阵亡将士纪念碑,纪念倪超军、林杰等为国捐躯的英烈们。他们的事迹同连江人引以骄傲的"黄花岗十烈士"一样,彪炳千秋,万古流芳。抗战期间,连江人民爱国热情高涨,涌现出许多支援抗日的动人事迹。琯头爱国人士陈彦超先生在贫病交困中将仅存的两颗金牙拔下,献给抗日救国,一时传为佳话。

2015年是抗日战争和世界反法西斯战争胜利70周年。七十年来,我们的国家和我们的家乡都发生了翻天覆地的变化。当我们在太平盛世安享幸福生活的时候,不应忘记为反对侵略,为保卫家园做出贡献和牺牲的人们。连江是块富饶的土地,也是激荡着英风豪气的红色热土。从抗倭到抗日,数百年来,在打击日本侵略者的斗争中,连江人民发扬光荣传统,前仆后继,英勇顽强,谱写了一曲又一曲壮丽的凯歌。"你的名字无人知晓,你的功勋永世长存。"我们有责任守护英雄铸就的精神坐标,我们有义务将历史传承给后代。

"宁可枝头抱香死,何曾吹落北风中。"700年前连江籍爱国诗人郑思肖的名句再一次唤起我们心底的爱国热忱。历史学家说过,如果丧失对历史的记忆,我们的心灵就会在黑暗中迷失。"吾受国恩,义无有贰。"爱国是每个公民人生处世的基本准则。让我们记住民族曾经的苦难,记住为摆脱苦难和抗击外敌的英烈们,记住抗倭和抗日的历史,并把对历史的铭记化为开创未来的力量,去建设更加美好的家园!

2015.5

记住 80 多年前那一群伟大的女性

——连江人民支援中央红军北上抗日先遣队纪事

最近，我和晋安区有关部门同志一起到福州北峰的宦溪乡，瞻谒位于该乡降虎村的红军烈士墓，还到村部参观了革命史迹陈列馆，并察看了当年的战斗现场，从而了解了82年前发生在这里的中国工农红军北上抗日先遣队指战员激战北峰的壮烈故事。

1934年7月，在红军被迫进行战略大转移前夕，中共中央、中革军委决定以寻淮洲为团长、乐少华为政治委员、粟裕为参谋长的红七军团6000多人，组成中国工农红军北上抗日先遣队，挺进闽、浙、皖、赣四省国民党统治区，宣传党的抗日主张，推动抗日运动的发展。

先遣队于8月1日进占水口，召开纪念"八一"大会，并遵照中革军委指示，对北上行动和攻打福州进行战斗动员。

水口至福州沿江的交通干道被国民党军控制。为避开沿江国民党阻击和飞机轰炸骚扰，先遣队绕道闽侯北部山区，从雪峰、大湖、江洋向福州西北部挺进。8月7日，先遣队主力进抵北峰岭头、前洋、叶洋地区。当夜23时即从里洋、笔架山一线向福州发起进攻。先遣队从午夜至次日凌晨3时，几次猛烈冲击均未突破，被阻于隐士山坡之前。国民党军不断出动飞机轰炸先遣队阵地，使先遣队再次攻击受挫。

8月9日，先遣队护送一二百名伤病员，由岭头经江南竹向连江桃源、潘渡转移，遭遇国民党87师522团。在先遣队的猛烈攻击下，522团频向福州求援。

先遣队与国民党522团及前来增援的259旅部队展开激战。国民党飞机助战。这次战斗歼敌二百人，缴获9架轻机枪和一二百支步枪，但我军也伤亡七八百人，师团干部遭到重大损失，伤亡的多是老战士。当晚先遣队撤出战斗，向连（江）罗（源）苏区转移。11日，国民党军援兵和522团扑空后分路尾追，但先遣队已在连罗中共组织、游击队和群众的接应下，安抵罗源凤坂、百丈一带。

先遣队提出"不丢弃一个伤病员给敌人"的口号，发动全体工作人员和降虎、汤岭一带群众抢救伤病员，在降虎至汤岭古道上设置二三个临时救助安置点，一站一站地往下送。把降虎战斗伤病员和攻打福州的伤病员共700多人交给闽东地方党组织和红军游击队统一救治。

北峰和毗邻的连罗党组织及革命群众向导引路，积极配合，大力支援先遣队。先遣队在降虎村一带伤亡人数较多，来不及挖坟，当地群众就将烈士的遗体就地掩埋在战壕里。后来又在当年战斗过的山头坪岗顶修建了红军烈士墓。在陈列馆里，我们还看到了几幅连罗群众救治中央红军伤病员十分感人的图片。图片下方说明写道："为了解决闽东红军医院没有专职护理人员的问题，中共连罗县委委员、妇女部长缪兰英亲自抓，革命老妈妈杨母王水莲，身先士卒，走村串户，组织发动青壮年妇女投入抢救护理工作。突出的妇女代表人物有：红军军烈属王水莲、林广嫂、九嫂、炳立嫂、能旺嫂、王凤、瑞华（马鼻区）；陈玉凤、林端华、林娇妹、林赛赛、吴玉娇、林金金、王仙珠（官坂区）；林珠金、杨秀英、颜丹仙、林莲娇（坑园区）等，还有许多尚未留下姓名的女英雄。"让我们记住这些为革命不顾个人安危的伟大女性，向她们致敬！在另一幅图片的说明中写道："闽东苏区群众在抢救红军伤病员的过程中，涌现出许多感人事迹，如马鼻乡的中草医瞿依赠用草药为红军伤病员敷伤口，将子弹、弹片吸出来，被称为神医。"这位民间医生同样令人敬佩！

2016. 9

一面弥足珍贵的抗战纪念碑

前不久，在蕉城三都镇松岐村的后山，有人发现了一面抗战纪念碑，这座高二米三的青石碑，正面阴刻"抗战阵亡将士纪念碑"九个大字，上款为"民国二十七年七月七日"，落款为"三都澳各界公立"。碑文遒劲有力，镌刻工整。立碑处为山头荒地，面向大海。周边荆棘丛生，罕有人至。加上此山长期设有炮台，为军事禁地，故最近才被发现。

经查找有关史料得知，该碑为时任三都联保主任傅鹤鸣先生在全面抗战爆发一周年之际，倡议三都各界人士共同设立的。傅先生为浙江宁波人，1932年至1938年在英国人办的"英美烟草公司"和"颐中烟草公司"三都代理处任代理人。据有关方面检索，全国范围内现存抗战早期纪念碑极少，该碑可能是最早抗战纪念碑之一。这碑何以立在三都岛上？透过这面纪念碑，我们了解了三都澳港口当时的特殊作用和它所遭遇的深重劫难。

三都澳是我国东南沿海的一个良港，水深湾阔，不冻不淤。早在1898年清廷就把它辟为福建三个商埠之一（另两个是福州与厦门）。当年福建三大海关之一的"福海关"就设于此。民国初年，袁世凯与日本签订"二十一条"不平等条约，把福建划为日本势力范围后，日本人深知三都澳的重要。"七七事变"一爆发，侵华日军便对三都澳轮番肆虐。

自1937年10月以来的两年间，日军的飞机不下十次空袭三都澳，还派军舰炮击沿岸村庄，炸毁许多建筑物，并多次残酷扫射海面靠泊的各种船只，造成许多船只和渔民伤亡。我军民奋起反抗，多有牺牲。为避灾难，许多单位和居民纷纷撤离三都澳，岛上人口减了一半。

1939年冬至1940年春，厦门岛已被日军占领，福州外围闽江口又被严密封锁，福建主要的进出口咽喉被掐死，大批木材、茶叶等输不出，老百姓生活必需的燃料油、布匹、药品等进不来。有关方面不得已，租用香港英国轮船公司的几艘货轮从三都澳口岸进出。为了防空，船工和码头工人趁着黑夜卸载，然后沿着往闽北和赣东的山间小道肩挑货物往来输送。

可就是这样维持人民最低生活必需物品的脆弱运输线，日本人也不允许，要把整个港口摧毁。福建电视台原台长黄岑同志当年生活在三都澳，亲眼看见了日本侵略者摧毁三都澳的暴行。至今提起这段往事，老人还义愤填膺。那是 1940 年 7 月 14 日，日本侵略军出动了 5 架飞机、9 艘战舰和600 多人的陆军扑向三都澳。日军气势汹汹地端着上了刺刀的步枪，把沿途老百姓驱赶出来，其中青少年被抓去当挑夫，挑着煤油随日军进镇。日军按预定计划四处纵火，三都澳上空浓烟滚滚。海面上十几艘载着日军的橡皮艇，满洋追逐中国船只，一靠近便掷去一束束引火物，船被击中马上着火。不到半小时工夫，便有五六艘汽轮、四五十艘三桅杆的大帆船以及众多小渔船着火燃烧，霎时海水被染成一片红色。数百船工和渔民不顾命地跳海逃生，而艇上日军还要监视到所有船只行将燃尽才扬长而去。

镇上的大火烧了足足四五个小时，到处是冒烟的瓦砾地，到处是烧塌的断墙，几条街上找不到一间完整的房子。当晚数千居民目睹家破人亡的惨状，恸哭之声，闻于四野。黄老说，日本鬼子惨无人道，他们把一桶桶煤油倒到建筑物上，然后放火燃烧，还持枪把守各个街口，不准任何人救火，直到所有房子都快烧光了，才吹号集合退回舰上。黄老还谈道，他认识的一位宁波人方老伯，在镇上"华兴药房"当了八年伙计，好不容易用血汗钱开了间小药店，才营业三天，在逃难的路上被日军抓为挑夫，日军喝令他在自家店上浇上煤油燃烧，他不忍动手，便被日军狠打一顿，最后还是被逼把自己的店烧了。还有一位做豆腐的郑婶婶，她和子女、邻居共七人躲在屋后防空洞，日本兵放火时，他们拼命呼救，敌人硬是不让出洞，最后被烤成七具焦尸！三都澳所有港口、建筑物都被毁灭了，有亲可投的人都迁到岛外，剩下的居民临时搭些棚屋而居，镇上人口最少时仅剩 300 余人。

从 1937 年秋以来，三都澳一而再再而三遭受日军残酷摧残，日军的暴行激起了人民的极大义愤，这国恨家仇三都人民永远不会忘记。在抗战全面爆发一周年之际，竖立起这面纪念碑，就是号召人们继承先烈精神、奋起抗日的无声命令。在抗日战争胜利 70 周年的今天，这面纪念碑尤显珍贵。它书写了一段历史，承载着永不忘却的纪念。透过纪念碑，让我们铭记历史，缅怀先烈，也使永驻民族记忆的伟大抗战精神，永存我们心间。

抗战纪念碑永垂不朽！

大山深处红旗飘

——访闽东地委成立地旧址

冬日里风和日丽的一天，我们前去探访 68 年前闽东地委成立地旧址。

旧址位于蕉城区洋中镇芹屿村九斗坵自然村。九斗坵，听这名字也能猜出来，这是一处山高田小的偏僻村落。确乎如此。我们从洋中镇出发，车子沿着天山南麓盘旋而上，越溪河，进峡谷，越往前走，山越高，林越密，路也越来越窄，路面仅容一部车子通过。好在路上少有来车，否则会车就很麻烦。车窗外，群峰逶迤，林木丰茂。"山抹微云，天粘衰草"，冬阳映照下的山野秀色令人神清气爽。此时此地真应了古人的那首诗："山中何所有，岭上多白云。只可自怡悦，不堪持赠君。"只有来到这山顶上的人才有如此福分。

行进约一个小时，车子停在芹屿村的省溪自然村。这个房子贴在梯层壁上的小村，当年是革命基点村，省军区政治部原副主任雷应清就是从这里走出去的。从省溪到九斗坵还有十来里地。我们一行沿着崎岖山路上岭下坡，在层层修竹、重重林木中穿行，浓密的林竹遮住了阳光，我们在寂静的林荫下呼吸着清新的空气，虽说爬山有点累，心里仍感十分惬意。又上了一个山坡后，前方出现一座土墙筑就的房子，孤零零地立在那里。同行的洋中镇领导告诉我，到了，这座土楼就是当年闽东地委领导的住地，当年就在楼前的松竹丛中用竹席遮顶搭起草寮，作为地委成立的会场。1947 年 9 月的一天，中共闽东地委就在这里成立。

闽东地委成立是适应当时对敌斗争形势需要的。1947 年 4 月，为了更有力地打击敌人，闽浙赣区党委请求中央派军事干部领导闽浙赣区的游击战争。5 月，野战军第一纵队第一师政委阮英平被派回福建，任闽浙赣区党委常委、军事部长。阮英平到福州后会晤了闽浙赣区党委书记曾镜冰，阮英平认为应把开展游击战争的重点放在闽东、闽北，尤其是闽东，并商讨了成立闽东地委事宜。7 月，阮英平带领一批省委城工部干部来到闽东，以宁德（现蕉城）为立足点，很快就把闽东的游击战争红红火火地开展起来。9月的一天，闽浙赣区党委组织部长左丰美来到洋中九斗坵，向阮英平等领导人传达闽浙赣区党委《八二八会议指示》，同时代表区党委宣布成立中共闽东地委，阮英平兼任书记，江作宇、阮伯琪任副书记，黄垂明、陈邦兴、李继藩、陈盛揆任委员。地委下辖古罗连中心县委、宁德、周宁、福安、霞浦等县委（20世纪30年代闽东地区党组织称闽东特委，1949年6月成立的称闽东工委）。在这里宣布成立的闽东地委在后来一年零九个月时间里领导着闽东的革命斗争。

这座土墙房子是当年接头户左福乐的住房。周围数百米只此一家。这里离九斗坵自然村主村还有一二里地（九斗坵主村也是由几座独户土房组成），经过几十年的风雨剥蚀，如今房子已很破旧，然土墙尚坚硬，内分两层，楼下是一大间，顺着木梯上楼，楼上被隔成一大二小三间，里头一小间顶上还有一夹层暗室，上凿一小窟窿采光，人必须斜卧方可进去。据介绍，这是当年地委领导住的，为安全起见，他们就住在小间和夹层间。

土楼残破，然楼前松竹依然茂盛。我们察看了四周，这里虽地处大山荒野深处，然林荫下有山路密道可通虎贝东源、九都下宅和霍童桃花溪等村落，可谓蕉东北四乡结合部，指挥起来比较便利。再者这一带民风淳朴，周围都是老区基点村，群众对党忠诚。这些可能就是当年把地委成立会议放在这里召开的原因。

再往远一点说，九斗坵乃至管辖它的芹屿村、洋中镇，在闽东早期革命活动中都有过一段可歌可泣的光荣历史。早在土地革命时期，芹屿村（与霍童桃坑，以及虎贝东源、九都后山的局部统称"桃花溪"）就已成为主要红色根据地之一，1931年成立农会，发展党员组建党支部。1932年以来阮英平、范式人以及黄垂明、池陈旺、陈邦兴、江作宇、左丰美等领导多次到芹屿一带活动，与当地人民群众结下了深厚情谊。从土地革命时期起，芹屿村有43人先后参加革命队伍，其中北上抗日15人，除雷应清、沈有太5人外，其余均牺牲。有32人参加游击队，其中21人光荣牺牲。参与地下革命活动的有39人，其中4人被反动派杀害。

1937年威震闽东大地的"亲母岭战役"，就发生在芹屿、邑堡与九都坑尾交界的山窝里。1937年8月18日，闽东独立师二纵队到达亲母岭，叶飞、阮英平、陈挺等领导人凭借亲母岭的有利地形，设下埋伏，翌日敌人果然进入伏击圈，在当地群众的大力支持下，红军大获全胜，共毙敌 40 多人，俘 70 多人，缴获 108 支步枪、2 挺机枪、5 支短枪、200 多枚手榴弹和 2800 多发子弹，敌加强连全军覆没，上至连长下至马夫几乎无一漏网。亲母岭战役沉重打击了国民党当局，迫使他们接受了闽东特委提出的"停止内战，进行和平谈判"的要求。亲母岭之战也是闽东三年游击战争的最后一仗。如今，人们路过这段山路时，都会停下车来深情地看一下这个山窝谷地，它书写了闽东独立师光辉的一页，叙说着蕉城老区人民奋勇支前军民鱼水情的生动故事。

1947 年 9 月成立的闽东地委，领导群众开展了武装战争、经济活动和组织建设等一系列革命活动。从当年 9 月到次年年底，在地委领导下，闽东革命武装先后袭击了七都、虎贝、洋中、赤溪等乡公所，镇压了一批反动头子，缴获了一批枪支弹药，打开了宁德斗争新局面。桃花溪、梅坑、华镜一带 20 多个党支部得到恢复，组织了农会。还办起了一批苏区合作社，推动了生产发展。

历史的硝烟已经远去，和平的阳光普照大地。回到洋中镇上，我们又融入那熙熙攘攘、欢乐祥和的现代生活氛围中。可我心里怎么也忘不了那座孤零零的土楼，它虽然很破旧，然很神圣。它像一位历史老人，在向我们讲述 68 年前那风雨如磐的岁月。虽然它身处人迹罕至的深山腹地，但我们不应忘记它，不应忘记亲母岭，不应忘记这大山深处星星点点的革命遗迹。因为那是在白色恐怖下的一簇簇火苗，是在战火弥漫的闽东大地上竖起的一杆杆红旗。正是这星星之火的燎原之势和这红旗的风展如画，才有了今天万紫千红、莺歌燕舞的太平盛世。

2015. 1

扶摇直上白云间

——蕉城九贝公路沿线见闻

不少外地来蕉城的人，往往只到沿海一线，看到的是三都澳港湾和大海。殊不知，在蕉城西部还有一片被称之"西伯利亚"的辽阔的深山腹地。由于地处悬崖丘壑绵延起伏的荒僻之处，修路困难，交通不便，"藏在深闺人未识"。前不久蕉城区经过两年多努力，耗资两亿多元，全长 39.5 千米的深山公路全线贯通，把蕉城东部沿海与西部山区腹地连接起来，使蕉城的东西南北形成了一个环状的路网，它像一条大动脉牵起大大小小的乡道、村道，使全区的交通活了起来。

这条名曰九（九都）贝（虎贝）的公路，是一条通向深山荒野，联结偏僻村落的道路，对于繁荣山区经济，造福老区人民有着重要的意义。同时也是一条观赏山地风光和人文史迹之路，更是一条红色旅游之路。

公路始于霍童溪畔的九都扶摇村。车子一开动，正如村名所示，便扶摇直上，一头钻进支提山国家森林公园的绿荫里。车子盘旋而上，山风频频吹拂。这里的森林公园可以说是竹林世界。车窗外，修篁茂竹随风轻曳，俊逸挺拔，苍翠欲滴。如下车细看竹丛下，新笋显露尖尖角，跃跃欲出，竹林下的空气清新而甜润。"翠竹梢云自结丛，轻花嫩笋欲凌空。"古人的诗句说的就是如此情景。面对浩瀚的竹海，我不禁想起了诗人苏东坡。苏老先生视竹为高雅超凡的君子，其吟竹名句："可使食无肉，不可使居无竹。无肉令人瘦，无竹令人俗。"几乎家喻户晓。苏老先生如漫游这山野碧于天的竹海，与万千"君子"为伴，保准能活到一百岁。

跃上葱茏几多旋，车子升到了海拔 800 多米的高度。前方路边拐进一段路，就是远近闻名的支提寺。这座始建于宋开宝四年（971 年）的千年古寺，为天冠菩萨说法道场，寺中如今还珍藏有毗卢遮那佛像、千圣天冠菩萨铁像、全藏经书、御赐紫衣等佛家四宝。当年任宁德县主簿的陆游"共语不知红烛短，对床空叹白云深"和明宰相叶向高的"早晚投簪依此地，休教松径掩苍苔"的诗句，表达的正是对支提寺向往和留恋之情。由于支提寺历史悠久，名气又大，因此就有了"不到支提不为僧"之说。

当然，令当今更多人了解支提寺的还因为它是一处红色圣地。1934年9月，闽东工农红军独立师在支提寺成立。全面抗战爆发后，这支闽东儿女组成的英勇善战队伍在叶飞等领导率领下，开赴抗日前线，在与日寇作战中屡立战功。他们中的伤病员成了"芦荡火种"，影视《沙家浜》反映的就是这支部队指战员的生活原型。如今在支提寺旁边建起了文化广场，展示有关史料，成了一处爱国主义教育基地。

出寺门往前，地势稍显平缓。车子拐了个弯，绕进一段山路就到了桃花溪村。这个新楼土屋杂陈的山间小村，土地革命时期闽东几乎无人不知。偌大的一个村子住着1300多名进行整编、准备北上抗日的红军指战员，留下革命遗址比比皆是。如今参访者络绎不绝。巧的是，古人似乎早知数百年后，小村将成为人们热访之地，乾隆版的《宁德县志》中就留诗曰："欲访桃源下小溪，花飞夹岸水声低。山中草木春常在，吟到东来又到西。"

在这条公路上行进，见到的尽是原生态的茫茫绿野。突然见到一块巨石突兀而起，如同擎天柱般耸立天地间，在蓝天绿野中显得特别醒目。它就是传说中的天冠菩萨说法台，台高百丈，"四方若削，上极平坦，可坐千人，多产兰蕙"。如攀岩而上，似乎伸手可采白云。

说法台下方的天峰院，当年不仅是座有名的寺院，还是红军活动的一个据点，红军医院就设在这里。可惜由于当时斗争环境的复杂与残酷，一百多名干部战士被冠以所谓"AB团"之名错杀于此。为牢记教训，警示后人，路边特地设立了一座书页型纪念碑，这块造型别致的石碑，成了人们参访的一个热门景点，一处党史教育的现场。

在这条荒僻的道路上可以听到许多可歌可泣的革命斗争故事。如同"狼牙山五壮士"般壮烈献身的"百丈岩九壮士"故事，就发生在这里深山路段的悬崖边。路边一座山峰峭如刀劈，岩壁高达百丈，故名百丈岩。1936年10月的一天，我军战士与敌军在岩顶短兵相接，展开恶战，子弹打完拼刺刀，终因寡不敌众，我军阮吴润等九名战士被敌人逼到百丈岩边沿，眼看敌人涌来，狂叫"抓活的，抓活的"的危急时刻，九名战士毅然砸坏枪支，纵身跳下悬崖，壮烈牺牲。为纪念先烈，叶飞副委员长题写"百丈英风"四个大字刻于峭壁上。省革命历史纪念馆还专塑一组九壮士雕像。

视线移开峭壁，眺望前方，展现的是一方"碧湖映蓝天，绿树掩村庄"的柔美景色。香水湖如一块天上掉下的翡翠，把绿野蓝天白云尽糅其间，使湖水如同九寨沟"海子"一样瓦蓝瓦蓝的，令人心旷神怡。这就到了此行的终点虎贝乡。

虎贝海拔 850 米，是一处避暑胜地。到虎贝可看的东西很多，不仅可以瞻仰红军活动遗址，和闽东最著名理学家陈普的遗迹，还有两处自然人文景点闻名遐迩。一是那罗寺。在虎贝的后山有个巨大的岩窟，"高可百寻，深广五十丈，上方若凿，下平如镜，群峰插汉，水涧奔流，别一乾坤，非复人世。"形同狮口的岩窟下有一始建于宋开宝六年（公元 973 年）的寺庙，寺为木质结构，分上下两层，堂舍齐备，屋顶不用一块瓦片。佛家赞为"震旦佛窟"。二是辟支寺。辟支古寺周边簇拥着"十景"。其"晴天也飞雨"的珍珠帘和"广盈十笏，攀树而上"的罗汉洞最令人称奇。

走一回九贝路，在蕉城西部绕了一圈，感受的是原生态绿野和无边的竹海，享受的是没有纤尘杂质的清甜空气，还一路瞻仰了许多革命遗迹。这是一条生态路、老区路，也是一条红色之路、希望之路。

2015．7

人面桃花相映红

——桃花溪散记

　　早春时节，乍暖还寒。好在那天遇上个大晴天，午后暖暖的阳光直洒大地，给寂静的山野披上了霞光，山头金灿灿的特别光亮。我们身上也暖洋洋的。车从九都上山后，不一会就钻进茫茫林丛竹海中。公路弯来绕去，绕过一道弯，遇见一座山，再转一道弯，又撞见一座山。车在道走，山无尽头，直至"高路入云端"。当我们来到山顶一块平地时，我们要去的桃花溪村也就到了。

　　村处群山环抱之中。环绕周遭山头的或杉或松或樟，高耸挺拔，林荫茂盛，形成一道绿色屏障，护卫着村庄。村头山坡上新植的一片桃林正含苞欲放。村干部说，待到桃花盛开时，桃花溪就成了桃花的世界了。村子不大，然井然有序。村前新楼成排，村后旧厝散落，新旧参半，相互映衬，古老中映透出现代色彩。走进老厝，那宽厚的土墙、传统的厅堂和斜长的木梯，在叙说着漫长的历史。而那粉墙黛瓦、造型精巧的幢幢新楼和宽大的村前广场，则在告诉人们，这大山深处的偏僻小村已然融入时代前进的洪流中，如今的桃花溪不光路通、林茂，而且村容村貌也变美了！

　　桃花溪地处蕉城霍童、虎贝、九都、洋中四个乡镇交界的莽莽山野中，仅有数百人的小村却管理和呵护着四个乡镇交界的广袤山地。在这片古老的土地上既有郁郁苍苍的原始森林，也有高山低壑的梯田山园，还有奇岩怪石形成的自然景观。全国重点佛教寺庙之一的支提寺和天冠菩萨说法台等著名景点就在其间。古时就有"桃花溪八景"之说。耸天峰、天际湖、九曲窝、天然虎、锦鲤峰、黄霞洞、大士严、笔架山，看这些名称就知道全是天然景点，也能想象出其大致形态。古时的文人骚客在游历之余还诗词唱和，赞美这大自然鬼斧神工的杰作，有些诗词还流传至今。如写耸天峰的："嵯峨立云端，阅历几寒暑。来登绝顶峰，不敢高声语。"又如写天际湖的："行行月当头，少憩竿在手。玉宇净新尘，一湖贮星斗。"再如写天然虎的："俯视眈眈伏竹关，形虽似兽性原顽。几疑出自尼山柙，露爪藏牙到此间。"峰之高、湖之美、虎之威刻画得入木三分。

当然，到了桃花溪，人们还想知道的是，这深山腹地的山村缘何有如此清雅隽秀的名称。原来这里有个故事。于是，村干部为我们细说缘由。明初时这个村陈姓的老祖宗，在七都溪面发现有桃花的花瓣漂流，于是便沿着来花方向溯溪而上，一路循花而进，闻香而寻，披荆斩棘，攀岩蹚水，山越爬越高，溪越变越窄。几经艰苦跋涉，终于来到了水之源头的山窝里。这里山垅宽长，有田有地，树木成林，花香袭人，小溪流水，花瓣漂流。"幽谷烟含一小溪，家藏玉洞白云低。岚光锁翠禽声碎，紫气朝来境属西。"老祖宗认定这是一方福地，于是就在这里定居下来，取名为桃花溪。那时，桃花盛开时节，这里一片火红，映红了山里山外几重天。数百年来，这里生生不息，繁衍发展，红艳的桃花也一直辉映着这片天地。

到了 20 世纪 30 年代，这片红色的土地迎来了红色的队伍。一九三四年九月，叶飞率连江红军独立十三团来到桃花溪地区，随后福安红军独立二团和寿宁红军独立营也开到桃花溪集中。于是就在桃花溪附近的支提寺成立了拥有 1600 多人的中国工农红军闽东独立师，师长冯品泰、副师长赖金标，政委叶飞。独立师的成立给支提寺这座千年古刹披上了鲜红的色彩，而红军主力数年常驻桃花溪，更使这个深山小村里里外外"红透透"。

闽东独立师的成立，标志着闽东工农武装斗争揭开了新的一页。独立师成立不久，就投入了保卫土地革命胜利果实的"保卫秋收战斗。"消灭数处民团，收缴一批武器，开辟新的苏区，成了一支不可战胜的生力军。从1935 年 1 月开始的三年游击战争中，独立师发挥了重要作用。为了粉碎敌人的残酷清剿，在中共闽东特委领导下，独立师依靠人民群众，采取"狡兔三窟"的灵活战略战术，在遍及闽浙两省 20 多个县的广阔区域内与国民党军队周旋。

当年的桃花溪是一块重要的革命依托地。那时，桃花溪、梅坑地区与外界建立了秘密交通线，从福州、三都沿海地区购买的药品、日用品源源不断地运进来。在桃花溪一带广阔的山地中还建有修枪厂、军服厂以及红军医院、仓库等。这些遗址如今犹在。叶飞回忆说："三年游击战争时期，宁屏古办事处在这片区域内共建立了几块大小依托地，其中就包括宁德的梅坑及桃花溪地区。那里是党和红军值得完全信赖的红色堡垒，是为党和红军遮风挡雨的屏障，是休整歇息补充能量的'加油站'。那里的人民群众不怕牺牲，支持革命，为闽东革命立下了不可磨灭的功勋。"

抗日战争胜利后，桃花溪的党组织和游击队进一步恢复发展。1947年春党中央派阮英平从前线回福建，6月阮英平以桃花溪为依托发动群众投入解放战争。在桃花溪举办培训班，培训了一批革命骨干，还办起了合作社，帮助群众克服困难，走上生产自救的道路。桃花溪赢得了"十八年红旗不倒"的称誉。

在战火纷飞的岁月，桃花溪根据地是受国民党反动派摧残最严重的地区之一。敌人先后多次进村围剿，烧杀掠抢，无恶不作。全村126人参加革命，被惨杀34人，被烧毁民房27座，有7个自然村被摧残成"无人村"。桃花溪群众用生命和鲜血谱写了闽东革命的红色篇章。

如今80多年过去了，当年许多红色遗址依然完好保留，红色记忆深深铭刻在村里的古厝旧居中。古朴的陈氏祠堂，就是当年闽东红军独立师北上抗日前的集结地。这支队伍就是在这里整编宣布成立国民革命军福建抗日游击第二支队。1937年11月间，党中央派遣八路军汉口办事处顾玉良以新四军军部少校参谋的身份到福建，在这里找到了叶飞所部，传达了党中央关于把南方游击队改编为新四军北上抗日的指示。于是这支队伍便移师虎贝石堂和屏南棠口、双溪，正式改编为国民革命军陆军新编第四军第三支队第六团，由叶飞团长率领开往抗日前线。就是这支队伍，经历了夜袭苏州浒墅关火车站、火烧上海虹桥机场以及车桥战役等大小数十次与日寇作战；在解放战争中参加孟良崮、淮海战役等上百次战斗。他们中的一些伤病员曾在阳澄湖一带养伤，这"芦荡火种"成了后来京剧《沙家浜》的生活原型。

我们走进一座写着叶飞住所的土墙旧厝。叶飞曾在这座屋里来来去去住过多年。住室旁边有一条长长的斜形木板楼梯通往楼上，楼梯下有个狭窄晦暗的空间，即使白天也很难看清五指。当地老人介绍说，当年叶飞养伤，为防被敌人发现，就隐蔽在这阴暗的楼梯下。阮英平、范式人和陈挺等红军领导人的住所也都散落在百姓古厝中。在一座古厝的背后，我们还看到了一口古井。井建深潭之上，没井沿，但井深、泉好、来水多，当年驻在桃花溪的千余红军就靠这口井供水饮用。

睹物思情。面对眼前这红军旧居，让人穿越那茫茫历史风烟，仿佛看到桃花溪当年艰苦斗争情景，心中油然而生对红军指战员的敬意，也涌起对桃花溪人民的感激之情。春节前夕，习近平总书记在瞻仰井冈山革命烈士陵园时，深情地说，每次来缅怀革命先烈，思想都受到洗礼，心灵都产生触动，并强调要传承好他们的红色基因。桃花溪，这块"人面桃花相映红"的红色之地，随着对她厚重历史了解的人越来越多，这个古老山村所承载的"红色基因"，也将像数百年前桃花流水一样，沿溪顺流，流出山外，播向广阔的天地！

2016. 3

海潮在这里涨落

海潮一天涨落两次，尽管海上观日出是那样的神秘迷人，尽管夏夜的海风是那样令人惬意，但这些对于南埕人来说是司空见惯的。因为他们从出生那一天起就享受着大海的恩赐，似乎这一切都是应该的，一点也不感到新奇。南埕人朝朝夕夕生活在海边，见惯了海边潮，闻惯了海腥味，"听惯了艄公的号子，看惯了船上的白帆"。

海潮在这里涨落，长期的潮汐锻造，使南埕拥有广阔的滩涂，这些大自然赐予的黑泥，默默地为南埕人作出了奉献，特别是改革开放的春风吹醒了沉睡的深层黑金，使南埕人民获得了一笔可观的财宝，仅鸟鲶的收入每年就有二三十万元。海边的对虾养殖发展特别快，每年对虾收入就达 200 多万元。南埕人多少年来与海潮和滩涂打交道，但似乎只有现在才真正感受到潮汐的恩泽，他们从内心里感激大自然的偏爱，感谢改革开放的好政策。为了报答大自然也为了对改革开放政策的回敬，南埕人把大自然的恩赐统统用于兴办集体福利事业。昔日坑坑洼洼的乡间小道，而今修成了光彩照人的水泥路，办起了宁德市（注：今蕉城区）第一所村级中学，建起了宽敞漂亮的村电影院，还为家家户户安上了自来水，使久闻咸涩味的渔家饮上了甘甜的清泉。取之于大自然，用之于改造大自然和装点人们的生活，这可谓是经过潮汐陶冶的南埕人的独具眼力。

海潮在这里涨落，海水的伟力，与劳动人民的智力的有机结合，给这里造就了一块肥沃丰腴的平原。南埕的周围坐落着使南埕人引以为自豪的全市数一数二的大洋——五里洋。漫步其中，但见海风吹拂稻浪，依序就势，此起彼伏，浑然自如，犹如舞蹈家跳起"太空""霹雳"舞一样的柔软自然。感受这大自然的优美旋律，即使是盛夏酷暑，也令人身心陶醉。放眼望去，五里洋上那高高架起的引水渠道，犹如一条神奇的巨龙，游弋在绿色的阡陌之间，把从金涵水库接来的流水送向海的岸边，山的尽头，洒落在五里洋的边边角角。川流不息的甘泉哗哗地欢唱，似乎在向人们弹奏一曲"全县一盘棋"团结修水利的大协作精神的赞歌，又好像在向人们诉说着宁德人民对五里洋这个米粮川的厚爱……

海潮在这里涨落，海水幻化而成夹杂着丝丝咸味的海风，不仅使人品尝出历史的艰辛，也唤起人们对历史的美好回忆。与海水为伴的南埕人，也有过历史的峥嵘岁月。早在十六世纪中叶，在南埕前方的横屿岛上就发生过可歌可泣的悲壮故事。海浪的冲击，海水的侵蚀，横屿岛形成头低中间高的"人"字形的独特形态，这个只有0.5平方千米的小岛，像羊羔似的安静地横卧在南埕前方的海面上，扼守着南埕的海湾。倭寇的侵犯，民族的耻辱，使宁静的小岛发出愤怒的吼声。1562年8月上旬，民族英雄戚继光率兵六千余众，乘木马滑进，直捣横屿倭船，杀得尘土飞扬，歼灭倭寇千余人，救出被掳良民两千多，取得了横屿战役大捷。戚参将为民除害，为宁德的安宁作出贡献，宁德人民永世不忘。"除寇大名垂国史，平倭伟绩著漳江"，表达了人民对戚继光及其将士的颂扬。而今在宁德还到处可见以戚继光命名的庙宇、街道、公园，市中心的高地还塑起了戚继光的巨型塑像，可见宁德人民对民族英雄的崇敬和怀念的感情之深。

尤引南埕人民自豪的还是现代史上共产党领导的南埕"盐工暴动"。潮水的涨落，给南埕带来了大自然的奉献，南埕的海边，到处可以晒盐。盐是人类的命根。晒盐也是当年南埕人生活的主要出路，南埕的食盐名闻遐迩。然而南埕的盐霸对盐工的欺压剥削也是远近有名。那里有压迫，哪里就有反抗。面对盐霸的欺压，20世纪30年代初，中共宁德城关党支部成立后，支部领导人郭秋山、谢大大就来到南埕，以研究制盐为掩护，向盐工们宣传革命道理，不久就成立了南埕"盐民协会"，选举陈妙兴等七人为委员。他们在党支部的领导下，带领广大盐民向盐霸刘细弟开展斗争。

南埕盐民勇斗盐霸的事迹传到福安后，中共福安中心县委极为重视，即派曾志同志从下白石乘船来南埕指导斗争。那是一个群星闪烁、月光朦胧的夜晚，曾志乘坐的小船驶入了一片宁静的南埕海滩，交通员上岸通报后，陈妙兴带领三四人到岸边迎接。此后，曾志在南埕住了五天，她详细了解斗争情况后，与陈妙兴等协会领导人共同分析敌情，提醒大家斗争既要讲勇敢，又要讲策略，并指出只要团结起来，跟共产党走，与反动派斗，与地主恶霸斗，就一定有出头的日子。为突出组织的阶级性，曾志还将"盐民协会"改为"盐工协会"。曾志的到来，鼓舞了南埕盐工的斗志，使盐工与盐霸的斗争一浪高一浪地向前发展，直发展到二三百名盐工涌进盐霸住地，痛打盐霸刘细弟，取得了抗霸斗争的重大胜利。这就是闽东革命史上有名的南埕"盐工暴动"。"盐工暴动"在南埕的历史上写下了光辉的一页。

至今虽然半个世纪过去了，但它仍然激励着南埕人民跟着共产党走的坚定信念。"盐工暴动"所闪烁的革命精神，是南埕人民不可多得的宝贵精神财富。1983年冬，曾志同志回到阔别五十年的南埕，站在海堤上，望着汹涌起伏的海浪时，她心潮澎湃，动情地说："时间过得真快，五十年了，虽然那次来这里是在夜晚，但方向大体我还记得，现在变化真大！"革命前辈的光辉业绩将永远激励着南埕人，激励着宁德人民继往开来，奋发向前。

海潮在这里涨落，一涨一落，卷去了多少年，吞走了多少代。而今，在戚继光当年鏖战过的古战场横屿岛上，建起了全国第一个黄瓜鱼育苗基地，一池池人工培育的如同蝌蚪般大小自由游弋的鱼苗，标志着时代的飞跃，显示出当代人改造自然的智慧；而当年盐工开筑的零星盐田，而今已形成个盐埕纵横交错、规模相当壮观的国营盐场，正好把横屿孤岛与南埕陆地连成一片，昭示着改革开放的强大生命力。面对这沧海桑田的天翻地覆，戚参将如在世当会发出由衷的赞叹，革命先烈若地下有灵也会倍感欣慰。当然南埕人更忘不了潮水涨落的弧线勾画出来的历史轨迹。

海潮在这里涨落，在海风吹拂的南埕岸边观潮，别有一番情趣。可谓是时点不同，水位不同，潮水的颜色也不一样。从近处远望，海水的颜色先是深黄，继而淡黄，而后是浅蓝，最后为湛蓝，依次变化，逐渐加深。再看海风吹拂泛起的层层涟漪，则由小到大，逐围扩展。海的精深，海的博大，海的多姿，由此可见一斑。而海的宁静，海的温柔，海的宽容则又是那样的令人神往。如此的波平浪静，正是观海的游客所企求的。此时此景，我耳边不时响起了民族英雄戚继光的一句名言："封侯非我意，但愿海波平。"波平浪静的海湾给人带来愉悦，给人以温馨，给人以美的享受，也撩起人们的无限遐想。由此我想到，如同观海游客对大自然企求的那样，生活的波平浪静，正是千百年来劳动人民所追求的崇高的目标，并为之而前仆后继，奋斗不息。如今，我们生活在用无数先烈献身洒血换来的安宁稳定繁荣的和平盛世，难道不应该从古人的名训悟出点什么？特别是各路"诸侯"的各级领导干部，在深入开展学习焦裕禄活动的今天，难道不应当思索一下，能为维护波平浪静的环境做点什么？这，兴许就是海潮涨落给我们的启示吧！

1991．6

一块红军生长的沃土

——"老六团"与福安

抗日战争时期，在苏南前线活跃着一支英勇善战的新四军队伍，他们挺进茅山，东进作战，夜袭浒墅关，火烧虹桥机场，浴血阳澄湖，智斗沙家浜……歼敌无数，战功赫赫。这支队伍就是被称之"老六团"的新四军三支队六团，来自闽东，于1938年2月由叶飞、阮英平率领奔赴抗日前线的。支队司令陈毅同志于1939年5月特地写了一封题为《献给良团全体同志》的信（良团即老六团），信中写道："我首先指出良团的艰苦作风，是本军中最突出的。回想在去年冬天，大家不发费用，用茶叶当烟吃，用烂棉絮包脚当鞋穿，每天吃两餐，甚至无菜吃，吃光饭。而你们能做到逃兵很少，能继续争取战斗胜利，维持模范纪律，这是我军优良传统的保持和发扬。这是我良团的特色，可做本军的模范。"高度赞扬这支队伍。

今年是我军建军90周年，是新四军成立80周年，也是"老六团"整编80周年。回顾建军历程，追溯"老六团"成长岁月，我们倍感人民军队来之不易。"老六团"是土地革命战争中在闽东这片土地上成长起来的，福安是孕育这支队伍的发祥地之一，福安人民为这支队伍的发展壮大付出了牺牲，做出了重要贡献。

点燃革命火种　焐热武装温床

福安是一块具有光荣革命传统的地方。五四运动后，福安一批进步知识青年成立了"福安县学生联合会"举行罢课集会，发表演说。"五卅惨案"后一批进步师生奔走呼号，进行广泛的反帝爱国宣传，广大进步青年争相阅读进步书籍，马克思主义开始在福安传播。新思想，新文化的传入，为建立中共福安地方组织奠定了思想基础。

1926年底，中共福州地委派遣福安籍中共党员陈敏鳞回福安开展革命工作。1927 年 2 月，施霖、张宝田、张少廉等牵头在柏柱洋山下村召开大会，成立福安县柏柱乡农民协会，这是闽东最早的农会组织。1928 年在福州求学的马立峰、郭文焕、陈铁民等进步青年先后回到福安，组织反帝大同盟和互济会，开展革命活动。后洋村青年农民詹如柏组织农民开展反霸抗捐斗争，农民运动风起云涌。

1929 年 5 月，福州市委召集在福州入党的福安籍党员陈铁民、马立峰、郭文焕、张志坚四人在福州西湖，借游山玩水之名召开会议，由市委张立（张铁）主持，成立了闽东北第一个党组织——福安党小组，指定陈铁民负责。这标志着福安人民的革命斗争从此将在中国共产党领导下，走向新的历史时期。1930 年 7 月，中共福安县委在福安城关成立，书记陈铁民，委员有郭文焕、马立峰等。

1931 年邓子恢两度来福安指导革命斗争，福安农民"五抗"斗争蓬勃开展。北大毕业的中共党员郑眠石被派回福安，在宸山中学发动学潮，推动"五抗"斗争。

革命斗争的复杂特别是屡遭挫折的教训，让组织者意识到建立武装队伍的重要性。而党组织的革命活动和农民运动的开展也焙热了这片土地，为武装队伍的诞生提供了孕育生长的温床。

两次农民暴动　两支队伍成长

1932 年 5 月 15 日，中共福州中心市委召开扩大会议，研究了"会后福州党的任务与工作的布置"，确定了"现在福州党的任务"。其中提出："发动和领导闽东北千百万工农士兵劳苦群众的斗争，展开新的苏区来争取福建全省 苏维埃的胜利，成为福州党当前的战斗任务。"福州中心市委书记陶铸以怒涛笔名于 6 月 25 日在机关刊物《怎么干》上发文指出："坚决在福安等县将过去参加斗争失败后无家可归表现坚决要斗争的分子集合起来，尤其是党团员，组成为游击队。准备一些武装，短小精干的很科学地来收缴豪绅地主的武装和取得广大群众的掩护，实行开始游击，配合群众的斗争，来开展闽东北群众运动。"福安县委在步兜里召开县委扩大会并举办培训班，学习讨论如何发动领导农民运动，开展武装斗争，建立革命武装等问题。

1932 年 6 月，陶铸来到福安，了解"五抗"斗争情况，布置抗债斗争。并举办培训班，讲述形势和武装斗争经验。在陶铸的直接领导下，福安县委在原来秘密游击队的基础上，把一批暴露身份不能回家的同志和斗争骨干集中起来，在溪北洋上马山村郭厝成立了闽东北工农游击第一支队，队长詹如柏，政委马立峰。不久从苏联学习刚回福州不久的江平，也被福州中心市委派来闽东北担任福安第一支队队长兼政委。福安游击队的成立，标志着闽东北革命进入了武装斗争的新阶段。

9 月 14 日，中共福安县委在溪北洋上马山村召开扩大会议。会后在马立峰、詹如柏策划下，举行兰田暴动。30 多名游击队员和农会骨干趁着夜色包围民团驻地——陈氏祠堂，夺来 18 支步枪和一把军号，民团教头黄祝孝拒绝交枪，被詹如柏一枪击中（翌日死亡）。第一支队公开亮出旗号的兰田暴动，震惊闽东北，成为闽东北工农武装斗争史上的一座光辉里程碑。第一支队也在与敌人斗争中发展壮大，至 1933 年 9 月发展到 100 多个队员，枪有七八十支。

1933 年 10 月，曾志、任铁锋、陈洪妹等人组织红带会会员和贫雇农骨干举行甘棠暴动，胜利后在倪下村宣布成立游击队，队长任铁锋，政委陈洪妹。不久福安中心县委把这支游击队编为闽东北工农游击第五支队，队长任铁锋，政委叶飞。

詹如柏闻知后，从北区率领第一支队南下，与第五支队会师。两支队伍犹如两只铁拳，左右开弓，同时出击，给敌人以沉重打击。12 月 20 日福安县第一个苏维埃红色政权——南区苏维埃政府在甘棠成立。甘棠暴动在闽东北造成很大的震动，成为后来全区性武装暴动的先声。

成立独立二团　聚集武装力量

1934 年以福安为中心的闽东革命迎来鼎盛时期。这年一月初赛岐暴动成功。闽东红带总会在柏柱洋狮峰寺成立，总队长邓奶坤、政治指导员施细茹，至年底红带会员发展到 10 万之众。二月，闽东苏维埃政府成立，马立峰为主席，叶秀蕃为副主席，张少廉为秘书长。中共闽东临时特委也在六月底成立，书记苏达，组织叶飞（先是曾志），宣传马立峰，委员詹如柏、阮英平、阮肖远、林孝吉。这年闽东苏区大地"分田分地真忙"。

遵照毛泽东同志在《中国的红色政权为什么能够存在?》一文中指出的:"相当力量的正式红军的存在,是红色政权存在的必要条件"的指示精神,是年1月中旬,福安中心县委将闽东北的工农游击第一、五支队合编,吸收一批红带会骨干,在福霞边界的西胜寺成立了闽东北工农红军独立二团,团长任铁锋,政委叶飞,下属两个连和一个短枪队(队长陈挺),共300多人枪。

2月10日,在寿宁活动的闽东北工农游击第七支队和红带会计100多人,在敌人的疯狂围追下,被迫撤出寿宁,向福安方向转移,被改编为闽东北工农红军独立二团第十六连,连长赖金标,指导员范式人。2月,福安中心县委决定将年初派曾志和陈亮去霞浦西洋岛收编的柯成贵100多人枪的绿林武装,正式定名为闽东北工农红军独立二团海上独立营,营长柯成贵。

至此,闽东北红军、游击队、赤卫队已经具有"工农武装割据"的相当规模和实力。它肩负开辟革命根据地,保卫和创建苏区的历史使命,驰骋闽东北各地,给国民党部队和地主武装以沉重打击。

独立师红旗高扬　战火中锻造成长

1934年8月,中国工农红军北上抗日先遣队在寻淮洲、乐少华、粟裕、刘英等率领下路过闽东,叶飞代表闽东特委向先遣队首长汇报工作。先遣队强调要加强红军武装建设,认为"力量要集中,要有红军主力。"鉴于不断恶化的形势和斗争发展需要,特委决定"把连江红军主力转移到闽东,成立闽东独立师,以便集中力量打击敌人,保卫闽东苏区。"

9月30日,福安的红二团和连江的红十三团在宁德支提山华藏寺会师,合编为中国工农红军闽东独立师,师长冯品泰(原先遣队团长),政委叶飞,副师长赖金标,政治部主任叶秀蕃,下设三个团,一个师直特务队(队长陈挺),共1400多人枪。

闽东独立师的成立,标志着闽东工农武装斗争揭开了新的历史篇章。闽东独立师在日后的反"围剿"斗争中发挥了重要作用,也使敌人一举扼杀闽东革命的罪恶行动,遭受有力的遏制。

10月,由于国民党反动派的第五次疯狂"围剿",中央苏区失陷,中央红军被迫突围转移,踏上长征之路,此时的闽东苏区成为全国最后一块苏区。在将近一年的鼎盛时期里，除县城和少数集镇外，农村绝大部分成为革命根据地，苏区面积约有11000平方公里，人口接近100万。

当国民党当局完成了对中央苏区"围剿"之后，便急忙调兵遣将，把矛头转向闽东苏区，他们调集了10万人，"就像洪水一样，几乎淹没了整个根据地。"敌人除军事"清剿"外，还利用种种手段实行政治瓦解和经济封锁，以最终达到消灭闽东党组织和红军的罪恶目的。

在生死存亡的关键时刻，特委在福安东区洋面召开会议，决定实行战略转移，变苏区为游击区，同时闽东独立师实行战略转移，保存革命有生力量。从此闽东苏区转入了艰苦卓绝的三年游击战争。

国民党部队进入苏区，以惨无人道的手段，残害共产党人、红军和革命群众。敌军所到之处，苏区党政群团组织遭到严重破坏，群众的房屋、山林被烧毁，财产和粮食被洗劫一空，青年妇女被奸淫。福安中心苏区摧残最为严重。柏柱洋沦陷后，先后遭敌摧残达二三十次之多。楼下乡被杀革命同志52人，被奸妇女95人，山下村被焚房屋17座49户，被摧残迫害致死195人。柳溪周坑村，一个小小的村庄就被杀死40多人，尸体全部被堆在一个牛粪池里。这一时期，福安苏区被毁村庄133个，被杀害干部、群众2519人，因饥饿和迫害致死的有29700多人，被灭绝5676户，被烧、拆房屋34911间，被毁坏和掠夺财物难以数计。

由于国民党当局的血腥镇压和叛徒的出卖，闽东党政军组织的一些主要领导人和福安境内县区的苏区干部，为革命献出了年轻而宝贵的生命。这期间，马立峰、詹如柏、陈铁民、施霖、詹建忠、张少廉、赖金标等先后牺牲。

在白色恐怖、环境极端恶劣的非常时期，叶飞起了主心骨作用。他率领部队转战于宁屏古、福寿、霞鼎地区，与阮英平、范式人、许旺等部会合，接连打了几个漂亮仗。他还经常教育干部群众要不屈不挠，坚持斗争，最后一定会胜利。闽东人民群众也想方设法保护红军和游击队。这些都为后来特委的恢复和闽东红军游击武装力量的重聚，作了必要准备，奠定了思想和组织基础。

残酷的斗争环境也锻炼了红军的意志和战斗本领。1937年"七七"抗战全面爆发后，叶飞、陈挺指挥的宁德亲母岭战斗大捷和阮英平、范式人指挥的庆元久住坪战斗胜利，闽东红军两战重创敌军，给叫嚷"北联南剿"

峰火丹心

的国民党当局一个沉重打击，终于迫使他们坐在谈判桌上。

"老六团"挥师北上　炮火中淬炼英雄

1937 年 11 月，闽东特委在宁德桃花溪接到党中央关于把南方游击队改编为新四军北上抗日的指示。闽东独立师所属的两个纵队和各地游击队近千人，奉命陆续到达桃花溪。特委还培训地方干部前往各地开展抗日救亡的宣传活动，宁德、福安等地掀起扩军热潮，至 11 月底，到达桃花溪集结的部队达到 1400 多人，其中闽东红军独立师指战员 700 多人，地方干部及各县游击队二三百人，扩充新兵员 400 多人。

闽东红军独立师领导随即对队伍进行整编。恢复营、连建制，编为 3 个营。根据闽东国共谈判协议，部队改编为国民革命军抗日游击第 2 支队，在桃花溪村陈氏祠堂前空地上进行点编。

完成集结点编后，这支队伍于 1938 年元旦前夕移师宁德石堂，经过一个多月集训，除留下后方坚持工作的县、区干部外，共 1380 人于 1 月 24 日开赴屏南棠口、双溪待命。

2 月，在棠口圣公会教堂操场上，举行闽东红军北上抗日誓师大会。叶飞郑重宣布新四军军部命令，将不久前改编为福建抗日游击第二支队的闽东红军独立师，正式改编为国民革命军陆军新编第四军第三支队第六团，全团为 3 个营，每个营 3 连，团部设 1 个警卫通讯连，共 1380 多人，团长叶飞，副团长阮英平（不久新四军军部派吴焜任副团长，黄元庆任参谋长，阮英平改任政治部主任），军需主任许威，副官林德寿。1 营营长陈挺，教导员沈奶宝；二营营长沈冠国，教导员金信江；3 营营长黄培松，教导员戴炳辉。

1938 年 2 月 14 日（农历正月十五日），新四军三支队六团 1380 名指战员，在叶飞、阮英平率领下，告别闽东父老乡亲，奔赴苏南抗日前线。这支被称之"老六团"的抗日劲旅，在抗日战场英勇杀敌，屡立战功。声名显赫的"老六团"植根闽东，福安是当年红军孕育、成长的一片沃土。福安人民为这支队伍的发展壮大做出了重要贡献。许多福安儿女在抗日战场浴血奋战，为民族的独立和解放奋不顾身，甚至献出宝贵的生命。淬火成钢，烈焰真金。

在战斗中成长起了一批福安籍的优秀指战员，突出的有 3 位。一是智勇双全的指挥员阮英平，他是"老六团"领导人之一，带领部队驰骋疆场，英勇杀敌；抗战胜利后任华东野战军一纵队一师政委，1947 年 5 月回福建任闽浙赣省委常委、军事部长，1947 年 9 月兼任闽东地委书记，1948 年 2 月不幸遇害。二是陈挺，这位"在苦水中泡大，在苦难中挺立"的穷孩子，戎马一生，杀敌无数，在江阴地区开辟了一个又一个抗日战场，他的部队赢得了"江阴老虎团"赞誉。他身经百战，却毫发无损，是一名虎将，也是一名福将，新中国成立后他晋升少将，曾任福建省军区副司令等职。三是黄烽，出生书香门第，在抗日战争中，弃笔从戎，曾任沙家浜伤病员连的副连长。"激战兴化""三战邵伯""淮海浴血"，他率领的部队在战场上屡建奇功，新中国成立后晋升少将，转入空军，曾任福州军区空军政治部主任等职；退休后还编撰《汉英军语词汇》一书，是一员儒将。

如今，战争硝烟已然远去，神州大地一派安宁，换了人间！人民军队正在"政治建军、改革强军、科技兴军、依法治军"的道路上阔步前进。福安，这片红军生长的地方，处处春意盎然，生机勃发，莺歌燕舞，繁荣兴旺。几十年的革命实践，昭示了"没有人民军队，便没有人民的一切"这个颠扑不破的真理。

"铭记光辉历史，传承红色基因。"福安人民正遵照习近平总书记这一教导，发扬光荣传统，继承"老六团"革命精神，加强军政军民团结，增强国防意识，做好军民融合深度发展工作，为实现两个百年目标和中华民族伟大复兴的中国梦而努力奋斗！

2017．7

重访闽东苏区首府柏柱洋

盛夏时节，我又一次走进被称为闽东苏区首府的柏柱洋。

群山环抱的柏柱洋，秀色天然。从溪柄出发，沿着新修的水泥路，顺着绿水流淌的茜洋溪，我们一边走，一边欣赏着这里的田园风光。葡萄在绿荫下含笑，扑闪出玛瑙色的紫光；甘蔗在绿丛中拔节，展露出甜甜的悦色；晚稻禾苗返青吐芳，田野荡漾起轻软的绿浪；茶林如同道道围屏旋空而上，把绿荫镶上天边；红砖素瓦的村庄农舍散落在洋面上，犹如颗颗多彩的明珠点缀在绿野青山间。一幅多么美丽的大地山水画，一曲多么和谐的田园牧歌啊。这次重访，我越发感到柏柱洋的美丽与富饶。

柏柱洋是一片丰腴的田园，也是一块红色的土地，一块传承爱国传统的区域。通俗文学家冯梦龙《三言》中记载的《木棉庵郑虎臣报冤》故事的主人翁郑虎臣，就诞生在这里的榕头村。700多年前，柏柱洋人郑虎臣在押解恶贯满盈的奸臣贾似道往广东的途中激于义愤，于龙海木棉庵杀死贾贼，为民除害，后被贾似道同伙全家抄斩。文天祥挽郑虎臣联曰："作正气人都为名教肩任；到成仁处总缘大义认真。"村头郑虎臣义士墓林前一棵"九头奇榕"，寄托着人们对义士的缅怀，也是柏柱洋人除恶扬善、前仆后继爱国传统的象征。

20世纪二三十年代，中华大地腥风血雨，革命斗争星火燎原。有着爱国传统的柏柱洋，首先点燃了闽东革命火种。四围群山的柏柱洋，村落分散，交通便捷，东可通霞浦，北可上柘荣，南沿赛江可达蕉城三都澳，西紧连福安腹地，有着得天独厚的地理优势。1927年2月，在施霖、张少廉、张宝田等进步青年的宣传发动下，柏柱洋山下村成立了农民协会，农会会员手把大旗，肩扛田刀、锄头，狠狠地打击了反动势力。1931年在柏柱洋山下村诞生了农民赤卫队郭文祥队。1933年冬，"闽东红带总会"在柏柱洋狮峰寺成立，这支队伍成为闽东工农武装的坚强一翼，在与反动势力斗争中发挥了重要的作用。

柏柱洋奠定闽东苏区首府地位是在 1934 年。这年 2 月底，闽东工农兵第一次代表大会在柏柱洋召开，成立闽东苏维埃政府，选举马立峰为主席，叶秀藩为副主席，张少廉为秘书长。苏维埃政府成立后，就进行土改。主持这项工作的曾志同志起草了《分田纲要》，并在柏柱洋山下村搞试点。培训干部、丈量土地、分配田地、处理债务和田契，分田试点取得成功。于是一场规模浩大的土改分田运动，以柏柱洋为中心，梅花形波浪式地向外推进，迅速在闽东苏区全面铺开，一时间闽东大地"分田分地真忙"。曾志同志后来在回忆这段情景时写道："柏柱洋地区举行了盛况空前的持灯游行，数千名翻身解放并获得土地的农民手持火把、灯笼、红旗，敲锣打鼓，走村串寨，犹如一条长长的火龙在夜幕中游动……"

1934 年 6 月，中共闽东临时特委在柏柱洋成立，选举苏达为书记，叶飞、曾志、马立峰、詹如柏、阮英平、林孝吉、阮肖远为委员。与此同时，共青团闽东特委和闽东妇女工作团也在柏柱洋相继成立。柏柱洋成了闽东苏区的指挥中心。闽东红旗报社、红军军械厂、被服厂、红军医院、列宁小学等红色机构也在柏柱洋建立起来。邓子恢、陶铸、叶飞、范式人、曾志等领导同志在这里运筹帷幄，和特委同志一道，领导闽东人民开展土地革命斗争，开创了"五百里红色苏区"。

如今，在柏柱洋斗面村的村委会门前，耸立着闽东临时特委、闽东苏维埃政府和共青团、妇联成立的 4 块纪念碑，碑后建有一座由叶飞题名的"中共闽东特委纪念亭"。闽东特委和苏维埃政府旧址都是原来的大地主房子，青砖、灰瓦、大门、宽厅，标准的闽东古民居建筑，现在已辟为革命历史展览室，展出旗帜、印章、衣物、斗笠、手电、马灯、茶壶等当年革命用具，以及土枪、大刀、红缨枪、手榴弹等革命武器，虽然或褪色或锈迹斑斑，却把人们的思绪带入 70 多年前革命斗争的烽火岁月中，让人们了解当年夺取政权的艰辛与斗争的残酷。

闽东特委成立 4 个月后，1934 年 10 月，国民党调集兵力，分 4 路向闽东苏区进行"分进合围"，实施"烧光、抢光、杀光、移光、并光"的"五光"政策，还派飞机轰炸柏柱洋，妄图一举扼杀红色政权。闽东临时特委和苏维埃政府带领人民群众开展惨烈的"保卫苏区"战斗。一批革命同志被杀害，许多群众房屋被烧毁。苏维埃政府主席马立峰同志在突围中不幸壮烈牺牲，时年 26 岁。施霖、张少廉等领导人也惨遭敌手，英勇就义。此后，闽东特委领导人民转入艰苦卓绝的 3 年游击战争。1938 年 2 月，从闽东各地走出的革命武装 1300 多名指战员，改编成国民革命军陆军新编第四军第三支队第六团，在团长叶飞、副团长阮英平率领下，高唱着"霞浦山下，三沙湾边，长矛菜刀，举起了工农红军的战旗……"的六团团歌，离开闽东北上抗日，开赴苏中战场，并在攻打浒墅关、夜袭上海虹桥机场以及黄桥决战等战斗中屡建奇功。他们中部分人后来到沙家浜养伤，在阳澄湖坚持斗争，成了"芦荡火种"的生活原型。在解放战争中，这支部队参与了解放泰安、宿北、鲁南、豫东、上海等地，还参与了孟良崮、淮海、渡江等重大战役，赢得了诸多荣誉。

今日柏柱洋，山绿村庄美。这片土地被辟为以栽培高优稻、茶、果、菜、葡萄等为主要作物的农业可持续发展综合试验区。昔日闽东苏区首府，在全面建成小康社会的新的历史征程中，又继续发挥着"领头羊"的作用。

2007.7

中央红军激战北峰

在纪念红军长征胜利 80 周年的日子里，我们来到福州晋安区北峰的宦溪乡，瞻谒位于该乡降虎村的红军烈士墓。

墓园坐落在海拔 500 多米的坪岗山头上，坐西朝东，简朴大方，三面青山拱卫，正前方便是连江贵安小平原和奔流不息的鳌江，视野开阔，满目青翠。安眠墓园的是 82 年前在战斗中牺牲的中国工农红军北上抗日先遣队的部分指战员。

在敬谒墓园后，我们到村部参观了革命史迹陈列馆，一幅幅照片和一件件文物讲述了 82 年前发生在这里的战斗故事。村干部和晋安区有关部门同志又带我们到实地察看，还原了当年中国工农红军北上抗日先遣队指战员激战北峰的壮烈情景。

1934 年 7 月，在红军被迫进行战略大转移前夕，中共中央、中革军委决定以寻淮洲为团长、乐少华为政治委员、粟裕为参谋长的红七军团 6000 多人，组成中国工农红军北上抗日先遣队，挺进闽、浙、皖、赣四省国民党统治区，宣传党的抗日主张，推动抗日运动的发展，在国民党的心腹地区发展游击战争，建立苏维埃政权和革命根据地。从而尽可能吸引和调动一部分"围剿"苏区的国民党军队，减轻苏区的压力，进而配合中央主力红军即将举行的战略转移。

先遣队于 7 月 6 日晚从瑞金出发，先后经过长汀、连城、永安县境，20 日晚攻下大田县城，挺进闽中，29 日攻下樟湖坂，渡过闽江。8 月 1 日先遣队进占水口，召开纪念"八一"大会，并遵照中革军委指示，对北上行动和攻打福州进行战斗动员。

先遣队突然出现在闽中地区，引起了国民党当局的极大震动，当水口被先遣队攻占后，为加强对福州的防备，国民党下令部署在闽东宁德、福安、霞浦和闽南泉州等地的国民党 87 师集中到福州，并向闽江上游堵截红军。

水口至福州沿江的交通干道被国民党军控制。为避开沿江国民党阻击和飞机轰炸骚扰，先遣队绕道闽侯北部山区，从雪峰、大湖、江洋向福州西北部挺进。8月7日，先遣队主力进抵北峰岭头、前洋、叶洋地区。当夜23时即从里洋、笔架山一线向福州发起进攻。由于战前对敌情、地形侦察了解不够，突击方向选在守军重点防御阵地上，先遣队从午夜至次日凌晨3时，几次猛烈冲击均未突破，被阻于隐士山坡之前。国民党军不断出动飞机轰炸先遣队阵地，使先遣队再次攻击受挫。先遣队见已不可能攻进福州，便放弃攻城计划，将部队撤回小北岭，准备向闽东转进。

时任先遣队参谋长的粟裕将军后来说："攻打福州带有很大盲目性，8月7日，我军到达福州西北近郊，当时对福州敌军的实力、工事等情况了解很差，但是部队在中革军委攻打福州作战命令鼓舞下情绪很高，又听说福州市内地下党组织将进行策应配合，所以当晚即发起进攻。敌人凭借工事扼守，并使用飞机对我阵地轮番轰炸扫射。我军打得十分勇敢，强攻一昼夜，攻占了一些工事和城北关的主要街道，但因我们还不善于迫近作业，又缺乏攻城手段，也没有地下党组织策应，没有办法打进城，于是决定部队撤至福州以北岭头一带，准备向闽东转移。"时任先遣队政委的乐少华后来说："……事实上敌人有了准备，全城电灯点的比平时多，敌人87师全部固守福州城。这时我们得到福州地下党组织的报告，城内有一部分党员准备响应，因力量太弱遭到敌人屠杀。离开福州后，我们得知闽东游击队在这一带活动，离潘渡游击区才20多里，便前往桃源宿营。"

8月9日，先遣队护送一二百名伤病员，由岭头经江南竹向连江桃源、潘渡转移。当天下午国民党87师522团从宦溪向桃源进行侧面追击，企图封锁桃源通往潘渡的道路。10日上午，522团前卫第三营窜到宦溪降虎村与桃源之间的梧桐山，与先遣队的侦察警戒部队发生遭遇战，参谋长粟裕当即率领第二师予以迎头痛击。国民党522团主力随后赶到投入战斗。先遣队又以第二师攻击其左翼第一营，令第一师迂回敌侧后，断其后路。

国民党522团在先遣队的猛烈攻击下，频向福州求援。国民党87师师长王敬久急令259旅旅长沈发藻率领直属部队和517团一部，携带10门火炮，驰往增援，并派飞机前往轰炸助战。先遣队乘敌援兵未到，以密集部队向522团中央阵地猛攻，一部突入守军阵地，与敌肉搏。双方混战时，先遣队旗手冲上山头，将红旗插上山顶。国民党飞机误以为是先遣队阵地，进行狂轰滥炸，炸死不少国民党军，先遣队也有伤亡。与此同时，迂回敌后的先遣队第一师也遭敌机轰炸扫射，损失较大，师长、政委都受伤。

国民党军522团得知援兵将到，又有飞机助战，便占守几个山头抵抗，双方遂成对峙状态。先遣队政委乐少华后来回忆说："我军第2师和第3师最后向敌人阵地（天元顶主阵地）发起多次进攻没有成功，敌人飞机不断地向我军轰炸、扫射，我军一直打到天黑都没有解决战斗。这时敌人援兵到来，我们决定连夜撤退转移。这次战斗，我军虽然缴获9架轻机枪和一二百支步枪，但我军也伤亡七八百人，师团干部遭到重大损失，伤亡的多是老战士"。这次战斗歼敌二百人。

先遣队提出"不丢弃一个伤病员给敌人"的口号，发动全体工作人员和降虎、汤岭一带群众抢救伤病员，在降虎至汤岭古道上设置二三个临时救助安置点，一站一站地往下送。把降虎战斗伤病员和攻打福州的伤病员共700多人交给闽东地方党组织和红军游击队统一救治。

当晚先遣队撤出战斗，向连（江）罗（源）苏区转移。11日国民党援兵和522团扑空后分路尾追，但先遣队已在连罗中共组织、游击队和群众的接应下，安抵罗源凤坂、百丈一带。

先遣队在北峰一带活动，日溪井后朱鸿年、宦溪桂湖张荫明、张荫海等人积极向导引路。先遣队在降虎村一带伤亡将士600多人，因死亡人数较多，当地群众来不及挖坟，就将烈士的遗体就地掩埋在战壕里。1992年，降虎村铺设的电缆线恰好经过当年降虎战役的战壕，掩埋在此的烈士骸骨才被发现。村民们便把找到的20多具遗骸收集起来，在当年战斗的山头坪岗顶建起了一座简易的新坟，1995年，修建了红军烈士墓，以缅怀为革命捐躯的红军先烈。

红军北上抗日先遣队在福建境内活动两个多月，给福建留下了1000多名指战员，这股力量对开辟闽中、闽东、闽北游击区，特别是帮助成立闽东工农红军独立师和推动闽东苏区的发展起到了不可或缺的重要作用。

2016. 9

中央红军进村来

——红军北上抗日先遣队途经宁德

初夏的一天，我们来到蕉城北部的赤溪镇阳谷村。这里地处大山腹部，背山面溪，草木葱茏。村口在原址上复建的阳谷宫色彩鲜艳，在绿野中显得格外醒目。宫旁一棵大榕树虽历尽沧桑，仍郁郁葱葱、华盖蔽日，护佑着这座宫庙。80多年前，中央红军开进村里，就在这座宫中，中央红军领导人与闽东党和红军领导人会面交谈，有力地推动了闽东革命的发展。为了不忘这一历史性事件，人们在村前竖起了一座会师纪念碑，会师广场也在建设中。在瞻谒阳谷宫时，蕉城区党史研究室领导和赤溪镇干部为我们讲述了当年红军北上抗日先遣队途经宁德（今蕉城）的前前后后。

那是1934年，中央苏区进入了最为艰苦的第五次反"围剿"斗争时期。为了调动和牵制敌人，减轻国民党军对中央苏区的压力，配合实施战略转移，同时为了宣传党的抗日主张，推进抗日运动的开展，党中央、中华苏维埃共和国中央革命军事委员会决定，将红7军团 等改编为北上抗日先遣队，深入国民党统治的心腹地区。

7月6日，一支6000余人的中央红军北上抗日先遣队离开江西瑞金，取道福建北上，向闽、浙、赣、皖诸省国民党后方挺进。先遣队以寻淮洲为军团长，乐少华为政治委员，曾洪易为随军中央代表，粟裕为参谋长，刘英为政治部主任。

8月8日，先遣队在攻打福州未果后，从福州的北岭向闽东方向转移。8月14日凌晨，先遣队主力在连罗红军和赤卫队的配合下攻克罗源县城。与此同时，先遣队另一部奉命向宁德、福安方向进发。

国民党宁德县长朱化龙闻讯，十分恐慌，连忙请求上级增调兵力镇守宁德县城。敌马江要港司令即电令驻宁德三都的海军陆战队第1团3营林耀东部北海轮火速开往宁德县城。同时在八都、霍童一带部署部队，阻击北上抗日先遣队。闻知罗源城被攻陷的消息后，宁德当局宣布全城戒严，并调兵遣将严防死守。

先遣队对宁德的地形及敌我态势作了侦察分析后，派出小股部队佯攻宁德县城以牵制敌军，大部队则经城西的后溪、溪富直插洋中。

8月15日下午4时许，先遣队攻城部队1个连越过白鹤岭，到达城外的南漈、下宅园、土堡亭一带，威逼宁德县城。守城敌军用沙包加固城门，并在南门城外后门坪宫庙前的榕树上挂起一盏大汽灯。

15日晚，天上下着小雨，战斗在南门打响。挂在榕树上的大汽灯首先被先遣队战士击灭。四周漆黑一片。先遣队向敌人发起进攻，南门守敌乱作一团。敌军慌忙调来海军陆战队增援。敌我双方冒雨激战一夜。

翌日拂晓，先遣队攻城部队完成了牵制任务，主动撤出战斗，从城西北抵洋中，与撤离罗源的主力部队胜利会合。先遣队消灭了洋中乡民团，缴枪十几支，住了一夜后向九都扶摇村挺进。

8月18日，先遣队进驻扶摇村，受到当地群众的热情接待。此前一天，扶摇中心支部书记陈麟呈接到安德县委的通知，立即召开紧急会议布置任务，并发动群众连夜用土砻碾米，购买蔬菜，备足柴片，做好了迎接先遣队的准备。先遣队到达后，当地党组织密切配合部队工兵营，用最快的速度在九都渡口拉起了两条铁索链，架通扶摇往九都的便桥，同时收集大小船只22艘，将马匹、火炮等装备运往对岸。

先遣队在扶摇期间，散发传单，书写、张贴标语，向群众宣传北上抗日的重大意义，并向扶摇中心支部、扶摇乡苏政府赠送了《今日的瑞金》《卖国贼蒋介石》等书籍三十余册。先遣队的医务人员不顾行军劳累，每晚熄灯前为群众诊病治病。先遣队还与扶摇中心支部、扶摇乡苏政府举行军民联欢会。20日，先遣队先头部队声东击西巧袭霍童，大部队则避实就虚经洋岸坂、贵村、黄田开赴赤溪。21日上午，先遣队人马全部抵达阳谷、夏村、桃源、赤溪等村落。他们在村子周围的路上，用石头和树干设置路障，又挖了些简易工事，并拉上电话线，安上电台。先遣队指挥部就设在阳谷村的阳谷官。

先遣队首长事先已经知晓闽东有一块新崛起的苏区，他们期待与闽东党组织和红军领导人早日会面。其实闽东特委和红军领导人更期待早日会见先遣队首长。自1934年4月初中共福建临时省委遭敌破坏，闽东党组织已数月未与上级党组织取得联系，迫切需要获得上级领导机关的指导。此

峰
火丹心

前中共闽东临时特委已接到连罗县委报告，得知中央红军北上抗日先遣队将经过闽东的消息。特委书记苏达即派人前往罗源百丈村先遣队总指挥部联系，并约定了双方领导人见面的时间、地点。闽东特委要求沿途各地党政组织做好接应工作。

8月21日接到会师命令，正率领闽东红军独立2团在福安甘棠一带活动的叶飞、詹如柏立即率全团开往宁德赤溪迎接中央红军。闽东红军指战员早就听说江西中央苏区有中央主力红军，可谁也没见过。听到这一消息，全团上下群情激昂。

据陈挺将军后来回忆："一大早起来，吃完早饭，太阳刚刚出山，队伍就朝着宁德赤溪方向开拔。9点多钟，我们全团翻过宁德龟山西头的大岭时，战士们欢呼起来。就在山下，两队灰色服装的中央红军人马正走过阳谷村，向前面的赤溪前进，队尾还在远远的九都方向，被大山挡住了。我们叫喊着奔跑下山，挤在路边的田垄上观看中央红军。"

"中央红军，我们久盼的中央红军！从千里远的江西苏区开来的正规军，他们可比我们神气多了。队列整齐，精神抖擞，一式青灰色服装、八角帽、红领章，背着方块的圆筒的小背包，还有斗笠、雨伞，头上身上别着伪装树枝……他们边走边笑着向我们招手，说着我们当时听不懂的外地方言……他们的枪真多！长的短的，有的人身上背了好几条，还有请老百姓挑的，一根扁担挂着七八条……"

"我们好奇地向中央红军的'戏班子'涌去，在路边的一个田埂上，3个红军小战士正敲着竹板子又说又唱。红军队伍在他们面前走过时，显得特别活泼起来。后来我们才知道，这是红七军团的宣传队，正在做路上的宣传鼓动工作，而那个大炮似的圆筒子叫马克辛重机枪，又叫水机关。这些我们都没有见过。在长长的队伍中还有不少躺在担架上的伤员，抬着担架的战士汗流浃背。后面有许多红军战士挑着担子，后来才知道，挑的是弹药和传单……"

闽东红军独立团与中央红军北上抗日先遣队在赤溪阳谷村胜利会师。在阳谷村的阳谷宫里，叶飞等人会见了军团长寻淮洲、政委乐少华、先遣队党代表曾洪易、军团参谋长粟裕、政治部主任刘英等。

叶飞向先遣队首长汇报了闽东革命斗争的情况。先遣队首长寻淮洲等向中共闽东临时特委传达了党中央关于目前的形势和党的任务等指示。

寻淮洲对闽东的工作很是赞许，认为闽东的党政工作已有统一的领导，军事上也应该要有统率机构，应建立一支机动主力部队。他指示闽东方面"力量要集中，要有红军主力"。叶飞当即表示：这个指示很切中要害，我们也有这方面的考虑，但苦于没有军事人才。当时只有22岁的寻淮洲，指着军团参谋长粟裕、政治部主任刘英等人，笑着对叶飞说："我们哪一个也不是军校出来，都是子弹下面滚出来的。"

同时，乐少华、刘英代表先遣队给闽东特委写了一封指示信，对闽东地区党组织的建设、政权的建设和根据地的建设等，提出了指导意见。特别强调要加强红军武装的建设，认为"力量要集中，要有红军主力。"先遣队用电台向中央报告了途经闽东苏区的情况，使中央对这块新崛起的苏区有所了解。先遣队还给闽东临时特委提供了党中央在上海的一个联络地址。后来苏达到上海汇报工作，呈报3份报告，使中央对闽东苏区有了进一步的了解。

先遣队发动指战员为苏区困难群众捐款，共募集到大洋400元、小洋128毫、铜片4吊又810文和一些其他物资用品，交由特委转发。这一善款数额虽不大，却体现了中央红军指战员对闽东人民的一片真情。先遣队还给闽东苏区留下了500多名伤病员。这些伤病员被苏区政府安排到各地红军后方医院和革命群众家里养伤治病。使先遣队摆脱了伤病员的拖累，轻装北上。

先遣队希望闽东方面能组织一部分人参加先遣队，补充其兵员的不足。闽东临时特委立即作了紧急动员，在数天之内就从各地征兵1000人。由于先遣队仓促开拔，动员来的新兵集中在柏柱洋没人来接收，只好留下部分充实到红2团，其余的动员回乡了。

22日凌晨，先遣队由闽东红2团做向导，从赤溪出发，进入福安的磻溪、康厝。当天下午，先遣队轻取穆阳镇。24日，先遣队离开穆阳，进入寿宁县境。25日拂晓，先遣队在寿宁南溪与范式人所带的闽东红军两个连分手，挥师北上。他们突过浙江庆元、小梅，折入闽北苏区，再由浦城古楼进入浙赣边境。

从8月15日到8月22日，中央红军北上抗日先遣队途经宁德（现蕉城），虽然只有短暂的7天时间，但其影响却非常深远。他们在佯攻宁德县城时的英勇善战，对群众秋毫无犯的严明纪律，以及关心爱护群众的良好作风，给宁德人民留下了深刻印象。人民群众从先遣队身上看到了革命的希望，鼓舞了斗志，增强了信心。

先遣队经过宁德时，沿途大量印发《告农民书》《给闽东工农群众的一封信》等传单和书籍，宣传我党抗日反蒋、拯救中华的正确主张，还教当地群众唱革命歌曲，号召广大人民群众团结起来，为土地、为自由、为苏维埃而奋斗到底。在赤溪等地当年先遣队驻地的墙壁上，至今还能看到落款为"红军宣"的"反对日本帝国主义进攻福建""拥护苏维埃中央政府对日宣战""反对国民党无耻投降"等墨写标语。先遣队所经过的地方，都播下了革命的火种。

先遣队首长向闽东党和红军领导人介绍了中央苏区党、政、军建设的许多具体情况，为闽东苏区各项建设和红色政权的巩固提供了极为宝贵的经验。先遣队在兵员、武器上支持闽东红军，使闽东红军的力量得到加强。先遣队留在闽东的几百名伤病员中，有营、连、排干部，他们身经百战，经验丰富，伤病愈后成了闽东独立师的军事骨干，为不久后在宁德成立的闽东红军独立师准备了干部条件。

2016．5

走进蔡威故居

在福建省"20 个红色旅游重点景区"中，位于闽东的蔡威故居鲜为人知。正如一本记述蔡威事迹的书所说："他为战争立下巨大功劳，但他是无名英雄；许多将帅都熟悉他，却不知他的身世。"蔡威是什么人？他为革命做了哪些工作？他的故居何以受到如此礼遇？

要回答这个问题，我们需要穿越岁月的硝烟，注视 70 多年前长征路上的几个场景：1936 年 8 月底，蔡威随所在部队第三次过草地，恶劣的环境、超负荷的工作，使蔡威患了胃病、肠炎，最后得了重伤寒病，卧床不起，由战士们用担架抬着行军。红军总部领导对蔡威的病情十分重视，派当时最好的军医傅连暲为他医治。9 月 22 日，当部队到达甘肃省岷县朱尔坪村时，病魔夺去了年仅 29 岁的蔡威的生命。徐向前总指挥闻知噩耗从前线赶回主持蔡威遗体告别仪式，高度赞扬蔡威为红四方面军通信及技术侦察工作做出的重大贡献，称他为"无名英雄"。长征胜利后毛泽东对红军二局有过这样的评价："二局，好样的。有了二局，红军长征就像夜里行军打灯笼。如果没有二局，长征胜利是难以想象的。"蔡威就是红军总司令部负责无线电通信和技术侦察工作的二局局长。

由于地下工作和技侦工作的特殊性质以及其他一些原因，蔡威的革命事迹长期以来一直少有人知，就连他的家人也不知道他的下落。新中国成立后，蔡威生前战友宋侃夫、王子纲、马文波、徐深吉、肖全夫、陈福初、李永悌等时时缅怀蔡威，他们只知道蔡威是福建人，但不知在福建何处。多年来，一边是蔡威的战友在苦苦寻找他的故乡及其亲属；一边是蔡威的亲属在频频打听他的下落，但始终未能碰到一块。1984 年，宋侃夫同志来到福建，几经周折，1985 年 8 月终于在宁德蕉城找到了蔡威亲属，确认了蔡威故居。宋侃夫等同志当即向熟悉蔡威的徐向前元帅、李先念主席做汇报，而后，福建省政府正式追认蔡威为革命烈士。

蔡威烈士故居坐落在蕉城前林路，故居与蔡氏家庙紧挨，外围是宽厚的石砌高墙。进得门来，石拱小桥造景，月形荷池映日，堂屋宽敞整洁，前后各有一个天井，厅堂显得清朗明亮，是一座典型的明清风格建筑，也是当地不多的"大宅院"。经过修葺后的故居，被辟为蔡威事迹展陈馆，大门正中安放着蔡威烈士的全身立像，清癯的脸上架着一副圆边眼镜，透出坚毅、睿智的目光和淡淡的书卷气，下方是徐向前元帅题写的"无名英雄蔡威"6个金光闪闪的大字。

蔡威原名蔡泽镛，1907年出生于当地一户有名的富庶人家，1926年蔡威在上海惠灵英语专科学校学习时加入了中国共产党，先后在福建和上海等地从事党的地下工作，在上海工作时化名蔡威。1931年，他在上海同济大学学习和从事革命工作时，受党派遣到周恩来直接领导的中央特科举办的无线电训练班学习，掌握无线电技术。同年11月奉命从上海进入鄂豫皖苏区，与其他几位同志一道开创了红四方面军无线电通信和技术侦察工作。

1931年12月下旬，蔡威等人利用缴获来的电台进行检修拼装，诞生了鄂豫皖苏区第一部红色电台。1932年2月，鄂豫皖苏区召开第一次党代会，这部刚组装的电台就收到了上海党中央发来的贺电，很多同志激动得流下热泪。1932年8月，蔡威先后担任红四方面军总部二台台长和红军总司令部二局局长，他以惊人的毅力和聪明才智破译获取了国民党军队的大量秘密情报。由于蔡威等同志在技术侦察上的出色工作，红四方面军在反击国民党军重兵包围的"六路围攻"斗争中显得"耳聪目明"，十分主动。

蔡威在"看不见的战线上"屡建奇功，他和技侦人员为粉碎国民党对鄂豫皖苏区、川陕苏区的多次进攻和"围剿"，为配合红军胜利完成长征做出了重大贡献，在我军技侦情报史上写下了辉煌的篇章，受到毛泽东、朱德、徐向前、陈昌浩等领导同志的高度评价。

1986年，沉寂50年的无名英雄蔡威事迹终于为家乡人民所知晓。2008年"七一"开放的蔡威故居和蔡威事迹展陈馆，无疑成了人们缅怀烈士、了解烈士的最好场所。"长征胜利君先逝，而今常留思君梦。在世为人作豪杰，在天当是神中雄。"蔡威，这位为共和国的技侦事业做出突出贡献的无名英雄，令宁德家乡人民引以为豪，更是人们学习的光辉榜样

2008.7

烈士不朽　英风长在

——献给郑长璋烈士

福州西门外的鸡角弄，现在成了一家医院的绿地，这个乍听起来有几分偏僻的地名，当年是郊外一处荒凉野地。可就是这么一个地方，"老福州"几乎无人不知，原因是这里曾是国民党反动派枪杀革命志士的刑场，是新中国成立前许多革命烈士牺牲的地方。因此，后来它又有了"福州雨花台"之称。

清明前夕，我来到鸡角弄。地面芳草萋萋，绿树摇曳。一棵荔枝树鹤立鸡群般十分显眼，树主干下部皮已脱落，中间多层木质也已枯焦，树心凹陷，脖歪身斜，一副沧桑相，靠着半边的树干支撑枝叶。这棵百年老树，见证了这里发生的一切。许是它见过烈士牺牲的惨烈场面太多，泪水流干了，心也几乎枯死了。老树下石刻"缅怀"两个大字，表达了当今人们对烈士的敬仰之情。

我到鸡角弄，是来寻找一位革命先烈。因为前几天我刚到宁德蕉城参加纪念这位先烈 115 周年诞辰的座谈会。他是宁德最早的共产党员，却是以国民党身份开展党的活动，以至很长一段时间许多人不知道他的真实面貌。在荔枝树下的"革命烈士永垂不朽"的烈士名单中，我找到了他的名字，他叫郑长璋。1927 年 4 月 27 日深夜，他与福州地委书记徐琛等 7 名共产党员一道，被反动当局枪杀于鸡角弄。

苍老的荔枝树年轮里深藏着对烈士的记忆。随着年轮如书页般一层层翻开，一个鲜活的郑长璋形象浮现在我们面前。

郑长璋，宁德县（现蕉城区）城关人，早年以优异成绩考取北京大学政治系，成了李大钊的学生。和北大许多青年一样，他逐步接受马列主义真理，积极参加北京党的外围组织——反帝大同盟活动。不久，光荣加入中国共产党，成为一名无产阶级先锋战士。

1926 年冬，郑长璋携带北京党组织的党员介绍信南下福建，向当时中共福州地委报到。鉴于当时闽东一带党的活动还是一个空白点，组织上决定派他回宁德家乡开展党的工作。同时，为方便工作起见，经与国民党福建省党部有关方面（中共党员）商量，决定以国民党省党部的名义，委他为国民党宁德县党部筹备处主任委员职务，回县筹备建立国民党宁德县党部，以此为名，开展党的工作。

郑长璋回宁德后，经过积极筹备，1927年1月就成立了国民党宁德县党部筹备处，郑长璋担任主任委员。县党部成立后，郑长璋根据福州地委的指示，积极组织发动群众，开展革命斗争，相继成立了商民协会、工人协会、农民协会、妇女协会等，会员多达万人。他亲自参加街头演说，向群众宣传革命道理，揭露封建地主压迫农民的罪行，激发工农群众的革命热情。

在这场反帝反封建的斗争中，影响最大的行动有两件事。一是反对渔霸黄笃夫。当时，宁德城关最大的土豪劣绅黄笃夫，外号"海霸天"。他身居商会会长要职，又在宁德城关开设渔行，官商勾结，仗势欺民。扬言凡是谷壳可以流到的宁德港澳水面，都是他的捕鱼场，在这水面内捕捞都得向他交纳水面租。他还规定，凡是渔民捕捉的鱼，一律要送他渔行收购，不许自行出售。其渔行收购鱼货是大秤进小秤出，付款只付四成现金，其余六成概发"白条票"。郑长璋发动渔民与之斗争，并以县党部名义支持渔民自由捕鱼，自由买卖，捕到的鱼货不必送笃夫渔行收购。这一规定宣布后，渔民无不欢欣鼓舞。

另一件事是清算县商会贪污公款。黄笃夫利用掌握县商会之便，伙同陈伯咸等一帮人，勒迫群众交饷款，并从中贪污分赃，引发群众强烈不满。郑长璋一面深入调查县商会派款数目，一面拘捕县商会"座办"（即会计）陈伯咸进行审问。县党部掌握证据后，就将县商会的几个贪污分子游街示众。沉重打击了土豪劣绅的反动气焰，大长了工农群众的革命威风。

宁德县党部筹备处的成立，革命斗争活动的开展，遭到了国民党右派势力和封建地主、土豪劣绅的疯狂反对。福州国民党右派势力策划的反革命政变的白色恐怖很快波及宁德，他们指控郑长璋是"啸聚群众，屡肇事端的赤色分子"。1927年4月22日，郑长璋被捕。在狱中，郑长璋仍念念不忘革命。时任中共福州地委工运负责人王劲国（王永椿）回忆说："郑一进牢，就同难友们大谈起共产主义和'三大政策'，并说'三大政策'是孙中山总理亲自制定的，国民党右派破坏了'三大政策'"。

敌人对郑长璋恨之入骨，百般折磨。郑长璋宁死不屈，敌人无可奈何，决定对他下毒手。在被手执刺刀的军警押往鸡角弄刑场途中，他从容不迫，高唱《国际歌》，高呼"打倒国民党反动派！""中国共产党万岁！""苏维埃万岁！"英勇就义。牺牲时年仅26岁。

由于郑长璋牺牲时的公开身份是国民党宁德县党部筹备处主任，他的中共地下党员秘密身份不为外人所知，所以新中国成立后很长一段时间，郑长璋的革命事迹不被人们提起。后经多方寻找，联系上当年一起革命的健在者，郑长璋的共产党员身份及在国民党监狱英勇斗争的情况才真相大白。1981年12月国家民政部追认郑长璋为革命烈士，他的名字与钱壮飞等一批烈士一起被镌刻在北京大学的革命烈士纪念碑上。他的革命事迹也被载入《北大英烈》《福州英烈》《闽东英烈》等史籍，广为流传。

"鸡角弄何辜，时见男儿喋血；老荔枝默仁，久萦英烈精魂。"如今，鸡角弄百年荔枝树，心虽将枯然枝繁叶绿，生机依然。树旁竖起了高大的烈士纪念碑，每当清明节，来此祭扫的人流络绎不绝。宁德蕉城当年郑长璋闹革命的"明伦堂"也已修葺一新，并开设"郑长璋事迹展陈馆"，建起了长璋亭，缅怀先烈。

鸡角弄烈士不朽，郑长璋英风长在！

2016. 3

红色土地分外香

——后洋纪行

今年夏天特别热，三伏天的午后更热。大地像火炉一样，烤得人们透不过气来，空气似乎稍一摩擦就会生出火花来。车窗外的红花绿叶被热浪烤得垂头丧气，无精打采，有的甚至趴在地上。只有高挑的树木直挺挺地站着，叶片僵硬似的一动不动，一味顽强地反射着炽热的阳光。"清风无力屠得热，落日着翅飞上山。"古人所说的酷暑情形大概也就是这样吧！

事情都有两面性。酷暑虽热，然"盛夏富草木"，充足的阳光在给大地鼓起热风的同时，也让原野腾起了绿浪。我们沿着富春溪往北，溪水氤氲的滋润，两岸无处不飞绿。车过潭头，但见层层山坡李树如绿毯披覆，闪着清辉，泛起绿波，营造出"芙蓉国里尽朝晖"的"李都"一道清丽美景。进入棠溪古村，溪岸边傲然挺立的古榕，华盖蔽日，亮绿养眼，"历经多少沧桑事，依旧悠擎头顶天"，榕树顶着酷热营造荫凉的品格令人肃然起敬。

我们是去后洋村的。后洋是在重重山峦后面的一块小洋。要到这个村自然得盘绕连绵山峰，跃上葱茏十八旋。好在脚下是水泥路，路面虽不宽，然坚实。车子在山势陡峭、弯道多变的山道上旋转着，有惊却无险。经过一个多小时的环山绕转也就到了。下得车来，顿觉凉爽多了。

后洋地处高山的山坳里，四围山峰环抱。虽地处偏僻，因是闽东著名的老区村，却名声在外。这是我第三次来后洋。第一次是40多年前的1975年冬天，那时我在宁德地委办公室工作，随地委书记刘健夫同志从社口上山走到后洋，而后下山走到潭头。那天恰遇下雨，山陡路滑，很艰难地走了一整天。刘书记察看了后洋平整土地现场，对老区群众热火朝天劈山造地的壮举十分赞赏，还给村里协调了往潭头修公路的相关事宜。20世纪80年代，村里通了简易公路；90年代初我第二次到后洋，陪陈挺将军回老家，就是乘车上山来的，将军对家乡百姓嘘寒问暖的深情厚谊，我至今记忆犹新。

这次到后洋，一下车就觉得小山村面貌大变。原来逼仄的村口，建起了文化广场，环场壁廊上张贴着醒目的宣传十九大精神的图文。广场边上是一块荷田，虽说已过盛花时节，星星点点的粉红花苞和卓然挺立的荷叶，给人"凌波仙子静中芳"的感觉，阵阵幽香在空气中暗动。莲田的上方便是层层梯式茶园，茶树、竹林绿接蓝天，把村子衬托得郁郁葱葱的。

文化广场东侧是新建的同心亭，几位老人正在亭里歇凉聊天，眉宇间不时泛起幸福感。亭下是刚刚兴建的同心湖，湖塘碧波荡漾，把周遭群山葱茏尽收其间，显现出天蓝、地绿、湖翠的美丽景色。村干部告诉我们，过一段时间，等湖沿廊亭建成后，不仅可赏湖鉴月，还可凭栏眺望远处青山绿水、高天飞云，让远色近景结合，大地美与村庄美融为一体，村里人眼光可以越过天际，投向更远的地方。

当然，村里最醒目的建筑物要数"三英纪念馆"。这座红顶粉墙的二层建筑是纪念詹如柏、陈挺和詹嫩弟三位革命者，展示他们革命事迹的展馆。

后洋地处福安西北部偏僻山区，"山高皇帝远"，这里的百姓受压迫更为深重。有压迫就有反抗。早在1928年春，因不满地主詹志如恃强霸占后洋山坪土地，青年农民詹如柏就带领民众与地主展开了长达半年的抗争。在革命志士、律师施霖的支持下，反动当局只好将山坪判还后洋。1929年2月，为要求释放在抗税斗争中无辜被抓的农民，詹如柏带领300多农民进城游行，迫使当局放出部分人员。詹如柏的大智大勇受到乡人赞扬，他的威名也迅速在福安北区一带传开。后洋村成了与柏柱洋齐名的福安革命的策源地。当年一北一南遥相呼应，推动着福安和闽东土地革命风起云涌，不断向前。陶铸、叶飞、曾志等老一辈革命家以及马立峰、施霖等革命先烈都曾在这一带浴血奋战过。革命低潮时，后洋村遭受国民党反动派的严重摧残，全村460人被杀被抓和外逃的达200多人，全村54座房屋被烧仅剩4座，整个村庄变成一片废墟。

詹如柏后来成长为福安和闽东早期革命的杰出领导人，他建立了福安第一支秘密游击队，成立了福安历史上第一个工农政权——福安革命委员会，参与"兰田暴动"，组织全县最大规模的福安北区秋收斗争，给反动势力以沉重打击，让贫苦农民分田分地。被捕后，他拒绝敌人高官厚禄的收买，大义凛然，宁死不屈，于1935年壮烈牺牲，时年33岁。当年在闽东参与领导革命斗争的曾志说："詹如柏与国民党豪绅地主不共戴天，对党的方针路线坚决执行，信仰坚定，革命坚决。"詹如柏的大哥詹如焕、弟弟詹如杖、詹宋书也为革命先后献出了宝贵的生命。

陈挺也是后洋人民的儿子。他1930年入党，参与"蓝田暴动"，历经土地革命、抗日战争和解放战争，身经百战，屡建奇功，是我军的一员"虎将"，为中国人民的解放事业做出卓越贡献，成为新中国成立后闽东第一位将军。

后洋青年詹嫩弟，1929年就参加反霸、请愿斗争，1931年春第一个报名参加贫农团，并加入秘密游击队，参加"蓝田暴动"，曾任闽东特委委员和中共福寿县委书记等职，领导开展轰轰烈烈的分田运动。1936年在"肃反"中被错杀，时年41岁。

后洋是个英雄的村庄。"三英"仅是这个村革命先烈和仁人志士的杰出代表。在革命战争年代，后洋这个小小的村落光革命烈士就有32位，他们中最早于1928年就参加革命，牺牲时最年轻的仅22岁。他们的名字高悬在纪念馆的英烈榜上，永远为人们所铭记。后洋村支持革命、为革命做出贡献的人就更多了，其中被评为"五老"的就有46户。在纪念馆的结束语中引用了习近平总书记的一段话："勿忘昨天的苦难辉煌，无愧今天的使命担当，不负明天的伟大梦想。"后洋人力图通过这个展馆，让人记住这三句话，化昔日光荣为今天动力，同心建设美好家园。

后洋人正在努力践行总书记的教导。在村头村尾的走访中，我们高兴地看到，这里的红色基因正在传承。为美化村容，建设同心湖，村民自发集资了130多万元。陈挺将军孙子袁振斌带头捐款40万元，他还为纪念馆和学校捐了资，总捐资额达100多万元。80多岁高龄的老党员叶翠容、詹奶全也各捐了1000元，连靠拾破烂收入的82岁老大娘林富莲也拿出1000元支持兴办村里公益事业。

新一代的后洋人，靠山吃山，要让荒山献出更多的宝。后洋与社口之间横亘着一座海拔千米的甲峰山，山高路陡，人迹罕至。山场上稀稀疏疏地长着一些爪枝散叶、参差不齐的原生态茶树，没人理睬，成为野茶。当年革命领导人后代袁新文，放弃了北京生意，回到家乡承包了这片1000多亩的山地，目前已开垦原生态茶园200多亩。他按自然管理办法，对茶树只锄草，不施化肥，不打农药，任其自然生长，且一年只采春茶一季。如今已经收成，制出的"百年老枞"茶，蕴含着山野的古早味，且富含硒锌，很受市场欢迎。随着茶叶的远销，后洋年轻人的创业精神也声名远播。茶叶是后洋的支柱产业，村民们正致力做好茶的文章，他们也希望有关方面能多给帮助扶持。

夕阳西下，沐浴在金辉中的后洋村，显得更加绚丽。这个在革命战争年代率先揭竿而起的山村，革命精神正在这里孕育起新的能量，英雄的村庄正在转身为"美丽的乡村"。正思忖间，一阵山风吹来，清新的幽香沁入心扉，"荷叶似云香不断"，还有茶香、泥土香，红色土地分外香！

2018. 8

从沙家浜战火中成长起来的儒将

——闽籍将军黄烽

两年前，我出差到江苏，特地到常熟参观沙家浜革命历史纪念馆。纪念馆展示了抗战时期在沙家浜一带坚持抗日的英雄事迹，也介绍了京剧《沙家浜》中的生活原型人物。墙上一块醒目的展板上公布了当年在沙家浜养伤的 36 位伤病员名单，上面写着：连长夏光，副连长黄烽，还有叶诚忠、吴立夏等闽东籍指战员。黄烽还做了专版介绍。《沙家浜》就是以闽东北上抗日红军新四军三支队六团抗战生活为背景，以阳澄湖上 36 名伤病员与当地军民鱼水情故事为主线创作的。黄烽则是当年伤病员实际领导者之一。

1916 年 5 月，黄烽出生在福安穆阳苏堤村一个书香门第家里，父亲黄晋鋆是清末秀才，废止科举后考入福建法政专门学校，毕业时正值辛亥革命胜利，他被选为福建省临时议会议员。受其三姐黄双惠进步思想的耳濡目染，青少年时期的黄烽就萌生了对革命的向往。"九一八"事变后，福安地下党员郑眠石等人发动学潮，向民众宣传抗日，正在上中学的黄烽积极走上街头，排演节目，参加活动。后来黄烽为报考大学到了上海，住在其兄宝润处，宝润是地下党员，利用无线电台报务职业秘密进行党的活动，经常带回一些进步书刊供黄烽阅读。这期间，黄烽认识了林默涵、周立波等进步作家，对革命的认识也逐步加深。抗战全面爆发前夕，由于形势突变，已在上海沪江大学读书的黄烽离开上海回到福安，决心寻求救国之路，加入革命洪流。1938 年 3 月，黄烽听说闽东工农红军独立师已改编为新四军三支队六团开赴抗日前线消息后，就日夜兼程赶到省城，与其侄儿黄志远一起到新四军福州办事处报名参军，被安排在军部特务连，不久调到叶飞领导的三支队六团。6 月入党后，担任政治处技术书记（文书）、统计干事。从此开始了革命军人出生入死的戎马生涯。

1938 年秋天，以闽东红军为主体的六团，奉命开往江苏茅山地区，在侵华日军占领地的心脏地区南京句容一带开展敌后游击战争。半年多的敌后游击战争，六团和兄弟部队一起创建了以茅山为中心的苏南抗日根据地。1939年5月，这支队伍东进，以江南抗日义勇军的番号（简称"江抗"），在地方武装配合下，横扫日伪顽匪据点。先后袭击浒墅关火车站日军据点，挺进上海近郊，夜袭虹桥机场。随着战斗的节节胜利，这支部队迅速发展，三个月内从1000多人左右发展到5000余人。

9月下旬，"江抗"奉命西撤，但有36位伤病员一时无法跟上部队，只好留在后方医院。时任六团政治处党总支书记、组织股长的黄烽因患疟疾也被留下帮助工作。伤病员因无法跟上队伍情绪低落。作为伤病员连副连长（连长夏光）的黄烽，立即召开党员会议了解伤病员情况，并分别找骨干分子谈话，通过党员和骨干分子共同做思想工作，激发伤病员养好病、治好伤、赶上队伍的信心。当时"医院"活动在阳澄湖畔的村庄和常熟梅李一带的水网地区，日伪军频繁进乡"扫荡"，搜索伤病员。"医院"不得不经常转移。每移动一次，都要用小渔船和罱河泥的小船作交通工具。由于重伤病号较多，上下船都要人抬。每到一地，农民家里的客堂或柴草间就成了病房，门板就是病床，东藏一个西掩一个。夜晚，不论天多黑，也不论刮风下雨，道路泥泞，医护人员都要下到各分散点去巡诊，给伤病员换药吃饭，工作十分艰苦。尤其是医疗条件特别差，医疗器械几乎没有，药品也奇缺，但医务人员想尽一切办法为伤病员治疗，也曾用土法制造的一些代用品以应急需。

苏（州）常（州）地区地方党的组织和乡亲们视"江抗"留下的这批伤病员为亲骨肉。黄烽将军后来回忆说："他们不怕冒风险把伤病员隐藏在自己家中，敌人下乡'扫荡'时，想方设法来掩护，宁愿自己担惊受怕，也要保护伤病员安全无事。遇到紧急转移时，更是冒着敌人的枪弹抢运伤病员。每当情况变化无法转移，伤病员需要分散寄养在乡亲家中时，都受到乡亲们的悉心照料、供养和保护。尽管当时敌占区群众生活十分艰苦，群众还是千方百计为伤病员调理饮食，还常到阳澄湖去捕虾蟹，给伤病员补养身体，使伤病员尽早恢复健康。"将军还赋诗赞曰："阳澄湖畔虞山麓，隐蔽转移与穿梭。幸有军民鱼水情，艰难困境谱新歌。"这些真实情景在《沙家浜》文艺作品中都得到了生动的再现。

这36个伤病员大多是闽东红军老战士，经历过许许多多战斗和艰苦环境的锻炼，是一批坚强的骨干力量。新"江抗"和以后的新四军六师十八旅，就是在这几十个人的基础上发展起来的。1939 年 11 月，新"江抗"成立，夏光任司令，杨浩庐任副司令兼政治处主任，黄烽任政治处副主任。为解决人枪问题，黄烽到后方医院动员基本痊愈的 10 多名伤病员归队，编为东路司令部特务连，后又组建了一个有数十人的战地服务团，黄烽一度兼任服务团团长、二支队政治干事（执行教导员职权，陈挺任支队长）。从 1939 年严冬到 1940 年寒春，是这支队伍坚持苏、常地区斗争最艰苦的一段日子。那时敌情严重，环境恶劣，部队经常处在紧张的战备状态中，几乎每天夜晚都要移动宿营地，有时一个晚上要移动两次。这一带是水网地带，不仅打仗困难，行军也不容易，到处都有独木桥，每逢多雨时节，漆黑夜晚通过独木桥，只能手拉手摇摇晃晃地走过去，令人提心吊胆。摸到宿营地后仍不能休息。拂晓就要起床，打好背包做战斗准备，以防敌人突然袭击。日日如此，月月如此。在新"江抗"指战员们的艰苦努力下，终于渡过了难关，不仅保留了实力，还发展了队伍。他们浴血阳澄湖，打响了洋沟溇战斗、夏桐岐战斗，还以少胜多打赢了东路地区空前激烈的张家浜战斗，再次显示了这支"老虎支队"的顽强战斗作风，狠狠打击了日军和"草头王"地痞胡肇汉（《沙家浜》中胡传魁人物原型）为创建东路抗日根据地，打下良好的基础。

1941 年 3 月皖南事变后，"新江抗"编入新四军 6 师 18 旅，黄烽任 18 旅 52 团政治处组织股长兼政治处党总支书记。7 月下旬，谭震林令张鏖、胡品三、黄烽三人组成临时团委，率队进入锡南、苏西地区开辟新区。此时日伪正到处"清乡""扫荡"，搜捕并杀害中共地方工作人员。黄烽负责留守的两个班掩护、收拢地方干部转移。部队转移的次日，日、伪、顽交替出动，反复"扫荡"。黄烽带领小分队采取一切办法隐蔽自己，联络地方同志，待到几十名地方同志全部收拢后，他们却被敌人团团围住。他们利用晚上两次从南面、西面突围，都因被太湖上巡逻日军发觉而未果。后按当地渔民建议，分乘几只渔船，拉开距离，紧靠敌据点边的湖汊道行驶，才突出重围，回到旅部。

太平洋战争爆发后，1942 年 1 月，黄烽被调回 18 旅 52 团，仍任政治处组织股长，并奉命率 3 营 9 连插入苏北江都、宜陵以北地区作战，歼敌约一个营。1943 年 1 月，为实行主力地方化，黄烽所在的 52 团奉命将 3 营与高邮、宝应的地方武装合并成立高宝团，后改为高邮独立团，黄烽任政治部主任、副政治委员，并参加高邮县委工作。1943 年至 1945 年，该团在高邮水网地区开展反"扫荡"、反"蚕食"战斗，组织群众在航道上筑坝，以阻断敌军汽艇航线；发展各区游击队，整顿加强民兵组织；打击反动的"联庄会"，保卫地方政权。巩固和发展了高邮抗日根据地。同时，进行参军动员，向主力部队输送兵员。1945 年，该团配合主力部队进行了攻克车桥战斗。1945 年 8 月，高邮独立团改编为 2 旅 5 团，黄烽均任团政治委员。该团参加了攻克三垛、河口、宝应、兴化等战斗和解放盐城战役。其中攻打水城兴化，是苏中、苏北地区大举反攻中最为激烈的一场战斗。我军七个团兵力浴血奋战三天四夜，全歼刘湘图伪军一个师近 5000 人。战后苏中军区授予首先攻进兴化城的两个团为"兴化部队"称号，黄烽率领的特务二团为其中之一。

邵伯之战是苏中七战七捷中的一捷。邵伯镇当时是华中解放区的大门，是华中军区机关所在地两淮（淮安、淮阴）的咽喉，又是敌人北进必经的水陆交通要道。孔诚任团长、黄烽任政委的 7 纵 59 团担任邵伯镇阻挡任务。国民党反动派为抢占战略要地，曾两次进攻邵伯，均被他们击退。孔诚后来还谈道："有一天，运河堤上二营的主阵地被敌人突破，在危急关头，黄烽同志挺身而出，带着一个排深入第一线，亲自指挥和鼓励前沿部队与敌人拼杀，硬是从敌人手里夺回了阵地。"不甘心失败的国民党反动派，于 1946 年 8 月下旬又发动了对邵伯镇的第三次进攻。敌人决心孤注一掷，将称之"王牌军"的黄伯韬的整编 25 师拿出来，又以其主力 40 旅为主攻打邵伯镇。黄烽和几个团领导向全团指战员做了动员，决心"寸土必争、寸土不让，把敌人消灭在我们的阵地前"。战斗打响后，敌人的洋枪、野炮、山炮、火箭炮就向我军阵地接连飞来，在那条狭长的运河堤上，每分钟都有近百发炮弹在爆炸。敌人一天内发起六次攻击，直打到阵地内，我军一次次反击把他们打出去。时任团作战参谋的周喔后来回忆说："特别是第六次攻击时，人员已很少了，我们就把余下的同志组织起来，又一次击退了敌人的进攻。这时黄政委、孔团长等团首长和我们几个参谋在团指挥所。黄政委要求大家'如果敌人进攻，那我们就全部冲上去，一定要坚持到最后胜利。'就在这时，敌人因伤亡严重，无力冲击后撤了。战后黄烽政委总结说：'在邵伯得失攸关的万分紧急时刻，不是打实力，而是打意志，打勇气，打决心，经过最后几分钟的顽强坚持，敌人又被挡住了。'"邵伯战斗共杀伤敌人 2000 余人，打得黄伯韬夹着尾巴撤走了。谭震林政委闻讯后高度赞扬。

1947年5月，89团改编为华东野战军团11纵队32旅95团，黄烽先任团政委，后任旅政治部主任。先后参加了两淮保卫战，攻克淮阳、沭阳、盐城战役、李（堡）拼（荣）战役、涟水战斗、济南战役和淮海战役等。1949年2月，黄烽任解放军三野10兵团29军86师政治部主任，后任师副政委，代理师党委书记。随军南下参加了解放福州和厦门战役。厦门解放后，黄烽兼任警备司令部副政委，不久任86师政委。1950年10月，黄烽所在的86师归空军建制，黄烽任空11师政委。1957年黄烽调空军政治部群工部任部长，1960年调任福州军区空军政治部副主任兼军事法院院长，1969年任福州空军政治部主任。在福空工作20多年里，他为军区空军领导机关和部队建设，为保卫祖国与领空安全做出了应有的贡献，1964年晋升为少将。

黄烽将军退休后积极撰写回忆文章，他写文章都是自己动手，前后写了20多篇，在多家报纸杂志上发表。他还与闽东籍将军陈挺合写了《闽东健儿征战录》一书。更为难能可贵的是，他还利用自己的英语基础，刻苦钻研，编写英汉军语词典。他患有高血压和冠心病，老伴劝他去外面疗养休息，干休所每年都组织老干部出外疗养，他都放弃机会，抓紧时间编写。他先后奔走于北京、上海、南京、福州等多家图书馆和中国人民解放军军事科学院查阅资料，经过6年持之以恒的写作，终于完成了包含30多个门类6000多个词条的《汉英常用军语词汇》一书，于1989年12月由福建人民出版社出版。《人民日报》海外版、《光明日报》等报刊作了报道，赞扬这本书"填补了军事辞典的一个空白"。多年心血的结晶，也令黄烽将军感到余生最大的安慰。2001年9月黄烽将军因病离开人世。临终前，他留下遗言，不惊动空军领导和同志们，不通知老首长、老战友、老部下和亲戚朋友，不开追悼会，不登报，不搞任何形式的纪念活动，火葬后不留骨灰，洒在闽江上。他要静静地离开，不惊动这个美好的世界。

将军不惊动人们，但人们了解将军。在他家乡福安，黄烽更是个家喻户晓的人物，他战火青春的故事在乡亲间广为传颂。诚如与他共事多年的陈挺将军所说："几十年来，他是在极端艰难和打硬仗、恶仗的环境中成长起来的。他为抗日战争和解放战争立下的功勋将永垂史册。"

将军虽去，英风长在！

2017.3

青山且为忠魂舞

——松罗英烈祭

初冬时节，因参加采风活动，走进松罗乡。出福安城，过溪柄镇，车子旋转几道弯，便进入松罗地界。虽冬临大地，寒气氤氲，这平均海拔400多米的高山乡村，依然满山遍野一派青绿。如今的松罗，森林覆盖率达82%，不到2万人口却拥有10多万亩林地，且林地绿化率达97%。放眼望去，竹林森森，茶园层层，小溪轻流，花草掩映，到处是金山银山的绿水青山。

这绿水青山丰腴之地，不仅培育着财富，也孕育着英雄豪气。在国民党反动派统治的旧社会，这股英雄豪气充盈山野沟壑，涤荡着污泥浊水，给社会带来一股清风，使人民看到希望。这片土地上的英雄，以鲜血浇灌理想，用生命捍卫信仰，构筑起一座座不朽的精神丰碑。

走进松罗革命纪念馆，在"历史丰碑——英烈谱"的大幅标题下，是一列长长的革命烈士名单，我数了一下，共183名，烈士最多的南溪村达33名。罗富弟一门三忠烈，刘细妹、缪成旺婶侄皆烈士。他们的年龄多在20出头，最小的仅16岁。这些年轻人，绝大多数是在土地革命时期为了中华民族的光明未来，燃烧了自己的赤子之心与生命，把历史定格在令人敬畏的瞬间。还有101人后被平反昭雪的错杀、误杀者。这么个万把人的小乡，竟有这么多为国捐躯的革命者，可见当年革命之艰难，斗争之惨烈。"天地英雄气，千秋尚凛然。"这些英烈，感天动地，气贯长虹，永远令我们景仰！

地处高山僻地的松罗乡，东邻霞浦，西靠赛岐，南接溪尾，北连柏柱洋，是福（安）霞（浦）交通线上的枢纽，也是水路陆路的交汇点，地理位置十分重要。加之山地广阔，回旋余地大，成了当年革命的重要活动地。叶飞、曾志、詹如柏、马立峰等领导人都在这里领导过革命斗争。

1933年秋，中共福霞边委在松罗孟尾村成立，并在后溪村成立了党领导的武装队伍红带会；1934年1月后边委改为福霞县委，曾志任书记，在松罗牛落洋、南溪村办公。曾任闽东特委书记的罗富弟和曾任福霞县苏维埃政府主席的郑迟现，以及曾任罗源县委委员兼县苏维埃政府土地委员的缪阿慈都是松罗人。松罗人民为革命做出了重大贡献。除为革命牺牲的近300名英烈外，被国民党反动派杀害和迫害至死的革命群众达2100多人，革命"五老"有231人。被反动派烧毁房屋达2900多间。1983年12月，曾志来闽东，笔者有幸陪同她到松罗等地重访故地，看望革命群众，她后来深情地题词道："革命斗争英雄血，成仁有志死犹生。"叶飞赞扬老区百姓是"重生亲父母"，可见感情之深。

著名的"九家保"故事就发生在这里。那是1933年10月2日，福安中心县委在松罗南溪村施脓禄家召开一个秘密会议，被敌人发现，闽东党的领导人叶飞、马立峰、詹如柏、施霖等7人被捕。为营救革命同志，南溪村施脓禄、刘老仁、谢嫩妹、刘奶连、刘长树、刘学仁、谌荣秦及金山村刘新贵、刘学清九户人联名具保，叶飞等人因而获释。当敌人发现放走的是闽东地下党领导人时，便残忍地杀害了施脓禄和23名革命者，以及一批无辜村民。顿时，南溪村数十条鲜活生命倒在血泊中。敌人还放火烧毁群众房屋。闽东人民的优秀儿女施脓禄等人用自己的血肉之躯保护闽东党的领导人，保护闽东的革命火种。如今南溪村的山坡上高高地耸立着九家保纪念碑和纪念亭，寄托人们对先烈的景仰之情。

施脓禄不愧为伟大的女性，南溪村不愧为英雄的村庄！

在一长列烈士名单中有一个名字特别引人注目，他叫池石头弟，松罗后溪村人。一见这名字就能想象出他是一位硬汉子。1933年秋，中共福霞边委在毗邻的孟尾村成立，在马立峰等领导人进步思想的影响下，池石头弟走上革命道路，不久就入了党。为了壮大革命力量，坚持"五抗"斗争，组织上派他和罗富弟等人到寿宁学习成立红带会的经验，不久福霞边委第一支农民武装队伍红带会成立了，池石头弟出任队长。随后，在艰苦卓绝的三年游击战争中，池石头弟随党组织和苏维埃政府在山区周旋，坚持革命斗争，先后担任工农红军安（福安）德（宁德）游击队长、工农红军闽东独立师干部。他与闽东革命同志一道把游击区域扩展到浙赣铁路沿线和金华衢州盆地，有力地冲击了蒋介石统治的腹部地区，牵制了敌人的大量兵力。红军独立师北上抗日后，他奉命留在闽东坚持斗争，任宁德新四军留守处警卫排排长。1938年3月16日，国民党闽东保安第二旅李树棠部袭击留守处，池石头弟带领警卫排，在掩护留守处领导郭文焕、范式人等人突围，并安全转移了50多位革命同志后，因寡不敌众，弹药殆尽，他壮烈牺牲，时年26岁。

池石头弟不愧是革命意志"坚如磐石"的一员虎将！

抗日英雄沈冠国也是松罗人。沈冠国年仅15岁就参加贫农团，先后参加了甘棠暴动、赛岐暴动。历任闽东红军独立师警卫连班长、排长、连长、第三纵队队长，在闽东坚持了三年艰苦卓绝的游击战争。闽东红军独立师北上抗日后，先后任新四军三支队六团二营营长、一营营长，随陈毅、叶飞挺进苏南开辟茅山根据地。1938年12月，在攻打句容县白兔镇日军据点的战斗中，他率战士化装进入敌据点接应，由于敌情变化，身陷重围，在激烈战斗、弹尽路绝的情况下，他毅然冲进敌群，赤手空拳与敌搏斗，不幸壮烈牺牲，年仅21岁。

沈冠国不愧为一员英雄虎胆的抗日猛将！

钟树敬是松罗畲族青年的佼佼者。他早年为红军站岗放哨，后担任红军交通员，并参与筹备红带会组织。1936年12月，在执行闽东特委秘密联络任务时不幸被捕，敌人对他威逼利诱，严刑拷打，他始终英勇顽强，坚贞不屈。敌人无计可施，遂将其残忍杀害。时年23岁。诚如叶飞所说："在闽东三年游击战争最艰苦年代，畲族人民作用很大：第一，最保守秘密，对党很忠诚；第二最团结。"

钟树敬不愧畲族儿女的杰出代表，其浩然正气感天动地！

畲嫂救曾志的故事也发生在松罗。那是1934年的一天，曾志在松罗杜坑村养病，敌人突然到了村边，房东的畲家女主人，一把抱起孩子，同时叫曾志快走。曾志因病重，两脚不听使唤，刚走出几十步，就跌倒了。畲嫂见曾志爬不起来，便将手中抱着的两岁孩子放在路边草堆旁，不顾孩子啼哭，背着曾志快步往后山的村子里跑去。刚背到一个较安全地方，便听到村子里响起阵阵枪声，畲嫂焦急地哭了起来。一个小时后，敌人走了，村子恢复平静，那位畲嫂才下山寻找孩子（后在一个老人家那里找到）。随后曾志离开杜坑，但一直记住这件事，四处打听这位畲嫂的名字。她说："我永远忘不了这位年轻的畲家嫂子，她那无比高尚的举动，一直使我感动不已，终生不忘。"

这位视革命同志生命胜亲人的畲家大嫂可钦可敬！

这些仅是松罗乡英烈群体的其中几位。勇救曾志的畲嫂也是英雄。"英雄者，国之干。"崇尚英雄是人类一种最深沉的情感，英雄是一个民族最闪亮的坐标。"一个没有英雄的民族是不幸的，一个有英雄却不知道敬重爱惜的民族是不可救药的。"尊崇英雄烈士，守护精神家园，这是我们每个人的责任所在。

青山且为忠魂舞，绿水犹将英雄歌。英烈的壮举定格在历史高处，英烈的精神长留松罗山水间。这弥足珍贵的精神，将化为一代代人建设美好家园的不竭动力！

2019. 2

染绿披红牛落洋

在群山叠翠的福安松罗乡，有个叫牛落洋的村子，这个人口不及千人的村庄，山峦四围，遍地绿透，竹林、茶树、葡萄园把村子装点得郁郁葱葱，森林覆盖率达 95%。村口那千年古樟、百年古杉迎客树依然生机盎然，华盖蔽日，昭示着这是个远近闻名的绿色村庄。

走进新楼林立的村间小路上，不经意间发现两尊壮牛的塑像。村民说，这是为纪念村名而树立的。据传，六百年前，一场大雪使这一带田地农作物遭受严重破坏，奇的是却有一块山窝里的平地没下大雪，村民缪氏饲养的一群牛正静卧在依然泛绿的原野间。于是，缪氏先祖就认定，牛落之处便是宜居之地，遂举家迁往，居住下来。此地便称牛落洋。此后牛落洋人便拜牛为神、敬牛、祀牛，并从牛的品格里悟出牛劲，如老牛般默默耕耘，建设家园。

这绿色村庄里成长起来的牛落洋人，在土地革命战争时期，也就是第二次国内革命战争时期，以"初生牛犊不怕虎"的牛劲，冲向黑暗势力，视死如归，在历史舞台上演绎了一个又一个载入史册的生动故事。因此这绿色村子又成了一个闻名遐迩的红色村庄。

由于牛落洋一带地处福安、霞浦交界的山区腹地，且峰峦层叠，林木繁茂，隐蔽性好，回旋余地大，因此，土地革命时期，邓子恢、陶铸、叶飞、曾志等党的领导人就来到这一带组织开展革命活动。1933 年 11 月，中共福（安）霞（浦）边委在牛落洋孟尾自然村成立。1934 年 1 月，根据上级党组织指示，中共福霞边委改为中共福霞县委，曾志任县委书记，郑宗玉任副书记。办事机关也在牛落洋村。

在边委、县委的宣传发动下，牛落洋村的青年，不怕牺牲，勇敢杀向欺压百姓的反动势力，给敌人以打击，推动了苏维埃政权的建立。仅 1934 至 1936 年，这个当年仅数百人的小村就有 10 位同志为革命献出了年轻的生命。交通员钟树敬、肃反队长缪妹茹牺牲时都仅 23 岁。牺牲时年纪最大的缪阿慈，也仅 37 岁。

缪阿慈可是一位了不起的人物。在边委领导下，他与有关同志一道创建了福霞边委第一支党领导的武装队伍——红带会，配合闽东红军两次攻打霞浦县城，攻占赛岐、柘荣和秦屿，给反动势力以沉重打击。后党组织调他到罗源县委工作，参与领导罗源苏维埃政权建设、分田斗争和反"围剿"游击战争。1934 年 9 月闽东工农红军独立师成立后任二团政工主任。参加了闽东、浙南边界艰苦卓绝的游击斗争。1936 年 2 月 6 日，缪阿慈到寿宁岭头岗主持山区游击作战经验交流会时，遭国民党重兵包围。这位浑身牛劲的猛将，终因弹药用尽，在突围中壮烈牺牲。

牛落洋人男的是好汉，女的也出英雄。村慰劳队队长刘细妹就是一位女中英豪。1928 年参加革命的刘细妹，自担任慰劳队队长起，一直出色地在组织妇女为游击队员缝洗衣服、制作鞋子、做饭送饭等后勤保障工作。1934 年 8 月的一天上午，国民党教导团来牛落洋搜捕革命同志。村民闻讯后，立即带着地下党领导同志进山躲避。临近中午，一无所获的敌人竟放火烧房泄恨。躲在离村子不远的一位七八岁儿童因肚子饿了，看到村中冒烟，以为敌人已撤，大人回家煮饭，便跑了出来。被敌人抓到后，为了逼迫革命同志现身，敌人竟然朝孩子腹部开枪。听到孩子的惨叫声，母亲不顾一切冲了出来，哀求放过孩子。可敌人哪里肯听，他们用枪顶着孩子头吼叫道："如果共产党再不出来，我就毙了他！"此时，躲在不远处的刘细妹，毅然挺身而出，高声喊道："放过这对母子！我就是你们要找的共产党游击队。"并出示了游击队慰劳队队长符号。敌教导团在确认了刘细妹身份后，逮捕了她，并对她软硬兼施，妄图从她口中了解共产党领导人的下落。刘细妹守口如瓶，宁死不屈，敌人一无所获，就在离村不远的大兰山上残忍地将她杀害。刘细妹为救百姓勇于献身的精神感天动地，她的英雄事迹很快传遍四里八乡。

还有兰神凤、缪忠余、缪成旺、缪汉党、雷神全、钟长言，在这些烈士身上，每人都有一段感召日月、英勇悲壮的革命故事。让我们记住这些牛落洋的优秀儿女，记住这些为新中国的诞生而献身的英烈！

记得几年前，在参观井冈山时曾听到一位文人讲过："用革命加风光，又红又绿来形容井冈山是最恰当不过了。"我到松罗乡那天，乡党委书记就对我说："松罗可以说是闽东的井冈山。"我开始不太理解。待我走访了老区村牛落洋、南溪、杜坑、金山、满洋、柳溪、后洋……参观了革命纪念馆，翻阅了英烈谱和数百名烈士名单，看着这片血染的土地如今绿意绵绵、欣欣向荣的景象，终于明白了这句话的含义。

来到染绿披红、红绿交映生辉的牛落洋，让人在享受其清新生态带来愉悦的同时，也感受到其深厚的红色底蕴，令人不忘初心，饮水思源。

2019．7

龙潭村的烽火岁月

绕过一道又一道弯，穿过一条又一条山间林荫道，车行好长一段时间才到了福（安）霞（浦）交界大山腹地的龙潭畲族自然村。因穿村而过的小溪流至村口水柱跌落如蛟龙入潭因而得名。

龙潭村不大，十来座土墙墨瓦的农舍挨挨挤挤地环列山脚边。村前村后的层层梯田稻谷正熟，一片金黄；梯田上方的茂竹随山就势，层层环绕，护卫着这肥田沃土；穿过竹林便是林地，浓密的林木绿浪腾空直天冲蓝；林间那丛丛红叶如同朵朵红花点缀绿毯，引浮云悄悄驻足窥探。天上人间如同一幅立体画。初秋的大山深处竟隐藏着如此韵味独特的天然秀色！古人所谓"剪得秋光入卷来"，"剪得"大概就是如是的风光景致。

这么个环境清幽的村庄，80多年前遭受反动势力的严重摧残，生灵涂炭，民不聊生。经过腥风血雨洗礼的龙潭人民，不怕牺牲，前仆后继，用生命和热血谱写春秋。耸立村口的革命纪念馆，为我们讲述了当年这个山村悲壮而惨烈的风云岁月。

龙潭地处福霞交界一座名叫"双牛望月"的大山下。1930年春，福安早期的革命领导人施霖、马立峰就来到环山分布的福安松罗和霞浦龙潭等村落，以看风水、算命为掩护，宣传革命道理，揭露官府黑暗，号召劳苦大众投身革命。一年之后，龙潭村成立了中共党组织，建立了秘密农会和革命武装红带会。村民积极起来，参加和支援革命，龙潭这个偏僻山村成了一块革命根据地。

1934年初，龙潭村红带会成员两次随闽东红军参与打击反动势力的围攻松城（霞浦城关）战斗，他们的英勇善战给红军指战员留下深刻印象。经过战火锻炼的龙潭村民，更加认识到建立革命武装和红色政权的重要性，红带会回村后整编为赤卫队。同时建立龙潭村苏维埃政府，领导群众开展轰轰烈烈的打土豪分田地的土地革命。分到田地的穷苦农民更加拥护共产党，龙潭一带福霞边界几个自然村202名青年参加了红军队伍。

1934 年 1 月，闽东红军独立团在龙潭不远处的西胜寺成立。团长任铁锋、政委叶飞。独立团在龙潭设立枪械修造厂，为红军维修枪械，并制作大刀、长矛和马尾手榴弹。还在龙潭设立红军医院，当年任福霞县委书记的曾志曾在龙潭医院及周边的三斗、五斗红军医院治疗养病。

1934 年 8 月，中国工农红军北上抗日先遣队，在军团长寻淮洲、政委乐少华、参谋长粟裕、政治部主任刘英等率领下，在宁德赤溪阳谷宫会见了叶飞率领的闽东独立团，之后留下 200 多位伤病员，由海上游击独立营船运到福安溪尾，再由独立营指战员和龙潭等村群众用担架抬到盐田转到龙潭为中心的红军医院治疗，同时转来的还有闽东红军伤病员。当时龙潭及周边 8 个自然村有 76 名青壮年自发组成的担架队（占这些村全劳力的 90% 以上），天天守候在村里，一闻敌讯，即把伤病员转移到安全地带，有时一天要走四趟。村里的妇女组织起护理队，为伤病员煮饭、洗衣、做卫生。

1934 年 10 月，敌人"围剿"闽东苏区。福霞、霞鼎两个县委、县苏维埃政府都转移到龙潭办公；叶飞等闽东革命领导人也带领闽东特委和苏维埃政府机关到龙潭附近的湖坪办公。龙潭的战略地位更为显著。是年底，国民党军队疯狂"围剿"龙潭一带，在那里住院的伤病员除少部分病愈出院成为游击队骨干外，来不及转移的 150 多人全部被敌人枪杀，龙潭的土地上洒满了红军无名英雄的鲜血。他们的尸体被堆埋在龙潭东侧的山冈上，当地群众称这个山冈为"红军冈"。龙潭成了让人心痛又令人景仰的一块红色热土。最近，当地党委、政府正在此冈修建陵园和立碑，以永远缅怀这些为人民解放事业英勇献身的英雄们。

在之后艰难的三年游击战争中，当年的县委书记许旺曾带领县委机关工作人员和游击队来龙潭一带开展革命活动。敌人为了切断群众与红军游击队的联系，以困死坚持斗争的红军游击队，便在龙潭不远处的西胜寺修碉堡，移民并村，实行经济封锁和烧光、杀光、抢光的"三光"政策。然而龙潭一带群众没有被敌人的穷凶极恶所吓倒，反而更加积极支援红军。红军没有住处，他们冒着生命危险在福霞边界山上秘密盖起了 30 多所寮棚，村民钟宝英把自己家里五张晒谷簟全搬上山去，把寮棚盖得严严实实的，好让红军住得舒服些；粮食被封锁，龙潭等村群众就趁上山砍柴的机会用炭篮、斗袋装上粮食送去。畲族村民吴眉妹为红军购买日用品被捕，牙齿被敌人打断两颗，仍保守秘密；为保护游击队安全，蓝成怀被敌人打断一条腿，依然坚不吐实。畲嫂救曾志的故事就发生在这一带福霞交界的山村里。少先队长雷石祥，为保护村里干部群众，将敌人带离村庄，自己跳进深潭英勇牺牲，时年仅 14 岁。

龙潭，这个大山深处的畲村。80 多年前，这一带村民为推翻旧社会，建立新中国做出了重大贡献。仅 1934 年 10 月至 1937 年 6 月，龙潭、马地、三斗、五斗、笀篱山、下七岗、龙虎岗等几个村落，房屋先后被敌人烧毁 9 次，33 座 468 间房仅存 1 座 12 间；小坑、桦坪、曲坑等几个自然村全被烧毁，成了废村。现在尚在的龙潭十来座破旧房子是新中国成立后政府帮助重建的。龙潭一带几个自然村当年 500 多人口中，为革命牺牲人数竟达 164 人，有的一家牺牲了三个，有 94 户成了绝户。随军北上抗日的雷神法等 27 人也都为国捐躯。

烽火硝烟已然远去，先烈英风犹留人间。致敬，龙潭村！让我们永远记住这个光荣的畲族山村。

2019. 10

后　记

　　这是一本红色题材文章的专集，收录了 50 篇记述战争年代革命故事的文章。稿件来源为两方面：一是自 2007 年春至 2018 年冬，十二年间我参加了福建省炎黄文化研究会与福建省作家协会组织的联合采风团，在何少川同志的带领下，深入各地采风写就的、入编"走进八闽大型纪实文学丛书"的红色题材文章；二是多年来发表在报纸杂志上的红色内容文章。将这些讲述战争年代革命故事的文章汇编，可以让我们回望艰苦岁月，不忘革命先烈，不忘老区人民；也借以表示对为新中国诞生做出牺牲和贡献的仁人志士的景仰之情。书名取《烽火丹心》，也是表达对他们的礼赞！

　　新中国的成立是无数革命者用鲜血和生命换来的。幸福生活来之不易，如今的人们当倍加珍惜。那段历史，那些英雄人物，我们更不应该忘记。20 世纪 80 年代初，在全国县级以上开始建立党史机构、全面征集党史资料时，我有幸在宁德地委班子中兼任党史办主任。1984 年，为纪念闽东苏区创建 50 周年，宁德地委专门成立了纪念活动筹委会，我参加筹委会，还兼任筹委会办公室主任，在地委领导下，具体分工抓这项工作。当时，地委决定办四件事，即"四个一"：一是召开一个规模壮观的纪念大会；二是征集出版一批地方党史资料；三是在重要革命纪念地树立一批纪念碑（连同原属闽东苏区的连江、罗源，共树立了 40 多面纪念碑）；四是动工兴建一个革命纪念馆（即闽东革命纪念馆）。我全过程参与了这些活动，也就有了更多了解地方革命史和学习党史的机会，增长了许多知识。特别是在参与撰写碑文的过程，在深入实地、查阅史料和听取老同志回忆中，了解了许多实情，丰富了对这方面的认识（每篇碑文，筹委会拟就、审阅后均请当时健在的闽东籍将军陈挺审定，而后以所在地县委、县政府名义立碑）。

　　参与筹办纪念活动，经常接触党史资料，使我进一步认识到战争年代环境之残酷，斗争之惨烈，革命先烈之伟大和老区人民之不容易。自己手头也积累了一些资料，也想写点这方面的文章。2007 年以来，我有机会参

烽
火
丹
心

加福建省炎黄文化研究会和福建省作协联合采风团的采风活动，在采写选题时，我有意选择红色题材，这样一路下来就陆陆续续地写了一些这方面的文章。

我深知红色题材文章真实性是第一位，为此，每当接到撰写任务，我首先请当地党史办（或老区办）提供有关素材，而后再到实地（遗址、遗迹）察看，参观革命纪念设施（馆、碑），再听取相关人员回忆讲述，最后选择当地在革命战争岁月里最具代表性的人与事加以叙写，文稿形成后还送请当地党史部门审核。主观上力求做到所写内容真实可靠，但由于时间较远或史料原因或相关人员记忆原因，也可能存在不很准确之处，还请读者批评指正。

本书在撰写过程中得到相关县（市、区）党史研究室（老区办）同志的支持和帮助，老作家许怀中热情为本书作序，福安市委、市政府和市文联也给予支持。在此，谨向他们以及海峡文艺出版社的同志表示衷心的感谢！

林思翔

2019. 10